独角兽书系

重庆迷城

雾中诡事

E伯爵 著

图书在版编目(CIP)数据

重庆迷城.雾中诡事 / E伯爵著. —重庆：重庆出版社，2020.9

ISBN 978-7-229-15138-6

Ⅰ.①重… Ⅱ.①E… Ⅲ.①推理小说—中国—当代 Ⅳ.①I247.5

中国版本图书馆CIP数据核字(2020)第 119045 号

重庆迷城·雾中诡事
CHONGQING MICHENG WU ZHONG GUISHI

E伯爵 著

责任编辑：肖化化　王靓婷
责任校对：廖应碧
装帧设计：郭　子

重庆出版集团　出版
重庆出版社

重庆市南岸区南滨路162号1幢　邮编：400061　http://www.cqph.com
重庆豪森印务有限公司印刷
重庆出版集团图书发行有限公司发行
E-MAIL:fxchu@cqph.com　邮购电话：023-61520646
全国新华书店经销

开本：890mm×1230mm　1/32　印张：11.75　字数：306千
2020年9月第1版　2023年3月第2次印刷
ISBN 978-7-229-15138-6
定价：49.00元

如有印装质量问题，请向本集团图书发行有限公司调换：023-61520678

版权所有　侵权必究

目 录

楔　　子 / I

第 一 回　沐江风初客远来，解圈套佳人脱困 / 1

第 二 回　惹小人引祸上身，寻旧迹初探古城 / 16

第 三 回　识袍哥品盖碗茶，问罪责讲真道理 / 28

第 四 回　访老人寻根溯源，说旧闻疑窦丛生 / 37

第 五 回　渡长江夜观奇景，遇旧仇暗觉蹊跷 / 48

第 六 回　迷心智春华抱恙，伸援手公子诊病 / 56

第 七 回　破迷信怒斥端公，救丫鬟顿生龃龉 / 66

第 八 回　可叹往事如烟云，欲解近事觅旧踪 / 79

第 九 回　老宅湮没幽径里，碎陶犹在如霓虹 / 93

第 十 回　为救人针锋相对，破迷信再揭妖法 / 100

第 十一 回	苦命丫鬟多劫难，异邦大夫显本领	/ 112
第 十二 回	不可料春华逃脱，逢惊变秋菊受伤	/ 124
第 十三 回	无头绪疑症难解，闻霹雳少女早夭	/ 136
第 十四 回	病中伤人生如死，断骨而行死如生	/ 149
第 十五 回	横死女仆惹风波，雨夜陋巷遭突袭	/ 161
第 十六 回	踏月夜逃奴复来，探娼寮三娃吃人	/ 175
第 十七 回	受误解有口难辩，被牵连无辜收监	/ 187
第 十八 回	脱嫌疑吴氏暂安，寻疑点凶光乍现	/ 204
第 十九 回	潘袍哥手段了得，烟土馆隐秘繁多	/ 215
第 二十 回	难免灾护士染病，探底细公子设局	/ 227
第二十一回	做客洋行演双簧，笑谈买卖藏心机	/ 240

第二十二回　雨天吃茶问内情，暗中估量图破局　/ 253

第二十三回　丽人登门欲同行，公子婉拒晓利害　/ 266

第二十四回　莺花忽来生变故，少爷施压判虚实　/ 275

第二十五回　追线索暗访娼门，陷图圄疯病难挡　/ 286

第二十六回　少女成鬼肝胆寒，救人遭擒五内焚　/ 298

第二十七回　恶魔显形述缘由，囚徒交心寻生机　/ 309

第二十八回　巧言语伺机脱困，窥天光暗藏生门　/ 321

第二十九回　拼全力恶斗凶徒，险中胜逃离黑牢　/ 331

第 三十 回　烈焰焦土难逃命，临危一线见援兵　/ 342

第三十一回　红色江花伴归途，黑色夜幕罩天涯　/ 357

后记　年轻的时候，梦在远方；年纪大了，发现梦就在身边　/ 365

楔 子

在中国大地上，悠远的历史中留下无数古城，千百年来兴衰更替，或是衰落，或是湮灭。也有的被时间驱赶着，不断壮大，最终成为重镇。

西南有古城名为重庆。这座城初名为巴，先秦设江州县，隋代命名为渝州，宋代徽宗时，改成恭州。后来光宗赵惇受封恭王，随后又继承皇位，取双重喜庆之意，将恭州升为重庆府，从此这座城的名号便流传了下来。

重庆地理环境得天独厚，整座城便是一座山，而嘉陵江和长江一青一黄，环绕着城池。昔日四川学使宋公讳衡所作"巴歈四章"之一中写道：

　　天成形胜地，一石两江环。
　　宇内人争聚，区中货拥关。
　　年年瞻王气，处处画屏山。
　　陆海斯无愧，西川未足班。

文字虽然不算上乘，然而却清楚地描绘出重庆城的样貌来。

而重庆独特的地形也催生出了并世无两的城池。据说战国时，秦张仪领兵灭巴后便曾在此地建城，三国李严也修筑过，南宋嘉熙二年知府彭大雅为抵御蒙古军队，在旧城的基础上加固扩建。到了明代，重庆的城墙已经颇具规模，绕着江心半岛修了一圈，号称是环江为池，多达十七个城门，九开八闭。

开着的九门，就是朝天门、东水门、太平门、储奇门、金紫门、南纪门、通远门、临江门和千厮门。

关着的八门，就是翠微门、金汤门、人和门、凤凰门、泰安门、定远门、红崖门和西水门。

为什么修了十七个门，却只有九个常开而八个关着？

有传是明初戴鼎修城墙的时候信那风水之说，从数字上照应九宫八卦。十七个门一开一闭，间或着来，只有储奇门和金紫门是连着开的。

那些关上的门如今已经渐渐地被人遗忘，甚至连名字都消失在了时间的长河里，然而敞开的门却一直活跃着，来往迎送，特别是江边的那些城门，大多都成了水码头。木船在川江波涛中历劫来到这里，又扬帆而去，除了满载的货物，也将外头的人带来，将重庆的人送出川去。

其中最为有名且排头第一的就是两江汇集之处的朝天门。

民谚里说："朝天门，大码头，迎官接圣。"讲的就是这道城门之重要。

而我们的故事，也要从这里开始。

第一回

沐江风初客远来，解圈套佳人脱困

这年是大清光绪三十一年（1905年）的深秋，一大早的，江面上就起了雾。白蒙蒙如轻纱一般飘起来，慢慢就将各个码头包裹在其中。人若走在雾气中，就感觉湿漉漉、冷冰冰，心尖子上也仿佛有只又冷又湿的手攥着，不到太阳出来，那是不能暖和的。

南岸那头传来火轮船的汽笛声，黑烟拖得长长的，将一些挂旗船远远甩在后头。也不知道是哪一国的洋人又来到了重庆，钢铁大船在长江上激起一层层的波浪，推向两岸。

天蒙蒙亮，没有什么日光，吴念娇站在窗前，听得见那些汽笛声，却瞧不见江上的船，只能隐约看到门前的梯坎，挑夫正担着货物上上下下，嘴里"嘿哟嘿哟"地喊着号子，扁担被两头沉重的竹筐压弯了。虽然深秋的寒气在清晨最重，又有大雾，然而这些挑夫大多还是光着膀子，至多也就穿了个土布褂子，干得热火朝天的模样。

讨口饭吃也不易啊。

吴念娇心中叹了口气，遥望远处，也不晓得今天一早抵达朝天门的船运来了多少货多少人，这一帮挑夫要干到几时。

然而她不能呆立着光是同情这些挑夫了，她也同样是要自己讨

1

生活的人。于是她转回身,对着镜子梳好了发髻,穿上大袄,整理了腰间垂下的水红色绸子汗巾,又掸了掸洒脚裤上的灰。吴念娇没有缠足,因此总爱将裤脚放得比其他女人低一些,遮住那双故意纳高了底的鞋。低头照了照镜子,里头是个柳眉大眼、面目动人的女子,虽然看得出年纪已经二十八九,没有了少女的娇憨,却另有一番动人风韵。

打扮完毕,吴念娇推门就下了楼,两三下地打开了大门,挑下长方形的白纸号灯,上头写着"日暮当投宿,天明可上路",她"呼"地给吹灭了,抬头望见自家的幌子正被江风吹得飘扬了起来。

"望江客栈"。

这就是吴念娇的吃饭生意了,楼下店面宽阔,容得下六七张桌,还辟出了两个雅间,可以吃饭饮茶,楼上有六间客房,可以留宿。虽然名为"望江",实际上只能从层层叠叠的吊脚楼缝隙中窥见一点点江水的影子,然而因为身处朝天门这样的通商胜地,又比那些简陋的栈房修得高大,且漂亮结实,更重要的是,吴念娇爱好整洁,这小小客栈如同官店一样打扫得非常干净,伙计们也不允许有一丝脏污,因此虽然房价比周围的略贵一些,还是有不少来往客商居住,生意一直还是不错的。

吴念娇一介女流,能在这样的宝地站稳脚跟,自然有过人之处。然而每逢有人赞她,她却只是跺跺脚,笑道:"我是一双天足,自然站得稳些。"长久下来,她在江湖上也有了些人脉和名气,当面有人敬她叫一声"吴二姐",背面说她厉害,就多了个外号"美人蛟"。

她开了店门回转进去,正好就看到幺师[①]从后面出来,一面在长衫外套上罩件薄袄子,一面对她笑着欠身:"东家起得好早。"

"刘叔也早,"吴念娇笑了一笑,"你做事吧,我去后厨看看。"

[①] 即旅馆接待和服务的人。后面喊店门等词,也是从传统喊词中修改而来。

幺师点头哈腰，咳嗽两声清清嗓子，便在柜台旁喊起了店门：

"东方亮，天发白，水陆两路住店客；包袱行李不拿错，鸡鸣上路要清白；东西不值三五钱，背个名声不值得；早起早走早点到，晚了只有路上歇……"

伴随着幺师洪亮的嗓门，楼上楼下都窸窸窣窣地有了动静，整个望江客栈仿佛都醒了过来，睁眼开始新的一天。不一会儿，后厨的灶火也燃起来了，一股股蒸馒头的香味飘出来。

吴念娇巡视完客栈上上下下，便来到柜台后面站定，幺师引导着一些客人进店，有些是来住宿的，有些是来打尖吃饭的。因为这里地处朝天门到半边街的要道，三教九流无所不包。人上一百，形形色色，吴念娇晓得哪些事可以管，哪些事需要睁一只眼闭一只眼。见识得多了，她现在只需要扫一眼大堂，就分辨得出本分的客人和借着这地方找外财的。

只要不是对她的客人坑蒙拐骗偷，她都不会插手，然而一旦犯了禁忌，她就不会给好脸色了。吴念娇一边打着算盘，在账本上记下今天送到的货，一边用余光留意着店内的情形。

今天大约是到了新客船，不少背着包袱，或者提着藤条箱，操一口外地口音的男男女女陆续进店，其中有两个人刚跨过门槛，就让她不由得抬头正眼望了一下。

这两人是一男一女，男的大约三十岁，高高大大的，穿着一身黑色大衣，里头是洋服马甲衬衫领带，手上还握着根文明杖，头上戴了绅士帽，乍一看就跟洋鬼子似的，然而仔细瞧脸盘和五官，却分明是个中国人。

另外一个是年轻的女子，看样貌不到二十岁，乌黑的头发扎成一束在脑后，身上却学男子一般穿着短外套和长裤，双腿挺拔，脚上是一双马靴，看着就知道必定是没有缠足的。

自从开埠以后，虽然也有不少人做洋人的打扮，但毕竟是少数，在这店里更难见到。这突然冒出来的两个穿洋装的中国人，很扎眼，一进店门就教所有人的目光都集中过来，么师刘叔上来招呼，那女子脆生生地说道："掌柜的，我们要住店。"

吴念娇一听，她说的一口官话，刘叔连忙也用官话回道："姑娘要几间房？"

"两间！"

她身后那男子又补充道："要干净的，别有啥跳蚤臭虫的。"

刘叔在这对男女之间扫了一眼，有些拿不准两人的关系，便犯难了："真对不住，今天就剩一间房了，您两位要不挤一挤？"

那男子却"哼"了一声："我可不跟她挤，再说了，你见过两个未婚男女挤一间房吗？"

刘叔连忙赔笑："小的眼拙了，还以为二位是……"

那男子紧跟着追问道："是什么？"

"是兄妹，兄妹。"

年轻女子点点头，显出不似这般年龄的沉稳："老先生看错了，我们是主仆，这是我家少爷。不过我也不乐意跟他一间房。"

吴念娇看到这里，心中一乐：她方才也是猜这姑娘是男子的通房大丫头，如今挑明身份，反而觉得主不像主，仆不像仆了。她看刘叔应付不当，于是就走出柜台来，对他们说道："二位见谅，小店这里确实没有多的房间了，不过早上按例都有客人要退房的，二位若等得，可以先坐下喝杯茶，将就用点东西。"

走近了看，吴念娇更是一惊：原来这男子的双目并非黑色，而是左眼灰蓝色，右眼深棕色，近乎黑色了，看上去极为妖异，只是不站得近一些是很难看出来的。好在她定力不错，表情并没有什么变化。

那男子看看吴念娇，忽然笑了："行，夫人既然这样说了，那我们就先吃点东西吧。"他转头又对旁边的女子说："反正这周围的客栈看起来都脏兮兮的,这家最干净,就不要挑了。"

那女子表情冷淡:"少爷说行就行了,好像之前说不满意的都不是我。"

男子哈哈一笑,拉着她就找了个当门的空桌子坐下来,点了热豆浆和糯米糕。

吴念娇越发觉得两人不像是主仆,倒有点儿像在斗嘴,那男子还让着这姑娘。

不一会儿店小二端出早饭,吴念娇接过来送到他们桌上,就随口问道:"还没有请教二位尊姓大名,听口音二位是外地来客,可是今天一早才到的?"

那男子回答:"夫人真聪明,我姓任,叫西东,字思渝,从南洋来的,祖上曾经是重庆人,所以回来看看,访访旧。这是我的贴身丫鬟,叫卢芳。不知道夫人怎么称呼?"

原来并非大清子民,怪不得穿着打扮如此不伦不类。

吴念娇掩口道:"什么夫人不夫人的,我不过是平民百姓,你叫我一声'吴二姐'就算是抬举我了。"

"好,好,听起来这么亲切,那就要麻烦姐姐随后吩咐小二把新客房打扫干净一些。"

那女子在旁边凉凉地说:"店家不要介意我家少爷随口乱认亲,他见你漂亮,就自动熟了三分。"

任西东脸上带笑:"阿芳你不要拆我台。"

"那也是你建起来了我才有拆的。"

吴念娇心中好笑,她也看出来了,这两人虽然爱斗口,然而感情着实很好。正要找个借口走开,却听门口刘叔提高了声音:

"哟,五爷来了,您请进,您请进。"

吴念娇心中一动,连忙转身,只见一个穿着长袍的高大男子正笑着跨进店门。即便是深秋时节,他也穿着单衣,只添了一件拷绸的对襟马甲，还敞着，露出带珐琅头的腰带，上面坠着一个手绣的香囊。那人面目俊朗，浓眉大眼，下颌与上唇有些淡淡的胡茬青色，看上去很有豪爽之气。

吴念娇一见他到了，赶紧迎上去，笑着问好："五哥好，这一大早的怎么来我这小店了？"

那男子哈哈一笑："昨晚在码头有兄弟搭台子，我到场说了几句，搞得晚了点，也就懒得回去了，在你这里讨点吃的，再睡一觉。"

吴念娇听他说得轻描淡写，但要他出马，必定不是小事。她晓得分寸，也不多问，连忙请他到雅座去。然而男子刚要抬腿，看到不远处的任西东和卢芳，脸色一下子就沉下来了，低声问："这里怎么有洋鬼子？"

吴念娇低声道："莫误会，不是洋人，是回乡的南洋华侨，做了个西洋打扮而已。"

男子这才展开眉头，不再多说，跟着吴念娇进了雅间。

然而任西东极为敏锐，就这一瞬就觉察到自己被人瞪了一眼，便招呼幺师过来，问道："刚才那个男的是谁啊，看上去满脸横肉，凶神恶煞的。"

他这形容未免也太过分了，连卢芳都忍不住白了他一眼："少爷，你跟我看的不是一个人吧？人家长得比你还强一点儿呢。"

"胡说！"任西东哼哼，"我看他不像好人。"

刘叔赔笑道："客官说的玩笑话，方才来的是胡振胡五爷，乃是我家掌柜的好友。为人十分有侠气，急公好义，在本地是小有名气的。"

"那他为什么刚才要瞪着这边？"

刘叔道："客官有所不知，五爷以前家中叫洋和尚给祸害才嗨[①]

[①] 土话，加入的意思，有时候也写作"海"。

了袍哥,因此对洋鬼子非常不喜欢,客官这身打扮,怕是让他误会了。"

"原来如此……"任西东拉长了尾音,"那我原谅他了!不过,你刚才说的'袍哥'又是什么?怎么'嗨'?"

刘叔一愣,顿时面露难色,只怕他跑堂接客这么些年来,第一次有人问出这样古怪的问题,却又不能不答。伸手在光秃秃的脑门上搔了两下,才说:"客官,本地有不少人都靠码头跑生意,总归需要相互照应,因而立下规矩,共同行事。至于怎么嗨,小的也不是袍哥,无从晓得,望客官见谅。"

任西东听他这么说,也不难为他了,挥挥手让他下去,自己对卢芳说:"看起来就有点儿像本地组织的商会呢!也许是跟航运业相关的?也可能是做人力或者货运?"

卢芳口舌怕烫,正慢悠悠地喝着豆浆,听任西东信心十足,便放下碗,说:"那为啥他们不直接叫什么商会,就跟别处一样,既然起这么江湖气的名字,必然是跟黑道沾边的。你也少去惹麻烦吧。"

任西东笑眯眯地说:"阿芳你还不了解我吗,我从来不惹麻烦。"

卢芳这次连抬眼看他都懒得了。

望江客栈不愧处在通衢要道上,不停地有客人来往进出,一大早的果然有许多客人要启程上路,退了好几间房出来。任西东和卢芳用完了早饭,又叫了壶茶水,就坐在店里一边喝,一边等店小二将客房收拾出来。

他们两个穿着打扮十分抢眼,过往的人都要多看两下,卢芳面色如常,任西东还反而有得色,显然不在意人家瞧他。若有胆大些的女子多留意他,他更是高兴了。然而有些男人盯着他看久了,他便要狠狠地瞪回去。他眼睛本来就异于常人,这一做凶狠的样子,更没有几个人敢跟他对视了。

任西东道:"你看这些人,我们明明跟他们一样是黑发黄皮肤,就因为衣服跟他们穿得不一样,就被划分成了'洋人'。"

卢芳白了他一眼:"对不认识的来说认衣冠可是最简单的办法。怎么,还指望人家一来就感受到你不凡的灵魂吗?"

"等等,我是没有灵魂的,阿芳,我早说过了,"任西东认真地看着她,"我没有,你也没有,这世界上压根就没有这种虚无缥缈的东西。万物都有其本源,把不知道的事儿全托付给想象,这是一种逃避和不负责任。"

卢芳终于不再跟她的雇主抬杠了,规规矩矩地点点头:"你说得对,少爷。"

两人说话间,又有两个人路过他们桌旁,放慢步子瞧了瞧,任西东抬头一看,走前头的是一个中等身材的男子,戴着瓜皮帽和不合季节的圆黑眼镜,留着八字胡,棉布长袍外面套着琵琶襟的马褂。后面则是一个梳着油亮辫子的年轻姑娘,只有十五六岁的模样,长得还有几分姿色。他立刻面带微笑,冲那姑娘点头问好。姑娘脸色立刻微微发红,拉了拉前面那男子的衣袖。然而那男子却也脸上泛红,拉住小姑娘的手一起找旁边桌空下的位子坐了下来。

卢芳啧啧叹道:"看你把人家吓得……"

任西东也摇头道:"好好的为什么偏偏要缠足,这两个姑娘走路跨了几步的样子,真怕她们下一刻就要摔跟头。"

卢芳一愣:"那男装的也是个女子?"

任西东点头:"穿衣打扮可以模仿,手却白皙娇嫩;脚下穿了薄底快靴,但还是填了东西,鼓得老高,走路跟人鱼公主上岸一样,这任谁都可以看出来是个女人吧?"

卢芳却笑了笑:"你以为谁都有你那样一双眼睛啊,扫一下就什么都瞧得清楚了。"

任西东又叹口气:"要乔装打扮才能出门,估计又是什么被关起来的小姐吧。"

那两人却听不到他们的对话,梳着辫子的少女显然要大胆一些,坐定后就四处张望,看到幺师正好领了客人又要回到门边,就赶紧站起来拦住了他,做了万福:"问刘叔的安。"

幺师停下来,定睛细看,顿时笑道:"原来是春华呀,你不是在谭府做事?今天怎么有空跑来了?"

那叫春华的姑娘说道:"是这样,刘叔,我想打听一下去宜昌的船。听说现在有新式的火轮船,比木船可快了许多呢。"

幺师点头:"那倒是,然而火轮船多是洋人的,咱们可没法上去。怎么,你想要坐一坐?"

春华连忙摆手:"不是不是,我咋会想去触霉头,只是有……有个亲戚想要去宜昌,但定不下来时间,想着火轮船速度快,若紧急一些也能够赶得上。"

幺师想了想:"这事我没有办法,倒是可以问问我东家,她认识的场面人多,说不准有门路。等下她招待好了五爷,我就帮你打听。"

春华连忙致谢,幺师就又去忙了。

说者无心听者有意,春华和幺师这番对话,任西东和卢芳听了,旁边还有人也听了。见幺师走远了,便凑过来搭话。

"这位妹子,你是打听去宜昌的火轮船,我这里有。"

任西东听着那声音如同公鸭一般,不由得抬头瞥了一眼。只见一个身穿棉袍的干瘦男子正从隔壁桌转过身子来,面朝着春华。他面黄肌瘦,戴了一顶西洋式的草编便帽,脸上胡须稀少,双目浑浊,一张口就露出黄褐色的牙齿,双手缩在袖笼里,时不时打个哈欠,一副没有睡醒的模样。

任西东低声对卢芳说:"瞧隔壁,一看就是个大烟鬼,我得留点心,不能让他哄骗了小姑娘。"

只听得春华戒备地说:"我们只找刘叔问的,大哥你……你不必费心。"

那人又笑了笑："我知道妹子你肯定不是为了什么亲戚找船，多半是自己找吧？不然谁要你这小丫头出来打听啊？是家里定了不称心的姑爷吗？"

春华红着脸啐了一口。

那人又嘎嘎地笑了两声，正色道："哎，我斗胆猜猜，你坐火轮船可不是为了好玩，而是求快船吧？洋人的东西就是好，'千里江陵一日还'哪！"

春华并不信他，那人就又说了："实不相瞒，我在洋人的药局里办事，倒是有些门路，你若真想搭，我可以帮忙，钱我是不缺的，就是个热心。不过坐洋人的船，可有些东西不能不防。"

春华毕竟年少，听他卖关子，就入了彀，问道："什么东西？"

那人又叹气摇头："这洋人信的教，邪门得很，在他们船上也是供着那些东西，就如同咱们供菩萨一般。你若不信，去他们那地盘就会沾染上晦气，所以如果坐船，全程是需要带上护身符的。我在那里办事，也是随时揣着，不然早就沾上了麻烦。"

任西东含在口里的茶水差点喷出来，他又对卢芳悄声说："只怕沾上的不是晦气，是大烟吧？"

卢芳也听入了戏，便朝任西东做了个"噤声"的手势。

那头春华反倒不信了："大叔，你说这么多，莫不是要诓我们买什么护身符吧？"

那男子"哼"了一声："你这丫头也太小看我了，我不过是好心帮忙，你爱信不信。也看你年轻没见识，今天就让你开开眼。"

说完就从怀里掏出一张巴掌大小的白纸，放在桌上。

这举动让周围好几个人都伸出头来看，那男子见围观的人多了，更是得意："大家看好了，这可是能辟邪的真东西。"

只见他拿汗巾擦擦手，然后用手在纸上一抹，原本白色的纸上立刻显现出了红色的字迹,赫然便是个桃符的样子。

周围顿时响起一片惊呼。

春华也是吓了一跳,连忙转头去看她同行的乔装女子。

那男子说:"怎么样,没有骗你吧?这道神符乃是高人画给我的,逢凶化吉,很灵验的。我随身带着,在洋鬼子的地方做事,从来没有出过事。"

旁边就有人插话了:"这位大哥,我也是要同洋鬼子打交道的,你这道灵符哪里求的?我也去求一个。"

那人笑道:"来处当然不能告诉你,若是都晓得那位高人,不知道多少人要去求他,他烦都烦不过来了。不过你若愿意给几个辛苦钱,我倒是可以带你去找他,离这里不远,正好给你们画几个。"又转向那姑娘:"妹子,你要愿意,也可以跟我去一去。"

姑娘还没答话,之前那人估计是个跑商路的,十分豪爽,已经开始掏腰包,拿出了一块散碎银子,就要给他:"那好那好,我这里有几个钱。"

春华问那乔装女子:"四少爷,咱们……要不要也跟着去一下……"

任西东看到这里,终于忍不住了。他站起来,几步走过去,对那干瘦男子说:"你这灵符可否借我看看?"

那人上下打量,见他打扮不同,就存了戒备:"你要做什么?"

任西东"哼"了一声:"我没见识,想瞧瞧灵符。"

那人说:"看你就是跟洋鬼子学的,说不定入了洋教,我才不会让你来碰灵符。"

"你不是说可以克制洋人的晦气,那克我正好。"

那人看出他来找事,更咬死不给。任西东也不生气:"不给我就算了。"他转向春华二人:"小姐,你们不用找他买这玩意儿,我也写个给你们。"

说罢,回到自己这头,叫小二拿了一个空碗过来,打开了行李箱,从本子上撕下一页,再从一个小瓶里倒出些粉末,又拿出个橡胶塞子的小瓶儿,倒了点液体在碗里,两个搅拌均匀了,他便蘸着这水在白纸上写字。

写完了,又问小二:"你们厨房有没有做馒头发面的碱水,可借我一用?"

小二连忙点头,转去后厨端了一碗出来。任西东客气地谢了他,把手在那水中浸了浸,一掌拍在那纸上,只见雪白的纸面上顷刻间便显出两个红色的字——"骗子"。

他冲那干瘦男子一笑:"怎么样,我这道灵符也做得可以吧?"

他这一番举动,骇得那男子灰黄色的脸都变绿了,其他人也惊异非常,都晓得这"灵符"怕是跟神迹没有什么关系了,多半就是一戏法,然而还是不晓得任西东到底是怎么做到的。

任西东也知道现在就是痛打落水狗的时候,便对周围的人拿起了刚才他从包里取出的东西,大声说:

"各位,我左手拿的粉剂叫作非若夫他林①,乃是洋人治便秘的药,右手拿的是高纯度酒精。这两种物质搅拌混合的溶液遇到碱水,就会变成红色。这位先生说他在洋人的药局里做事,这两种东西都是很好拿到手的,写好了字条放在身上,需要现形的时候就拿出来。我看他刚才抹这纸之前用汗巾擦过手,多半是汗巾上浸湿了碱水,涂到纸上就显出桃符来了。"

他顿了一下,又笑道:"我可比你的手法更高一筹,我不但能让灵符显出字来,还能把它消去。"

说罢转头央求小二再拿来一碗水和白醋,他按比例兑好,将那字条放进去,果然不多时,红色的字迹就渐渐地消失了。

---

① 即酚酞。

任西东说:"这是酸碱混合的中性溶液,颜色就退去了。若是学了这一招,还可以表演一下灵符挡灾之类的事迹。可惜世间只有科学,并没有鬼神之类的,这些伎俩,遇到我就真'现形'了。"①

周围的人都看得一愣一愣的,至此才有人鼓掌,于是陆陆续续地便有更多掌声响起来了。任西东面带得色,竟然还跟周围的人欠身致意,仿佛刚刚结束一场精彩的演出。卢芳在旁边看着,不由得扑哧一下笑了出来。

然而被他戳破了骗术的男人则脸色阴郁,双目中充满了愤恨,他咬牙切齿地问道:"你这假洋鬼子是哪里来的,有种留下名姓来。"

任西东依然彬彬有礼:"在下任西东,家住南洋,曾求学德意志和法兰西,第一次到贵宝地就坏了阁下的生意,可见就是来教你改邪归正的。"

他这语气神情简直是点燃炮仗的那一簇火星儿,那人立刻上前一步,攥住任西东的领子就要动手。

店小二和幺师连忙上前来,一把抱住那人,口里劝道:"慢来慢来,不要动手!"

这头的嚷嚷闹闹传到雅间里,吴念娇和胡振都走出来了。吴念娇赶紧几步上前,杏眼圆睁:"肚子饿了就喊个饭,瞌睡来了就要个房,我这里又不是武馆,一大早的不要在我这里扯拐啊。"

然后又看了幺师一眼:"刘叔,这是怎么回事?"

幺师连忙凑到她耳边,飞速地将事情说了一遍。吴念娇一听,就冷笑着看对面行骗的男子:"我这家小店虽然不是什么官店,但是往来客官都晓得,我这里只做正经生意,偷蒙拐骗一概来不得。如果来了,一律赶出去,过分的直接送官。你若自己好好走了,今天就算了,如果还想闹事,不要怪我翻脸。"

---

① 由一种传统的江湖骗术改编而来。

那男子一把推开攥着自己的店小二，对吴念娇冷笑道："吴二姐，你说什么漂亮话，谁不晓得你这里到底做什么勾当的。以前倒敬重你是场面人，现在你连这种假洋鬼子都接待了，还在这里跟我摆什么谱？"

吴念娇也不是好欺负的，抱着双臂道："我做什么犯了法的你只管去官府告我，告不倒就莫怪我不客气！现在赶紧滚，不要让我动手！"

那男子连遭两人抢白，简直要气疯了，挽起袖子又想动手，就听见人群外有个醇厚的男声说道："蔺三娃，你是抽大烟抽傻了吗？"

一听这声音，那男子原本的戾气顿时像方才白纸上的红字一样消失了，神情委顿下去。

只见胡振拨开人群走进来，低头看着他，又说："码头规矩怎样，你是晓得的，该怎么找钱，在哪里找钱，难道要我重新教你？"

这叫蔺三娃的骗子一连串点头："原来是五爷在这里，我方才竟然没看见。问五爷的安！"

胡振点头："你还认得我，很好很好。"

蔺三娃又躬身道："五爷教训得是，我知道错了。"

"那就赶紧走吧。"

"是，是，"蔺三娃又看了看吴念娇，犹豫了下，才说，"给吴二姐赔不是。"

吴念娇"嗯"了一声，吩咐幺师："给这个兄弟拿两个菜包。"

幺师连忙飞奔着去厨房拿了两个包子，用油纸裹好递给他。蔺三娃接过来谢了吴念娇，又狠狠地瞪了任西东一眼，这才狠狠地出了门。

吴念娇对周围的人做了个万福，大声说："对不住各位了，这码头上来来往往，多少都有些个闹剧，刚才就当个下饭菜，正经的饭还是要吃的,请坐,请坐吧。"

于是各人又都回到各自的位置上坐了下来。任西东也转回座位,然而春华却出声唤住他,红着脸向他致谢:"多谢这位公子,不然我和……和少爷,多半要让他骗了。"

任西东看了一眼那乔装的女子,也正站着,向他欠身。任西东摆摆手:"戳破那种套路实在不值得一提,不过你们还是小心吧,若是被骗点钱都算小事了,要是被骗去卖掉可怎么好?"

春华脸色更红了,又是一阵感谢。

这时候胡振走上来,上下打量任西东,冲他一拱手:"刚才听人说了足下的义举,在下胡振,与吴掌柜是好友,在重庆做点转手生意,不知道可否请足下去雅间暂坐?"

任西东连忙说道:"客气客气,我也正好有事要请教,坐一坐没问题。"

他二人往雅间走去,卢芳也自然而然地站起来,跟了进去。胡振一愣,还没有开口,任西东看出他的疑惑,连忙解释:"这是我的丫鬟卢芳,什么事情都听得的,跟着咱们没关系的。"

他既然如此说,胡振当然也不介意了,点头道:"也好,请坐。"

第二回

惹小人引祸上身，寻旧迹初探古城

望江客栈毕竟是码头生意，即便是雅间，布置也比不上城中的大店，只是胜在干净、素雅，关上门后就只从密密的窗棂间看到外头，嘈杂的说话声也小了不少。

胡振请任西东和卢芳坐了下来，吴念娇吩咐小二拿两壶热酒，切一盘卤肉进来。任西东连忙摆手："喝茶就好，酒就算了，我不会的。"

吴念娇笑着说："任公子说笑吧，你刚才不是拿出那……那叫'酒精'的东西，若不能喝酒，怎么随身带呢？"

任西东大笑："掌柜的你搞错了，酒精并不是酒，那是消毒用的。"

"消毒？什么有毒？"

任西东解释道："就是清洁皮肤用的，这个是根据德国的罗伯特·科赫医生的实验而来的，酒精又叫作爱斯洛[①]，有杀菌的能力。我出门一般都要备一些常见病的药品，所以灌了一小瓶。"

他这么解释，吴念娇和胡振还是不太懂。胡振又问："杀菌？

[①] 即乙醇，ethanol。

什么是杀菌？这东西是有毒吗？"

任西东想了想，觉得从头开始介绍科赫医生的细菌学实在头疼，但他虽不喜欢愚民，却喜欢有求知欲的人，于是便简单说道："杀菌，就是杀死细菌，这东西太小了我们看不见，却能令我们生病。这是西洋科学研究的成果，二十年前便已经有了，我不过是知道以后用了一用。"

那二人听他这么说，才算半懂地点头。

吴念娇说道："任公子真是个细心人，又是古道热肠，刚才幸亏有你，才让蔺三娃露了真相。"

任西东摆摆手："不过是低级的骗术，我不想那小姑娘傻乎乎地就被套了钱走。"

胡振也说："能出手帮人，就是侠士。任公子这么做，其实也是帮了二姐一把。任公子若是愿意，以后有什么需要，也可以来找我们。不知道任公子来重庆，是要做什么呢？"

任西东回答："我祖上是重庆人，先去的广东一带做事，后来漂洋过海去了南洋，如今在当地做生意。陈济轩和林文庆先生在马六甲建立的橡胶园中，便有我父亲的股份。如今老人家年事已高，有些心病未去。说是离开重庆的时候，在故乡还有一些旧事未了，又有一些亲人联系不上，所以我求学回来后，他就要我回来一趟。"

胡振点头："替长辈尽孝乃是天经地义的事，但不知贵府原址何处？"

任西东忙说："请稍等，我得看看。"

他随即从衣服里掏出一个小牛皮本子，翻了翻："只说是门前有一对高杆子，大门口站着一对石狮子，出门看得到一个老茶馆，上头的幌子写着'徐记'。"

胡振皱眉："这么说起来，尊上离开重庆的时候，应该年纪不大。"

"是的，家父说刚能记事。"

"那么尊上如今高寿？"

"七十有五了。"

胡振点点头："那至少超过六十年了，找起来确实就困难了。这也无妨，只要有线索，总归是可以慢慢查访的。我也可以托兄弟们问问，何处有个徐记茶馆。任公子若是不急，也可以在重庆城内逛一逛，看看有无收获。"

任西东连忙感谢，于是又喝了些茶，打听了一些重庆的风土人情。吴念娇见他们聊了起来，便客套两句，出去招呼生意了。

任西东这才晓得，原来胡振也不是在重庆城内长大的，而是在合州①。家里与洋教徒有仇，逃去湖北，十年后才又改名换姓回到重庆。他少年时遭逢大变，厌恶洋人，所以对任西东第一印象并不好，然而见他出手保护那少女，又觉得此人可以结交，这才请进来喝茶。

两人聊得十分投机，任西东又告诉他一些自己求学学到的西洋知识，胡振虽然不喜欢洋人，却乐意听一听这些实用的东西。于是几番下来，两人就算是熟了。

等茶添了几轮，吴念娇进来，说是有客房已经打扫干净，可以入住了。

于是任西东向胡振告别，胡振笑道："我在兴隆街也有个茶楼，任公子不嫌弃，哪天空了也请过来坐坐。"

任西东连忙点头，这才带了卢芳出来，跟着幺师上楼。幺师一面走，一边指点客栈中的各处，讲明了厨房和茅房的位置。任西东别的倒还好，一听居然要出房间上茅房，顿时慌张地问："房间内竟然没有厕所吗？"

幺师稀奇地看着他："客官，这里都是这样啊，哪个旅店会每个房间弄个茅房啊，要解手都需要移步的。"

---

① 现重庆合川区。

任西东又看看卢芳:"那……女子如厕也需要去茅房吗?"

幺师看他眼神透着惊奇,若不是见多识广,处理的事情多,只怕就要笑出来:"客官说的好玩,哪个解手不去茅房?不过因为咱家掌柜的是个女子,倒是比别处多设了一个女子专用的茅房。"

卢芳在旁边淡淡地说道:"我是没有问题的,只要干净就成。"

幺师忙道:"干净干净,每日都有人打扫,还熏香去味,比任何一家都干净呢。"

卢芳又指着任西东说:"我家少爷有怪癖,最不能跟别人共用厕所,你家有马桶吗?送一个去他房间,让小二帮忙勤换,我们多给赏钱。"

幺师愣了一愣,连忙说:"可以,可以,我会指派人手来做的。"

"那就有劳了。"

到了房间门口,幺师推开房门,又说了开闭店的时间,卢芳掏出几文钱给他,他谢了赏就离开了。

两人把行李提进房间里,任西东不无感激地对卢芳说:"阿芳,还是你了解我。没有想到这看上去光鲜的客栈还是跟我们之前看的那些一样,对卫生状况如此不讲究。"

卢芳却白了他一眼:"少爷,不是人家不讲究,是你要求太高了。这又不是在德国,有你先进的冲水马桶。"

任西东瞪着眼:"做人怎么能降低对生活的要求?"

卢芳早知道他喜欢揪住这些细节不放,连忙转移了话题:"你刚才为什么对那位胡先生少说了两条线索?咱们对重庆不了解,人生地不熟的,而他看起来人脉颇多,万一真能帮咱们找着呢?"

任西东一面在房间中走来走去,寻找衣帽架,一面对卢芳说:"傻阿芳,虽然咱们跟胡振结识还算愉快,但防人之心不可无,万一胡振知道了我们的真正目的,说不准就有异心呢!"

卢芳觉得他说的也有道理:"那还是先自己试试,实在不成再

19

考虑，也可以多跟他接触，看看他是否可信。"

任西东点头，忽然又皱眉："你是不是看他长得不错？"

卢芳刚刚还觉得这人考虑得周到，一听这话，简直大大的白眼要翻到天上去了，正要回嘴，就听得有人敲门。她咽下要吐的刀子，打开门，却看到春华和那个男装女子站在门外。

春华对她做了个万福说："请问任公子在这里吧，方才多蒙出手相助，才让我二人免于被骗，现在特来感谢。"

她脆生生地说完这几句，粉脸透红，卢芳忽然生出幸灾乐祸的心情，对她说："正是在此，姑娘稍等。"

随后走进房间，对任西东说："少爷，你当英雄救的美来了，我看人家规规矩矩正正经经的，你可别多掺和哦。"

任西东被卢芳噎得说不出话来，然而门口又有来客等着，只好平心顺气地出去接待了，问道："姑娘客气了，请进来坐一坐吧。"

春华连忙摆摆手："不了，不了，这怕是不大方便，只是在这里站着说说就好。刚才那个蔺三娃吓唬人的一手，我是从来没见过，这人可真是坏——"

春华话没说完，身后的人就扯了扯她衣袖，春华连忙咳嗽两声，又圆回了话题："哎，之前我们见公子跟那位大哥去雅间了，等了一会儿也不见出来，就想走了，不过出门就看见那个骗子站在街那头看着这边，不免担心他会对公子不利。于是我俩还是回来等着，一来还是想亲口给公子道个谢，二来想请公子千万小心。"

任西东点头谢了她，说："请小姐不必担心，我好歹也是学过一些搏击术的，一个大烟鬼倒不怕。"

春华笑起来："那就好了，我可不是什么小姐，任公子真客气。"

任西东也笑了："你是，你背后这位也是。"

这下不但春华吓了一跳，她背后那乔装的女子也吓了一跳。猛一抬头，原本宽大的圆黑眼镜就滑下鼻梁，露出一双极清亮、秀丽的眼睛。然而这双眼睛跟任西东的视线一对上,立刻就慌里慌张地移开了,白皙的手还推了一下眼镜,重新把自己遮挡起来。

春华连忙摆手:"啊呀,公子,可不敢乱说啊!"

任西东笑道:"莫怕,莫怕,我知道你们出趟门不容易,不会告诉别人的。不过你们也要当心点,像刚才那种骗术只怕不少,并不是回回都能碰到我这样的好心人。"

春华又是一阵感谢,这才告辞离去。那男装女子转身要走,却还是在任西东跟前站了一下,用细不可闻的声音说了声"多谢",这才快步跟上了春华。

任西东摸摸鼻子,嘿嘿一笑,回了房间。

卢芳正将他行李中的外套挂出来,看他神情,撇嘴道:"干吗呀,搞得跟个色狼似的,你再逗也没法把人家娶回家啊。"

任西东有些得意:"可那两位小姐明显对我很有好感,可见我还是很讨女士喜欢的。"

卢芳歪着头看他:"嗯,就这副皮囊来看,女人倒是不会嫌弃,然而也就是脸还能讨人喜欢,一旦过日子可真没法待在一起。"

她泼来的冷水任西东都自动加热了,喜滋滋地只当好话听。

卢芳将行李箱打开,拎出几个分装的小箱子,问道:"少爷,这些都放在客栈里安全吗?"

任西东却点点头:"你把密码锁重新设定到八位数,没有人能很快解开的。就放在这里吧。"

卢芳点头,就又把那几个小箱子都放了回去,她摸摸衬布,感受到下面硬鼓鼓的东西,说:"少爷,这次专门把'刺猬'带来,也是太夸张了,老爷很不放心你啊。"

"带上它不就是为了让老爷子安心吗?这个密码锁没问题吧?"

"没问题,咱们这可是双重保障,解得开外头的八位数,也解不开'刺猬'外头的环形锁嘛!"

"那就更放心了。"任西东从行李箱翻出一些小物件放到随身包里,"既然找到了住处,咱们等下就去城里逛逛。"

于是二人各自在房间中安置妥当,关好房门出去。楼下吃早餐的人陆续减少了,吴念娇也闲下来一些,站在柜台里面翻看着账本打算盘。见任西东下楼,忙笑道:"任公子要出去啊?"

"是啊,想去城里头,吴二姐可有什么建议吗?"

吴念娇笑着说:"哎哟,我也不过是地皮熟一点儿,哪有什么建议啊,就看任公子是想尝尝本地的美食呢,还是瞧瞧市井风俗?"

"都行都行,特别是老房子什么的,有掌故的,都想去看看。"

"那顺着咱们这条半边街走,往前就是马王庙和三元庙,再前头就是接圣街、字水街和圣旨街,八景宫和八蜡庙就在一路上。"

任西东又问道:"字水街,是文字的字,水流的水吗?这名字好稀奇啊,却不知道有什么典故?"

"正是。"吴念娇笑道:"公子是外地人,不知道重庆从乾隆爷那儿起就有'巴渝十二景'了,其中一景叫作'字水宵灯'。因为绕着重庆的两条江弯弯曲曲,如同老天爷在这里写了一个'巴'字,所以叫字水,而晚上这山城的灯火就倒映在水面上。别的地方都见不到这样的景色,公子既然来了,可千万不要错过。"

她这话惹得任西东心痒痒的,于是便磨着吴念娇一定要选日子带他去最好的观景处看看。吴念娇掩口笑:"行啊,公子既然都吩咐了,怎么敢不从命?不过我这店里忙,说不定得深夜关了店才能去。"

任西东毫不在意:"客随主便,我就等掌柜的有空了。"

又安排好了代步的车马,任西东这才喜滋滋地出门了。

现在天已经大亮了，清晨的迷雾正在慢慢地被阳光驱散。这阴霾一退，路上的人也多了起来。

任西东看到街道两旁的房子大多为木结构，修得低矮，加之日晒雨淋，显出一种老旧的模样。街道中央虽然也铺设了一些石板，但因为码头上来往的人多，灰土和垃圾不少，有些石板凹陷下去，还积了些水。来来往往的各色人等，有穿草鞋的，有穿布鞋的，在这水洼处踏来踏去，搞出一摊泥泞。

任西东打量了一阵，转头对卢芳说："在南洋的时候，父亲一直向往故乡，说是故土难离，但是他记得的东西也不多。说起来，也不过是零零碎碎的东西，比如那些茶馆的幌子、家门口的石狮子、照壁上的一个缺口，或者是一块红糖糍粑和姨娘养的黄猫这些东西。他还说重庆的房子是修在半空中的，人们来去的步子是上坡下坡，好像踩在云端。让我小时候真是充满了羡慕，恨不得自己也长在这里。特别是最闷热的时候，橡胶园里没有风，他又给我说江风如何凉爽时，我连做梦都梦到了自己在半空中乘风飘飞。但现在看来，人越老啊，小时候的事儿就越拣好的记。"

卢芳问道："怎么，公子对重庆失望了吗？"

任西东说："失望谈不上，但就像是听一个老饕说某某菜好吃得很，然而真尝到却发现不过是厨艺平平的家常菜。"他又顿了一下，"你看这些路上的行人，有不少面露菜色，一边走一边打哈欠，一眼就看得出是大烟鬼。就像刚才在客栈里弄些小手段骗钱的那个，身体到脑子都病了。这才是最败胃口的……"

卢芳知道他这么说，心里也不好受，正要出声劝慰，却突然停下了步子，一把拉住任西东。

任西东脚步一滞："怎么了？"

卢芳朝前面抬了抬下巴，只见在不远处的岔路口，有四个人朝这边张望，领头的正是刚才教他们戳破了骗术的蔺三娃。

"来者不善啊，少爷，"卢芳说，"怕是要动手了。"

她话音刚落，蔺三娃就看到了这边，对同伙一说，几人气势汹汹地过来了。他们几个围住任西东和卢芳，似乎在预备着阻止两人逃跑。

"小子，跟我们摆谈摆谈嘛！"蔺三娃对任西东偏了一下头，"走，到巷子里去！"

任西东却依然笑嘻嘻的："行啊，不过我丫鬟不用跟着吧？"

有一个粗矮的汉子不耐烦地说："不行，你想让她跑去找人帮忙啊？走，不然在大街上估计面子不好看哦！"

任西东也点头称是："没错，没错，那就走吧！"他又转头对卢芳说，"你看，即便是这种人，也是要面子的。"

他这话让蔺三娃几个更是怒火中烧，于是挟持着两人就拐进了不远处一个窄巷子里。虽然有人向这边投来了诧异的目光，但教这几个人一瞪眼，又赶紧扭头，加快步子跑走了。

一行人站在巷子里头，这两边是高墙，上头的雕花木窗都关着，石板地面微微倾斜，到不远处就变成了台阶，一直向下延伸，远远地看到一个人正背着背篼走下去。

蔺三娃对任西东冷笑："不要看了，没人来救你。你个狗日的，地皮都没有踩热，居然敢坏我的事。咋？想英雄救美？跟你说，我今天跟兄弟伙是好意，教你点规矩。"

任西东仔细看了看蔺三娃，关切地说道："这位先生，我今天早上没有仔细打量你，现在细看了，觉得你最好去看看医生。你眼睛有点儿发黄，瞳孔收缩不自然，皮肤发青，嘴角有疱疹，一看就是生了重病。"

蔺三娃对他前面那一堆并不完全理解，但最后一句听得大怒！当下就恶狠狠地说："兄弟们，把这小子的手脚都打断！"

他这一发话，其他三个人立刻扑上来，当先就朝着任西东的脸把拳头砸过来了!

然而任西东却突然往后退了半步,伸手格挡住左右的两拳,身子略向后倾,正面的一拳也落了空,接着他一脚踢出去,正中前面那个人的裆下。那人立刻发出惨呼,蜷缩了下去。左右两人一愣,又再次同时出拳打过来。任西东这次移步转身,一把抓住右边那人,接力一带,就将他甩到对面那人身上。趁着两人乱成一团,他一阵快拳,打在那两人的肋下和背部,趁着他们呼痛,又连踢膝窝处。两个打手还没有来得及反击,就单膝跪地。

这一串动作快捷干净,直接把三个人打蒙了。等任西东再看向蔺三娃时,对方举着拳头,却微微发抖。

任西东叹口气:"你别怕,我现在不是要动手。我是想跟你说,大烟这玩意儿伤身得很,你身体一糟糕,没有劳动能力,还会染病,能戒就戒掉吧。"

蔺三娃脸上抽搐,觉得这假洋鬼子真是古怪至极。他见同伙爬起身来,原本凶狠的表情都已经没有了,脸上带着戒备,就知道自己这边斗志已失,却又不愿意失了阵势。便又对任西东喊道:"小子,你地皮都不熟就敢惹我们!你娃已经跟袍哥结了梁子了!你等着,只要你在重庆,就给我小心点。"

卢芳在旁边扑哧一声笑了:"哎,怎么到处都是同样的台词,咱在法兰西和德意志的时候,当地的流氓都这么说。"

她这一笑,站得近的那个人顿时涨红了脸,他被揍得不轻,脸上虽然没有青紫,但肋下痛得很。原本就被打得窝火,现在还被一个女流之辈嘲笑,顿时恶向胆边生,竟一巴掌向卢芳扇过去。

任西东惊慌地招呼:"慢来……"

然而毕竟隔得远,来不及阻止。

眼见着那只大手就要拍上去了,卢芳嫩脸一沉,突然双手夹住那人的手掌,接着握住手腕,一个反扭,只听得"咔啦"一声,那人骨头里发出轻响,接着杀猪似的号起来!

任西东忙上前将卢芳推开几步,向这几个人赔笑:"不好意思,不好意思,我家阿芳手重,各位打我就是了,不要惹她嘛!"

接着他蹲下去摸了摸惨叫者的胳膊,安慰道:"没事,没事,只是脱臼,马上就好。"

说着一手扶住那人手掌,一手将前臂放在肘窝上,几个用力,那人又惨呼两声,然而手肘已经复位了。

这一连串动作干净利落,看得周围的人一愣一愣的,再也不敢有动手的念头了。

蔺三娃脸色简直黑如锅底,恨恨地道:"你……你等着吧……"
随即跟那几个流氓急匆匆地逃走了。

卢芳看着他们的背影,"哼"了一声:"少爷,你真是好心,要是我,还接什么骨?这几个无赖就该统统打断手脚。"

任西东摇摇头:"我就说你出手太重,这习惯应该改一改了。咱们人生地不熟的,结了仇麻烦多。"

卢芳却嘲笑道:"咋了,这个时候突然懂道理了?那之前就不应该救客栈里的姑娘们哦。"

任西东斗嘴从来甘拜下风,只好装傻。两人掸掸衣衫上的灰尘,走出了巷子。

两人在重庆城里闲逛了半日,从半边街一路走到了一条交叉大街口,问路人地名,说是叫作"小什字",倒也十分贴切。右拐进入了打铜街,再往前左拐就是兴隆街。任西东记起胡振说他有茶馆开在那里。任西东对卢芳说:"走了大半天了,不如找个地方坐一坐。"

卢芳也觉得腿乏了,点头同意。

于是两人又往前,进入了兴隆街。只见这里比码头那边的半边街要繁华许多，石板路铺得平整，有几步上下台阶都是条石，被往来的行人踩圆了边沿，磨出了下凹的弧线。这街道也不能算宽阔，但两边开满了门面，多为饭馆、酒楼、绸缎庄、客栈和当铺等营生。来来往往的人中，不单有穿着华丽的生意人，也有踩着草鞋、背着背篓的穷苦人，还有身披袈裟的和尚，带着拂尘的道士，可谓三教九流尽皆齐全了。然而他们看别人稀奇，别人也觉得这一男一女都身穿洋服，更是稀奇。

卢芳饶有兴致地看着周围，随口问道："少爷，那胡先生的茶馆在哪里啊？"

任西东原本也正四处打量，听她这么一问，忽然愣了下："嗯……似乎确实没有说店名，不过也没什么关系，你少爷我这么聪明，一定能找到的。"

他这么说，卢芳只想翻白眼。然而天下就有这么巧的事情，两人这话说了不一会儿，就看到前面一个二层小楼矗立着，门口一个大大的幌子，上面写着"胡记茶楼"。

第三回

识袍哥品盖碗茶，问罪责讲真道理

这间茶馆占地不小，有上下两层楼，底楼是大堂，里面摆满了圆桌和竹椅，最里面有个木头搭建的小舞台。左右都有木楼梯上二楼，看上去仿佛是雅间。此刻临近中午，茶客已经陆陆续续多了起来，大堂满是此起彼伏的谈笑声，还有不少人用烟杆抽叶子烟，淡淡的烟雾在室内弥漫。远处台子上有个姑娘在乐师的伴奏下唱着曲儿，任西东也听不懂唱的什么，只是饶有兴趣地看着。

他们走进茶馆，立刻吸引了不少人的目光，连聊天的声音都低下去了。任西东却不以为意，径直走进去，在角落里找了空桌椅坐下。堂倌过来招呼，先瞥了两人一眼，看出是中国人的长相，这才用夹着方言的官话问道："客官吉祥了，请问要喝什么茶？"

任西东问道："有什么茶？"

"沱茶花茶黑茶红茶绿茶，什么都有。本店的茶都是马帮从云南选好运来的，您挑哪一种都不后悔。"

任西东道："绿茶红茶在家里就经常喝了，我想试试黑茶。"

堂倌又道："选得好，本店有最好的安化黑茶，给您冲一碗？"

任西东点头，堂倌又问卢芳："敢问这位姑奶奶喝什么？"

卢芳听他这么称呼自己，脸色不悦，但也没多说："我要花茶，茉莉花。"

堂倌谄："晓得了，本店的茉莉花茶都是成都过来的，香得很，包您满意。"

任西东插嘴说："你方才明明说都是云南来的茶。"

堂倌被他这么一顶，不由得愣了下，过了好一阵才讷讷地说："我说的是大部分茶，客官放心，无论是哪里产的，本店都是精选好茶，客官放心喝就是了。"

卢芳对堂倌说："你不必介意，我家少爷只是喜欢抬杠而已，照样送来吧。"

堂倌松了口气，随即去"老虎灶"旁的架子上拿来了两个盖碗茶杯，托盘上还送了煮热的手巾，身后跟来的提着长嘴铜壶的茶博士，一套凤凰三点头，茶水在杯子里卷着茶叶打转，但一滴都未洒出来，手艺好得很。任西东第一次见，不由得连连喝彩。那茶博士脸上也有得色，为他们盖上盖子退下了。

此刻台子上唱花鼓的女子已经结束了表演，躬身退场，底下的茶客叫了好，鼓了掌，又开始各自聊天。

任西东看周围茶客，真是三教九流什么人都有，有些衣饰华丽，有些穿着寒酸，但同坐在一起也聊得十分熟络。任西东低声对卢芳说："这里本地人多，我看这里肯定能找人问出些东西来。"

卢芳也点头道："不错，我看那边有几个人年纪很大，应该知道重庆城的旧事。"

任西东顺着她指的方向看去，只见台子旁边有几个男人在喝茶，都穿着黑色的棉质长袍，套着马褂，留着的长须不是全白也是花白了。任西东一拍大腿："行了，我先去打听打听。"

卢芳点点头，又叮嘱道："如果人家不愿意搭理你，或者是说话不好听，你可不能生气。"

29

任西东连连点头："你放心，都是老人家了，我还能怎样。"

他向那桌走过去，面带微笑向那几个人打招呼："各位先生上午好，不知道我是否有荣幸请各位喝茶？"

他这一身洋装和问候用语都让人觉得稀奇，那几个原本在聊天的老人都抬起头来看他。

任西东又说："在下姓任，是从南洋回来的。因为家中老人是重庆人，特地来这里看看。"

一个拿着烟杆正在吞云吐雾的老人说道："只听说两广福建那一带下南洋的人多，原来重庆也有人去啊。"

任西东说："父亲很小就离开重庆迁居广东，随后又去了南洋。"

老人点头："原来如此，怪不得怪不得，你这衣冠已经不算是大清国的人了。"

"我从小就是在南洋长大，随后念书又去了法兰西和德意志。"

另外一个老人说道："哟嗬，都是洋鬼子的地盘。"

"虽然怪腔怪调的，不过幸好中国话还是没有丢，"那抽烟的老人咂吧了两口，把烟杆在竹椅上敲了敲，未燃尽的烟灰落在地上，"来来，小娃娃坐下聊，你想找我们问什么？是长辈有什么念想吗？"

任西东张口就想反驳"怪腔怪调"这句话，卢芳眼明手快地拽了一下他的衣袖，于是任西东硬生生地将"你们听不懂这是好话"吞了回去。他不自然地咳嗽了两声，拉了张椅子坐下，回道："家父幼年离开故乡，记得清的事情不多了，然而有几句童谣却没忘记，原话是：'幺儿幺儿乖乖，骑了马马上街街①。街上吃完肉脑脑②，回家推门打不开。原来找错家门口，摸到狮子猜一猜。门口狮子耍龙灯，幺儿爬杆像猴三儿。'"

那老人听了，面带微笑："这个童谣啊，也是有点儿年月了，

---

① "街"字此处为方言发音，念作gāi。
② "脑"，方言，读作gǎ，肉的意思，多为幼儿语。

我还是小娃娃的时候，倒也听到过前面两句，然而最后面这句，倒从来没有听过。这怕是贵府的老人怕令尊年幼时走丢，刻意让他背下来的吧？"

任西东道："或许是的，家父正是想问问，根据这童谣，能否找到原来的老房子？"

那老人顿时沉默下来，"吧嗒吧嗒"地抽着叶子烟，他旁边几个老人议论纷纷。他们说的四川话又快，土语又多，任西东听不太懂，只能耐着性子等待。其中一个胡子花白的老人转头对他说："年轻人，你这个童谣后半截实在模糊，只能说你家祖宅若是有石狮子，应当是大户人家。然而重庆城里的大户人家不少，也不能一家一家地问过去。"

任西东心中失望，但又不死心，就又问这童谣是不是可以联想到什么地点？

几个老人各自议论，还没有答复他，就听得身后堂倌来招呼他："客官，敢问客官可是姓任，任公子？"

任西东点头："不错，正是我。"

那堂倌脸色古怪，赔笑道："楼上有人请任公子喝茶。"

任西东一愣，那堂倌更是尴尬了，低声说："公子可千万要去啊，那位是码头的潘六爷，还有几个兄弟，是点名要公子赏光的。"

任西东还是不懂，旁边的老人听了，忍不住提醒道："年轻人，只怕是喊你去吃讲茶的。"

任西东更是发蒙："讲茶？什么是讲茶？"

他还想啰唆，然而旁边的堂倌已经有些等不及了，又连声劝道："公子先上楼去吧，去了就明白了。"

任西东和卢芳也不再拖延，便随着堂倌上了二楼，进了一个靠窗的雅间。

这房间里布置得素雅干净，一张八仙桌，几把太师椅，还有两个花凳，上头摆着罗汉松的盆景。在八仙桌上位坐着一个身材高胖的中年男子，穿着做工考究的长袍马褂，手上又是戒指又是扳指的，面前放了一碗热茶，旁边有个穿短打的青年正在给他卷叶子烟。

另外还有四五个男子分别坐在下首，都是长袍马褂的打扮，只是布料大都是黑色、绀色的土布，显得稍微逊色一些。而且年纪都不大，直勾勾地看着任西东二人。

任西东眼睛一扫，看到最末位一人眼神怨毒，再一辨认——原来就是早上被卢芳卸了胳膊的那个。任西东心头顿时明白了：这人是找了帮手来讨回阵仗了。

只听得那坐上位的胖子用浑厚的声音说："哥子，来了，坐嘛。"

多说一个字就要累喘气吗？任西东腹诽着，脸上还绷着礼貌的样子："这位先生客气了，敢问高姓大名？白白地被请喝茶，我有点儿不安呢。"

那胖子干笑道："你怕啥子？坐嘛，坐下来才好说话。"

任西东也笑了："我不怕的，只不过我一般不和认不得的人喝茶。"

那胖子脸色就有些沉了，然而还是没有发火，又说："我是码头上的潘老六，别人都喊我一声六爷，这几位都是我的大老么，今天你坐下来喝茶，就是给我面子……"

他话说一半，任西东也听出来了，不给面子只怕就要打起来。他不怕打架，但在胡振店里打，也太说不过去了。于是就在那潘老六对面坐下了。

旁边的堂倌见他们坐定了，就给任西东和卢芳重新冲泡了茶水，留下茶杯茶盘和开水，就退出去关上门。雅间里顿时就只剩下这些人和任西东面面相觑了。

潘老六一手咔咔地转着扳指，一手拿着茶盖慢慢地拨弄茶水，笑道："哥子对下人真是好，连丫鬟都可以上桌子。"

任西东说："阿芳从小就跟着我，名为仆人，实则如同我的妹妹一样。"

潘老六"哼"了一声："哥子听我一句，感情好归好，规矩还是要立的。你这样纵容她，就惹出了祸事。我这个大老幺，是她下手伤的吧？"

任西东看了看那个被卸胳膊的，点点头："没错，伤得也不太重吧？他是先出手想打阿芳的，哪里晓得阿芳是练过的。况且我还把胳膊给他接回去了，他都没谢谢我。"

那个人的脸色顿时涨红了，张嘴想骂，又想起了潘老六，于是硬生生咽回去了。

潘老六大概也是少见任西东这种护短的，冷笑道："哥子要晓得，你才到重庆就跟人结梁子，不好好地捞梁子，只怕走不出重庆城。"

任西东满脸真诚："潘先生你会说官话吗？这些方言我都不会，真的听不懂你在说什么。"

这回连潘老六都挂不住脸了，一拍桌面："哥子你要装傻的话，咱们这个茶就喝不下去了。"

任西东刚要说话，就听后面雅间的门开了，胡振走进来，笑道："老六过来了啊，招呼不周哦。"

他一进来，潘老六和其他人呼啦啦地都站起来了，喊道："五哥好。"

胡振跟大家打了招呼，又对任西东点点头："任先生好。"

潘老六旁边的一个人连忙让了座，胡振就在上位旁坐下来了，说："老六到我这里找任先生吃讲茶，是为了什么事？"

潘老六朝旁边一抬下巴："这个任公子和他的人打了我下面的大老幺，搞得带花。这个事情不光是老常他自己耗皮①，我都耗皮，

---

① 方言，丢面子的意思。"耗"念作sào。

总要找任公子说一说的。"

胡振看看那个叫老常的喽啰,问他伤处。那人撸起一边袖子,亮出曾经脱臼的胳膊,肘关节还有点儿指印和青肿,又脱下上衣,卢芳和任西东的拳脚也弄了些乌青在他皮肤上。

潘老六叫他把事情再给胡振说一遍,老常就把蔺三娃说自己被外来客砸了生意来找他帮忙,他们如何帮蔺三娃扎起,结果反而被打伤的经过讲了。

胡振点头,但不说话,拿起茶杯又给自己斟了一杯,跟潘老六的茶杯平平对放着。

潘老六一看这摆法,不由得挺直了背,脸色严肃:"五哥,你这是要搭台子啊?"

胡振又点头:"老六,你做人最讲义气,所以看不得你的大老幺被欺辱,这个我晓得。不过今天的事情,只怕不光是你不清楚缘由,老常也不晓得。但我刚好是跟了个全程,了解得很。"

于是就将蔺三娃在望江客栈中行骗被任西东识破的事情说给潘老六听了。最后胡振说:"这蔺三娃在吴二姐的店里犯事,那里也是我照看的,是他先坏了规矩,在我们的地盘上找钱。退一步说,就算任先生不是在吴二姐那里而是在别的地方阻止蔺三娃耍坏,也算是路见不平,保护弱质女流,是侠义举动。我们嗨皮的,看重的就是义气,但也要敬重有侠气的人。老六,我在码头做事公不公,你有数,我说这个话有没有理,你也掂量掂量。"

潘老六转着手里的扳指,望着老常,问:"蔺三娃给你是怎么说的?"

老常脸上有点儿蒙,说道:"六哥,那狗日的就是说他在给人卖货的时候教这位……这位任公子给压价砸了摊子。蔺三娃虽然是个空子,但跟我们几个都通皮,他请我们帮忙我们也没有多想。如今五哥给我们抽底火,我们晓得是遭那个狗日的骗了。"

潘老六叹了口气，对胡振拱手："还好你五哥当时在，不然今天又要误会任公子了。"他又转向任西东，"是我大老么被人骗了，这场误会我们先给任公子倒油，你给我们扯恕嘛！"

任西东已经憋了好久，感觉对面那两人说的话都是中国话，但就是听不懂。他连猜带蒙，也大概晓得是胡振把原委说清楚以后，两边一对，就知道是蔺三娃从中说谎，隐瞒了事情，骗这老常带人来帮他出气。

他说道："既然如此，误会就算解开了，我个人是不会记仇的。但你们打不过我和阿芳，也不该怪——"

眼瞧着他说话又要惹事，胡振微皱起眉头，打断了他："好，既然现在说清楚了，那这个事情就算是搁平了，不如大家以茶代酒，喝下去就算是揭过翻篇。"

"哎我说——"任西东还要啰唆，却被卢芳在旁边狠狠踩一脚，瞪着他，咬牙道："少爷、端、茶、杯！"

任西东撇了撇嘴，终于端起杯子，跟这群袍哥喝了。潘老六放下茶碗，说："那个狗日的蔺三娃居然骗到我们头上来了，又这么不落教，我们要他给我们矮起说。老常，他在哪里？"

"蔺三娃是个大烟鬼，现在多半又瘫在哪个烟馆里头抽上了。"

"好得很！"潘老六起身向胡振告辞，说是要去寻蔺三娃的麻烦，又对任西东说，"任公子既然是五哥和吴二姐的朋友，那也就是我潘老六的朋友，只要用得上我老六的，就尽管开口。"

任西东觉得他之前凶神恶煞，如今看来倒十分爽直，终于也客客气气地谢了他。其余的袍哥纷纷向胡振和任西东致意道别，走出了雅间。

门刚一关上，任西东就赶紧坐到胡振身边，迫不及待地问道："胡先生，刚才你跟那位潘先生说的话，就是传说中的黑话吗？听起来简直像密码，什么是'吃讲茶'？什么叫作'毪皮'？'搭台子'是啥意思？还有什么'嗨皮''通皮''抽底火''倒油''扯恕''不认黄'……对了，他进来就跟我说什么结梁子、捞梁子的，我都听不懂，简直是另外一个语言系统啊。"

胡振看他兴致很高，就笑着解释道，刚才跟潘老六说话，用的是袍哥习惯的一套话术，"讲茶"就是有事情在茶馆里头摆起茶碗把事情说清楚，解决好。"结梁子"就是结仇，"捞梁子"就是和解，自己调解这种事就是"搭台子"。"皮"指代的就是袍哥，所以"嗨皮"就是参加了袍哥的，"通皮"就是自己跟袍哥有关系。"耗皮"就是丢了脸，"抽底火"是把事情揭了底，"不落教"是不够朋友，最后"倒油"和"扯恕"，就是赔不是和原谅的意思，倒并不难猜。

任西东这下才清楚了，不由得连连称奇，非常感兴趣，要胡振教他黑话。胡振大笑："你又不是袍哥，学这些做什么，况且有些话你也不能学的。莫非，你也要嗨皮？"

任西东两眼放光，似乎还当了真。卢芳在旁边冷冷地说："少爷，你参加袍哥，是打算在这里教他们用微积分算账还是用试管测定溶液酸碱性啊？"

任西东想了想，遗憾地发现自己学的知识确实在帮会里没有用武之地，只好打消了这个念头。他又问胡振："那他们会怎么收拾那个蔺三娃呢？"

胡振不在意地摆摆手："老六知道轻重，至多就打断个手脚，不会要他性命。"

但作为推崇法制的任西东来说，这可真算得上是"重罚"了。胡振看出他脸色有异，就劝道："袍哥人家自然有一套行事规则，蔺三娃既然要借用袍哥的力量，就也要承受这套规则带来的后果。这是他咎由自取，任公子不必替他难过。"

任西东想再说什么，但一时间觉得需要好几篇论文的体量才说得清，于是干脆放弃了。

第四回

访老人寻根溯源，说旧闻疑窦丛生

这次吃讲茶，任西东实际上什么也没有"讲"，大多数时候都是听。他出身南洋富商家庭，念的是西式学堂，还从来没有跟真正的黑道中人接触过，这次潘老六来找麻烦，虽然势头不小，但算得上雷声大雨点小。虽然化解得轻松，但任西东还是觉得有些刺激。下来拉着胡振又问了许多关于"袍哥"的事。

其实在川渝地区，嗨袍哥的人不少，也并非神神秘秘、遮遮掩掩不见光的。袍哥本来就有清水袍哥和浑水袍哥的区分，浑水袍哥打家劫舍、杀人越货，触犯律法的事情干得不少，平时也低调不声张，而清水袍哥大多家世清白，甚至有些是乡绅巨富。浑水袍哥寻常人不敢惹，清水袍哥却跟普通人都相处得好。胡振早年杀过人，但那是为报家仇，后来改名换姓再没有犯案，所以在重庆立足以后，一贯是划为清水袍哥的。

他见任西东感兴趣，就捡了些可以让他晓得的掌故说了。任西东在他茶馆中坐了大半个上午，听得高兴，又不时地说些自己在西欧求学时的趣闻，两个人聊得很投机。

末了，胡振对任西东说："也不知道任先生在重庆能待多久，如果时间长，倒是真想跟任先生多多求教下西洋器物的厉害之处。"

任西东对胡振有些佩服，知道他原本跟洋人有不共戴天之仇，但还能有这种想搞明白西洋科技的念头。他很愿意把一些知识传授给胡振这样的聪明人，但遗憾的是得从很多基础的知识层面讲起来，那就需要比较长的时间，他又没有那么多时间。

"嗯……"任西东为难地想了想，"实际上，我待的时间长短，很大程度上取决于我得花多少时间来找到我家的故居。现在我还一点儿线索都没有，不过胡先生的茶馆我是巴不得多来的，这里的老人们说不定有人能知道。"

胡振想了想："要说这茶馆中的老人，倒是有几个与令尊年岁相当，若能请教一下，说不定还能找到一些线索。"

"刚才倒是问过几位老人家，似乎都没有什么印象。"

胡振又略微思忖，说："可惜我在重庆也只住了不过十数年，许多掌故也不知道。要说博闻强识的老先生，我倒是认识几位，其中有一位杜瑄杜公，已经是耄耋之年，但身体硬朗，精神矍铄，常常来我这里吃茶听戏。但他因为年岁大，往往来得较晚，按惯例吃了午饭就来点一杯沱茶，直到晚上才回去。如果任先生有空闲，不如在我这里消磨一阵子，等杜公来了，再向他请教。"

任西东听他这么说，看了看卢芳。

小丫头双手一摊："别看我，少爷，我可没啥意见，就看你。看你是坐不住要出门逛，还是乐意在这里等那老爷爷，反正你现在时间倒是大把的，就看你乐意怎么用了。"

胡振笑吟吟地看着卢芳口舌麻利地挤对她家少爷，觉得十分有趣。而任西东脸上没有丝毫不快，还真仿佛挺苦恼的样子，皱着眉挣扎了片刻，才叹了口气："还是先做正事要紧。"

他对胡振说："麻烦胡先生照顾，耽误您好一阵了，我和阿芳在这里自己坐坐就行，等那位杜老先生来了，就去向他请教。"

他这么说了,胡振也不再客套,又嘱咐了几句,就招呼另几个进来的熟人。

任西东和卢芳转到楼下的大堂里,找了个离门边不远的位置坐下来,小二给他们添了茶水,摆上了一些炒货,还笑着问他们饿不饿,若不嫌弃,茶馆隔壁的面馆可以叫吃的。任西东掏出怀表一看,倒真的已经接近中午了,虽然不算太饿,嘴巴里却突然真的感觉有些润润的。

"重庆的东西还挺好吃的。"任西东对卢芳说,"要不咱们叫点东西吃?"

卢芳笑了笑:"行呀,辣哭了不赖我。"

"入乡随俗,再说了,我啥时候怕这个?"任西东让那伙计推荐了几个菜,就巴巴地等着。隔壁的馆子很快就弄好了,提着食盒过来,任西东和卢芳一边吃着,一边闲聊,同时看着进出的客人。

现在已经正午了,外面的天气好了许多,隐隐有些淡黄色的阳光洒在外头的石板路上,窗户外有些方言聊天时远时近,还有挑夫们"嘿哟嘿哟"的吆喝跟"啪嗒啪嗒"的脚步声,显然在茶馆外路过的行人更多了。大约是吃过午饭了,茶馆里陆陆续续来了更多的客人,大概都是常客,一见面就相互作揖问好,也少不得往场子里一扫,在任西东和卢芳的身上多看两眼。

"咱们真是打眼,"任西东说,"你说我早知道自己长得端正,就该戴个帽子,对吧?"

卢芳嗑着瓜子儿都不想接话,倒是有些担心他们的打扮会不会让比较老派的人心生戒备,可现在去换也来不及了。如果旁边这位爷能再谦虚、低调一些,多少也还能省点儿心。但这么想着,她却还是叹了口气……

就在这个时候,外面响起了一阵"笃、笃"的声音,接着一个身材瘦小的老人跨了进来。他一跨进来,就让人感觉时间仿佛都慢慢地被拉长了。倒不是因为别的，就是因为他的动作特别缓慢。这个老人家年岁已经很大了，头顶上戴着黑色的瓜皮帽，顶子上有一颗翡翠的珠子，脑袋后面的辫子只有一小截，而且已经完全变白了，稀稀拉拉的样子，只有小拇指粗细。他的脸颊和额角周围有大片黑色的老人斑，密密麻麻地折叠在皱纹中，就好像一个风干且霉烂的果子。每一个看上去脏乎乎的皱褶里都藏着岁月的痕迹。他的嘴上还留着山羊胡，跟辫子一样是雪白雪白的，同样少得可怜，似乎一根根都能数出来。

他的身体已经佝偻了，似乎大部分的力量都依靠着手里的拐杖，而体面则来自身上的衣服——夹棉内袍的外面是织着祥云仙鹤暗花的缎面长衫，上半身的琵琶襟坎肩边缘露出油亮的黑貂毛，腰上还悬挂着一个香囊，下头的玉坠水色极好，一看就知道价值不菲。

这老人慢悠悠地进了茶馆，立刻成为大家注目的焦点。

他还没有开口，立刻就有好几桌的人站起来问安。他嘿嘿地笑着，跟那些人打招呼。其中一个桌子旁有一个中年人站起来对他双手一拱，微微欠身说："杜老来了，用过午饭了？"

老人满脸是笑，声音沙哑地回答："老唐啊，劳你挂心，我的确是吃过了，过来走一走，喝喝茶、消消食。"

那人听他这么说，立刻让出一个位置，其他人也起身挪动了自己的椅子。

"杜老，来，您坐这里。这个地方又能晒太阳，又不着风。"

然后就见那老人家道了声谢，慢悠悠地坐过去，早有人把竹椅子靠好。他坐下来，摘了帽子，露出光秃秃的脑门，上面也是大块的黑色老人斑。茶博士走过去，向那个老人家一弯腰，问喝什么。那老人家说了句"照旧"。茶博士点头就下去忙活了。

任西东和卢芳坐在旁边看完，相互一对视，便头碰头地低声商量起来。

任西东说:"这位老先生应该就是那位'杜公'了吧?咱们要不要上去认识认识?"

卢芳道:"多半就是了,他真的好老好老啊。看上去倒真像知道些事情的老人家呢。不过他的朋友蛮多,咱们就这么去太突兀啊。"她眼珠子又滴溜溜地转了转,对任西东说,"少爷,反正你钱多,就出点血嘛。"

"听起来倒不算什么难事。"

卢芳笑了笑:"能花钱就办到的,当然不算。"

卢芳起身到老虎灶旁,悄悄地给那个茶博士说了几句,又回来坐下。任西东问她做了啥,卢芳一笑:"老人家体虚,天气又这么冷,我让茶博士把这店里最好的红茶泡了送过去。"

"那万一老先生不爱喝红茶怎么办?"

"我当然是先问清了呀,如果他不爱喝红茶,那我就请他喝最好的绿茶。"

任西东给卢芳竖起拇指:"你果然想得细。"

卢芳也不骄傲,抬抬下巴:"还得有效果才行。"

两人也不再说话,只留心着那边。

不一会儿,茶博士上了茶,那老人没有立马就喝,只是熟练地拿茶盖刮着茶汤,忽然闻了闻味道,脸上露出诧异的神色。他把茶博士叫了回来,两人低声交谈了几句,茶博士就转头朝着卢芳他们的方向指了指。

卢芳冲任西东一笑:"看,有门了,这不就联系上了吗?"

任西东问道:"刚才那壶茶多少钱哪?"

卢芳眨眨眼:"怎么,你还在乎这个?不会扣我工钱吧?"

任西东说:"你看我像这么小气的雇主吗?我是说,要是这老先生真能帮咱们找到老宅,这钱可花得太值了。"

两人这么说着,就看茶博士快步过来了,笑嘻嘻地说:"二位,杜老爷请二位移步过去坐坐。"

卢芳和任西东看着老人也远远地站起身来,连忙赶过去,任西东向老人拱手作揖,向他问好。

这位姓杜的老人见他们两个打扮奇异,微微一拱手道:"不知道老朽何德何能,让两位请喝这样好的茶。承两位厚意,老朽也愿意投桃报李。方才请店家准备些茶点,两位请务必赏光。"

任西东当然乐意,卢芳也学着中国女子的礼仪做了个万福,旁边的人也搬来了竹椅,让他们坐下来。

杜老爷子慢慢地说:"老朽已经耳聋眼花,更不记事,两位看着面生,不知从何而来?为何想跟老朽结交呢?"

任西东便将自己的来处说了,坦言是南洋回来的华侨,祖籍就是重庆的,父亲从小离开,如今全家都定居在南洋。然而故土难忘,特派儿子回家寻根。

任西东说:"父亲年纪大了,身体也欠佳,从南洋过来千里迢迢,所以无奈放弃,然而还是希望看一看老家的模样,最后如果还能联系上一些远亲,也可慰余生。只是他离开重庆时年纪尚幼,许多往事记不太清,只有一些莫名其妙的线索,所以我们央请胡振胡五爷为我们引见您老人家,可指点疑惑。"

听他这么说,老人笑笑:"原来如此……老朽已到耄耋之年,别无所长,唯独活得够久,在重庆也算是生活了一辈子,别的不敢说,重庆的事情还是知道一些的。这位公子有什么疑问,倒是可以说给老朽听听。老朽知无不言,言无不尽吧。"

于是任西东就将父亲告知的那首童谣说给了这位杜老爷子听。

老人家听他说完,皱起了眉头,枯瘦的手指关节在桌上轻轻地叩击着。任西东也不敢打扰他,只能耐心地等他开口。

杜老爷子回忆了好一阵子,才开口道:"任公子,这童谣想必是贵府上专门让令尊背下来的,虽然听着跟本地的童谣有些相似,但其中显然有些话是新加的。比如说到门口有狮子，还有爬杆云云，应当都是为了让令尊记住样貌的。"

"方才也有老先生跟我说石狮子是一个特征，不过重庆城里有不少富裕的家庭修宅院的时候都有这个形制，总不能一个一个地找过去，何况时间也已经过了六十多年了。"

"说得在理啊，"杜老爷子轻轻捻着胡须，慢吞吞地说，"任公子毕竟没有生长在重庆，所以并不熟悉本地的情况。这童谣虽是话中有话的，但真想联系起来也不容易。这重庆城啊，原本就是一座山，五福宫乃最高处，沿着下来的各处都是高低不平，起起伏伏，难得有大片的平整空地。前朝有位蹇天官蹇义，蒙天子赐下府邸，在重庆城修了大片的家宅家庙，即便如此，也是依着地势来建的。那可算得上是重庆城中最大一片私宅了，这样的自然很容易想到。其他的，除非有更多线索，否则实难找到。"

任西东说："家父说记得门口曾经有对高杆，还能看到一个叫作'徐记茶馆'的地方。"

杜老爷子耷拉的眼皮抬了一下，又捻了捻胡须。任西东知道他正在回溯这八九十年的岁月，或许有太多的过往在这颗已经凋敝的头颅中闪现，任西东只能希望其中有一些是他所期望的。

这时旁边那个姓唐的中年男人插嘴问道："令尊离开重庆时，可否带了些家乡的事物可以做线索呢？"

任西东回答："倒也是有些的，不过都是类似长命锁、布老虎之类的寻常物件。哦，对了，也有一些瓶瓶罐罐的，但那都是我祖父带走的，留到我父亲手里的时候已经是空的了。"

那个中年男子摇头："这可真难了。时间隔得太远，就算是城中有些遗迹可寻，也湮没得差不多了，为何不想着早一些回来看看？"

任西东叹气道："倒不是不想，是不能。初到南洋的时候家里立足艰难，祖父先是行医，后来跟人合作经营橡胶园。这份家业挣得不容易，需要许多精神。祖父去世后，父亲耗费大半光阴，扶持整个家族，虽然有心回来看看，但并未成行。如今父亲年事已高，家中事务皆由大哥掌管，即便有心思回到故乡，然而路途遥远，舟车劳顿，他身体抱恙，已经不能远行。所以才请我先回来打探，主要是需要找到老宅，看看是否还有远亲。"

他刚说完，杜老爷子睁开眼睛又问道："令尊可还记得，门口的狮子是什么形状吗？"

任西东一愣："这个倒不曾说过……"

卢芳却插嘴道："我记得我记得，老爷以前曾经随口跟我讲笑话说，我练铁蛋子的时候就跟他家门口的狮子顶球似的。"

任西东愕然："顶球？你会顶球？顶个给我看看？"

卢芳眉毛一竖，就要发作，杜老爷子却呵呵笑了："姑娘不妨学个模样，让老朽看看能不能想起什么。"

卢芳虽然满心地不情愿，但也只有站起来，做了个扔铁蛋子的起手动作。若是平时，倒真可算英姿飒爽，然而此刻心不甘情不愿，做得敷衍，倒显出几分可爱来了。

任西东怕她翻脸，忍住不笑，周围的人却都忍俊不禁了。卢芳不好发作，嘟着嘴坐了下来，只盼自己这番出丑，能让这位老先生想起些事儿来。

杜老爷子却不像其他人那么笑着，反而更加沉默了。

他轻轻地重复着那两句童谣："门口狮子耍龙灯，幺儿爬杆像猴三儿。"

任西东眼睛一亮，猜测老爷子或许真联想到了什么。

老先生又问道："那茶楼的名号，是叫'徐记'？"

任西东点头。

老先生沉默了片刻，又问道："老朽年纪大，不中用了，公子方才说姓盛，对吗？"

任西东摇头："老先生听错了，是姓任，任重道远的任。"

杜老爷子侧着耳朵认真听了，点点头。他又眯着眼睛，拿茶盖刮着茶水，端起茶托来，慢慢抿了一口。周围的人也不敢多插嘴，就静静地等着。然而杜老爷子却又没再说话了。

任西东有些不死心地问道："老先生没想起什么来吗？"

杜老爷子轻轻地放下茶碗，对任西东说："真是有愧于公子请的好茶。老朽真的一点儿也想不起来。"

任西东掩饰不住失望，深深地叹了一口气。其他人见状，也不好说什么，只能纷纷安慰他。

杜老爷子又说："若是公子还有别的想打听的，倒是可以。说不定老朽还能回报一二。"

但任西东心中充满了失望，轻轻摇头。他不多说，杜老爷子似乎也有些无趣，又客套了几句，便起身要走，旁边姓唐的茶客诧异地说："老先生今天怎么走得这么早啊？"

"是啊，杜公为何今天走得这么早呢？不如再坐一坐聊一聊。"

杜老爷子却摆摆手说："方才认识这位公子，也不由得想起了一些前尘往事，有些伤神，年纪大了终究是个废物，就想回家小睡片刻。"

任西东听这话，只好连说"辛苦"。

然而杜老爷子却非常客气地拱手道："可惜不能为任公子解忧，还请多多担待。"

两人又客套了几句，杜老爷子就又挂着拐杖"笃、笃"地出了门。

任西东和卢芳站在原地，周围的人又安慰他们一阵，才回到各自的位置上坐下。

两人回到原位，茶已经凉了，阳光也从窗口移开了，座位旁边就显得冷清下来。卢芳低声对任西东说："少爷，我觉得这位老爷爷似乎没有说实话呀。"

任西东也点头道:"他最后问了几句,明显有所指,却又不愿意明说。"

那位老爷子是真不知道,想不出来,还是有什么不方便说?

卢芳说:"不如我们去问问他吧。"

任西东皱眉:"欲速则不达,今天咱们逼得太紧,老人家说不定就躲咱们,不来了。"

卢芳笑了笑:"又没让你给他表演一个空手劈砖。老人家嘛,这么大年纪了,咱们还能为难他不成?"

任西东搓搓手:"真要有用,倒也不是不可以来一手,可我觉得还不如咱们多来几次,跟老人家再套套近乎,老人家不都喜欢年轻人哄吗?没准儿一高兴,就有问必答了。"

"少爷,你的意思是你装孙子是吧?"

"你在骂我。"

"没有,只是问问我理解对了没有。"

任西东沉默了一会儿,才回答:"对。"

卢芳忍不住翘起嘴角。

两人商定了下回再来,眼看着时间也不早了,上去给胡振道了别,就出了茶馆。

任西东四处张望,想找个代步工具,然而重庆街道上却没有别处流行的黄包车,多是长竹竿捆着的一个担架,上头绑着一个竹躺椅,还挂了个脚踏板,有些讲究些的立着一个凉棚,两个轿夫抬着一路小跑。

任西东见街边有几个这样的轿子停在那里,轿夫正席地而坐,他带着卢芳过去,试着说:"请问这个轿子是可以租的吗?"

那几个轿夫见生意来了,麻溜地爬起来,一人说道:"回老爷话,咱这是凉轿,也叫滑竿,只要不出城门,您要去哪儿咱都只收二十五文。"

任西东点了两个，说了望江客栈，轿夫答了声"晓得"，立刻小跑着前进了。这轻便的滑竿在轿夫跑动时上下起伏，竟然还抖得有点儿节奏，任西东坐得非常舒服，忍不住转头对旁边同行的卢芳说："明天咱们雇两个滑竿一起在这城里逛，走再远也不累了。"

卢芳也笑道："只要少爷不嫌破费，那当然好。"

两人一路打趣着回到了望江客栈，任西东让卢芳去订晚饭，自己回到房间里休息。今天经历了太多事情，他这时候才略感疲惫。静下心来推开窗户远眺，从望江客栈这个方向能看到通向朝天门码头的下坡地势，各种吊脚楼沿着地势修得挤挤挨挨的，中间藏着蜿蜒向下的条石台阶，一直到远处，在房屋和地势的空隙处露出一片黄绿色的江面，也分不清是长江还是嘉陵江，也可能是已经混合的那段。天边的日头正在下落，即便是难得看到的那一小片江面，也渐渐地敷上了一层血红。天色越来越暗，红色渐渐转黑，一点点橙红的灯光在密密层层的房屋中间透出来，任西东可以想象如果在远处看到这样的景色会是一种多么迷幻的画面。

他一面欣赏着山城的落日，一面发现自己大概还是与这种城市缺少了某种联系，这种陌生感让他觉得不太舒服。过了好一会儿，任西东关好了门窗，决定去找客栈老板娘吴念娇，就盼着她带自己去看之前说好的"字水宵灯"了。

第五回

渡长江夜观奇景，遇旧仇暗觉蹊跷

望江客栈在朝天门这样的通商要道上，开门开得早，关门关得晚。有些生意人来往湖北四川，更远的从江浙过来，长年往返，在客栈里多住几次，都跟吴念娇熟识了。她是朝天门码头上有名的女袍哥，为人豪爽，讲义气。但凡码头上的人有什么难处，她都乐意出手相助，脾气火辣却又善解人意，结交了不少朋友。更有传言说，码头上十排兄弟中的红旗老五胡振是她的保护人，关系暧昧，所以只要晓得这位女掌柜的人，都尊她一声"吴二姐"，买她三分面子。

任西东白天的侠义举动，吴念娇看在眼里，十分欣赏。他说起了要看重庆的夜景，吴念娇就记在心头，已经叫店里的小二去安排好。任西东从楼上下来的时候，她就已经换好了衣服，披上了斗篷等着。

一见任西东，吴念娇嘴角就挂起了笑："听说任公子下午去五哥的茶馆里坐了？"

这消息自然也瞒不过她，任西东却没有打听她是怎么知道的，只是将蔺三娃如何欺骗潘老六的手下，来打黑棍，没有想到却被自己和卢芳打跑了，又说了在茶馆中被潘老六喊去吃讲茶，被胡振帮忙解决的事情。

吴念娇笑道："有五哥在，什么误会都解得开。任公子虽然倒霉遇上了蔺三娃，但又走运结识五哥在先，接下来就不会再有什么麻烦了。"

任西东说："希望如此，我也不想再给人家添麻烦了。"

两人说了几句，等到卢芳也穿戴好下楼来，就一起出门了。

吴念娇先是带着任西东来到码头边，上了一艘渡船。这船她白天雇来，说好了夜晚先在江上游弋一番，再渡去长江南岸，回看城中的灯火。

任西东上了船，一叶轻舟就慢慢地滑向江心。此刻白天来往的商船客船都已经停泊靠岸，江上除了零星的渡船，就是一些打夜渔的小船，挂着招鱼的灯。深秋的夜风从江上吹来，带着一股爽利的寒气。江水翻叠着波浪，每一层波浪上都映射着重庆城的灯光。

任西东白天看这座城，只觉得吊脚楼杂乱无章，城市中纷繁熙攘，热闹却又透着粗陋。然而入夜之后这一切仿佛都被浓墨遮蔽了，反而将这城市独一无二的身形凸显出来，万家灯火在起伏的地势中仿佛璀璨的星光，这光芒又一点点地洒落在江面上，随着波纹上下漂浮。不动的城巍然屹立，而投下的影子却在优美而缓慢地荡漾，两相照应，形成了独特的瑰丽模样。

任西东从未见过这样的场景，不由得看入了迷。吴念娇在他旁边笑问道："任公子，咱这里的景色可还入得您的眼？"

任西东点头："家父常说故乡的景色别处没有，一见难忘。我只当他是敝帚自珍，如今来看，是我没有见识。"

任西东和吴念娇聊起那首童谣，又背了一遍，他四川话说得很不地道，只是模仿着父亲的发音，吴念娇听了忍不住发笑："倒是有几句耳熟，可任公子这么一说，我都不敢说是小时候唱过的了。"

"这倒可以理解，毕竟我这个人唱歌比一般人都要好听些。"

卢芳在一旁吼道:"少爷,江风大,你当心闪了舌头。"

吴念娇笑得直不起腰,几人闲聊着,一路就过了江,在南岸一个野码头靠了岸。

吴念娇介绍说:"这里往上是老君洞,香火好得很,更要紧的是这道观依山而建,从这里看重庆城不光能看到灯光,整个江面也看得全。此刻多半已经关闭大门了,不过我平时常来此布施,道爷们都跟我熟了,我央求他们通融一下,应当是没有问题的。只是咱们也得快点,城门关了就不好进去了,虽然说是有袍哥弟兄可以通融,但也不可以太晚。"

任西东连声说"记下了",船夫给他们点了两个灯笼,便钻进船舱等着。三个人说说笑笑地拾级而上,向老君洞走去。

虽然是入了夜,但时间还不算太晚,路上仍然有行人。有些是路过回家的,有些是从老君洞吃了素斋下来去码头,不过越往上人就越少了,两旁的古木苍苍,越发显得这条石阶路幽深寂静。若不是三个人都是胆大的,只怕还不敢再往前走了。

吴念娇正给任西东摆谈一些重庆的掌故,只听得前面脚步匆匆,一个人从台阶上冲下来,一头就撞在了吴念娇身上,她站立不稳差点摔倒,还好任西东眼疾手快,一把就给扶住了。

那人却反而像是被撞的,竟一下子坐倒在台阶上。卢芳举起手中的灯笼一照,看清了那人的脸,愕然道:"怎么又是你!"

原来这撞到他们的人,竟然是白天两度碰见的无赖蔺三娃。

此刻他鼻青脸肿,狼狈不堪,一手抱在胸前,被卢芳的灯笼照到,立刻举起另外一只手来挡住眼睛,还发出惨叫。任西东感觉有异,连忙上前把他扶起来。只见蔺三娃哆哆嗦嗦地放下手,露出了脸。

近看他这模样,更是怪异了:显然是被打过一顿,脸上到处都是青紫,然而更怪的是嘴角和脸侧起了不少红红的水泡,不像是打出来的,眼睛浑浊发黄,瞳孔都收缩得很小了。

任西东皱眉道："蔺先生，你最好去看看大夫，我觉得你肯定是生病了。"

蔺三娃看清了他的模样，恶狠狠地说："我好得很，你莫咒我！"

他吐气中带着一股酸腐味道，任西东忍不住掩鼻。蔺三娃乘机一把推开他，"噔噔噔"地跑走了。任西东也没看清楚，只知道他一只手始终抱在胸前，似乎攥着什么东西。不过他也没有兴趣深究，只觉得这无赖多半是被潘老六的人教训了，所以对自己又恨又怕。

"他也跑到这里来做什么？"卢芳问道，"一副倒霉相，只怕白天过得不怎么顺。"

吴念娇冷冷地说："别管他，自己不懂规矩，受点教训是应该的。"

但任西东却摇头："他似乎不光被揍过，我觉得他应该是得了什么病，表征不太对劲——"

他话音未落，前方又跑来了一个人，气喘吁吁的样子，近了一看，是个西装革履的洋人。

那洋人身形矮胖，手里拿着文明杖，一看到他们就停下脚步，用生硬的汉语问道："晚上好，请问，刚才，有一个人跑过去吗？长得瘦……很瘦……"

任西东说："是不是脸上还带着伤？"

那洋人理解了片刻，才点点头，指着自己的脸示意："这里……对……"

任西东见他说中文吃力，索性用英文试探着问道："刚才是有个男人撞到了我们以后逃走了，他个子瘦小，脸上青肿，应该就是你说的那个人吧。"

那洋人见任西东穿着打扮都偏西式，又会说英文，顿时很高兴，也换成英文跟他说话："晚上好，我叫维克多·布鲁，来自英国。您刚才遇到的那个人一定就是我要找的，他在上面抢劫了我，说是乞讨，但我掏出钱包就被他夺走了！"

"那要追上去吗?"卢芳也用英文问道,"他刚跑开没多久。"

"谢谢,小姐,"那位英国人向卢芳抬了抬帽子,又叹了口气,"算了,现在路上这么黑,追上他很难了。"

"或许可以报警,"任西东建议道,"不过我没有在这里报过警。"

"哦,先生,请允许我提醒你,清朝警察的效率可比你想象的更糟糕,当然,即便他们为我们服务得还不错,"那个英国人叹了口气,整理了一下仪容,"很高兴认识您,我该怎么称呼您呢?"

"啊,抱歉,布鲁先生,我姓任,您可以叫我伊斯特①,"任西东说,"我去过伦敦,那地方很有趣。"

"真难得,那么伊斯特,你也可以叫我维克多。你是中国人吗?我注意到你没有那个……"他用手指在脑后比画了一下,他说的应该是辫子。

"我是,但我不住在中国,"任西东说,"我的家在马六甲那边。"

"原来如此,"维克多·布鲁向他伸出手,"很高兴认识你,任先生,如果有空,欢迎你到我们的公司来看看,叫作立德乐洋行。我有重庆能找到的最好的咖啡。"

"如果有机会我会非常乐意的。也很高兴认识你,维克多。"

两个人又握握手,互相道别。那洋人朝卢芳和吴念娇又抬抬帽檐致意,就慢慢地走远了。

吴念娇笑道:"任公子,想不到你竟然会说洋话,甚至连卢芳姑娘也会,真是厉害了。我在旁边就如同个聋子一样,什么也听不懂呢。"

卢芳说:"那洋人说蔺三娃装作乞讨,打劫他来着。那蔺三娃脸上带伤,一看就是白天被教训了,偏偏还要作怪,也真是狗改不了吃屎。"

---

① 即 East,任西东的英文名。

然而任西东却冷笑道:"我怕那个维克多·布鲁也没说实话。"

卢芳诧异地问:"少爷为何这么讲?"

任西东说:"你想啊,一个洋人晚上独自来游览一个道观就很奇怪,况且这道观还快关门了,除非他跟我们一样有吴二姐这样可以通融的人。蔺三娃向一个洋人要钱也很奇怪,要乞讨何苦这个时候到这里来。而且维克多说他是要掏钱包准备施舍,最多也就是丢几枚铜圆,总不会阔绰到给龙洋这样的银币甚至是银票吧?但一般人怎么会把几文钱专门放在钱包里呢?"

卢芳撇嘴:"他可是英国人,他们的钱全是硬币。"

任西东耸耸肩:"当然,但英国人不会把便士、先令和英镑都统统混装在一起,也许英镑和先令都会有个钱袋,但作为零钱的便士都会随意放在口袋里,买报纸或者支付小费都可以马上摸出来。大额银币和小额铜圆混装会不方便,你试想买杯茶的时候得把口袋里的硬币都倒出来数,是啥感觉?"

"少爷,这可牵扯到每个人不同的习惯啊。"

"阿芳,这也牵扯到概率啊。我并没有判断维克多收纳钱币的习惯和百分之九十的人一样,但既然他的穿着打扮和言谈举止像个普通人,那我为什么要设定他是那有差异的百分之十呢?这样推导的话,他习惯特殊和他说谎这两者之间,当然是后者的可能性更大。"

"少爷你的数据也没有根据啊?"

"没有,可我这不是在假设举例吗?而且……"任西东又说,"蔺三娃从撞了咱们到他逃走,手里好像藏着东西,不过我也没有听到钱币的声音,要说是钱袋子,可也没那么小的吧。"

吴念娇在旁边听他们俩你来我往的,忍不住笑道:"两位真是有意思,半点也不像主仆。不过任公子眼尖心细,真是让我佩服。那蔺三娃和洋鬼子都奸猾,真有什么勾当跟咱们也没关系,别为他俩耽搁了看风景的时间。"

她这么一说，任西东立刻连连点头："吴二姐说的才是正理，我可对他们做了啥半点兴趣也没有，反正也惹不到我们头上。"

吴念娇笑道："那就接着走吧。"

三个人接着往前，一路上碰到些下来的香客，到了老君洞，山门果然快要关了。好在吴念娇常年来布施，一个叫作凌霄的道人跟她交好，便带他们上了玉皇楼。从楼上可以远远望见两江所夹的重庆城，城中的星火更加遥远，江面上的倒影也显得模糊起来了，似乎反而不如在渡船上看到的动人心魄。

吴念娇说："夜再深一些，灯就灭得多些，不中看了。任公子若有意，下次可再早来半个时辰。"

任西东说："哎，我就知道遇到那个蔺三娃就没啥好事，要不是他我就不会跟维克多·布鲁多说话了，也不会跟阿芳啰唆耽搁时间。不过今晚已经开眼了，下次再找机会就是。"

吴念娇劝慰道："只要任公子有时间，我倒是愿意尽地主之谊。我看这天气，明天要起雾，任公子若是有兴趣，明天一早起来，看看重庆的大雾锁江也是挺好的。"

玉皇楼依着山势而建，待得久了，呼呼的寒风直扑面颊，三人也就没有久留。谢过了凌霄道人，就沿着原路回了望江客栈。这一晚上吴念娇跟任西东主仆二人说说笑笑，竟然十分投缘。任西东找她打听了许多重庆的往事，回到客栈的时候，幺师刘叔还在等门，见他们都回来了，总算松了口气。

任西东又谢过了他，才跟众人分别，回到房间洗漱过后躺下，不一会儿就沉入了梦乡。

望江客栈中客房床褥都十分干净，又厚实暖和，任西东虽然挑剔，也颇为满意，睡得很好。蒙蒙眬眬中似乎又看到今晚所见的字水宵灯：一片黑色的丘陵耸立，上面全是闪烁的星光，水流下如悬浮着无数星辰，而这些星光却并不像先前那样静静地与山城倒映，而是随着江水不断地东流。甚至连城中的星光也融化了，如金沙一样流入了江水，汹涌地向东而去。任西东站在岸边，惊叹这奇迹，但接下来的一幕却变得可怖起来：

灯光流走，伴随着随风而来的隐约惨呼，黑下去的地方竟然再没有亮起来。这场景就仿佛人蜕去了皮，渐渐露出灰白色的骨头。整个城市都在任西东面前失去了生命，显露出枯萎的残垣断壁，最后竟然如同一座死城。然后江水中便升腾起一股浓浓的灰白色雾气，渐渐地弥漫开来，很快便将带走了星光的江水、死去的城池和整个世界都包裹起来。任西东只觉得那湿冷而带着腥味的雾气也向自己袭来，顷刻间自己也融化在了其中。

任西东感觉浑身冰冷，出了一头冷汗，猛地醒过来。

此刻天已经微微发亮，雕花窗的白纸透出了微光。任西东坐起来长长地叹了口气，他虽然不相信什么噩兆之类神神鬼鬼的东西，但那梦境的可怕还是让他胸口发闷，一种阴郁的感觉挥之不去。

他甩甩头，心中想着还是早点出门走走，慢慢溜达到胡振的茶馆里去，等着那位杜老爷子吧，毕竟那边才是回重庆来做的正事儿。

第六回

迷心智春华抱恙，伸援手公子诊病

任西东和卢芳用过早饭，就出门溜达了。

就如同昨天吴念娇所预料的那样，今天一早江上果然起了大雾，这雾气也弥漫到了城中，虽然不算特别浓重，但也就只能看到十几步远。吊脚楼在雾气中显得特别玄妙，就如同空中楼阁一样，而来来往往的人在雾气中穿梭，仿佛幽灵一般，忽而近忽而远。雾气遮蔽了日光，带着一种扑面而来的湿冷，像一层阴凉的纱裹在皮肤上。

两个人想着杜老爷子中午才会去喝茶聊天，于是也不着急，干脆就在城中闲逛，一直到太阳出来，雾气就散了，阳光反而明亮。两人是什么都觉得稀奇，特别是任西东，看着路边修面的觉得好玩，看着举着一大捆草鞋叫卖的也觉得好玩，蹲在路边跟一群小孩儿看糖关刀更是能看半天，一高兴就掏出钱来转了十圈八圈的，让每个孩子都兴高采烈地举着跑了。

这么一来两人到茶馆都中午了，茶博士见他们又来，就安排了好位置，不过说胡振今天有事不在，两人也不介意，专心等着杜老爷子。

老人家果然又是那个点儿来了，看到他们也不多说，就微微一点头。任西东和卢芳也十分乖觉，并没有上去打搅。

就这样喝着茶，卢芳和任西东不过去，杜老爷子也没看他们，各自做各自的。

卢芳悄悄地问："少爷，咱们要来几次才好跟老爷子再搭话呀？"

任西东笑了笑："刘备还三顾茅庐呢，咱们可以先在胡先生这里预支个三十日的茶钱。"

卢芳"哼"了一声："反正磨到最后钱花光了，你要找汇钱的地方可不容易。老爷问我，我就说你在这里花天酒地给挥霍了。"

"你说你这么坑我有什么好处，没钱回去我还不是只有拿你的首饰去当。"

"那我拿你的衣服去当了，自己买票回去！"

两人正斗嘴玩儿，茶博士忽然领着一个人过来了："二位，打搅了，吴掌柜的那边有人来，您看要不要见见？"

任西东咳嗽了一声："好，是有什么事儿吗？"

"这咱就不知道了。"

茶博士退下，他后面那人就上前了一步。那是一个六十岁左右的老者，穿着夹棉的旧长袍，戴着狗皮帽，脸上留着花白胡须，面带焦虑。见任西东出来，他拱手行礼，说："小人叫谭有利，敢问阁下可是任西东任公子？"

任西东点头："正是。"

老者从衣服里摸出一封信来呈上："小人奉东家之命送这封密信前来，要请任公子过目。先去的望江客栈，没见到公子，蒙吴掌柜指点，说公子可能来了胡五爷这边，因此斗胆过来，搅了公子雅兴。"

任西东诧异万分，接过那封信，只见信封粘得严严实实的，然而封皮上却一个字也没有。

任西东问道："你东家是谁？"

老者说:"任公子一读这信中的内容便知。小人不敢久留,这就告辞了。"

说完就向任西东抱拳施礼,快步离开了。

卢芳好奇地问:"那人是谁,怎么来找你?"

任西东拿着信封翻来覆去地看,然后一边撕掉封口,一边摇头,他只展信读了几段,便皱眉道:"真是奇怪了……"

原来这信上署名的人叫作"谭玥",是本地谭家大院的人,说是家中出现了怪事,有人死去后又突然活了过来,结果被认为是诈尸。家里人就要将这重新活过来的人打死。现在特意叫谭有利送信来,就是希望任西东赶紧去一趟谭家大院,弄清真相。

任西东将那信递给了卢芳:"真奇怪,我们并不认识谭家的人吧?"

卢芳读完那封信,笑道:"少爷,你才到重庆不过两天,就又是惹上袍哥,又是被人求救,可精彩得很。想来你的名声已经传得很远了。"

任西东摸摸下巴:"要么是我这个人就好惹事上身,要么就是重庆这地方容易出事。"

"那这谭家,咱们去还是不去?"卢芳又顿了一下,"算了,我就是白问,这样稀奇的事情,少爷你要是跟我说不去,才是奇了怪了!"

任西东笑道:"阿芳你这话说得我多爱凑热闹一般,现在是人家有求于我,这可是一份难得的信任,咱们怎么能不去呢?"

卢芳把信叠起来装好,重新递给他:"少爷,你就是爱凑热闹。"

任西东和卢芳叫了两个滑竿,按照那"谭玥"留下的地址,赶往谭家大院。轿夫在大街小巷中健步如飞,走得又快又熟练,果然是靠下力跑路为生的,很快就来到了一幢大宅门前。

轿夫放下滑竿,对任西东说:"客官,这就是您要找的谭家大院了,盛惠五十文。"

任西东付了钱,轿夫们很快离开,只见得浓雾被他们搅了几搅,便将背影吞没了,唯独剩下这两人在大门前抬头看着匾额,显得有些诡异。

这谭家显然家底殷实,这宅院光从门口看来就颇有气势,黑漆大门下头镶着两排铜钉,黄铜的门环锃亮,大门上的石匾刻着四个颜体大字"福瑞盈门"。

任西东整了整衣服,上前敲了敲门环,不多时就有人开了门。然而跟别处都是小厮把门不同,这开门的竟然是一个十六七岁的丫鬟,一张圆脸,眼睛黑溜溜的,很机灵的样子。见到任西东,还未等他开口,就连珠炮一样地问道:"阁下是哪个?姓任对吗?是不是见过一个谭家的老仆?"

任西东连忙称是,并说有个谭有利老先生来送了信,请他到府上来。

那丫头面露喜色:"哎呀,就怕你不来哩!我早上支开蒋二娃等到现在!你不要从这个门进,你绕到左边,有个挂灯笼的侧门,上头写了个谭字的,从那里进来。我这就去给你开门。"

说完也不等任西东回答,"砰"的一下就将门关上了。

任西东愣了一下,转头看着卢芳:"这家人真是奇怪了。"

卢芳正色:"少爷你小心点,说不定要你帮忙鉴别诈尸是假,看你在本地无依无靠,拐进府里去当苦力,拴着跟驴一起推磨才是真。"

任西东笑起来:"那可就浪费了,既然都拐了我,就要让我发挥最大的经济效益:比如请我来做个管家账房什么的,再让我考察考察重庆市场,牵线搭桥,把橡胶的进出口生意做起来。"

两人一边打趣,一边按那丫鬟说的找到了侧门。还没到,就看见那圆脸丫鬟探头探脑。任西东问:"那个谭玥是你们府里的谁?为什么邀请了我又不从正门走?万一你们说了谎要害我呢?"

那丫鬟嘻嘻一笑:"任公子说得真有趣,你又不是唐僧,我们也不是妖怪,害了你也不能长生不老啊。给你去信的可是我家顶重要的人,你既然有侠义心肠,怎能不临危救急?"

"我大概就没有,你们府里闹诈尸也跟我没关系。"

"哎呀,没有也成,你随便来一趟,就当有人请你吃饭了!快走快走!"那丫鬟不耐烦起来,一把抓住任西东就往门里拽。卢芳立刻钳住那丫头的手:"干吗?有你这么请人的吗?"

圆脸丫鬟低声惊呼,语带哭腔:"哎哟,我的姑奶奶,真不骗人。写信的是咱家小姐,不是走投无路也不愿意去求外人帮忙啊!"

任西东听她这么一说,连忙拦住了卢芳的手:"阿芳,阿芳,算了。到底怎么回事也只有当面问了才弄得清楚。反正来都来了,以咱们俩的身手,还怕什么意外吗?"

卢芳松开了丫鬟,那姑娘委屈地眨巴着眼睛:"那……现在可以进去了吗?"

任西东点头:"走吧。"

三人便进了侧门,丫鬟插上门闩走到前面带路。卢芳凑到任西东耳边,轻声说:"少爷,不是所有的小姐都是大美人哦。"

那丫鬟带着任西东和卢芳往里面走,专挑人少的地方,偶尔遇到两三个仆人,她就笑嘻嘻地说是请来修西洋钟的。这样三人在院子里穿了几个屋,来到一处不大不小的天井里,四周都放着罗汉松盆景,中间的青砖地面上摆了个黄铜大缸,上头有几根已经凋谢的荷花枯茎。一个上身穿着芙蓉花夹袄、下身穿着马面裙的女子正站在那铜缸边上,轻轻地将一些鱼食撒下去,引得里面的锦鲤浮到水面上来,纷纷张嘴争抢。

丫鬟叫了一声"小姐",领着任西东走上前去,说:"任公子到了。"

那女子抬起头来,露出一张俏丽的面孔,顿时让这深秋的天井亮得如同开满了春花一般。她漆黑的头发在脑后编着长辫子,只简单地在头发上别了一朵珍珠花,走过来的时候耳朵上小巧的珊瑚珠坠子微微摇动,跟红润的嘴唇一样显得生动又悦目。

任西东刚开始觉得她很眼熟,但又想不起在哪里见过,然而当他凝视她的眼睛后,顿时想了起来。

他问道:"谭小姐与在下莫不是在望江客栈中有过一面之缘?"

那少女向他微微一福,脸颊上透出淡淡的粉色:"问任公子安。小女子谭玥,之前正是蒙公子解难,如今又要冒昧地请公子相助。"

原来前两天正是这位谭小姐女扮男装,那日她穿着长衫,戴了墨镜,看不真切。今天瞧她衣衫上的刺绣极为精致,妆容整齐,整个人都矜贵了。

任西东见是"熟人",就更放下心来,向谭玥问好,然后说:"你给我的信里说诈尸,是怎么回事?诈尸是不是那种死了又活了的?"

他这么问的时候,旁边的圆脸丫鬟一副惊恐模样,双手合十不断地念佛。而谭玥也脸色发白,她朝四周看了看:"这里说话不便,请任公子跟我来。"说罢转身从天井中出去。

任西东回头看着卢芳,有些得意地压低声音对她说:"这个小姐的确不是大美人,她是个不折不扣的小美人!"然后就赶紧跟了过去。

卢芳冲他的背影翻了个白眼,和圆脸丫头一起也离开了天井。

四人来到了一处耳房,圆脸丫鬟又仔细打量了一番,开门让他们进去,然后关上门自己在外头守着。谭玥来到房间里,脸上的表情才放松了一些,把缘由对任西东从头到尾说了。

谭家人丁不旺,父亲作为独子也只有她一个女儿,教育上颇为

61

开明。她生性活泼好动,早就听说了洋人的大轮船,想去看看,便拉着贴身丫鬟之一的春华乔装改扮溜出了家。不想遇到了蔺三娃这种无赖骗子。任西东为她们解围以后,她和春华看到蔺三娃意图报复,特地给任西东通了消息。然而她们出门的时候,却还是跟蔺三娃打了个照面,春华脾气暴,跟蔺三娃有点儿口舌之争。两人争执起来,蔺三娃恼羞成怒,竟咬了春华一口,转身就跑。谭玥追不上,也不想多生事端,拉着大哭的春华就赶紧回家。

然而回来过了一天,春华突然得了急症,不到三两个时辰就暴毙了。请的医生还在路上,她就没了呼吸,然而等医生到了,一号脉,却说春华没死。春华也醒了过来,但举止动作不似活人,像是得了失心疯。于是就被关在了府中。

谭玥的母亲谭夫人听了煮饭婆子的话,说是春华中邪了,就连夜请来了端公。端公说春华是诈尸,又说是厉鬼借尸还魂,应该早点把春华捆起来活埋。谭玥却觉得春华不过是急症攻心,想救春华的性命。

这样僵持不下,眼看着谭夫人被端公说动了,谭玥又气又急,一夜没有合眼。最后想到任西东解决了看似诡异的骗局,想来应该对这种事情也有办法,于是便写了封信,让老仆邀请任西东过来。

任西东听她说完了,这才点点头:"原来如此,我听小姐说的这件事,倒不是很稀奇。因为所谓的死人复活,大部分是来自假死的病例。就是人看起来像断了气,其实只是呼吸和心跳都过于微弱,可能瞳孔反应也极难分辨,所以被判定为死亡。"

谭玥问道:"这么说,其实春华原本就没有死?"

任西东说:"按照惯例推断如此,还是需要去看看她本人才能判断。"

"她如今被关在后头柴房当中,有两个下人看管着,"谭玥迟疑了下,"我爹外出未归,家里只有我娘主持大小事务。这种事情从来没有遇到过，我娘也不知道该如何处置，她很信端公的话，我只怕她今天晚上就要让人把春华扛走。"

任西东问道："请来的端公是什么人？为什么能说出这么荒唐的话？"

卢芳在旁边插嘴："端公就是巫师吧，跳大神的那种，不知道我猜得对不对？"

谭玥点头道："不错，这位端公叫作周大爷，在本地小有名气。据说捉鬼请神十分精通，一碗水能让鬼现形，还捉过蛇妖，厉害得很！"

任西东笑道："嗯，魔术师都很厉害的，我在法兰西还见过能从帽子里掏出活兔子，把助手切成两段又拼起来的呢！大概放到这里能被尊为神仙。"

谭玥说："昨天见任公子破解蔺三娃的骗术就知道，反常之事多半有常人不能明白的道理，所以希望任公子能弄清春华到底是怎么了。"

"好，我也想验证一下猜测对不对，"任西东又问道，"但你们这里是没有法律的吗？竟然可以就这么轻易地活埋一个少女，太没人道了，这跟奴隶社会有什么区别？"

谭玥说："春华是饥荒逃难来到这里的，六岁就卖身到我家了，卖身契上已经说了生死皆由我家做主，如今她得了病，只说是病死，也没有人能追究的。"

任西东连连摇头："她是一个人，不是物件，怎么能因为钱就夺走她的生命和自由。没人有权利杀死她，你的母亲没有，任何人都没有。"

谭玥眼圈泛红："春华和我从小就待在一起，我也不想她死，然而我一个人也犟不过母亲和那端公，只能求任公子千万要弄清楚真相，救救春华。"

任西东叹口气："只要是能救人命的事情，我当然义不容辞。如今你得先带我去看看春华，我才能想办法。"

谭玥连忙擦擦眼角，说："好，我现在就带你们去，不过就麻烦任公子暂时说自己是洋大夫，这样或许更容易让母亲相信。"

任西东点头："当然，我要扮成什么人都可以，重要的是最后能找到答案。"

三人出了耳房，圆脸丫鬟还守在那里。谭玥说："这丫头叫作秋菊，也是从小就跟着我的，她为人聪明得很，能帮上忙。"又对丫鬟吩咐道："现在任公子要去看看春华，娘虽然不许这事儿传出去，但如今肯定是瞒不住的，到时候就说是我让你请了个洋大夫来瞧，别说穿了。"

秋菊拍拍胸口："小姐，您就安心吧，太太若是问起来，我一准儿不会把别的事儿牵扯进来，就说是我早先认识的。"

谭玥似乎听出她是说昨天的事儿，脸上又隐隐泛红，捏了把她的圆脸："就知道你鬼机灵的，快走吧。"

秋菊一笑，当先就走了。

卢芳偷偷对任西东说："少爷，你连听诊器都没有带一个，怎么装医生啊？"

任西东一拍脑门："说的也是啊。"

他眼珠转了转，在身上掏了几下，发现还是带着手帕的，然后又赶紧解开外套脱下来，把前面两个姑娘吓得脸都红了。

卢芳叫道："少爷，你干吗？"

任西东摆摆手没理她，把左臂的橡皮袖箍褪下来，然后又穿好了衣服，对谭玥说道："对了，你能找个漏斗给我吗？最好再有一截竹管。漏斗不需要多大，巴掌大就够了，竹管也别太长，大概五六寸就行。"

谭玥莫名其妙地看着他。

"道具，道具，"任西东说，"咱们虽然不是在演戏，但这个身份需要一个佐证。"

秋菊说："任公子，我等下就给您找来。一会儿咱们要过厨房，那里倒油壶的漏斗有好几个呢，还有陈管家的竹笛，我直接给您拿来。"

任西东拍手笑道："不错不错，不过那笛子我只要没钻孔的一段儿。"

秋菊说："也好办，我偷偷给他截了就是。"

任西东满意地说："很好，很好，这样道具就可以做好了。"

第七回

破迷信怒斥端公，救丫鬟顿生龃龉

任西东和卢芳跟在秋菊身后，不时地问她具体的情况。

谭玥说自己和春华偷偷出门并不是第一次了，所以路数跟从前一样。春华虽然是个小姑娘，但性格泼辣，而且特别护主，绝不让自己受到欺负。她俩在客栈中遇事儿，跟蔺三娃结了仇，担心后面再出岔子，就直接回了家。到家以后将衣服都换了，藏在柜子里，照常地吃饭、读书、绣花，没有露出什么破绽。下午过后春华就觉得仿佛是受了风寒，身体发热，恶心反胃。晚饭都没有胃口吃，刚入夜就昏倒了，人事不省。家里的老婆子们掐人中，灌凉水，都没有起作用，眼看着出气多进气少。医生还没有请来就蹬直腿了。

这医生是谭家常年熟识的，也是经验老到的名医了，气喘吁吁地赶来了，说是人已经死了，倒也没有扭头就走。他摸着花白的胡子，想验尸，看看是什么急症。结果摸着脉搏的时候，辨别出还有极轻微的跳动。于是赶紧拿出银针来扎了几下，春华白眼一翻，竟然真的醒过来了！

然而春华醒来过后就性情大变，一会儿疯号，一会儿满地打滚，甚至还扑着人咬。众人吓得够呛，还是管家婆子叫来了年轻的伙计，将春华绑住。

医生也不知道这到底是怎么回事，只能告辞。

有婆子说这死去活来的，怕是被鬼上身，谭家太太来看了，立刻就信了三分。连夜请来了城里有名的端公周大爷，周大爷又是念咒又是跳神，最后一道符水灌下去，春华才沉沉睡去。这下周大爷就有了证据，给谭太太说这是外面撞了鬼。太太一听，就严厉地责问了谭玥，知道她们竟然私自出门，更信了端公的说法。不过当时已经天亮，端公也不愿意白天埋人。当即就决定今天入夜再将春华送走，由端公拉去南山那边埋掉。

这前后的缘故说完了，一行人也刚好来到了后厨。几人在外面站了站，秋菊赶紧去将漏斗和竹笛都拿了来。任西东也没真截断竹笛，拿纸堵了孔眼，然后把漏斗和短笛套好，拿手巾裹成一体，再用袖箍两头捆扎实了，就权当一个听诊器。

几人进了后厨，一眼就看到两个身高体胖的男仆坐在一个棚屋外头，两扇柴门紧闭着。他们见谭玥来了，忙起身行礼。

谭玥指着任西东说："我特地请来了西洋大夫来给春华看病，让我们进去。"

其中一个男仆为难地笑了笑："小姐，太太说了，春华今晚就要送走，谁也不能见。您这是何必呢？"

谭玥耐心地说："我知道娘已经盼咐了，但是春华既然还没有送走，就是我的丫鬟，我怎么就不能再救救她？反正你们都说她是个死人了，我们多看死人一眼又有什么关系？"

男仆被她说得哑口无言，另外一个稍微机灵些，说道："小姐要看春华我们当然不敢拦着，但是太太都开口了，小姐也是知道的。如果小姐一定要再看看，那小人只有去跟太太禀报了。"

谭玥点点头："你们尽管去便是，现在可不能拦着我，让开吧。"

她使了个眼色，秋菊立刻上前去推开门，两个男仆不敢真阻拦，其中一个向另外一人使了个眼色，就脚底抹油了。谭玥知道他是去通知母亲，也不多说，跟任西东一起进了柴房。

这小小的棚屋中堆放了许多木柴和木炭，还有少量的煤。一股灰尘和潮湿的臭味弥漫其中。听到人的响动，几只原本在啃麻袋的老鼠立刻窸窸窣窣地钻到了墙洞里。在昏暗的光线中，任西东看到春华被麻绳五花大绑，仰面躺在地上，嘴巴里还塞着一团布。

谭玥一见她这模样，眼圈就红了，轻轻地叫了声她的名字。春华却一动不动，除了胸口还有轻微的起伏外，就仿佛没有了知觉。

任西东走过去，蹲在春华身边。

这个少女如今狼狈极了，披头散发，衣服上到处都是灰尘和扯破的口子，脚上连鞋子都没有了，只有一双布袜。脸上被汗水和泪水搞得一塌糊涂，发丝贴在脸上，还打了结。

任西东叹了口气："多漂亮的女孩子，居然要被活埋。埋下去也长不出更多这样的女孩子啊……"

卢芳在他身后说："长得出来你就埋吗？少爷你这时候了还在胡思乱想什么呢？"

"我是在表达愤慨！"任西东朝卢芳嘀咕了两声，就在春华身旁蹲下来，伸手按在她颈动脉上，掏出怀表数了数脉搏，又轻轻地翻开她的眼皮仔细看，随即皱起眉头。

他对谭玥说："能把她往外挪一下吗？这里光线太暗了。"

谭玥连忙点头，卢芳和秋菊两人上前帮忙，三人动手将春华移到了门边。那个男仆怕他们把春华搬出柴房，连忙挡在前面。谭玥一怒，挥手让他退下。不过任西东见光线够了，就只停在了门边，再次翻开少女的眼皮，观察她的瞳孔。

谭玥在一旁担心地问："怎么样了？她怎么不醒啊？是不是……是不是不行了？"

任西东说："她还活着，但昏迷了，体温有点儿高，脉搏也很快。

不过最奇怪的是她的眼睛,你们来看——"

谭玥和卢芳都凑近了看,发现原本乌黑的瞳仁变得有些浅了,好像混入了一些浑黄,瞳孔也缩小了,似乎变成了长形的。

谭玥愕然道:"这是怎么回事?"

任西东说:"表征来看似乎是感染,但这样的瞳孔我没见过。"

他又检查春华裸露在外的皮肤,这姑娘的脸上手上都有些擦伤,指甲里更满是污迹和血渍,但任西东在她的左手上却发现了一道伤口,跟别的明显不同:

这道伤口在虎口的位置,大约有寸许长,并不太深,但破皮渗血。指关节和指甲盖里的伤口都已经凝结了,这道伤口却还带着血水,并且周围红肿得厉害,皮肤隆起,伤口的形状很明显是牙齿造成的。

任西东指着这道伤口说:"这里看来像是感染源头,是被咬伤的地方吗?"

谭玥皱着眉头道:"是,这是春华要推开他,他一下子抓着就……"

任西东说:"多半就是病毒和细菌感染了,她攻击人说不定是因为感染引发的高烧。不过……这高烧发展得有点儿快啊!"

谭玥迷惑地问道:"任公子,你说的是什么啊?什么病毒,什么细菌?"

任西东解释道:"欧洲那边有科学家发现,有些肉眼看不到的生物会让人生病,如果有伤口,也可能会让伤口化脓或者溃烂,这样就会连带发烧。"[①]

谭玥似懂非懂地点点头:"那……春华这眼睛……"

任西东老老实实地说:"我也不知道,或许是病变的特征之一。"

[①] 1861年巴斯德证明了细菌的存在,1889年贝杰林克发现了第一个病毒,所以病毒和细菌算是当时欧洲的先进科学研究成果,但在那个年代细菌和病毒在疾病方面的影响并没有被研究得特别深入。所以本书作为蒸汽朋克风的科幻小说,任西东所谈及的知识其实是超前的。

两人正说着,就听到一阵急促的脚步声临近,接着之前溜掉的男仆和几个婆子簇拥着一个中年女人进来。她一看到谭玥正蹲在春华跟前,就着急得大叫起来:"玥儿,你在做什么?赶紧给我退开些!"

谭玥听到这声音,立刻站起来,转身看见那女人,叫了声"娘"。

原来这位就是谭家当家主母,谭玥的亲生母亲。

她身量不高,保养得很好,看上去依然颇有风韵。头发在脑后盘了个髻,插着珠玉首饰,身上的袄裙绣着精美的梅花图案,捏着绣帕的手上戴着一对水润的翡翠镯子。

任西东也站起来,脱下了便帽,礼貌地问好。而谭夫人初看他似乎吃了一惊,又端详了一会儿,才恢复正常,转而训斥谭玥:"玥儿,你真是越发地放肆了,竟然偷偷摸摸地将这来历不明的男人带到家中来!你的名节还要不要了?"

谭玥脸涨得通红,争辩道:"娘,这位任先生学过西洋医术,我让秋菊请来,是为了瞧瞧春华的病……"

谭夫人绷着脸打断她:"什么病?周大爷说过了,这就是厉鬼上身,春华已经死了!你懂不懂?"

她这么说着,后头跟着的一个人就接口道:"是啊,小姐,如今您看到的其实不是春华了,再请什么假洋鬼子也无济于事。"

这声音粗哑难听,而说话的人更是令人生厌。那是个五六十岁的老头,身材佝偻,满脸皱纹,头几乎全秃了,只留下一根细如鼠尾的辫子。然而穿着却十分华贵,锦袍玉带,挂着香囊和玉坠,只是五颜六色,俗不可耐。这就是那被请来的端公周大爷。

谭玥瞪了他一眼:"你说春华鬼上身,我却不信,国医不成了,我请个洋大夫试试又如何?你就算是要害她也要等到晚上,如今她还在喘气,你又慌什么?"

她对周大爷一顿抢白,谭夫人气得脸色发青,那端公虽然也生气,但不好发作,只是哼哼地冷笑:"老夫是不慌的,横竖是小姐家自己的事情，老夫能帮则帮，若小姐嫌弃，老夫也早点告辞就是了。"

谭夫人听了，便对谭玥命令道："玥儿，不准再多说，赶紧把你请来的人给我送走。"

谭玥还要说话，任西东忍不住了，插嘴道："太太，我站在这里规规矩矩，又讲礼貌又赏心悦目，您干吗连正眼都不瞧一下？我叫任西东，字思渝，很高兴成为您女儿的客人，并且能来救治她的朋友。"

谭夫人愕然地看着他，那表情就跟看到妖怪似的，甚至连周围的人都瞠目结舌，可能都是第一次见到他这样的"客人"。

不过谭夫人毕竟是大户人家出身，很快就定住神，问道："这位公子，原来你是汉人，那么为何穿着打扮如同洋人？我女儿又要你来救哪个朋友？"

任西东见她终于肯跟自己说话，顿时心情大好："太太，别怕，我只是习惯穿西服，不咬人的。不过我了解一些医学常识，所以您觉得躺在地上这位小姐是鬼，我倒认为她还是人，可以抢救一下。另外，您或许将卖身为奴的下人不当作人，不过我很欣慰您的女儿并没有这样的意识，同龄少女成为朋友并不受身份的限制，这件事儿想想都是很美妙的。"

他这番话彬彬有礼又带着软刀子，除了卢芳见怪不怪，其他的仆人都表情诡异地盯着任西东。谭玥想笑又不敢笑，只好低头拿手巾掩口，眼看着谭夫人脸上青一阵白一阵的，马上就要发火，她立刻上前说："娘，春华和我从小一起长大，名为主仆，实则跟姐妹一样。她现在这个样子，横竖都像死人了，您就让我再试着救救她，又有什么关系？"

谭夫人见她说得情真意切，也不禁叹了口气，说："玥儿，我早给你说过，你毕竟是谭家的小姐，不能没有规矩。春华遇到这样的事情，就是她的命，你再想留她，能改她的命格吗？"

谭玥看看人事不省的春华，眼圈泛红："娘，你就让我试试……"

谭夫人有些不忍，又转头问端公："周大爷，你看如何？"

那端公阴阳怪气地笑了笑："太太说可以，那就可以，总之老夫的话也说到了，厉鬼不除，家宅不宁，今晚就是最后的期限。"

谭夫人想了想，又问任西东："你果真是洋大夫？"

任西东刚要开口，看见谭玥着急地给自己递眼色，于是心一横："当然，在下就是医生，嗯，这个可以做证……"

他把那临时做的听诊器一晃，继续演戏："你们都见过洋大夫用这个，它可以听到病人体内的杂音，等下我也要用这个来为春华看病。至少能知道她的心脏和肺部有没有问题，也可以想办法让她先苏醒过来。目前来看主要是感染，只要先把体温降下来，救回来的可能性很大。"

谭夫人听不太懂，但也没有深究，她先对端公说："周大爷，你体谅下小女心软，她不尽全力是不甘心的，让她折腾吧。"

端公半闭着眼睛："小姐心善，老夫知道，太太拿定主意就好，不可拖延啊……"

谭夫人点头："这个自然。"又转向谭玥："我就说你爹不该放任你看什么西洋的玩意儿，长了你的胆子，坏了咱家的规矩。我就怕你将来无法无天，惹出祸事来。但你既然一心认定了春华是得病，就让这洋大夫试试，他能做什么就去做吧，反正天黑以后还是要请周大爷捉鬼的。"

她言下之意显然是给了任西东几个小时，谭玥听了，面露喜色，也顾不得刚才那一通教训了，拉住母亲的手连声感谢。

这样谭夫人带着下人离开了，留下原本作为看守的两个男仆来给小姐帮忙。谭玥指挥着他们将昏迷的春华抬起来，送回了原来的下人房里。那些仆人都不敢接近，只有秋菊和卢芳端来了清水，把春华身上的脏污擦净。

任西东一摸包，发现今天刚好没带酒精，只好对谭玥说："府上有没有烈酒？多拿一些过来！"

谭玥也没多问，就叫男仆抱来了一坛白酒，说："这是我爹从贵州买来的，说是没有人能喝三杯不倒的。"

"快赶上麻醉药了！"任西东掂量了一下，"估计得用上半坛子。"

他用酒清洗了春华的伤口，特别冲洗了那个红肿的地方，然后再往她的脖子和额头上涂抹白酒。

"再拿点凉水来，用湿帕子放她额头上冷敷。"任西东说，"得先把体温降下来才行。"

他又让卢芳撬开春华的嘴，给她灌了点凉水下去。眯着眼睛看了看春华的口腔，嘀咕道："嘴巴里也有伤，这是怎么弄的？"

秋菊在旁边回答："她昨晚上发病的时候咬人来着，估计就是那时候给伤着的。"

任西东掏出自己的手帕，小心地沾了一点儿牙齿上的血，仔细看了看。"这血究竟是她自己的，还是咬到别人的？"

卢芳凑近看，发现手帕上的血色暗淡到近乎变黑了，散发出一股浓烈的腥臭。"这就像具腐尸的血，"卢芳皱起眉头，"难道嘴里的伤口已经溃烂了？"

"溃烂也不至于这么快，"任西东把手帕叠起来，"先清洗一下她的口腔吧，万一里面也有感染就不好办了。"

就在卢芳和秋菊一边忙活着给春华降温，一边用酒清理她的嘴巴时，春华的喉咙里发出咯咯的响动，接着眼睛眨了几下，竟然睁开了。

秋菊惊喜地叫起来："她醒了！"

但旁边的两个男仆却惊恐地退了几步，似乎是见到了老虎。

然而春华并不是老虎,她甚至没像之前描述的那样陷入癫狂状态,只是昏昏沉沉地看着周围的人,最后把视线放在了谭玥身上,气若游丝地叫了声"小姐"。

谭玥惊喜地俯下身,叫道:"春华,春华,你醒了!你认得出我吗?"

春华费力地点点头:"小姐……我……我头很痛……求你给我点水……水……"

秋菊赶紧给春华端来一碗水,她仿佛要渴死的人一般大口大口地灌了下去。接着又要了三碗水,这才止住了。

任西东在旁边观察,对卢芳低声说:"他们之前说她咬人,我以为是狂犬病,但她这么喝水,又不太像了。"

"现在体温应该是降下来了,"卢芳说,"不过她的眼睛还是不太对劲。"

任西东点点头,他也看到了,虽然春华目前看起来神志还在,但很虚弱,而且泛黄的瞳孔瞧上去颜色还是很诡异。

任西东来到春华身边,问道:"春华姑娘,你还认识我吗?"

春华用手背挡着光,认真地看了好一会儿,才回答:"你是客栈里的那个……那个……"

"任西东。"

"哦,对……任公子。"

"你感觉怎么样?"

春华语带哭腔:"我难受,很饿,没力气……我好难受。"

任西东又问道:"你还记得你昨天做了什么吗?"

春华摇摇头:"我头痛,只记得自己特别累,浑身无力……怎么了?我昏过去了?我生病了?"

任西东点点头:"嗯,是生病了,你先睡着,我旅馆里有阿司匹林,我让阿芳给你拿点来。"

"阿司……什么？"

"是一种药，你别担心，先好好休息。"任西东拍了拍春华的手，让秋菊找点稀粥给她吃，然后示意谭玥和卢芳来到屋子外面。

谭玥一出门就急切地问道："她怎么样了，这算是清醒过来了吗？是不是有救了？"

任西东摇摇头："只能说是神志恢复了，这应该是我们给她做了个简单消毒和退烧后的效果。要保住性命还是得抑制住感染，最好不要再有别的问题——只是类似她那个瞳孔的病变我从来没有见过，也没有听说过。"

"那……刚才你说有药的。"

"阿司匹林啊，解热镇痛倒是可以，但是对付细菌感染比较难，"任西东摸摸头，对卢芳说，"算了，阿芳，辛苦你一趟，去望江客栈把我行李中的药盒子拿来吧。"

卢芳说："少爷，我记得你也没带多少阿司匹林，那药还不好买。"

"救急嘛，先拿些用着吧。到时候找找重庆有没有教会医院什么的，总会有新药的。"

谭玥又问道："那这么看来，春华还有危险，但她这样总算神志恢复了，不能再让那端公活埋了她吧。"

卢芳在一旁撇嘴："哎，谭小姐，不是我说，那死老头如果存心要埋了春华，找得出千万条理由的。你等着看吧，我敢打包票，他到时候准会说现在是厉鬼装人，扮作春华。他要是抓住了春华的眼睛说事儿，怎么都能编出花样来！"

谭玥听她这么一说，眉头顿时又皱了起来。

卢芳安慰她："别怕，我这就回客栈拿药过来，先稳定春华的病情，万一死老头子还要硬来，你就来找我们帮忙。"

谭玥感激地冲她点头，卢芳一笑，又跟任西东说了一声，就出门回客栈拿药去了。

如今春华的神志算得上清醒,能够应答和交谈。体温也稍微降低了一些,还能吃得下东西。任西东还真用那个漏斗和竹笛做成的简易听诊器听了一下春华的心跳和呼吸,发现肺部并没有什么杂音,但是心跳一直很快,就好像这姑娘一直在拼命奔跑。

任西东用蜡烛照亮了,仔细地去看春华的瞳孔,颜色似乎还在变化,而且瞳孔的形状也变得愈加细长。随着这样的变化,她变得更加畏光了,窗外的阳光都尽量回避了,近到眼前的烛光更是不断地用手遮挡着。

当春华又喝了点水沉沉睡去的时候,谭玥问任西东,能否保证春华现在不会再出现疯癫的举动。"我想去找母亲求情,春华只要不发疯,总不能还把她拖去活埋,"谭玥说,"任公子,你也可以跟母亲讲清楚,这是得病,不是撞鬼。"

任西东说:"我倒是可以跟谭太太说,但她得信我。另外其实我不能保证春华不再攻击人,毕竟她只是体温降下来,万一再发高烧,可能还是会神志不清的。"

谭玥发愁了:"这么说起来,母亲定然是不会放过春华的。任公子,你……你能不能说得不那么严重,毕竟春华她醒过来后就好好的,看上去已经好多了。"

任西东摇摇头:"我不是医生,不能对她的病情负责,所以我不能说谎骗人。我只能说尽量帮助你保护她,送她到医院去接受治疗。重庆有正规的医院吗?"

谭玥想了想:"就是说洋大夫们都在那里看诊?"

"对。"

"我倒是听说有个叫'仁爱堂'的地方,好像是法国人开的,但我不知具体在哪儿。"

"嗯,我可以去问问吴掌柜,她一定知道,"任西东摸摸头,"如今只有先赶紧把春华送到医院去。希望那个死老头别再捣乱了。"

谭玥捏紧了手帕说:"我去找我娘,实在不行就拼着挨一顿打,也不能让春华真被活埋!"

任西东摊开双手:"实话说我真的不太明白,为什么你们这里的人能如此轻易地以一个荒诞的理由就剥夺一个人的生命?所谓的厉鬼,看不见摸不着,但春华姑娘明明是活生生的。那死老头靠耍巫术吃饭,这么没人性倒也罢了,我奇怪的是这谭家上下除了你和秋菊之外,竟然没有人反对这么荒唐的决定。当然了,我猜你母亲和有些人是真的相信那老巫师的话,但肯定也有人是不信的,他们没有站出来反对。我不能不说这真的是太冷酷了。"

他这番话让谭玥满脸通红,又是羞愧,又是难受,她好半天才说:"任公子说的我不能强辩,我娘信了那端公的胡话,才让下人们为了自保不敢发声。既然她错了,我这做女儿的一定要替她修正过来。"

两人又守着春华过了好一阵,卢芳终于拿着药赶回来了。任西东让春华吃下了阿司匹林,过了一会儿再看,似乎有点儿效果,她的体温又降低了一些,但疲惫无力的感觉还在,并且越来越想睡觉。

任西东摸出怀表来看,从他踏进谭家侧门到现在,已经过去七个多小时。现在看到春华的体温下降,他稍稍觉得放心,转过头来跟谭玥说了一下。

谭玥见春华有所好转,也稍稍放心,对任西东说:"公子大恩,我和春华都铭记在心。今天夜深,也不好意思留公子住下,改天等春华大好了,我带她上门来道谢。我明天一定再跟娘求情,看能不能将春华送去医院,我……我总能想出办法的。"

任西东看她认真的模样,笑道:"嗯,大不了我帮你偷偷把她背到医院去。"

两人又客客气气告别,任西东这才带着卢芳出了谭家,老仆人谭有利在门口候着,帮叫了滑竿。

等两人回到望江客栈的时候已经是深夜，吴念娇心中担忧，竟然还在大堂等着他们。任西东连忙跟她大致说了说今天的事儿，吴念娇才笑道："原来如此，我今天就是看人急找你，怕耽搁，又怕是找麻烦的，如今看来倒还好。只是想不到那谭家小姐是这么一个宅心仁厚的好主人。"

"只希望那位春华小姐能得到靠谱的治疗吧，现在只是暂缓了病情，"任西东说，"谭小姐还得跟她那位迷信的母亲和火上浇油的巫师战斗呢，真不容易！"

因为时间太晚了，三人也没多聊，各自道了晚安便回房间了。不过卢芳还是先去了任西东那边放下东西，顺便帮这位不擅长琐事的少爷整理衣服和铺床。

她手里动着，嘴也不闲着，故作轻松地问："少爷，你觉得谭小姐漂亮吗？"

任西东惊奇地看着她："阿芳你没事吧？之前你就怀疑人家不是美女，现在还在怀疑我的审美？"

卢芳摇头："我不是怀疑你的审美，我是怀疑你的脑子坏掉了。你既然都上赶着帮人家忙了，就不能让她更感激一点儿吗？"

"我可不是为了让她感激我才做这么多的。"

卢芳仿佛被噎着了，过了好半天才叹了口气："少爷，你知道为啥老爷总担心你一辈子打光棍儿吗？"

"那是不可能的。我是说，打光棍儿这件事。"

卢芳笑了笑："很好很好，反正你已经过了小半辈子了。"

第八回

可叹往事如烟云，欲解近事觅旧踪

　　大约是昨天睡得晚了些，第二天早上任西东和卢芳不约而同地睡过了头。等到两人各自洗漱完毕吃了早餐，都已经接近中午了。

　　任西东有点儿担心谭玥那边，但这个点儿了也没有送消息过来，想必没有大的变故。卢芳打量他脸色，就问道："少爷，咱们等会儿咋走啊？"

　　任西东"嗯"了一声："什么咋走？"

　　卢芳咳嗽了下："就是说，咱们是去谭家看呢，还是照旧去胡五爷那边？"

　　任西东盯着她，觉得她似笑非笑："我咋觉得你提问的语气有点儿不同寻常呢？"

　　"我倒是觉得说不定你给我的答案不同寻常呢。"

　　任西东才不会上她的当呢，轻轻一拍手："继续去茶馆蹲着，咱们才去两次呢，诸葛亮第三回没见到刘备肯定就投曹操了！"

　　卢芳哈哈大笑起来。

　　于是两人又去了胡记茶馆。这回他们已经熟门熟路地点了沱茶，要了"老位置"。胡振下楼来一看，不由得笑了："任公子，卢姑娘，看来鄙人店里的茶是对了二位的口，最近来得可勤。"

任西东也笑道："四川茶馆太有意思了，我们在这里学习四川话呢。"

胡振来到他们面前，问："怎么，杜老爷子知道点儿什么但不愿意开口？"

任西东点头："大概是有点儿顾虑吧，老年人也挺倔，不过我们这么可爱可亲的，老爷爷也扛不了多久吧。"

卢芳刚捧着盖碗茶轻轻吹气，一下子扑哧笑出声，差点儿把茶碗摔了，胡振也不禁莞尔。

"既然任公子觉得胜利在望，我也就祝两位一切顺利，"胡振略一拱手，"我与其他兄弟还有些杂事得处理，失陪了。如果有需要让老陈上去叫我一声就成了。"

他做人干脆，没有那么多客套，任西东很喜欢跟他打交道。他心中一动，本来想说说昨晚谭府的事，若到时候真的要偷偷送春华去医院，说不定可以请胡振帮忙，但转念一想，似乎暂时也没有必要，于是只挥手作别，什么都没说。

今天天气没有昨天好，阴沉沉的，风中还隐隐携带着一丝水汽，不知是不是有雨。任西东和卢芳开始还担心那位杜老爷子会不来，但过了中午，老爷子还是拄着拐杖出现了，不过步子比前两日要迟缓些。

他一进来，就向任西东他们这边扫了一眼，看到两人果然坐在原处，不禁微微摇头。

卢芳轻轻说："你看，少爷，咱们也不是人见人爱啊。"

任西东毫不在意："哎，这眼神……当年我调皮捣蛋的时候我爹也这么看我，这是喜欢才这么看呢！"

卢芳只能撇撇嘴了。

今天杜老爷子照例跟他的几位茶友聊得开心，但今天任西东注意到，他不时地将脚的姿势换来换去，似乎不太舒服的样子。大概过了半个时辰，老爷子跟几位茶友说了几句，突然起身留下了茶钱，就打算离开了。

卢芳说："看，今天老爷子走得这么早，别是在躲我们吧？"

任西东摇摇头："我看不像，会不会不舒服啊。咱们得跟上去看看。"

卢芳说："咱们就远远跟着，别让老爷子看到了，以为我们跟踪他，生咱们的气。"

于是两人匆匆地付了茶钱，托茶博士向胡振代为告别，转身出了大门。

杜老爷子虽然先走，脚程却极慢，卢芳和任西东步履轻快，不多时就在人群中跟上了他。

山城的街道地势并不平坦，即便是大路，也有轻微起伏。杜老爷子虽然走得慢，却很利索，偶尔还会停下来，跟街边的人点头寒暄，还有人走上来自然而然地拱手作揖。杜老爷子显然对此习以为常了，熟络地回礼，交谈几句，然后又继续往前走。

他跟这座城市，跟这城市里的人，是那么相融。

任西东看着这个老人的背影，旁边是各式各样的人与灰棕色的建筑：街边店面外颜色鲜艳的招牌幌子，旁边是褪色的屋檐，还有穿着体面和衣衫褴褛的人擦肩而过，那些挑着担子在街边吆喝的小贩，临时坐在人家门口干活的补碗匠，喊着号子一路小跑的滑竿儿……这林林总总的市井生活形成了一幅色彩丰富的画面。而他觉得杜老爷子的背影是这画面的中心，这让他产生了一种感觉：这个老人跟这座城一样难以捉摸，风霜只是他最肤浅的价值，其实有更多的秘密还不被人了解。

"我觉得他的腿脚可能有点儿不对劲，特别是左脚，大概是风湿病。"卢芳低声对任西东说。

81

她的推测有几分道理,任西东也是这么认为的,果然又走了不多时,就看到杜老爷子拐进了一条支路。

这条路就很窄了,不到一丈宽,旁边是两栋大宅子,两堵灰色的砖墙中间是红色和青色的条石搭起的石梯,每一级都被磨得圆滑无比。

然而老人踏上了台阶,身子摇摆了两下。

在砖墙的边缘处有人种了些山茶花或者海棠,只不过缺乏打理,显得杂乱,冬日无花,显得更加可怜。

老人在一株植物旁停下来,这路上也没有别的行人了,任西东和卢芳也就放慢了脚步。

卢芳低声说:"少爷,要不就现在?"

任西东点头,几步追上去,来到杜老爷子不远处,赶上他叫了一声。

杜老爷子见有人突然从身后赶上来,吃了一惊,拄着拐杖不由得后退了一步。

卢芳也抢上两步跟任西东一起,前后扶住了老人。

任西东放开手,深深地行了个礼,说:"对不住,让您受惊了,晚辈没有恶意。"

杜老爷子站定了身子,略有不悦:"哎,你们跟着我干什么?不是早在茶馆中已经告知老朽帮不上忙,公子就别再追问了。"

然而卢芳却甜甜地笑了,说:"老爷爷,我们是看您今天走路不大利索,有点儿担心,就跟着您走了一段。要是您走累了,不想走了,我们少爷可以背您回去呀!"

任西东瞪了她一眼,卢芳毫不客气地瞪了回去,任西东立刻就软了两分:"是啊,要是您不大舒服,我来背您?"

老人看着这俩小年轻,终于呵呵笑起来:"你们两个娃儿真的是费了心了。"

卢芳赶紧凑过去："老爷子别怪我们多事，您就算是不愿意跟我们说以前的事，我们也不能眼睁睁着您不方便却不帮忙呀！"

任西东又问道："老先生是不是变天以后腿脚不舒服，您要不嫌弃我就背您回去吧，别看我不算壮，只要别太远我还是没问题的！"

杜老爷子又笑着摆摆手："哎，你们两个娃儿太有意思了。为了找我打听事情也太拼命了。"

卢芳说："我懂我懂，老先生估计想到了什么不好明说的，大约是顾忌茶馆那里人多，一定是在替我们着想。如果您联想到了一些旧事，就说给我听听，无论有用没用，都是私下里的闲谈，您也不必担心我听进去，我也不会说给别人的。"

杜老爷子感叹："你这女娃儿也真是聪明人。"

卢芳见他神情松动，突然动手扒拉任西东的外套，任西东吃了一惊，虽然搞不懂她要做什么，却乖乖地没有反抗。卢芳把他那件上好的外套折了两折，就在旁边的台阶上放下，然后对老人说："老爷爷，您要是累了，不妨在这里坐一坐。"

任西东这才明白过来，连忙点头："对对，您走了那么一阵，爬坡上坎的，我跟着都好累。您就当体恤我，坐一坐吧。"

那老人见他们主仆二人一唱一和的，倒真觉得有点儿可爱，于是长长叹了一口气，便在那衣服上坐了下来，拱手道："承任公子的好意，老朽年纪大了，也只能坐上一坐。"

任西东见他终于松口，便干脆也在他身旁坐下来。卢芳却站在旁边，笑眯眯地不再说话。

杜老爷子看任西东坐下，抚着腿说："任公子要打听的事情，老朽的确是不知道的，这是实话。"

任西东笑笑："我相信杜公纵然不知道，也有些故事可以给我这外来客说道说道的。"

老人也笑道:"实不相瞒,任公子说那许多,老朽倒是真想起来一些往事。然而不一定是任公子家的往事,况且也不太好听,怕讲出来以后,让任公子误以为有人污蔑。"

"您就随便说说,我也不当真。"

杜老爷子听他这么说,便点点头:"既然如此,老朽想一想从何说起。"

他闭着眼睛用手指掐算了一下:"今年是光绪三十一年,往前数一甲子,正是道光二十五年,那是宣宗皇帝在位的时候。大清国吃了败仗,圈了地方做租界,洋人的福寿膏就源源不断地进来了。那时重庆还没有开埠,比不得上海啊广州啊那些地方的洋人多,但到这里传教修庙子的洋和尚多了,眼见着烟馆也多起来了。那福寿膏好多人都去抽,不是泡在烟馆里,就是在家抽。老朽那时候年轻,家父管束很严,知道那玩意儿抽多了对身体不好,所以告诫我们兄弟几个不许碰。我见到相熟的人家有子弟吸上瘾头之后都日渐消瘦,甚至有人因此而得病或者作奸犯科,弄得倾家荡产,就更听从父亲的话,绝对不碰那东西。"

任西东说道:"您身体健康,得享长寿,也正是当年洁身自好的福报啊。"

杜老爷子一边点头,一边叹气:"虽然是这么说,但我们之中,不抽的反而少,抽成了废人的,倒很多。若是家里有些底子的,倒也罢了,最不争气的是那些做力气买卖的,抽了以后简直没法做工,找不到钱,最后沦落成乞丐的,也不是一个两个。任公子,老朽跟你说这些,是想让你也断一断后面那些故事究竟该判个好还是坏。"

"嗯,您老接着说。"

"是了。这重庆城里的九开八闭城门想必任公子已经晓得了吧?"

"家父倒是讲过一些。"

"那公子想必也晓得储奇门了？"

"只是听过名字，其他的就要向杜公请教。"

"这储奇门是重庆的正南向，前朝时候上供给皇上的那些奇珍异宝都得打这里存着，再一齐运走，所以才得名'储奇'。不过这地方真存得多的，其实是药材。云贵两地和整个四川的药材、山货都来这里集散，渐渐地就有许多药材帮驻扎了。"

任西东插嘴问道："药材帮？做药材生意也有帮派？"

杜老爷子嘿嘿一笑："江湖上讨生活不易，一个行当拉帮结派好过单打独斗。做药材生意的有药材帮，做驮马生意的有马帮，就是当叫花子也有丐帮，所以这不稀奇了。咱们这里的药材帮叫作川帮，又属于全国的药材帮成员之一。在重庆这里，又有叫作'药七帮'的本地药材帮和叫作'药十三帮'的外地药材帮。这些药材帮大都在储奇门内有店铺，方便做生意。既然做了药材生意，也免不了懂一些医术，有些还成了名医。当年有一家药材商，全名我记不清了，只记得姓盛，店铺就叫'盛隆堂'，生意做得兴旺不说，家里还有子弟学了医，常常捐药义诊。这家人有一个儿子，当年也不过是三十来岁，跟名师学医，医术很好，不光在储奇门那里知名，就是在整个重庆城也小有名气。那个时候他们家做药材买卖，初一十五就开义诊，来问诊的人很多。盛家的少爷就发现，许多人是因为抽大烟抽垮了身子，家当也败得精光，根本就没得救。这药材帮啊，跟别的行当还有点儿不一样，做药材生意的，多是读过书的，跟寻常逐利的商人有些不同，有济世救人的想法。这盛少爷看多了，就很忧国忧民。据说那时候啊，他去了上海、广州一带求教，甚至去了洋人的医院寻医问药，就是为了治好那些吸大烟的人。"

卢芳忍不住插嘴："老爷爷，这么说起来，盛少爷还真是个大好人啊。"

杜老爷子笑眯眯地捻着胡子："不错，盛家少爷确实是好心。

不过别说是他了，看到好好的人吸了大烟成了人不人鬼不鬼的样子，哪个不痛心，不生气呢？只是盛少爷有心救人，也有物力和人力，就动起来了。他从外地回来以后，就在家中配药，说是专门给大烟鬼配的。任公子一定知道，凡是用了福寿膏的人，起初精力充沛，然而往后一日不吸，就失魂落魄、浑身无力，成了一个废人。盛少爷所配的药，就是让人在大烟瘾发作的时候喝下去，能够提振精神，渐渐地摆脱想吸一吸的念头，然后再调理身体，让人恢复健康。"

"那这药配出来了吗？"

"配出来了……我记得当时义诊，盛家就熬了些药，给一些吸大烟的喝了。那几个烟鬼竟然好一阵子没有再吸，精神渐渐地也好了。这事情一传开，就有更多人来求救。盛家的义诊本来是初一十五做，后来干脆就五天搭一台了。这样持续了一个半月，来求药的大烟鬼有好几十个，都是那种吸得没钱又落下一身病的。只是没想到……"杜老爷子捻胡须的手顿了一下，缓缓地放下。

"出了什么事？"

老人神情暗淡："唉……又过了不到半个月，最早开始喝药的一些人，突然就身体抱恙，说是手指弯曲，形容枯槁，渐渐地不能进水米了，最后竟然死了。这样陆陆续续的，十个吃药的，竟然有九个都死了。那些侥幸活下来的人，都性情大变，要么失魂落魄、痴痴呆呆，要么就一凶二恶的，动不动就咬人，总之都成了废人。这件事闹得大，惊动了官府。官家来查验，查来查去也没查出什么，盛家的药材没有问题，也没有赚钱，只能说药效太猛，大烟鬼都体虚，受不住药性。即便盛家少爷是一片好心，也遭人骂得狗血喷头，还有苦主上门去闹。官府为了平息事态，就查封了盛家药行，同时也禁止他们再配药、义诊，让他们拿出大笔的钱赔偿给苦主。即便如此，也还是有人上门去骂，说得难听。这样持续了好一阵，盛家逐渐衰落，后来全家都走了。"

"是离开重庆了？"任西东问道。

"不错，听说是贱卖了宅子，连同家什一起，整个儿卖了。遣散了仆人，就带了几箱行李，全家趁着夜色走了，看到的人都不多，"杜老爷子顿了顿，叹口气，"想来可怜，他们家也算是有善心的，然而阴错阳差，竟然落得这个下场。可见好人有好报什么的，也得看运气。"

任西东沉思道："这么说，盛家出的问题，主要就是那个治病的药。这种新药没有经过临床试验就给病人服用，确实风险很大，盛家也不完全无辜啊。"

杜老爷子迷惑地看着他，显然不明白中间的意思，但最后那句话是听得懂的："虽然公子说的也是道理，但此事依然让人唏嘘。经过这么多年，怕是记得的人寥寥无几，今日钩沉，也算是跟公子的缘分了。"

卢芳又在旁边插嘴问道："那您让我做那个……那个动作，莫不是跟盛家的看门狮子一样？"

杜老爷子莞尔："当时盛隆药行的门口确实有两个石狮子，那石狮子所做的动作就如扔球一般，因为是独家定做的，所以跟别家的略有区别。当时狮子上雕刻的不是球，而是一个九转药丸，上面还有灵芝、人参等花样，所以才会让姑娘做那个动作。唉，老朽年纪大了，脑子糊涂，这些事或许记得都不清楚了。二位姑妄听之，姑妄听之吧……"

说罢，老爷子就颤巍巍地起身来，向他们一拱手，就要告辞。

已经耽搁了许久，总不好意思再麻烦老人家。任西东提出送他到家门口。杜老爷子却笑着说："山城的坡坡坎坎，我比你们熟，闭着眼睛也能走到，这腿脚每年冬天都有点儿问题，但也不至于有太大不便，走还是走得的。与任公子聊了这么多，已经是缘分了，老朽迟暮之人，能把几十年前的故事讲给想听的人听，很高兴，很知足了。就此别过是最好的……"

然后又是一拱手,也不等任西东回应,径直转身向更高的台阶上走去。

任西东和卢芳对望一眼,也无可奈何。只能看着老人慢慢地消失在了一个拐角处。

不多时又有路人经过,两人也不好久留,便转头向主路上走去。卢芳问道:"少爷,你觉得这老爷子说的那个盛家是咱们家吗?"

任西东说:"八九不离十吧。'盛'和'任'发音如此接近,不管是为了避祸而改姓,还是杜老爷子为了隐晦而故意错称,都是说得通的。但最大的证据还是门口的石狮子,如果是药行世家定制,除非是非常非常碰巧,别家有相同造型的概率是很低的。"

卢芳点头:"有道理。哎,那咱们也算运气不错呀,这么快就有了线索,也不枉我出了那么大丑,拿到了有价值的东西。"

任西东笑了笑:"你长得好,做个招式都可爱,别耿耿于怀了。"

卢芳"哼"了一声:"你别给我灌迷汤了。我就说说那还能怎样?难道去把他们的眼珠子都抠出来吗?不过,少爷,说正事,咱们现在咋办,要去找老宅吗?"

任西东说:"过了这许多年,只怕找也很难说还能找到什么,反正天色也还早,不如去看看那个地方。说是叫作'储奇门'是吧?"

两人打定了主意,也不打算叫滑竿,就一路问着,慢慢往那个方向走。两人路过了一座回回庙,然后还逛到了神仙洞和三圣殿,后来还看到了浙江会馆的招牌。卢芳问了路,知道这地方叫作九道门,就已经算是储奇门的范围了。

储奇门乃重庆九开八闭的开门之一,旁边就是金紫门,还有太平门。因为往来货运的关系,越是接近,道路越是宽阔了。

离许家十字路口不远,就是川东重镇左都督府。跟之前那些小街小巷中的局促相比,这地方就繁华了许多。来往的人摩肩接踵,显得很是拥挤。那些运货的板车和鸡公车上堆满了装药材的麻袋，还有驮着竹筐的骡马和背着背篓的脚夫，不断地将各种药材运送到各大药铺中。鳞次栉比的店铺外面挂着许多幌子，上面都是各种吉利的店名，比如什么"回春堂""灵芝堂""万安堂"等等。

任西东和卢芳慢慢地看，果然没有一家跟"盛隆"两字有关系的。

卢芳说："少爷，这许多铺子，要不咱们就找一家看着老一点儿的问问看。"

任西东握拳在手心一捶："对呀，可以找那种老铺子里的老伙计问，说不定还真的可以问出点儿什么。咱们去试试，就算没人知道盛家的往事，也可能见过石狮子或者门前的旗杆什么的。"

在这满大街的药材铺子里要挑出历史最悠久的那一个，倒不是什么难事，卢芳干脆就跟任西东扮作外地客商的样子，看着那些拎着布口袋和褡裢的人，选了一个熟练跟人砍价的，装着要买些好药材的样子，问那人这里资格最老的药铺。

那是一个浙江客商，多次来往重庆进货，也曾经在上海做事，因此对任西东和卢芳这种打扮的南洋华侨毫不奇怪，甚至还有几分热络。

任西东给了他一个银圆，他便知无不言言无不尽了。卢芳问他这许多药铺中，哪家的历史最久，最靠得住。

那浙江客商笑道："公子算是找对人了，我在这里做买卖许多年了，虽然不熟悉重庆，这储奇门的药行倒是了解的，许多号称百年老店的，也不过吹牛而已。要说开得久的，其实也就那几家，年限最长的，当数宝生堂。自我十年前来此地做买卖，就是在他家里进的货，听说那时候便已经传了两代人了。"

任西东点头："如此说来，店里的人也是老人了吧，干得久的眼睛才锋利，看得准。"

浙江客商点头："不错，而且老铺子里的人也珍惜名声，掺水造假的也少。公子就算是不进货，跟他们聊一聊，也可以知道些门道。"

任西东谢了他，问那宝生堂在何处，浙江客商遥指了一处，便跟他们告辞了。

宝生堂并非富丽堂皇的大店面，只是占了个当街的位置，开了四扇门，招牌上的描金字都暗淡了，走进去就闻到一股浓重的药味，几个伙计正带着客商在看样。

任西东迅速地扫了一圈，果然在柜台后面看到一个须发俱白的老头，正在熟练地打着算盘，还在本子上记着什么。

卢芳冲任西东一挤眼："果然有老人在，我去问。"

她正在兴头上，也不等任西东回答，几步就来到柜台前，跟那老掌柜攀谈起来。然而谈了没有多久，任西东还没来得及掺和进去，就看卢芳原本踮着脚靠在柜台上的身体松弛下来，脚后跟落了地。

她转头看了看任西东，走了回来，闷闷地说："老爷爷说他其实不是一直在这里干的，他以前在成都那边做，因为更老的账房去世了，而他跟主人家有旧，才过来帮忙。"

任西东笑了："你还老笑我不沉稳，如今心急的是你呀。其实就算今天找不到也没关系了。我原本以为在重庆还要打探很久，没想到遇上了胡先生，又那么凑巧地在他的指点下找到了杜老爷子，杜老爷子恰好知道些往事，而且他说的故事很有可能就是我们想知道的事儿，顺利到这个地步，咱们已经非常幸运了。"

卢芳不好意思地一笑："这我怎么会不知道，只不过抱着期待去的嘛，难免失望。"

他们俩正说着，却见那老账房从柜台那边探出头来，说道："姑娘，对不住，我突然想起来，若是你要打听地方，倒是可以去对面的茶馆里问问。"

卢芳意外地"哎"了一声，那白胡子的老账房笑笑："就在咱家店对面过去一点儿,有个老茶馆,我听东家说过,宝生堂在这里多久那茶馆就有多久。从老东家到小东家都去那边谈过生意,若是打听老地方,不妨去茶馆问问看。"

卢芳脸上立刻堆满了笑,对老账房连声感谢。

任西东和她走出门,说:"看来有门儿了,我记得父亲也说过,当年宅子外头有个茶馆,叫作'徐记',莫不是就在这里?"

走了不到五十步,果然见到一个茶馆在路边,不光门面大,外头还有一株大大的榕树,几块条石垒起了台阶,上头平展地填了土,压实了,摆上了好几张桌子和竹椅。虽然天气冷,但坐在外面喝茶的人还是不少,聊得热火朝天的,卖零嘴儿和烟叶的小孩儿在中间穿梭着,还有伙计时不时地添茶。

任西东来到这茶馆外头,抬头看了看招牌,那褪色的木匾上写着"品香园"。

卢芳也看见了招牌,说:"少爷,这不是徐记吧?"

任西东倒不在意:"先问问吧,兴许只是改了名字。"

两人刚在门口站着,就见一个伙计肩膀上搭着毛巾、手里拎着茶壶过来招呼了。任西东问他这里是否为徐记茶楼,那伙计点头哈腰地笑道:"客官咱家叫品香园,虽然不是'徐记',可东家倒是姓徐。说不准就是这里,要不您进来坐坐,喝点茶?"

任西东笑了笑:"也行,反正我也累了,那就在外面那大树下给我找个空位吧。"

"晓得了,劳烦您移步。"伙计殷勤地将他们俩带过去。两人在靠近树根的一个空座上坐下了。周围的人见来了两个生面孔,还穿得奇奇怪怪的,不免多看了两眼。但此地多是来谈生意的客商,加之重庆开埠也有几年了,所以倒也没有特别奇怪,多看了两眼也就放过了。

那伙计问他们要喝什么茶,两人随意点了,就在树下朝周围打量。这茶馆周围有许多店铺,横看竖看都没有什么大宅子,更别说什么高杆子、石狮子了。

卢芳有些疑惑:"少爷,咱们真的找对了地方吗?我咋一点儿痕迹都看不到呢?"

"可能老宅早就给拆了,毕竟都过了六十年了。"一想到临近目的地却找不到,任西东也难免有些心浮气躁。可也没法,只能等着伙计端了茶碗上来沏茶的时候,才能多问几句。

第九回

老宅湮没幽径里，碎陶犹在如霓虹

不多时，伙计果然端了两个空茶碗上来，往二人跟前一摆，行云流水般地耍了几个把式，热水从一尺来长的壶嘴冲进碗里，没有洒出一滴，任西东和卢芳都忍不住叫了声好。

那伙计虽然口里谦虚，但脸上还是掩饰不住得色。任西东打赏了他几个铜板，又问道："你们这茶馆，可是老字号？"

伙计点头："客官说的不错，咱家可是储奇门最老的茶馆了，价格公道，茶叶上好，又托了来往客商的福，一直在这里做此营生。"

任西东又问道："那你可知道这里附近曾经有家大药行的宅子不？门口摆着石狮子，狮子玩的绣球是刻着各种珍贵药材的。"

这个茶博士看年岁也就三十多，对任西东所说的很是茫然，然而还是认真地想了想，摇摇头："对不住，这位客官，咱在这里干了十来年，倒从没有见过您说的宅子，兴许您记错了？"

"那这附近是否有些房子是你来之前就修的呢？"

"那可不少，"伙计指着自家的茶馆说道，"据说之前咱们的店面是朝着大树这头的，后来请先生看了风水，改了门，又种了树，垫了这台子，才是现在的模样。"

"为什么要改门啊，风水不好吗？"

那伙计笑了笑："咳，我也是听说，说是原本茶馆附近有庸医医死了百十号人，所以阴气重，东家的长辈就请了风水先生来改运。"

任西东和卢芳对视了一眼，心中同时一动。卢芳做出害怕的样子："你们这附近还有这样的故事呀，那医死人的庸医原本是在大树这头住着的吗？"

"应该是的吧，这树据说也是那个时候种下的，刚好是能挡一挡。"

任西东探出头，去看那棵树背后，然而只看到一间小药铺，看外面的木墙和门窗，也是充满了风吹日晒的痕迹，墙角的石基处还有水渍与青苔，看来也是修起来好多年了。

任西东叹了口气，心知这六十年的时间真的太长了，或许知道了以往的故事，也是找不到老宅的残迹的。茶博士也不再跟他们多聊，忙别的去了。

卢芳起身抚摸着大树，对任西东说："少爷，我猜咱们老宅多半就是在这一带了，当年走了以后，卖了宅子，说不定又交给别人拆卖了。名声不好的地方，也难保存下来。"

任西东知道她说的是事实，但是听起来，依然有些难过。

卢芳又向着旁边的药铺走了几步，就下了高台，她回头看了看，突然"咦"了一声，在台子下凑近看，然后大声说："少爷少爷，你来看。"

任西东立刻起身过去，只见卢芳指着高台斜坡下的侧面说："这个，是不是那个石狮子啊？"

原来这高台本来就是垒出来的，想必当年是栽树的时候围了一圈支撑，慢慢地加石头加土，一点点夯实，树长大了这一片也就成了喝茶乘凉的台子，然而那些做地基的石头也从边缘处裸露了出来。其中有一个露着侧面，很明显就是一个石狮子，虽然灰头土脸，也被磨损得破破烂烂的,但狮鬃毛和铃铛等雕饰依然看得出来是很精美的。最为醒目的,是这横倒下的狮子前爪上抛起了一个球,那球也被土填了,但看得出是嵌套的多层镂空球,每一层都刻着各种药材的图案,有灵芝、人参等等。

毫无疑问,这就是盛隆药行的旧址了。

任西东胸中涌起一股难言的酸涩——

光是看这残破的石雕,就能够想象到当年的盛隆药行是多么兴旺,然而因为一个善念导致不好的结果,所有的一切都轰然倒塌,留下的只有不堪的传言。想一想似乎很难接受,但又无法找到更好的结局。

卢芳却因为看到这狮子而兴奋了起来,她看了看石狮子,又回头仔细打量着那家后来修的药铺以及这扩大了数倍的茶馆。最后指着两家房子的连接处说:"少爷你看,当年老宅卖掉以后,被拆了重修,但并不是全拆光的,老宅子用的木料石料好,他们肯定是利用起来的。这药铺后面的基石颜色跟前面的不一样,旁边那柱子也不一样,倒是跟这茶馆的是一样的。"

任西东听她这么一说,也起身来看,果然发现茶馆和药铺后半截都是"乙"字形,有个弯折,显然是顺势又加装了一些房子出来的。特别是两家靠近的地方,外墙的立柱和下面的基石颜色异常相近,基石是青石,立柱是黑红色的,而药铺前头则是红色的条石,立柱虽然刷了漆,但看着就略小了一圈。

任西东和卢芳走到两幢房子交界的地方,看到中间留着一条窄窄的缝隙,窄得只容他们侧身而过,两边墙上都是封死的窗户,积累了不少的灰尘、落叶和垃圾,隐隐发出一股潮气和霉味儿。

卢芳捂住鼻子,嘀咕道:"少爷,你不会真让我进去吧。"

任西东几下脱了外套递给她:"喏,你穿我的进去吧。"

卢芳给他推回去:"得了,弄脏了还不是我洗,横竖都是我的活儿，你穿着吧。"

两人也不管身后有几人好奇地打量着，侧着身子就挤进了那条缝隙。忍着难闻的气味和黑乎乎的灰尘，两人大概往里面钻了两丈深，忽然感觉到一松，竟然真的从缝隙中挤出来了。

卢芳一边嫌弃地哇哇大叫，一边拍着身上的灰尘。而任西东却一下子呆住了——

原来缝隙的尽头，竟是一个不大的空地，堆满废墟。这空地长宽也不过一丈多，四周都被新改建的房子包围了，这空地之所以没有被侵占，是因为地面上有许多残留的铁柱子，虽然锈得都只剩下桩子了，但看得出以前是很结实的。现在这些柱子周围堆满了乱石和碎瓦，还有落叶、鸟粪和老鼠出没的痕迹。抬起头来，就能看到周围房子的房檐，将天空切成了一个不规则的四边形。日光从上面投下来，刚好能照亮中间的一小块地方。大概是风和鸟带来了一些植物的种子，有不少野草从泥土里长出来，在照得到阳光的地方，还带着点漂亮的黄绿色。

卢芳来到任西东身边问道："少爷，这地方是做什么的呀？"

任西东用脚踢了踢那些锈蚀的铁桩子："可能是以前的工作间，这上面搭好面板，可以把一些药材加工、切碎。"

卢芳用脚把那些垃圾和乱石拨开，发现有许多的碎瓷片。

"少爷，这些是装药的吗？"

任西东蹲下来，捡起那些碎瓷片看了看，这些瓷片碎得很不均匀，大大小小的，上面都是灰和泥。任西东用手指把其中几个上面的泥灰揩去，终于在其中一片上看到了烧铸的"盛隆"两个字。

"这果然是<u>盛隆</u>药行的旧址！"忍不住叫出声来，他抬起头看着卢芳，"没错，这里就是老宅！"

两人不由得有些激动，连卢芳眼睛都有点儿发酸。她看着这狭窄、肮脏的地方，深深地叹了口气："咱们回去怎么跟老爷说呢？"

难道真要告诉他老宅已经不在了吗？"

任西东拿着那个碎瓷片，沉思了片刻，摇摇头："不，它还在，这里还有一些存在的证据，只要我们挖掘到更多的真相，就能把它拼凑完整。我们的家如今在南洋，寻找老宅只是知晓我们的来处，它不一定得保持原样，我们知道它曾经存在就够了。但重要的是，我们应该查清楚六十年前到底发生了什么。"

卢芳问道："怎么，少爷，你想接着调查吗？"

任西东手里转着瓷片，笑了笑："哎呀，反正来都来了，咱们总不能明天就收拾行李回去吧？而且老宅是找到了，但那个猴子爬的高杆子又是什么意思，我也想搞明白。"

卢芳点头："目前看来是没有了，但少爷既然想弄明白，那咱们就多待一阵也没关系！"

两人打定了主意，心头顿时轻松了不少，卢芳掏出一块手帕，跟任西东一起将地上的一些碎瓷片捡起来，打算拿回去拼一拼。任西东仔细地看着，在脑子里模拟着它们的形状，对卢芳说："我觉得这些东西真的有点像以前我爹给我看的罐子，不过那些罐子似乎没有上釉和刻字呢。"

卢芳把碎瓷片翻过来，看了看里面，发现釉质似乎只有外面才有，里头仍然是陶土的质地，上头还沾着一些凝固的东西。

当她翻转这一面拿到阳光下仔细查看的时候，小小地惊叫了一声："少爷，你看！"

任西东凑近细看，发现这瓷片内壁上有一层附着物，擦去了灰土以后看得很清楚，似乎是装过什么东西以后沾上去的，在漫长的时间里，已经完全渗入了陶土中。然而神奇的是，当这一面放在阳光下的时候，反射出了五彩的光泽，就像彩虹一样。

"是油渍吗？"卢芳问道。

任西东细细看了半天，又闻了闻："看不出来，但我觉得没有什么油渍可以保留六十年吧？"

"是装过什么制剂吧？"

"这个就需要检测了，但显然在这里可没有条件。"任西东把瓷片放回卢芳的手帕里，"咱们都带回去。"

"好像多多少少都有呢！"卢芳一边捡一边翻过来看，"少爷，你说这罐子会不会就装过那个所谓'医死人'的药呢？"

任西东愣了一下："我不知道，阿芳，事实上，杜老爷子说的到底有几分是真相，我也很难判断。这件事真的离我们太远了。"

的确，跨越的不仅是漫长的时间，还有距离，更是认知完全不同的两代人、三代人。任西东虽然说着要追查真相，可是事实也许永远无法知道，因为即便他们推测出来，也很难去证明了。

两人将能找到的陶片装了一包，又仔细看了看，除了碎砖瓦，就真没有别的东西了，于是又灰头土脸地从那缝隙中出来。两人走回大树下，正看到茶博士面色不善地东看西看，一见到他们立刻勉强浮出了笑容。

"瞧，"卢芳说，"咱们俩肯定被他当成吃白食的了！"

两人尴尬地给了茶钱，眼看着时间也不早了，任西东这才叫了滑竿回到望江客栈。

两人这狼狈模样让吴念娇吓了一跳，连忙让刘叔去给他们准备洗澡水。两人也不好多说，就说今天又在城中的老巷子走了一通，寻访些古迹。吴念娇十分懂得分寸，不再多问，只将晚饭安排妥帖。两人上去洗了澡，饭菜已经送到了房间里。

任西东将那包碎瓷片交给卢芳，让她不要全部用水洗，就先用纸擦干净，等到拿回南洋，让父亲仔细看看。

卢芳答应了，两人一边吃着饭，一边回忆今天所探知的事情，想到终于找到老宅的信息，不免还是有点儿兴奋和感慨的。

"杜老爷子说的故事，不排除时间久远，他的记忆会有偏差，我们可以再去验证验证，"任西东计划，"既然在当时也算是轰动一时的新闻，那药行业内肯定会有相关的传说，可以再走访下老商户。"

"嗯，这是个切入点，"卢芳点头，"再说了，咱们如果回去的时候就带着一堆破瓷片给老爷讲个故事，那也显得你太没用了。"

"等等，为什么只有我？你不是跟我一起行动的吗？"

"老爷知道我从小就聪明，行不通的点子都是你出的。"

任西东不满地嘀咕了一声："我爹就是对女孩儿偏心。"

两人还在斗嘴，就听到吴念娇在门外说："打搅二位了，楼下有谭家的下人急着找，似乎谭家小姐求二位帮忙呢。"

任西东心中咯噔一下，心中顿时涌起一种不祥的预感。

第十回

为救人针锋相对，破迷信再揭妖法

原来自从昨天给春华用了一些阿司匹林，那姑娘的体温是降了下去，意识也稍微清醒了些。谭玥牢记着任西东的建议，想着趁春华病势稍缓，找个机会送她去洋人的医院看看。但没有想到这天的晚上，秋菊就偷偷地跟她说，那个姓周的端公又在给太太进言，说莫再拖延，误了时机之类的。

谭玥心中着急，又找不到别的帮手，只好差遣了谭有利来求援。

任西东和卢芳匆匆填了最后两口饭，连衣服都没有换，又赶紧往谭府赶。

这一折腾，到的时候天全黑了。谭有利还是带他们从秋菊接应的侧门进去，径直就去了春华的房间。大概是因为到了晚饭时间，守门的两个男仆都不在，但进去以后他们发现谭玥也不在。秋菊说，小姐现在还在太太那边，就是希望太太能回心转意。

"如果……"这丫鬟犹豫了一下，"只是说如果啊，如果小姐没能劝住太太，她想着可能就得抢人了。"

"哇，这么刺激啊！"卢芳低声叫起来，"你们是打算让我们动手吗？"

任西东觉得她的惊讶中还似乎带了点兴奋，但他此刻也没提醒卢芳，真要抢人，他只能是背"货"的那个，打架的事儿全得靠卢芳自个儿了。

秋菊面对卢芳这个问题似乎也意识到不太好回答，她不好意思地笑了一下，指指门口："哎，现在就是小姐这么乱想呢，也不到那个地步。我得去门口守着，麻烦您二位趁着这个时候再给春华瞧瞧吧。"

说着她就急急忙忙地躲了出去。

任西东也不计较她那小机灵了，来到春华床前仔细打量——那女孩儿还在沉睡中，状态看上去跟昨天他们离开时差不太多，没有恶化的迹象。但不知为何，任西东觉得她的容貌好像有些枯槁，也说不出具体变化在哪儿，就是感觉更加憔悴了。大概这场病还是拖垮了她的身体，痊愈以后恐怕还要调理很长时间才行。

卢芳也凑过来，刚想问问任西东"怎么样"就听到外面站着的秋菊紧张地叫了声"周大爷"。接着门就嘎吱开了，那个勾腰驼背的端公走进来，对外头说："行了行了，我就是来看看，没你的事儿，不用进来。"

门又关上了。

卢芳和任西东都看着这老巫师慢吞吞地来到屋子里，冲他们不怀好意地笑了笑，说："两位还在啊，我听说昨天两位给这丫头吃了点西药，不过看起来，似乎没啥效果嘛。"

任西东搞不清楚他来做什么，戒备地说："效果还是有的，至少病人的体温降了，神志恢复了。"

周大爷踱步到春华床前，看了她一眼，又冷笑道："公子说她是病人啊？要我看，这就是个死人，再怎么努力也救不回来了，不如让她好好地去吧。"

任西东心头火起，脸上却不动色，反问道："她有呼吸，有心跳，能说话，会吃喝，怎么就是个死人了？别跟我说鬼上身，那玩意儿我是不信的。"

老巫师笑道："公子不信鬼神，那是福气旺，况且你现在一身洋人的打扮，中国的鬼也不敢近你的身啊。"

"我倒是希望有鬼，让我可以当场戳破它，因为凡是有鬼，不外乎都是人造的假象！老先生，你年龄也不小了，如果你自己信鬼神，这种夺人性命的罪行按你的逻辑来说是要遭到报应的，你不怕吗？"

那端公像老鸹一般地笑了起来："公子，这女子一看也撑不过几天，我早日了结她的痛楚才是积德行善呢！"

任西东双眉一挑，抓住他话中的破绽："你果然清楚她并非鬼上身！你就是故意要害她性命！"

周大爷并不慌张，反而摸着胡子继续笑道："公子把老夫想得太能干了，我只不过是说个意思，做个法事。真怕鬼的不是我咯……"

任西东知道他意有所指，也不避过，直白地说："不错，要春华死的人是这谭家上下，然而他们不过是迷信愚昧，你才是杀人的钢刀。我就奇怪了，她失去神志，也可以说是失心疯，或者你跳神驱个鬼同样能收钱啊，何苦一定要害人性命？"

周大爷又摇摇头，阴阳怪气地说："少爷果然不是中国人了，我做的事在这里可以说是积了大德的。免除这女子的病痛之苦不用说，谭家上下也恢复了安宁。哪怕是这女子死了，也是有福气的。她一个黄花闺女，又是个孤女，死后还有人巴巴地等着她给儿子配阴婚呢，算是有了归宿。"

任西东愕然道："阴婚，什么阴婚？死了还能结婚？"

那端公哈哈大笑："咱们讲究的人家事死如生，结婚有什么奇怪的。我说公子啊，你不是大清国人，不懂大清国的风俗，就不要在这里搅事了！"

卢芳在一边气得脸发白，她恨恨地对任西东说："少爷，这老不死的坏透了！阴婚就是把女子的尸首跟死掉的男人埋在一起，说是在阴间做夫妻。他故意要害死春华，除了收谭家的钱，还要卖尸首去配阴婚！"

任西东睁大了眼睛，第一次听见这么荒唐可怕的事情，他沉下脸来，走到那端公身前，慢慢地说："你最好乖乖地滚蛋，不然我让你这老骨头散架。"

端公眯着眼睛，这时候才看清他双目颜色不一样，左眼灰蓝色，右眼深棕色，脸上闪过一丝惊异，随即又阴恻恻地笑起来："我倒要劝公子小心一点儿，别再多管闲事，否则鬼只怕连你的身也要上了。"

说罢，大声咳嗽两下，推开门扬长而去。

那端公走了后，房间里有一刻安静异常，只听得到春华在昏迷中粗重的呼吸。卢芳忍不住对任西东说："少爷，那老头是有意要害死春华，该怎么办？就算把他的真实意图给谭小姐的娘说了，恐怕那太太也不会相信。"

任西东皱着眉头想了想："就算不相信也没关系，该说的还是要说。今天晚上咱们要想办法把春华送到医院去，这样才能保住她的命。"

"听那死老头的口气，是威胁我们不要插手，不然就要蛊惑这家人对咱们不利。"

"我能打八个。你呢，阿芳？"

卢芳认真地想了想："大概十个，十二个有点儿勉强，十一个还是可以争取一下的。"

任西东耸耸肩："那不就行了！"

两人都觉得放心了，继续坐在春华的床边等着谭玥回来。大概过了二十分钟，谭玥终于回来了，身后还跟着两个男仆，等她进了屋就在门外站定。

她眼睛通红,一看就是哭过,脸色比之前还糟糕。任西东没问她都知道多半是跟谭太太的交涉完全失败了。

任西东掏出怀表看了看,现在已经晚上八点多了。恐怕那端公周大爷过不了多久就要来抢人了。他也不去问谭玥具体的情况了,直接说:"谭小姐,你可否让谭有利偷偷出去,租一个那什么,哦,对滑竿,租个滑竿去侧门,然后我们立刻带着春华去医院。"

谭玥说:"怎么,真的只有强行带春华走?"

"刚才那个巫师来过了,无论我们做什么,他都会弄死春华。现在留在这里就是浪费时间,赶紧送她去医院才行。"

"他到底跟春华有什么仇?我偷偷拿点私房钱给他,让他放过春华行不行?"

任西东摇摇头:"谭小姐,这种人有自己的逻辑,你的一点儿钱对他来说会是破坏生意的横财,他能让你母亲这么相信,那说明他已经有名声和手段,他会坚持自己赚钱的方式,不要指望你的小恩惠能收买他。"

谭玥着急地说道:"那……那我现在就让老谭去叫几个轿夫!"

任西东摸摸鼻子:"嗯,也行,我再写张字条,也麻烦你赶紧送到望江客栈去给老板娘。"

任西东掏出自来水笔,在小笔记本上写了几行字,然后叠好交给谭玥。她狐疑地问道:"那位吴掌柜……她有办法帮上忙吗?"

"我也不知道,"任西东说,"反正我在重庆认识的人不多,万一被打断腿,总得找人把我抬回去。"

谭玥想笑又笑不出来,就把字条递给了秋菊,让她去找老谭有利。

三人坐在房间里,等着秋菊回报,又商量着怎么把门口两个男仆打发了。卢芳出的主意最粗暴,她说干脆就出门一人一个手刀劈下去，打昏了拖进来捆住，再把春华运出去。

"最好她自己能走，这样乔装打扮一下也是可以的，"卢芳正儿八经地说，"我有一次就这么干过……"

谭玥虽然有些胆大，可毕竟是养在深闺的大小姐，从来没见个女子如此果决狠辣的，又非常好奇，就想问卢芳过去遇到过什么事。然而她还没有开口，就听到门外有嘈杂的声音，接着门口的两个男仆就大声请安。谭玥脸色一变："好像是我娘来了。"

该来的总归要来，躲不掉的就只能迎面而上。

任西东挡在春华的床前，等着谭太太和端公周大爷推门进来。谭玥站在一旁，紧张地揪着手帕。

门开了，果然是谭夫人先进来，周大爷弓着身子跟在后面，再后头是两个粗壮的仆妇，秋菊被夹在中间，如同被老鹰捉住的小鸡。

只见谭夫人寒着脸，对谭玥说："玥儿，你的贴身丫鬟怎么私自从侧门外出，要做什么？"

谭玥看向秋菊，见她神情紧张，紧紧闭着嘴唇，然而却向自己微微地弯了弯嘴角，便明白谭有利已经得了消息去了，随即定了定神，对谭夫人说："娘，春华吃了任公子的药，烧已经退了些。但任公子带的药也不多，我让秋菊去山城巷那个叫作仁爱堂的洋医馆寻点药来。"

谭小姐也是撒谎的一把好手，这虚实结合得确实让人难辨真假。

谭夫人听她这么说，脸色果然稍微好了些，但嘴里仍然斥责道："还好你没有头昏到想将春华偷运出去，然而胆子也太大了，这时候还信什么洋医洋药。"

谭玥争辩道："娘，您还是不信，我之前就说了，春华这病用洋药已经见了点效果，为何不再多试试。您宁愿信这……这跳神的胡说！"

105

谭夫人顿时大怒："玥儿住口！你都让你爹给惯坏了！"她转向周大爷，说道："周先生不要生气，这孩子太小，什么都不懂。"

端公阴险地笑道："不妨事，小姐心善，还不晓得厉鬼的可怖之处。"

谭夫人点头，又放软了声音对谭玥说："玥儿，我知道你跟春华从小一处长大，自然舍不得她。然而她现在已经中邪，拖着就是活受罪。而且她留在这里，只会让家宅不宁。你闪开吧，周大爷会超度她的。"

谭玥央求道："娘，娘，你就让我送春华去仁爱堂吧，她还有救。"

谭夫人还要再说，那端公笑着上前说道："小姐，若你不信老夫的判断，老夫可以让鬼显形，到时你自然就知道了！"

谭玥憎恶地看着他，刚要骂他，任西东却突然开口说道："行啊，我也想看看鬼长什么样儿呢，你既然能让它显形，就别耽搁！"

端公眯着眼睛看了看他，又用嘶哑的声音说道："那还要麻烦这位公子躲远些，免得被冲撞了。"

任西东拉着卢芳退后了几步，抱着双臂一言不发。

只见那端公又让其他人闪开大片空地，从怀中掏出了一只牛的琵琶骨，上头穿了几个铃铛，然后又拿出一面铜镜，背面刻着一幅八卦图。他在春华床前舞来舞去，口中念念有词，一忽儿高声叫两下，一忽儿又絮絮低语，还不时蹦两下。他声音嘶哑，这一番跳神动作诡异，仿佛一只白毛的老猿猴在发疯，让人一阵说不出地难受。

然而除了任西东等四人冷眼旁观，谭夫人和丫鬟仆妇，甚至连门外的男仆都双手合十，一个劲儿地念佛，当然也有人除了佛还拜遍了四方菩萨和各路天神，仿佛是希望哪一个过路的神仙能撞上，碰巧出个力。

那老巫师跳了一刻钟后，就累得气喘吁吁，放下了手中的法器，又从衣兜里掏出一张空白的黄纸，放在春华脸上，叽里咕噜地不知道在说什么。

卢芳咬着牙低声对任西东说:"少爷,我可以揍他吗?我保证不打死!"

任西东拍拍她的手:"冷静,阿芳,咱们看戏要看全。"

又过了好一会儿,周大爷终于结束了念咒,把那张纸拿起来,斜着眼对一个男仆说:"来,把这屋里的蜡烛点着。"

此刻房间里昏暗一片,等蜡烛点亮以后,端公将那张黄纸放在蜡烛前画了好几个圆圈,近得都让人以为那纸要被他烧了。但他晃够了却收回来,一手端起烛台,一手拈着那黄纸,对众人说:"大家请看,这鬼已经显形了。"

一个仆妇抑制不住地发出尖叫,不少人都脸色发白,出了一头的冷汗。

只见在那原本空白的黄纸上,赫然显出一个清晰的骷髅头来!

任西东一见,不由得在心底暗骂:这些死了爹的骗子怎么都拿隐形字画做噱头,是约好了的吗?

然而他现在还没法揭穿,单靠这么看,摸不透那老头用的什么材料。

谭玥紧张地把目光投向这边,似乎期待着任西东像揭穿蔺三娃一样大展神威。任西东心中憋屈,却也只能按兵不动。

那端公瞥了他一眼,得意地笑了笑,说道:"莫怕莫怕,这厉鬼只是阴气投射在符纸上,害不了人!老夫立刻就能消解了这股阴气!"

说罢,又将那黄纸在蜡烛的火苗上晃了两下,只见黄纸上的骷髅图形冒出一簇黄白的火星,接着骷髅头就燃烧起来,很快整张纸都烧成一堆灰烬,飘落在地上。

任西东眼睛一亮,卢芳瞧见了,低声问:"少爷,你看出什么来了?"

任西东悄声对她说:"那老头的伎俩比我想的简单,他用的是硝石,化在糖水里以后在黄纸上画画儿,干了以后什么也看不见,但是一碰高温就变色,而且点火就燃,所以才会先有骷髅图案,后面这图案还能燃烧。"

卢芳"哼"了一声:"我就知道都是些戏法,不过,少爷,你要怎么让这些人明白他是在装神弄鬼。"

任西东说:"你看着吧,我总是有办法的。"

说罢,他上前打断了周大爷的表演:"老先生,要说念咒嘛,我也会啊!不过我念的是洋人的学校里学来的咒,一样能捉鬼降妖的,你能从春华身上捉到鬼,我也能从你身上捉到!"

老巫师冷笑道:"这位公子,你是入了洋教的人,自然也学的是洋人的法术,老夫有真神护体,你要做什么都是白费劲!"

任西东说:"你别以为我穿一身洋服就信洋教,我告诉你,我不信中国的巫术,也不信外国的驱魔,这世上就没有什么神怪会让我信!但我念的咒一样能捉鬼,因为这鬼都是人变的,不会看不见摸不着。"

老巫师讥笑道:"那倒要请公子让老夫开开眼。"

任西东伸出手:"把你的黄纸再拿一张出来。"

老巫师脸色就变了,沉声问道:"你这是何意?"

任西东说:"怎么,怕了?你不是说你有真神护体吗?我要你一张纸又能怎样?"

老巫师被他挤对得有些语塞,眼珠子转了转,嘿嘿一笑:"我要是没有了呢?"

"你这种专业人士怎么会只带一张符纸出门?"任西东嘲笑道,"还是说你的符纸其实是买别人的,舍不得用,就没有多的借一借了。"

周大爷又被噎了一下,但他毕竟老奸巨猾,又冷笑道:"少爷是要用我的符纸来打我的脸啊,这可就真的好笑了。你弄半天不还是我的法力起效吗?"

任西东立刻答道:"我再重复一遍,第一,你不是说了你真神护体,法术伤不了你吗?第二,我已经说了我念的咒是让人造的鬼现身,跟法术什么关系都没有!所以按照逻辑来说,你如果心里身上都没鬼,还怕我做什么?"

两人僵持不下,此刻谭玥在旁边对谭夫人说:"娘,你往日常说女儿不敬鬼神,如今任公子和周大爷正好给了女儿一个机会,好好看看这世间是否真有鬼神。你不如劝周大爷展示下神威,让女儿也知道任公子说的是真是假?"

任西东看了看谭玥,简直想给她竖大拇指,然而戏演在这节骨眼儿上,也只能绷着不笑,满脸严肃地点点头。

谭夫人原本在一旁不说话,心中笃定周大爷能完胜任西东,听女儿这么说,觉得平时老跟自己唱反调的女儿说得有道理。她以为是刚才周大爷那符纸聚阴气的神奇法术终于让女儿动摇了,只需要再加把力气就能够让这犟丫头知道好歹。于是也对端公说:"周大爷,虽然任公子是小女的客人,然而他既然说了,您就万不要有什么顾虑。咱们都盼着看您再显神通呢!"

老巫师脸色一僵,他眯着眼睛打量任西东,心里估摸了一下,暗忖自己的小手段是江湖上暗地里传的,估计这假洋鬼子也不会知道,于是横下了心,说道:"也好,今天就当我老人家教你这后生懂道理,让你少狂一点儿。"

说罢,他果真从怀里掏出一张黄纸,递给了任西东:"来吧,请公子让老夫也长长见识。"

任西东接过那张符纸,仔细地看了看,又闻一闻,那样子真是半点神棍的架势也没有。旁边的一个仆妇忍不住扑哧笑了出来。任西东仿佛没有听见,翻来覆去又看了看,才将纸贴在了周大爷佝偻的背上。

老巫师笑道:"怎么?任公子真是把老夫当作妖怪了吗?"

任西东凑到他耳边,低声说:"你不是妖怪,你就是个魔鬼,毫无人性的魔鬼。今天我就是要扒你的皮!"

接着他端过蜡烛,向那张纸凑过去。

端公见他拿明火凑来,顿时脸色大变,一转身将背转过去,大喝:"你做什么?你要烧死老夫吗?"

"捉鬼啊!"任西东伸手一抓,顿时将老巫师的肩膀按住,接着就用烛火去烤那张符纸,端公大急,挺得驼背都要直了,然而任西东手劲极大,他竟然挣脱不开。眼看着那烛火就接近了符纸。因为两人角力,没有能烤热,直接就给引燃了。

虽然符纸燃得极快,但所有人都看到那纸上首先是燃出了一个骷髅头的形状,接着才变成一簇火苗。

端公吓得"哇啦哇啦"尖叫,任西东手一松,他就蹿了出去,连蹦带跳的,极为失态。

这一变故顿时让现场的气氛变得有些滑稽,谭玥笑着对谭夫人说:"娘啊,看来周大爷身上也有鬼呢!"

她这么一笑,别说端公的老脸涨了个通红,连谭夫人也尴尬起来。不知道是该先斥责谭玥,还是先去安抚端公。

任西东对谭夫人说:"这种捉鬼的把戏未免太简单了,这些符纸做过手脚,不过是涂了带有土硝的药水,被火一烤就能显形。"

端公原本以为任西东只是看出黄纸有异,还不知道遇热显形的事情,骑虎难下地赌一把,没想到这人一眼就看穿了,不由得心生怨毒。他指着任西东说:"我早就觉得你这假洋鬼子不是好东西,原来你是有妖法的!你们看他的眼睛,跟常人就是不同,如今施了妖法来害我!"

他这么一叫唤,众人果然都仔细去看任西东的双眼——原本只是觉得有异，现在细看发现双眸颜色一蓝一黑，顿时又信了端公几分！几个仆妇窃窃私语，就有点儿想往外走。而谭夫人则抓住谭玥，往自己身边带。

旁边的卢芳终于忍不下去，勃然大怒！她一拍桌子，腾地站起来，冲着那端公大吼道："死老头，你有完没完？愿赌服输，你自己押错了宝现在跟这儿胡搅蛮缠是吧？我家少爷那眼睛有异色是因为娘亲的祖上是白俄人！你敢在这里诬赖我们，是嫌活得太长了吧？我家少爷给你机会做人，你偏要当鬼，我告诉你，姑奶奶我脾气不好，你的老骨头有这木头硬吗？"

说罢伸手在旁边的檀木椅背上拍了一下，儿臂粗的木料顿时发出咯的一声响，裂成了两段。

她这一手，端公的脸色顿时黑如锅底，连周围的人都倒抽了一口凉气，没人敢开口了。

端公呼吸粗重，双目中含着怨毒，在任西东脸上转了两转，终于阴沉地冷笑道："好好好，今天这事儿我记住了，公子是厉害角色，老夫甘拜下风。不过风水轮流转，公子还是给自己积德吧。"

任西东怒极反笑："等等，我们两人中好像是你比较缺德吧。干吗死鸭子嘴硬啊……"

端公已经无心再跟他斗嘴，只是走到谭夫人面前一拱手："太太另请高明吧，府上的事情老夫已经无能为力了。将来厉鬼作祟，莫怪老夫没有提醒。"

说罢也不管谭夫人连声劝阻，很快就钻出门去，快步离开了。

第十一回

苦命丫鬟多劫难，异邦大夫显本领

　　这场变故让人心惊胆战，周围的人都没有插话的余地，甚至连谭玥和谭夫人这样的主人家，似乎也成了配角。谭夫人有心帮助端公周大爷立威，然而任西东和卢芳配合得太好，竟然让她没有办法挽救端公那边的颓势。等到周大爷怒气冲冲地离去，她才发觉这事儿似乎已经不由她做主了，不由得冒出一股怒火来。

　　她竖起了双眉，恨恨地看着任西东，口气严厉："任公子，你也太放肆了，这是在我家中，你不过是外人，怎能对我的客人不敬？"

　　任西东倒不怕她生气，毫不礼貌地耸耸肩："夫人，严格地说我是你女儿的客人，但我对你有足够的敬意，正是因为这种敬意才让我为您揭穿那个人的骗局。他是个阴险而且恶毒的小人，虽然我认为你们对春华姑娘做的事情也很不人道，但你们是受知识水平的限制，所以是可以被谅解的。我希望你能明白，珍惜别人的生命才能做出正确的选择。"

　　"你在说什么？"谭夫人愕然地看着任西东，即便这人说话的方式很古怪，她也听得出话中对自己的责备之意。她更加生气地说道："竟然有你这样不知礼的人，你气走了周大爷，让我家宅不宁，竟然还出言不逊。"

任西东安慰她:"谭太太放心,刚才你明明都看到了,那老巫师不过是弄些戏法骗人,春华本来就是生病了。现在她高烧难退,如果能够去医院输入一点儿盐水溶液,看看能否降温,只要体温控制下来,她还是有救的。这就是得病,跟什么厉鬼、妖怪是半点关系也没有的。"

谭太太却仍旧不信:"你说得轻巧,不过就是拿洋人的奇技淫巧来搪塞我,诓我们送春华去洋人那里!都知道洋人拿中国人不当人看的,送过去不过也是扎针受罪,动刀子开膛剖腹的都有。你说周大爷歹毒,你又好到哪里去?"

任西东觉得自己涵养真的好,这个时候还没有把白眼翻到天上去。他知道自己说什么都无法撼动这太太心中"洋鬼子是浑蛋"的信念了,只好将所有的建议简化为一句:"反正那端公也走了,你们还想驱鬼就赶紧再请人,不过估计也得多费时间,这段时间里就让春华看看洋大夫,也没啥影响吧?"

谭夫人双眉竖得更高了:"你休想!"

谭玥在旁边见两人越说越僵,不由得着急地对母亲说:"娘,千错万错都是女儿的错,如今不管你信不信任公子的话,都请先为春华着想吧!"

谭夫人斥责道:"你住嘴!我第一着想的是这个家!你胆大妄为,早就该被管教了,若不是你去找了这个假洋鬼子来,今天哪能闹到这个地步!"

谭玥双眼含泪,却不服输:"娘,要打要罚女儿都认了,但我从小就没有兄弟姐妹,是春华秋菊两人陪伴长大,您当她们是奴仆,但在女儿心里她们就是最要好的姐妹,今天就算女儿求您,救救春华吧。"

说完双膝一弯,扑通跪在了谭夫人面前。

113

这下谭夫人还没说话，秋菊已经嘤嘤地哭起来了，周围的仆人也脸色恻然，都觉得小姐这一跪可谓情深义重，春华虽然病着毫无知觉，但如果知道小姐这么如亲人般地待她，纵然死了也值得。

谭夫人看到女儿竟然为了给一个丫鬟求情做到这一步，又是生气又是心疼，转念一想，自己就这么一个女儿，十多年来没有再给谭家添丁，也是憾事，不由得眼圈也红了。她转头过去半天不说话，谭玥跪着拉拉她衣襟，带着哭腔又叫了声"娘"。

谭夫人长叹一声，说道："罢了，你们要找洋药来医治她，就去找吧。只一条：我绝不同意将谭家的人送到洋人的医院去，她若命里真有这一劫，死在谭家也算我们对得起她。"

说罢拂开谭玥的手，对任西东冷冷地说："任公子，我谭家留不住你这贵客，就请你快点离开吧。"

任西东连连点头："好的好的，我今天太累了，太困了，正等着您说了这话能赶紧回去睡一觉呢！"

谭夫人看他的眼神跟看傻子似的，嘴唇动了动，但最终什么也没说。她又看着谭玥，长长地叹了口气，领着仆人们离开了。

秋菊见夫人走了，连忙跑来扶起谭玥，一边抹泪一边说："小姐，您这是何苦呢？春华要能听到您说的这番话，不知道多开心，就是真被埋了，也不后悔跟您这十来年。"

谭玥也擦了擦眼角："现在不说这些了，娘松了口，但还是不许送春华出去，她既然下了令，咱们想偷运也不行了……任公子，现在怎么办？"

任西东说："你娘叫我滚，我就要滚了！"

谭玥大急："你真的不管我们了？"

"我倒是想管，可人送不到医院去，我也没办法，除非……"他忽然呆了一下，皱眉不语了。

卢芳在旁边戳了他两下："少爷，有主意了先说出来，再做沉思状。"

任西东"哦"了一声,这才对谭玥说:"春华不能出去,但真正的洋大夫能请进来啊。咱们去医院找个医生来出诊不就行了。"

谭玥说:"这……行吗?"

"虽然医院的设备肯定要齐全些,卫生条件要好些,还可以请大夫会诊,但目前你母亲这个态度,能请个医生到家里来看就不错了。好在我们基本了解了春华的疾病表征,可以描述给医生,让他准备一些可以携带的药品和设备过来。"

谭玥的表情这才微微舒展,她对任西东说:"那咱们现在就去医院吧!"

任西东却摇摇头:"算了,我和阿芳去吧。天色已经很晚了,你一个女孩子家别乱跑了,况且你还得看着春华,提防她的病又有反复。我建议,最好是用布条先把她绑住,免得她又神志不清地攻击人。"

谭玥点头:"好……不过,又要麻烦任公子,我真是不知道该怎么谢你。"

任西东笑了笑:"你对我有感激之情吗?"

谭玥愣了下,顿时双颊绯红,低声说:"我对公子感激不尽……"

任西东又追问道:"那究竟有多感激啊?"

这下谭玥的脸都要烧起来了:"我……公子将来只要有什么用得上我的地方,尽管吩咐,我必全力相助。"

任西东得意地转向卢芳,说:"你看,我就知道谭小姐肯定感激我,你就别担心了。"

卢芳恨恨地看着他:"瞧你这样儿我觉得要担心一辈子。"

秋菊虽然之前被谭夫人的仆妇逮着了,但她顺利地将谭玥的吩咐和任西东的字条交给了老仆谭有利。最后闹这一场的时候,谭有利已经找好了滑竿在侧门外等着,同时还有一项滑竿也陪伴在旁,上面坐着的正是望江客栈的老板娘吴念娇。

任西东和卢芳一出门就看到吴念娇笑吟吟地冲他们挥手。任西东略带惊喜地说:"吴掌柜,你怎么来了?我信上只是说若今晚不回请到这里来接我。"

吴念娇看了看他身后的谭玥,笑道:"哎,字条我是看到了,谭家我也是找得到的,我只是担心你出了什么事儿被人给扣住了,如今可千万别让我猜中了。"

任西东嘿嘿一笑:"猜中了一半,我后头告诉你,不过今晚我是真没法回去了,得赶紧去一个叫仁爱堂的地方。"

吴念娇面露异色:"仁爱堂,你去那里做什么?"

"找医生救命啊,不过不是救我的命。"任西东又问道,"怎么,吴掌柜知道那个医院。"

吴念娇笑道:"这重庆城里但凡有点儿大事我都知道。那仁爱堂就在领事巷下面,天灯街巷子口附近,洋人在那边修了不少房子,这仁爱堂是法国人修的,旁边还有洋和尚的教堂和修道院什么的。咱们本地人去看诊的少,很多时候是教徒和洋人瞧病。不过你要找洋人的医院,还有宽仁医院和仁济医院,对了,城里也有些西药房呢。"

"那最近的一家医院是哪个?"

吴念娇想了想:"倒的确是仁爱堂最近了。我知道那地方,可以带你去。"

任西东点点头:"那好,就走仁爱堂。"

但这样就只有让卢芳先留下了,任西东嘱咐卢芳好好注意春华的动静,不要随便松开绳子或者让别人接近她。卢芳一一应允了,两人这才告别。

任西东在颠簸的滑竿上掏出怀表,借着昏暗的月光看了看,此刻已经晚上八点了，不知道还能不能请到医生。

轿夫也知道客人有急事请医生，一路小跑，在吴念娇的指挥下穿了不少近路。入夜的重庆行人渐渐稀少，倒方便了轿夫们赶路。不多时，就来到了一条倾斜的大路旁，这路地势极陡峭，一路向上能看到不少高大的建筑，跟城中常见的吊脚楼差别极大，一看就是欧洲那种砖石建筑，其中灯光明亮，也不像是寻常百姓使用的蜡烛。

吴念娇说："法国人在那里立起了很高的杆子，挂上灯照亮，咱们这里的人就给上头那片地方取了个名字叫作天灯街。算是城里地势高的了，而且一眼就能望见长江。"

任西东抬头看，果然依山而建的建筑累叠上去，点点星火像飘在半空中一样。

轿夫们低声地喊着号子，拾级而上，登到顶上的时候都累得呼呼喘气了。

任西东跳下滑竿，掏出了两个银圆，一边一个给了两组轿夫，对他们说："辛苦辛苦，要麻烦你们在这里等我们片刻，如果请到了医生，还得再找副滑竿赶回去，如果你们在附近能帮忙叫一个，我还有重谢。"

那几个轿夫见这穿洋装的客人如此阔绰，自然喜笑颜开，连连点头。

吴念娇领着任西东来到一幢建筑面前，说："喏，就是这里了！"

任西东不由得吃了一惊，原来这仁爱堂医院还真是一幢典型的欧式建筑，规整的三层楼房，外面立着七八根罗马柱，门窗都是拱形的，借着透出的灯光还能看见外墙浮雕。他没有想到原来重庆城里还有这么浓郁的西方文化的痕迹。

他和吴念娇向着大门那里走去，门口的灯光还亮着，应该有值班的医生。

果然，刚进大门，就有一个穿着修女服饰的护士迎上来。她大概四十多岁,是个白人,虽然说中国话,但带着很重的口音:"晚上好,先生和夫人,请问有什么能帮您的吗?"

任西东用法语对她说:"晚上好,嬷嬷,请问还有医生在吗?我这里有个需要急诊的病人,是出外诊。"

他流利的法语让护士惊讶极了,随即改用法语回答他,现在医生都回去了,不过的确有个值班医生还在。她可以带他们过去。

三个人穿过走廊,来到一楼尽头的一间诊室,灯光从门缝里透出来,还传来了留声机的声音。护士推开门,用法语说:"布赫医生,有位先生来请您出外诊。"

房间里的人抬起头来,任西东觉得有点儿怪异,吴念娇干脆扑哧一声笑了出来——原来那是一个瘦高个子的白人,大概三十岁出头,有一头茂密的棕色头发和修剪整齐的络腮胡须,但却穿着一身夹棉的长袍马褂,头上还戴着一顶瓜皮帽。他抬头看着任西东和吴念娇的时候,手里还抓着一支毛笔,面前是练习书法的毛边纸。而与此相对应的,房间里摆放着人体的骨骼模型,柜子里有各种标本和试剂,甚至在靠墙的桌子上还有一整套的萃取实验器具,旁边还有一台盖着布的东西,俨然一个小型实验室。

"哦,谢谢,嬷嬷,"这位医生用更加蹩脚的中文说,"为什么不说汉语……不礼貌,他们不懂,我们要说他们的话。我一直坚持——"

"谢谢,医生,但我真的能说法语,"任西东忍不住打断了他,"事实上,我在欧洲念过书,相信我,我能听懂。"

"哦,真了不起,"那位穿着中国衣衫的洋医生快步走过来,热情地伸出手,也换成了法语,"我叫托马斯·布赫,是德国人,请别奇怪我能说这么好的法语,我母亲是法国人。"

"晚上好,布赫医生,我姓任,你可以叫我伊斯特。"任西东握住他的手,"我希望您能跟我去看个急诊,有一位年轻的小姐急需您的帮助,她现在高烧不退,神志迷糊。我怀疑有什么细菌让她的一道伤口感染了。"

布赫医生用惊讶的目光看着任西东:"哦,感染,先生,能知道这个的中国人并不多,甚至在欧洲,知道眼睛看不见的小不点儿能要人命的也不多。可以冒昧地请问您在欧洲学的什么吗?难道是医学?"

"化学,辅修了一些药学的科目,"任西东说,"实际上我不是清国的人,我来自南洋,但我想你们可以将我算作中国人。"

"的确,任先生,哦不,伊斯特。关于那位病人,你还有更多的情报告诉我吗?"

任西东犹豫了一下:"我只是怀疑,因为她受伤的部位有很明显的红肿,而且高烧的症状严重,我给她服用了阿司匹林,然后采用了物理降温的手段。她的体温下降一些后有所好转,但眼睛的症状比较奇怪。"

布赫医生一边打开柜子把他的出诊包收拾好,一边对任西东说着:"是吗,也许您可以在路上再告诉我更多的情况。"

任西东发现他装进包里的那些医疗器械除了听诊器之外,有很多自己都从来没见过的,还有分装在格子盒里的药丸和玻璃瓶里的各色液体。

"您的出诊包真是神奇,"任西东对布赫医生说,"我发誓我可从来没有见过这样的器械。"

布赫医生非常自豪地抬起了下巴:"都是我自己设计和定做的,我还可以提炼一些新药。"

他就这样穿着长袍马褂,戴着瓜皮帽,拎着一个硕大的皮包跟着任西东和吴念娇出了医院大门。

大概是重赏的承诺起了作用,那些轿夫还真跑到远处又找了一顶滑竿来。新来的轿夫们跑得快了些,还在喘着粗气。任西东满怀歉意地表示现在是考验他们体能的关键时刻,如果能跑得快点,赏钱自然是有的,更重要的是能救一条人命。

他说不清地址,还好请了吴念娇跟来,她坐上第一顶滑竿,挥挥手:"行了,跟上我。"

布赫医生羡慕地对任西东说:"有位中国太太真不错,任先生。"

"嗯,我也这么想。"任西东顺口回答,他真的是一点儿也没发现有什么不对。

三顶滑竿紧赶慢赶,终于在九点多钟的时候回到了谭家。秋菊和谭有利在侧门等候着,看见任西东到了就赶紧迎上来。

秋菊性急地问道:"怎么样?洋大夫请到了吗?"

任西东指了指身后:"请到了,后面这位就是,赶紧带他去看春华吧。"

托马斯·布赫向秋菊抓起瓜皮帽,用怪腔怪调的中文说道:"晚上好,小姐。"

秋菊脸色一僵,竟不知道怎么回答,好不容易才干笑着福了福:"大夫好……那,就请随我来吧。"

三人跟着秋菊一路来到春华躺着的下人房里。秋菊推开门,和吴念娇留在外头,布赫医生和任西东则进去了。卢芳跟谭玥正守在春华身边,一见到任西东回来脸上都露出喜色,而一看到这穿着打扮都还挺地道的洋大夫,则都有掩饰不住地吃惊。

好在布赫医生虽然外表有些滑稽,但医术倒是非常靠谱的,而且他也没有刻意询问病人的身份,在看到昏睡的春华后,表情立刻严肃起来。

他把体温计放进春华的口中,然后又从出诊包里拿出真正的听诊器,在春华的胸口听了一阵。

谭玥看他在春华身上按来按去,脸上泛红,想开口,但卢芳拉住她，在她耳边劝说了几句，谭玥才忍住了。

布赫医生掏出一个镶嵌着放大透镜筒的眼镜戴上，然后朝春华手上的伤口凑近了仔细看，同时拨弄着镜筒旁边调整焦距的小突起，过了好一阵他问道："这是被狗或者猫抓伤的吗？"

谭玥回答："不，是被一个男人咬的。"

布赫医生点点头，找出一块压舌板，撬开春华的口腔观察，脸上的神色变得凝重起来。他用纱布包在指头上，在春华的口腔中摩擦了一下，然后将纱布放进了一个玻璃瓶里。

"你判断得很对，伊斯特。"布赫医生对任西东说，"这位小姐看起来就是伤口感染了细菌，我可以为她输一些药水，或许能有帮助。"

他手脚麻利地把玻璃瓶和针头都找出来，但见无处悬挂药瓶，便让卢芳举着，自己小心地用酒精涂抹在春华手背上，然后把连着橡皮管的针头扎进了她的静脉。谭玥瞪大了眼睛看着这洋人在春华手背上忙乎，却没有给她吃药，不由得担心地望向任西东。

"不用担心，这是一种治疗手段，"任西东看出谭玥的心思，对她说，"布赫医生是要为春华降体温。"

"这个药……是我自己提的……"布赫医生说，"我……提纯了一些草……嗯，就像奎宁。放心，我……在狗身上试过，我自己也试验过。"

他的声调听起来奇怪，但好歹还能听懂。任西东想起了他诊室里的萃取设备还有标本，问道："你自己在做药物实验？"

"我来中国就是找一些植物，嗯，奇怪的植物，欧洲没有。我想做一些，新药，有疗效的。"

任西东点点头："原来如此，希望你的药真的能起作用。"

布赫医生点点头："当然，我相信可以。"他又调整了下针头，起身接过卢芳手中的药瓶，"我来吧，小姐。"

那一小瓶药很快就输入了春华的体内,布赫医生再次量了她的体温,计算了她的心跳。他的脸上露出满意的笑容,然后宣布药品起效了,春华的体温正在下降。房间里的人都松了口气,谭玥终于疲惫地在椅子上坐下。她叫来了秋菊,让她打些清水来给春华擦擦汗,再端点热茶给医生。

任西东向布赫医生询问春华现在的情况,为了知道真实的病情,他故意用了法语。

"她的心跳也慢了,这是好现象,"布赫医生也用法语回答,又问道,"你给她的伤口消过毒,对吗?"

"是的,"任西东回答,"你刚才也从她的嘴巴里采样了,是不是有些不对劲?"

"她的口腔溃烂了,"布赫医生说,"这是有些奇怪,因为这样我就不能确认她到底是因为手上的伤口感染,还是因为嘴里的溃烂伤口感染而导致的高烧。"

"我前天还见过她,她手上没有伤口,非常健康,我没听说有什么感染能发展得那么快。"

"那你发现她嘴巴里的溃烂了吗?"

"哦,"任西东耸耸肩,"这可没法知道,但溃烂会有口气吧?我跟她说话没有闻到。"

布赫医生指着那个玻璃瓶:"我可以回去化验一下,也许这位小姐感染的并非细菌。要知道贝叶林克①先生发现了可以通过细菌滤器的传染性流质……叫作病毒,更加容易让人生病。"

"如果您允许,我也想去您的实验室看看。"

托马斯·布赫高兴地说:"当然,欢迎,伊斯特!要知道仁爱

---

① 贝叶林克,荷兰细菌学家,正式发现病毒并命名的人。不过他并没有在疾病和病毒的研究上取得突破性的进展。由于本文是蒸汽朋克风科幻小说,会在真实的科学史上略作修改,特此说明。

堂医院里有许多好医生,然而真对实验研究感兴趣的,并不太多。我萃取并合成了许多新药,也还在实验的阶段,如果您是一位化学家,应该能给我提出很好的意见。"

他们俩又聊了一会儿,布赫医生再次测试春华的体温,现在她已经变成了低烧,原本绯红的双颊渐渐恢复了原来的样子,呼吸也平稳了许多。

"最危险的时候……完毕了!"布赫医生开心地用中文说,他掏出一个药瓶递给了谭玥,嘱咐她该什么时间给病人吃多少。

"我明天……复诊,小姐,"他又补充道,"或许你们可以把绳子松开了,她睡一觉……就会恢复正常。她能说话,也许她能告诉我更多的信息……这样,我才能完全治好她。"

虽然听不惯这生硬的用词,但谭玥对这个穿着中国人衣服的洋大夫很是佩服,一迭连声地感谢。布赫医生开出了一张费用单,请她明天一早去医院交费,然后又抓起头上的瓜皮帽向她告别。

"我们也该走了,"任西东对谭玥说,"今天比我想的要好,至少我们把春华救下来了。"

谭玥看着他,心中忽地有一阵暖流,想再多说几句感谢的话,却又不知道该怎么说,这么一纠结,任西东已经招呼卢芳出门了。

"哎……"谭玥着急地轻轻叫了一下,"任公子……"

"还有事吗?"任西东回头看她。

谭玥连忙摇摇头:"不,也不是……我……今天真是多谢你了,我……我改日请你吃饭,好不好?"

任西东眼睛一亮:"真的?好啊好啊,我正愁不知道重庆最好吃的馆子在哪儿呢。有你请客我一定来,一定来!"

谭玥见他那神采飞扬的模样,不由得笑起来:"那,咱们就说定了。"

第十二回

不可料春华逃脱，逢惊变秋菊受伤

折腾了一整天，任西东和卢芳终于回到了望江客栈。吴念娇在厨房里给他们热了点东西，吃过后两人就各自回房躺下，一觉睡到了大天亮。

任西东浑身发懒，摸过怀表一看已经上午十点多了，然而也不愿意起床，只躺着回想昨晚的事儿，决定今天最好再去仁爱堂找那个穿马褂的医生聊聊。不过他也没有能多赖会儿床，刚打定了主意，就听见吴念娇敲门说："任公子，早饭厨房里已经卖光了，我这里还端了些热豆浆和炸糍粑，你要不要用点儿？"

任西东一面答应着，一面起身裹上睡袍，打开门窗，让吴念娇进来。

吴念娇笑着把托盘放下，说："任公子是累得很了，这么晚都没起来，我又担心你饿着，就冒昧送过来了。"

托盘里是一碗雪白的热豆浆，旁边是一碟炸成了金黄色的糍粑块，里面还点缀着几粒花椒。任西东食指大动，忍不住拈起一块就塞进嘴里，一边吃一边向吴念娇致谢，又问道："阿芳吃过了吗？"

"她可比你起得早，已经吃过了，在楼下跟刘叔打听重庆的掌故呢。"

任西东嘴巴里嚼着糍粑,又喝了口豆浆,才对吴念娇说:"吴掌柜,早饭你都亲自送来了,是想问我啥?"

吴念娇笑起来:"任公子真是聪明,别嫌弃我多嘴就是了。我是没想到原来前几天你救过的女娃是谭家的小姐,她爹我倒是知道的,叫作谭清泉,是这边做木材生意的,是个清水袍哥。他只有这个女儿,当半个儿子养的,所以虽然是闺阁小姐,也读书写字懂些生意。不过毕竟是女儿家,总归怕出事。任公子要知道,咱们这里可不能如同洋人那样,男女走路还可以挽在一起。这次谭小姐找你去帮忙,只怕家里下人就已经要传出些闲话了。"

"我们又没有约会,"任西东嘀咕道,"谁让她周围的人基本上都迷信,她是着急了才临时来找我的。"

吴念娇又是一笑:"任公子,我问问你啊,你愿意娶谭家小姐吗?"

任西东刚喝了口豆浆,差点儿喷出来,勉强咽下还弄得咳嗽了几声:"吴、吴掌柜,你在说什么呀?突然就冒出这话来,吓死我了。"

"任公子胆子怎么这么小,不过回我个话而已。"

任西东连连摇头:"肯定不娶,就见了两面,说什么结婚,太好笑了。两个人在一起,至少得多多相处以后才能决定吧。"

吴念娇叹了口气:"任公子,你那是洋人的做派。在这里,你牵了她的手,就得赶紧上门提亲了。"

任西东咂舌:"这比买衣服还草率,衣服还让试穿呢。"

"这就叫男女大防,我猜谭家太太之所以火冒三丈,一来是因为你气走了她请的贵客,二来更是因为你居然是谭小姐请来的。一个未出阁的小姐居然找了个陌生男人到家里去帮忙,谭太太估计气得鼻子都歪了。"

任西东嘲弄地笑了笑:"这里的风气也真是奇怪,对人命不在乎,对人的感情也不在乎,却都是打着保护和爱的幌子。"

吴念娇一愣,不知道该如何回答,最后只说:"任公子,我在码头上开这店也有好些年了。这码头上讨生活的人有各式各样的,但规矩却是不变的,要在码头上活,就得守这些规矩。你要说这重庆城,这大清国,不就是个大码头吗?"

任西东想了想:"不合理的规矩,总有一天是会变的。"

他们俩正说着,卢芳从门外进来,她的脸色有些古怪,只对吴念娇点点头,就给任西东说:"少爷,有人找你。"

"谁啊……"任西东有些不舍地放下手里的糍粑,"我正吃东西呢。"

"是谭家的人,他——"

卢芳话还没说完,一下子就被人推开了,昨天来过的老仆人谭有利一脸焦急地抢过了阿芳的话头:"任公子,您得马上跟我去一趟谭家院子。"

任西东瞥了吴念娇一眼,连连摆手:"不去了不去了,我现在还不想结婚,而且我也没钱买戒指……"

"哎呀,任公子,你在说什么胡话啊!"

"要麻烦你转告你们小姐,春华的事情直接去找布赫医生就好了,他可比我专业。"

谁知那老仆人急得一跺脚:"任公子,不是小姐让我来找你的,是太太!春华出事了,现在就要请你过去!"

任西东愣住了:"春华……她怎么了?不是昨天病情已经稳定了吗?再出问题,也应该去找布赫医生嘛,他才有药。"

老仆人谭有利叹了口气:"任公子,你……你不知道,春华不见了。"

这下,任西东他们三个都大吃一惊,这变故完全出乎意料了。

任西东站起来，问道："这是怎么回事，你详细说说。"

谭有利又叹了口气，这才说起来——

昨天晚上那洋大夫给春华输液以后，她体温倒真是降下去了，然后睡到半夜就醒了，开始喊饿。当时守着她的是秋菊，那丫头就去厨房里给她摸了个冷馒头过来。然而春华却说吃不下，又说不出到底想吃啥。于是秋菊就陪她在房里坐着，两个丫头不知道怎么聊着聊着就动了脾气。春华竟然跟秋菊打了起来，最后咬了她一口，就趁着夜色逃出府了。

谭有利说的这场变故，让任西东有些愕然，怎么都觉得有些匪夷所思。

"你说，春华伤了秋菊，然后自己跑了？"

老仆点点头："是呀，公子，现在秋菊哭哭啼啼的，太太说春华还是鬼上身，都是你坏了事，让她跑走。现在要你过去，好好说说怎么办？"

任西东觉得真是一个头两个大，他怎么都没想到一个小小的解围竟然发展成了自己甩不掉的包袱。谭夫人找他去只怕不是商量对策，而是狠狠地数落他。

然而这事也确实让任西东想不通：难道春华的病情又有反复？可谭有利说明明是好转了啊？她又为什么攻击秋菊呢？这两个丫头都是谭玥的贴身丫鬟，不应该是仇人啊。而且伤了人怎么从院子里逃走呢？都说她是一个孤女，能跑到哪儿去？这种从小就卖身为奴的，不都知道得留下挨罚吗？

他出神地想着，卢芳走过来拉拉他的袖子，问道："少爷，你要是不去呢，老爷爷也不能怎么样你，你就坐下把东西吃了。如果你不怕被骂，就换衣服，收拾收拾，别让老爷爷等。你到底去还是不去呢？"

任西东点点头："好，咱们去！反正我能打八个你能打十个，有啥好怕的！不过……"

他又转过来对吴念娇说："吴掌柜，要麻烦你再去仁爱堂一次，请布赫医生赶到谭家。要是医生误诊了，那可不能我当替罪羊。"

谭夫人闺名柳珍，今年刚刚四十岁，是丰都县一乡绅之女。当地民风就对鬼神一道十分推崇，驱鬼除邪之类的事，原本她就视为寻常。后来嫁给谭家家主谭清泉之后，就来到了重庆府住下，这一住就是二十多年。其间她在这里生下女儿谭玥，操持家务，谭清泉则不时外出做生意，日子很平静。她本分持重，一切都喜欢按老规矩来，谭清泉则喜欢接触新东西，因为两人只有谭玥一个女儿，所以谭夫人发愿要将她教成大家闺秀，将来找个好人家。而谭清泉则将女儿当作半个儿子，每逢在外做生意时见到新鲜玩意儿，都会带回来给女儿见识。请的夫子里也有些通晓洋务的。所以谭夫人虽然知道女儿内秀乖巧，但有时也为她的胆大妄为头疼。夫妻俩偶尔会对女儿的教育有些争论，但谭夫人一直秉承着夫为妻纲的规矩，所以最后都依着丈夫的意思办了。

然而这一次事情不同往日，谭玥不是私自买了洋文书，也不是仅仅偷跑出去闲逛，而是在客栈里胡闹，弄得春华鬼上身不说，还招惹了个假洋鬼子上门。事到如今，她只恨自己昨日心软，看谭玥苦苦哀求，就没有依照端公的法子驱鬼，导致家宅不宁。如今虽然春华逃走了，但这事不能随便放过，必须借此好好地责罚谭玥，让她再不敢这样乱来。

这样打定了主意，她就一面将谭玥关在闺房里，一面让谭有利去找昨天坏事的任西东，就想斩断任西东与谭玥的联系，不能让他再来找女儿。已经有些人来向谭夫人保媒了，若是真有风言风语传出去，只怕对谭玥的名节不利。

此刻她正坐在客厅的主位上，旁边站着男女管事和贴身的仆妇，谭玥站在身侧低着头，不敢说话。

谭夫人问谭玥："秋菊的伤势怎样？"

谭玥抬眼看了看母亲，低声回答："伤了脖子，被咬了个口子，不太深，已经止住血了。"

"张嫂说那丫头哭了一个晚上。"

"那是疼的吧，秋菊割破了指头都爱哭的。"

谭夫人"哼"了一声："只怕是还有委屈吧……好心帮春华保住性命，却被她恩将仇报。你也是，玥儿，终究要知道洋人的鬼话都信不得。"

谭玥张口想说什么，但看谭夫人的脸色比平常严厉许多，也不敢说出口，又低下头去。

这时谭有利领着任西东和卢芳走了进来，所有人的目光都集中在他们身上。谭玥心头一紧，瞥了眼母亲，有心想给任西东偷偷递个眼色，但又不敢乱动，只好满心焦急地偷偷看他。

谭夫人一见任西东就生气，但涵养极好，还是请他坐下了，寒暄问好过后，才说："想必谭有利已经将请公子来此的缘故说了，今天这事原本不想劳动任公子跑一趟，然而有些话必然要当面才说得清楚，所以请任公子勿怪。"

任西东收下这软刀子，还得客客气气地说自己一点儿也不介意。

谭夫人又说："我家玥儿实在没规矩，女孩家家的竟敢私自在外抛头露面，以至于给任公子添了许多的麻烦。春华一事，说到底是我家的私事，原本与任公子不相干。玥儿任性，我也有管教不严的过错，这才让任公子有许多不愉快。不过春华如今又伤人逃走，我绝不能允许玥儿再是非不分。今天请任公子来，就是想多谢任公子之前出的心力，以后我家的私事，再不敢麻烦任公子了。玥儿不懂事，我要严加管束，也请任公子不要再理会她，免得又让公子为难。"

卢芳偷偷地在任西东身旁耳语道:"少爷,听到没有?以后你说话能有这位太太一半得体,老爷还不高兴疯了。"

任西东"哼"了一声,没理会卢芳,对谭夫人说:"太太,其实你要怎么对待你的女儿我是没资格开口的。我这么做不光是因为你女儿的请求,还因为的确是事关人道。你们要活埋一个无辜的人,我当然要救她的性命。而现在她的生命还处于危险之中,只不过这次的危险不是你们蓄意制造的。我管的不是闲事,而是关于人类生命的大事。春华如果真的带病逃走,也许她现在更应该有人监护,你们如果不去找她我也会去的。当然了,我可以保证不把她送回你们家,免得你们又找那老骗子来,我前面就白忙活了。"

谭夫人听他还是说得这么直白,心中更生气,脸上就有些绷不住了,她冷冷一哼,说道:"她既然逃出了谭家,那就谢天谢地,她不回来我们就当她死了,卖身契也可以烧了。这样任公子就不必操心了。以后愿任公子多多保重,贵足莫踏贱地,谭家万不敢再让公子进门了。"

任西东被这么讥讽也不生气,反而很干脆地说:"好好好,我也是这么想的。不过我不来,那布赫医生可以来吧?他昨天不是还从春华嘴巴里采样了吗?万一真的有什么细菌病毒的,他还会来通知你们。我觉得吧,最好让他看看秋菊的伤口,万一也感染了,及早治疗会比较好。"

谭夫人脸都气白了:"任公子,你也太厚颜无耻了,春华你搭不上了,又拿秋菊做借口。你从洋人那里学了什么我不知道,但你好歹也是炎黄子孙,怎么可以将男女大防都丢了。"

任西东瞠目结舌:"等等,太太,我们两个说的是同一件事吗?我讲的是科学,你说的是礼教,我们能在同一个层面上谈谈吗?"

谭夫人已经不想再多说,起身一甩衣袖,叫了声"玥儿",就要离开。谭玥焦急地看着任西东,正要开口,谭夫人怒道:"跟娘进去,还在磨蹭什么?"

谭玥一抖,不敢再逗留,委委屈屈地跟着谭夫人走了。

任西东愣在当场,有些愕然。卢芳叹了口气:"少爷你瞧,人家本来打算好好跟你说的,你就不能有点儿社交技巧吗?"

任西东反驳道:"她才没打算好好说呢!进来都不给上一盏茶。我就是去饭馆人家都会先上茶。"

"那要真上了茶你就会说'谭太太讲的有道理,咱服从安排'吗?"

"阿芳你不要怀疑我的人品,我从来不向恶势力低头。"

"那不就结了,"卢芳"哼"了一声,"人家太太也不是恶势力好不好。"

两人正说着,那跟在谭夫人身后的男管事就出来送客,脸色也是不太好,说话颇不客气。任西东也不跟他计较,还是想问问秋菊的伤势,有没有请大夫什么的。

那管事板着脸,只说不需要任公子操心。正向外走着,就见一个小厮一溜小跑进来,凑近管事的耳朵边嘀嘀咕咕说了一阵。

原本一脸屎样的管事听完,脸上顿时有些惊讶,对那小厮说:"你送他们出去,我马上去禀告太太。"然后转身就朝后院匆匆跑去。

任西东好奇地问:"怎么了?发生什么事了吗?"

那小厮笑了笑:"有贵客到,咱家要忙,两位就赶紧走吧。走吧走吧……"

任西东无奈,只好和卢芳一起跟他往大门口走,还没有出去,就看到两扇大门洞开,三个人迈进了门槛,其中一个眼熟得很,正是任西东新认识的本地朋友,袍哥胡振胡五爷。

任西东大喜,在这个时候看到熟人,不管他来做什么,都能拉拉近乎。于是连忙招呼:"胡先生,上午好,你也来……"

说到一半忽然想起自己这是被人赶出门呢,连忙转过了话头:

"你来这里有什么事吗？"

胡振看到他也不意外，笑了笑："任公子好，我这是路上碰到了谭老爷，刚好被他邀到了府上，没想到任公子也在啊。"

任西东这才注意到他旁边的人，中等个子，浓眉大眼，留着短须，穿着厚实的长袍和夹棉的琵琶襟马褂，戴着皮帽，一副风尘仆仆的样子，身后还跟着个小厮，背着行李。看来正是谭家的家主谭清泉。

吴念娇曾说他是清水袍哥，这么说来和胡振相熟也就不奇怪了，但他二人这时候碰上回来，还真是赶得巧了。胡振给谭清泉介绍了任西东，谭清泉竟然像洋人一样跟任西东握握手，笑道："任公子既然不是大清人氏，又留过洋，那我就用洋人的礼节相待了。这是我跟洋人做生意的时候学来的，还像个样子吧？"

既然老爷都这么客气，一直赶人的小厮倒不敢动弹了。于是谭清泉招呼着任西东，又把他带回了房子里。下人赶忙去通报谭夫人，谭清泉请他们稍坐，自己就先去了后院。

趁着丫鬟上茶的工夫，任西东对胡振说："胡先生，你跟谭老爷很熟吗？他们家出事儿了你知道不？"

胡振笑了笑："你以为我真是偶然碰到老谭的吗？他每次做生意回来都要去日升昌票号兑一些现银。今天吴二姐急急忙忙来找我，说了你跟谭家的事，我就差人去日升昌票号那边打听，如果谭清泉已经回来了，那就好调解。结果你运气不错，他刚到重庆，正要回家。正是这样我才能跟你坐这儿说话呢。"

任西东吃惊地说："原来又是吴掌柜的帮忙，我真不知道该怎么谢她了。"

胡振说："她那个人啊，就是古道热肠，只要她视为朋友的，那必然是下力气帮忙。我所见的女子中，少有人具备她这样的侠气。"

阿芳在旁边插嘴道："胡先生愿意受吴掌柜拜托来出力，也是有侠气的，你和吴掌柜真是合适。"

胡振原本举止磊落，颇有豪气，然而听这丫头说起，脸色猛地一僵，有些不自然地笑了笑，端起茶饮了口。

任西东扭头问道："阿芳你说什么合适？啥意思？"

阿芳不耐烦地摆摆手："少爷你不懂，别操心这个。"

胡振哈哈大笑："任公子这位丫鬟真是有趣，怪不得要随时带着。不过咱们言归正传，任公子还是得给我说说谭家到底和你有什么过节，我才好从中调停。"

于是任西东便将这几日的事详细说给了胡振听，包括春华伤人逃走，谭夫人迁怒于自己。

任西东最后说："其实这位夫人不待见我也没关系，我只是想告诉她，春华现在是病人，她应该跑不远，希望还是能接她回来治疗。第二，她如果伤了秋菊，得说说是怎么伤的，秋菊有没有像她一样生病。我和布赫医生都觉得春华生病是因为细菌或者病毒感染的，那么秋菊的伤口处理就很重要了。"

胡振端着茶杯，慢悠悠地用盖子拨弄漂浮的茶叶，问道："任公子，你是真相信那洋大夫的诊疗吗？"

"我不是相信他，我是相信现在的医学研究成果。"

胡振点点头："我也相信西洋玩意儿，什么自鸣钟啊，火轮船啊，洋马儿啊，但我不相信洋人。"

"你也不让布赫大夫来给秋菊看病吗？"

"病还是可以看的，但我想说的是，任公子啊，那洋人说的话你可别全信，中国人吃洋人的亏吃得太多了。"

任西东觉得胡振的观念有些自相矛盾，但他还没有想好该怎么跟他细谈，也许等布赫医生的实验结果出来，再观察秋菊的伤势才会有比较具备说服力的判断。

两人在客厅里喝着茶，不多时谭清泉又出来了，换了身衣裳，也摘了帽子。他首先向任西东赔了个不是，说是"拙荆见识短浅"，请任西东担待。

任西东客客气气地说:"受教育内容和知识储备的限制,我能理解谭太太对鬼魂的恐惧,我觉得这如果不涉及人命都还是可以容忍的。但若因为自己相信虚无的东西导致了别人的死亡,那就是罪恶的事情。"

谭清泉脸上有些尴尬,但他果然是生意场上的人,反而愈加谦虚地自责,说是自己长年在外才缺乏管束,让家里多出了些事情。

任西东刚想说关于大清朝这种夫纲传统过于忽视女性价值的时候,胡振放下茶碗,插进来截住了任西东的话头:

"既然任公子昨天请洋大夫来瞧过,说是春华的病不简单,那今天就让他再看看秋菊。如果洋大夫果然看准了,就早点治,别让家里其他人也染上了。如果洋大夫看走了眼,也不过多费几个诊金。"

谭清泉说:"五哥说的是,这几个钱我老谭还是不愁的,原本我也只求家里平安,若是真有什么怪病不管是洋大夫还是土大夫,治得好就行了。"

任西东大喜:"我原本就请吴掌柜的帮忙找布赫医生,请他过来。在他到之前,我能先去看看秋菊吗?"

谭清泉应允了,就领着他和卢芳往下人房走去。胡振也背着双手跟在后头,说闲着也是闲着,不如同去。

一行人来到了昨日春华躺着的那个地方,今天秋菊就坐在春华的床上哭,旁边有两个粗壮的仆妇站着,一边跟她说话,一边安慰她,一见老爷带着人进来了,连忙跳起来问安。

谭清泉挥挥手让两个仆妇都退开,才对秋菊说:"这位任公子特意来看看你的伤势,可要紧吗?"

秋菊委屈地眨巴着眼睛,抹了抹眼角,说:"回老爷,从昨晚上一直在疼呢,春华可狠了……"

任西东上前问道:"她伤你哪儿了,我瞧瞧。"

秋菊脸上有些发红，指了指脖子，那上头还缠着一圈白布，隐隐透出血来。任西东要来清水先洗洗手，这才慢慢解开秋菊的包扎布带：只见在她侧颈上，有一个血口子，留着明显的咬痕。那位置接近动脉，好在没有碰到，只怕再过米一点儿，用的力气再大一些，估计秋菊这时尸身都凉了。

任西东又轻轻扳动她的头，就着窗外的光再细看那伤口，只觉得伤口周围的皮肤红肿得厉害，跟春华手上的伤口一样。他手指按在秋菊的皮肤上，也觉得一阵阵发热。这姑娘似乎也开始发烧了。

任西东心中一动，将伤口重新包好，拉着秋菊来到窗边，抬起她的下巴，两只手捧着她的脸。秋菊羞得圆脸通红，两个仆妇都低下头去，连谭清泉都忍不住咳嗽了一声，对任西东说："任公子，可是有什么不妙？"

任西东紧皱眉头，背后发凉："不妙不妙，大大地不妙啊。"

虽然秋菊的眼睛因为光线强烈不住地眨，但任西东还是从她的眸子里看到了一丝泛黄的迹象。

第十三回

无头绪疑症难解，闻霹雳少女早夭

秋菊是个十分聪明的姑娘，虽然她生性乐观，但看见任西东的表情不对，便猜到自己恐怕不仅仅是皮肉伤了。她想问任西东到底有何不妥，任西东却要她把昨晚的事先详细说说，于是秋菊定定神，给任西东详细说来——

原来昨天春华逃过了端公的设计之后，说不清是因为洋大夫的药还是不断冷敷和用白酒擦额头起了作用，反正她在入夜不久之后就醒过来了。

那时谭玥已经睡下了，白天看守着的男仆也撤去了。秋菊和春华原本就共处一室，于是就由秋菊单独照顾春华。她见春华醒了，连忙给她端水来喝。

春华看上去神志是清醒了，精神也变得很好，只是那双眼睛浑黄，看上去有些吓人。

她问秋菊自己这是发生了什么事，秋菊一一给她说了。秋菊嘴巴伶俐，说得又快，可谓绘声绘色。春华一言不发地听着，直到她说完了，才恨恨地说："太太……居然要让人埋了我？"

秋菊忙说也不是太太的主意，而是那遭瘟的老头不安好心，何况小姐是站在她这边的,保了她很久。

然而春华依然满腔怨恨:"我从小在这里做牛做马,伺候她,伺候小姐,如今她竟然要找人埋我。"

秋菊见春华神色不对,远不是她平常机灵可爱的模样。现在她形容憔悴,双目泛黄,一脸怨毒,就像变了个人一样。若是让秋菊来说,还真如同鬼上身了。她当时一想,就觉得背后生寒,赶紧甩开这念头,又继续劝说道:"你莫要怪太太,她是受了那死老头的骗,坏的是那老头。太太不是没有真把你交给那老头吗?可见她还是在意你的……"

但春华充耳不闻,只是轻轻摸着手上的伤口,说:"她才不是呢!她不是什么好东西,能答应端公的瞎话,就是想害死我!都怪蔺三娃那个死爹死娘的烂贱货,要不是他我也不会得这个病!哦……哦,对了……对了……最该怪的就是那个多管闲事的假洋鬼子……都是他,都是他非要去跟蔺三娃闹,要不是他,我怎么会被蔺三娃盯上!都是他的错……"

秋菊见春华将所有人都骂了个遍,越骂越厉害,污言秽语的,秋菊简直不敢相信。谭家虽然不算书香门第,但也是殷实之家,一直都讲究礼数,决不允许家里的人不修口德。再说春华秋菊都是小姐的贴身丫鬟,纵然伶牙俐齿,也不过是口头利索,绝不敢像泼妇骂街一般地乱叫。秋菊听不下去了,就让春华住嘴,好好地养病,不要发脾气。

哪里知道春华转过身来连她也骂上了,说什么平日里最爱耍心机,最会讨好小姐,偷懒耍滑什么的。前几日里若不是因为她装病,就不是自己带小姐偷偷出去了,归根结底都是秋菊这偷懒的贱婢才让自己陷入如今的境地。

秋菊本来还想着她是病人,还不太清醒,但春华骂得着实难听,终于让她也发火了,忍不住就反唇相讥,让她不要借病撒泼。

这一下就捅了马蜂窝了，春华竟然一下子跳起来就跟秋菊动手。她虽然病着，但力气还不小，一下子就按住了秋菊，去抓她的脸。秋菊吓得连忙自保，但哪里能跟这个时候的春华比，一下子就被她扑倒了。

秋菊胡乱推搡，抓痛了春华的头发，春华狂怒之下竟然一口就咬在了秋菊的脖子上。秋菊只感到一阵钻心的痛，不由得高声惨呼。

春华松开她，愣了一愣，转身就跑出了房间。秋菊扶着床站立不稳，听到叫声的婆子们跑进来，看到她捂着流血的脖子，吓得大呼小叫地去禀告了太太。等到要找春华的时候，她早跑得没影了，只是从打开的后门推断她逃出大院了。

任西东听完她的陈述，紧紧皱着眉头，思考了一会儿，又问道："昨天春华醒来你发现了别的什么不对劲没有？"

秋菊摇头："她刚开始还挺正常的，就是眼珠子黄得像条蛇一样，怪怕人的！"

"那你们俩就是因为吵架才打起来的吗？"

秋菊叹气："任公子，我现在也后悔不该跟她吵，可是她骂得那叫一个难听，让人心里生气！况且咱们之前还花那么大力气救了她！不过……"

任西东连忙追问："不过什么？"

秋菊犹豫了一会儿，才说："我总觉得那不是春华在骂人，那丫头平时脾气可好了，虽然叽叽喳喳的跟雀儿一样，但是昨天晚上跟疯了似的，您没见她那眼神，直勾勾的，简直对我恨之入骨了。说到您和太太也是，感觉要是你们在她跟前就能被咬上几口。"

"她当时体温又上升了吗？"

"这……"秋菊想了想，"没有发烧啊，我跟她一块儿的时候，她摸着好多了。后来我把她推开的时候，也没觉得她发烫啊。"

"那她应该没有失去理智，怎么反应这么像呢？"

秋菊又说道："任公子，虽然春华伤了我，但跟刚开始她犯病时又不一样。她第一个晚上的阵仗可比昨晚上大多了，而且毫无理由，逮谁咬谁，力气也大得吓人。昨天她说话虽然难听，但是有条理的，咬了我以后，也还愣了一下，这才转身跑的。"

任西东低头思考——这么说起来春华也确实不像复发，难道是生病过后就性情大变了？

秋菊见他沉默不语，又怯生生地问："任公子，您……您看我，是不是也得了春华那样的病啊？"

任西东见她十分担忧，只能劝慰道："别怕，还是要请布赫医生来诊断才行。你用白酒淋过伤口吗？"

"没有……那可疼了吧？"

"忍一忍，消消毒终究好些。"

秋菊答应了一声，回去坐下了。

任西东给胡振和谭清泉使了个眼色，领着二人走出屋子，在墙根边上站好。任西东对谭清泉说："我看秋菊的伤口和她眼睛呈现的症状，跟春华之前的非常相像。我推测秋菊应该真的得了跟春华一样的病。目前我觉得这病可能是从伤口来的，但是需要更先进的诊断手段。请一定要允许布赫医生给秋菊瞧瞧，让他采样。他有实验室，能够进一步化验。如果可能的话，其实让秋菊住院是最好的……"

谭清泉有些犹豫："住院，是住到洋人的医院里去吗？"

"对啊，仁爱堂医院，就是在那个……那个叫啥的地方，我看设施还挺好的。"

谭清泉不置可否地笑笑："不需要这样吧，倒是可以让洋大夫先瞧瞧。"

任西东知道他还有疑虑，又要开口，旁边的胡振插话道："怎么，这丫头的病不简单？"

任西东不知道怎么来阐释这个问题，只好说："我只是猜测，现在没法下结论，但如果这个病是一种类似狂犬病的病毒传染病，那最好是让秋菊别待在这里，一来免得恶化，二来也可以更积极地治疗。"

他虽然这样说，但谭清泉还是没有痛快答应，家里还从来没有去洋人的医院住着看病的，他怎么想都觉得有点儿小题大做。

就在三人商量的时候，小厮跑来禀报说外头有个女子领着个洋鬼子来了。任西东大喜，猜就是布赫医生到了。

真可以说十分及时了。

吴念娇正站在谭家大院的门口，旁边是托马斯·布赫医生。这个洋大夫还是像昨天一样穿着中国的长袍马褂，戴着瓜皮帽，只是他的头发太过茂密和蓬松，小小的瓜皮帽就像是搁在头发上一样，容易滑落，需要他时不时地就要伸手去按一按。

吴念娇心中暗暗好笑，但脸上却不动声色。其实这洋鬼子虽然傻里傻气，人倒不坏。这一点她看得出来，大概是在码头上待得久了，她练得最好的本事就是认人。只需要看看那人的眼睛，就知道该放心，还是该留心。哪怕面对的是双灰蓝色的眼睛，她相信自己也是看得准的。

她今天早上看到任西东被谭有利请走，又叫自己去请洋大夫，就猜到昨天晚上的事儿还没完，只怕那病比想的麻烦。

她在望江客栈里，不知道处理了多少码头是非，从来都多想一步。谭家她是知道的，于是出门之后，就拐弯去了胡记茶楼，将这事告诉了胡振。她知道这男人素来精明，本身又是红旗五哥，专司调解、摆平不和的事，最能消灾。

胡振见她专程来说，果然同意从中调停。吴念娇知道但凡是他答应下来的事情，一定是要做到的，就放下心来，转头去请那洋大夫。这么一耽搁，才晚了些时候过来。

现在谭清泉和胡振、任西东都在后院下人房里，所以吴念娇和洋大夫就在大门外等着，托马斯·布赫对中国人的礼节并不理解，却十分好学，用怪腔怪调的汉语跟吴念娇请教。掏出一张皱皱巴巴的纸来，说是请医院里的中国教徒帮忙起的名字，问怎么样。

吴念娇一看，忍不住好笑，原来洋人起中文名都是谐音，却又要名姓掉转，所以托马斯·布赫被那不知道是好心还是蠢笨的教徒起了三个名字，一个是"布马斯"，一个是"赫托马"，一个是"白汤马"，怎么念都觉得古怪。然而瞧洋大夫那满脸的期待，她又不好拒绝，便指着第三个说："这读起来倒是有趣！"

托马斯·布赫大喜："跟我喜欢一样的名字，夫人你很聪明，漂亮又聪明！我以后就叫这个名字了！"

吴念娇笑了笑："好，好，那我就叫你白大夫，可好？"

"很好，很好。"白汤马向她竖起了大拇指。

两人就说笑了一会儿，大门终于开了，然而出来的不光是去通报的小厮，后头还跟着神色严肃的任西东。

托马斯·布赫诧异地看着他，刚要开口，任西东就上来握住他的手，连珠炮似的将刚才从秋菊那里知道的情况用法语噼里啪啦地一股脑儿告诉了他。布赫的脸色从意外渐渐变得严肃起来。他说："伊斯特，你的意思是说这个姑娘也被同一种病毒感染了？"

"看起来是这样，布赫医生，我建议她到仁爱堂住院治疗，"任西东说，"她的体温已经开始升高了，也许会有攻击行为，待在这里没有专业的监护很危险。"

"我同意，"托马斯·布赫说，"如果她的雇主愿意，我可以带她回医院。我在医院还有一间实验室，也许她住在医院里我可以就近化验一下。不过我现在还是应该去看看她。"

"当然，她还在后面等着呢，而且这家的男主人也回来了，你还得向他说明为什么春华的状态又恶化了。"

"这……没有看到病人我无法做出正确的推测。"

"我也是这么跟他说的。"任西东耸耸肩,"他大概能理解,但这个家里总有人会相信巫术,这就很让人烦躁,我对这种大家长深表同情。"

他们的意见相同,任西东又对吴念娇表示感谢,对她能找到胡振帮忙觉得十分意外,但又相当有效。三个人快步往里走,任西东大概地叙述情况,对吴念娇说:"掌柜的,现在春华跑出去了,她的病还没好,又有传染性,最好是能将她找回来,送到医院去。不知道这种找人的事儿,是需要去报警,还是要自发组织呢?"

吴念娇问道:"报警?是说去告诉警察总局吗?"

任西东奇道:"难道这里只有一个警察局?"

吴念娇说:"我也不知道任公子说的是不是警察总局,这衙门是上个月才成立的,说是将保甲局改了来的,就在天符庙,有一批兵爷和保甲做了警察,也叫作巡警,在城里不时地转悠。不过他们不管找人的事儿,除非是有了触犯律条的事才管呢。"

任西东叹了口气:"那就是说只有登报了?重庆有报纸吗?"

"这倒是有的,我不大看,但店里的客人有人爱看。据说发得多的是叫作《重庆日报》《广益丛报》什么的。"吴念娇又笑道,"不过我说任公子,你想的都是明面上的办法,其实费了力气不一定有效果。这春华一出了门,就好像活鱼入水,你在岸上能捞到什么?还是要请水里的人帮忙才是。"

任西东不明白她的意思,吴念娇又说:"这重庆城,水码头,自然要找码头上的人帮忙找。谭家原本就是袍哥,五哥更是袍哥里的管事,让他给兄弟们说一句,保准能比什么报警、登报管用。"

任西东连连称是,这种需要人手来做的事,果然借助江湖上的力量要高效得多。

这么说定了办法,三个人也到了下人房。

托马斯·布赫的打扮虽然滑稽,但是谭清泉倒没有露出什么诧异的表情,大概是在外面做生意跟洋人接触得多了,也懂得些相处之道。简单寒暄过后,就让洋大夫看诊。布赫医生检查了秋菊的伤口,量了体温和血压,又听了心跳和呼吸,最后看到她的眼睛,转过来就对任西东点点头。

任西东知道这洋医生肯定了他的判断。

布赫医生给秋菊服了点镇痛药,就和谭清泉一起出门商议。而任西东则来到胡振面前问道:"吴掌柜说你很不得了,是红旗管事,什么是红旗管事?你茶馆的招牌吗?"

胡振看了吴念娇一眼,那女子正在细声安慰秋菊,便收回视线,对任西东笑笑:"怎么,她又指点你来抓我出力?"

任西东抓抓脑袋:"哎,我倒是不想麻烦你,毕竟麻烦了好几次了,人情欠多了就很难还。但这件事必须做,不然的话估计病人还会增加的。"于是就将寻找春华的事情说了。

胡振揉揉下巴,皱着眉:"这倒不是什么难事,只需要将这丫头的长相说了,让兄弟们传下去,留意就行。不过你找回来了也要送到那个洋鬼子的医院去?"

"这是传染病,在医院里待着直到治好才是最可靠的办法。"

胡振又看了看外面正在跟谭清泉说话的白汤马,"哼"了一声:"洋鬼子或许是能治一治,但到底是真的会费心治好,还是有别的打算,就不好说了。这两个黄花闺女送到洋鬼子的地方去,万一有什么不妥,这可怎么得了?"

任西东想到西医的检查流程,好像每一步都容易被认为是在轻薄妇女,但因此而放弃似乎又太荒唐了。他忍不住说道:"看病和失贞这两件事儿不能没根据地联想在一块儿,因为这是在冒犯一种善意,我希望就算是知识上有隔阂,但在保护人命和健康这个方面,能少一点儿怀疑论。胡先生，你只需要想一想，你是愿意看到这两个丫头因为高烧发疯而死，甚至传染给别人，还是愿意让她们在你并没有真的看到伤害案例的地方治疗呢？"

胡振愣了一下，随即笑了笑："任公子，你说话真的很有意思。"

"我大概说得不太清楚。"

"很清楚，任公子，你在说我太小人了。"

"有吗？"任西东瞪大了眼睛，"我猜你一定会用实际决定告诉我，其实是我太低估了你。"

"嗯，我会的，"胡振又笑道，"我可是很要面子的。"

这样两头忙碌，各自劝说，谭清泉又跟胡振略微商议，终于同意让秋菊跟着布赫医生回仁爱堂，不过要每日派人去探望、送饭。布赫医生完全同意，并且表示医院不是监狱，秋菊是去治病不是坐牢，随时都可以去看她。

谭清泉差人将这决定告诉太太，任西东在旁边没吱声。他原本想多说一句，就是让谭玥跟秋菊告别，鼓励她一下。但他刚说了一个"小"字，就被身边的卢芳狠狠地撞了一肘，他捂住肚子，听卢芳低声对他说："少爷，听话，现在一个字儿也别说，我今晚给您捶背。"

任西东奇道："阿芳你知道我要说什么吗？是很重要的事情啊。"

卢芳白了他一眼："现在最重要的是别节外生枝，你要让谭玥小姐出来，就是找新麻烦。"

任西东笑道："阿芳你越来越厉害了，你怎么知道我会让谭小姐出来送秋菊呢？"

"那当然了，你尾巴一翘我就知道……"卢芳又硬生生地把后半截吞了下去，她倒不是觉得不雅，只是觉得这么把东家比喻成狗有点儿不妥，"总之，照顾病人情绪是对的，但问题是谭夫人本来就讨厌你跟她女儿走太近，现在你指名道姓地请小姐出来，刚谈好的事儿都会被搅黄了。况且这又不是生离死别，别让秋菊心里更害怕了。"

任西东从善如流："你说的有道理，反正谭小姐真放不下，也可以去仁爱堂探望。"

卢芳心中稍定，就不再多言。两人在旁边不作声地看秋菊收拾好换洗的衣服，委屈地抹着眼泪，就像是要被卖掉一样恋恋不舍地站在门边。谭清泉安慰了她几句，又嘱咐她在医院听医生的话。这样耽搁了一阵，他终于抬脚往外走了。

任西东主仆和胡振等也同时向谭清泉告辞，唯独布赫医生走在后面，突然又像是想起了什么，转头来对谭清泉说："病人不在家了，要好好做干净，用水洗洗，酒也洗洗。"

谭清泉一脸茫然，还是任西东明白布赫医生的意思，解释道："大夫是说，现在病人去住院了，你们家里有两个人生了同样的病，最好把家里仔细清扫一遍，拿白酒擦擦桌椅板凳和其他器物什么的，可以简单消毒，最近都别让人住这房间了。"

谭清泉倒是很配合地点头，表示都听大夫的，还特地预备了一辆骡车送布赫医生和秋菊去医院。

胡振则谢绝了谭清泉安排的滑竿，说是要走一走，也算是带任西东在城里逛逛。谭清泉也不坚持，就这样跟其他人各自告别。

走出谭家大院一段距离，任西东才大大地松了口气，对胡振说："感谢胡先生从中调解，如果秋菊治好后谭家再没有人生病，那就算太平了。希望早点找到春华，别让她的病更严重，再伤了人。"

胡振笑道："听任公子的口气，好像是不打算再管了？"

任西东连连摇头："哎，我都被谭夫人讨厌了，况且现在有专业的医生接手，我当然不能再搅和了。哦，对了，我现在还不想结婚呢。"

胡振一愣，对他最后这句有些奇怪："任公子这话是何意啊？"

卢芳在旁边把头扭过去，吴念娇倒哈哈大笑起来，对胡振说："任公子看着胆大，实则胆小得很，谭家小姐花容月貌，他却避之唯恐不及呢！"

胡振被她一点，顿时就明白了，也忍俊不禁，打趣道："入乡随俗嘛，任公子若是在重庆走一趟，却带了个漂亮媳妇回家，令尊令堂还不高兴坏了。"

任西东却没有丝毫喜色，反而叹口气："我爹想要我带回去的可不是媳妇。我倒是因为管了闲事，把自己的正事给耽搁了。"

胡振说："任公子说的是寻找故居的事吧？需要我帮忙就不要客气。"

任西东有些犹豫："其实在胡先生茶馆里已经查到了些线索，但需要再追查的事情就很复杂了，需要多方验证。我一心不能二用，先找到春华，彻底了结了这件事再说。"他又对胡振补充道，"春华之前跟我说症状的时候，曾经提到过蔺三娃找她们的麻烦，我们上次去老君洞的时候，也刚好撞上他。我觉得那人似乎也在生病，我想胡先生如果方便，不妨也请人把他找到，看看他是不是得了同样的病。"

胡振还不知道此节，但也答应了下来，说蔺三娃常年混迹码头，只怕比春华还好找些。

现在已经日近中午，吴念娇听他们说得差不多了，就招呼着要请他们去吃有名的麻辣鱼。然而胡振却略带歉意地说："今天就免了，既然答应了要帮谭家找到春华，那丫鬟本身又病着，就要早些给码头的兄弟们放下消息。我还得赶回茶馆，就劳二姐你招待任公子了。"

吴念娇想再劝，然而听他说得有理，便只好作罢。卢芳在旁边幽幽地说："哎，人多好点菜嘛……这次如果胡先生真忙，不如下次在吴掌柜的店里补上,怎样啊?"

若是按照大清国的规矩,她这身份如此说话,早就是轻则责骂,重则挨打,但胡振和吴念娇都知道她虽然名为任西东的丫鬟,但其实如同妹妹一般受宠,因此也没有在意。加上她似乎话里有话,胡振和吴念娇各自心中一动,竟不约而同地都应承了下来。

任西东却在旁边好奇地说:"阿芳啊,你干吗要约在吴掌柜的客栈里呀?我听说本地有人能把猪脑子烤来吃呢,不如就让胡先生带我们去吃那个吧!"

卢芳有些恨铁不成钢地看着他,嘴里却毕恭毕敬地说:"少爷,我听说有些东西吃了是以形补形,你脑子那么灵光,哪里还需要吃猪脑子,咱们就吃点正常的东西吧。"

任西东却不依不饶:"阿芳你不能这样迷信,谁说滋补就要吃形状相近的食物啊?这只跟成分有关,跟外形没有丝毫的关系……"

卢芳还是平静地对他说:"我就不吃,我就要胡先生在望江客栈请客。"

任西东一时语塞,竟不知道怎么反驳,还是吴念娇笑眯眯地打了圆场,说是再不赶快点,那家麻辣鱼老店里的鲜鱼就要给订完了,这才让他们止战。

来到岔路口,胡振就跟三人告别,向茶馆的方向走去。吴念娇则领着任西东出了南纪门,上了江边泊着的一条大船,在船上点了船家新捕的鲜鱼。

那船后头架着锅灶,船老大拎着鱼过去,不一会儿就端着一个大瓷盆上来,只闻得满船都是辣椒微煳的香味,任西东肚子里的馋虫立刻被勾出来。

这一顿可以说是任西东来重庆吃得最畅快的一顿饭了。虽然移居南洋,但是因为家里还是吃辣椒的关系,他倒是吃得下辣味,但重庆的辣椒比之别处更烈,寒冬里还是让他汗水直冒。连卢芳都吃得面带粉色，小巧的嘴唇红嘟嘟的，为她平添了一分稚气。吴念娇在旁边给他们介绍这菜的做法，又叫了壶冷酒解辣，安排得很体贴。三人说说笑笑，很是开心。

当时任西东是大快朵颐了，却没有料到在以为自己能抽身的时候，就已经陷入了更大的麻烦中……

他是第二天早上才接到了托马斯·布赫医生传来的消息：

秋菊死了！

第十四回

病中伤人生如死，断骨而行死如生

秋菊出事是在当天深夜。

原本在上午入院的时候，一切都很正常。她被安排在单独的病房内，换上了医院的病号服，还有专门的教会护士照看。布赫医生抽了一些血样，然后又给她补充了些生理盐水，加上点注射液，希望让她的体温不要上升得太快。

那些措施似乎有效，在中午测体温的时候，秋菊的体温大概也就在38摄氏度左右，只是低烧，神志也很清醒。她甚至还吃了谭家厨娘送来的鱼肉粥。但在下午四点左右，她的体温就开始缓慢上升。起初没有什么征兆，在她觉得热，光着脚走出病房的时候，护士们发现了异常，她们把她劝回房间，同时找来了布赫医生。

秋菊的体温那时候已经升到了39摄氏度，她的脸颊泛红，脾气变得暴躁。所有试图让她安静地躺上病床接受治疗的举动都被她视为谋害。她尖叫着反抗，并且越来越凶狠，于是护士们不得不使用束缚带，像对待那些发疯的人一样。这反而让她更加疯狂了，大声叫骂着，诅咒着，说他们都要害她。

当布赫医生再次想给她注射退烧针的时候，她忽然试图咬他，并且几乎要成功了——如果不是一位勇敢的护士及时塞住了她的嘴。最后秋菊被绑在床上，因为精疲力竭而安静下来。布赫医生很着急，他回到实验室继续研究血样，只安排了一个护士看护秋菊。

但是他没有想到的是，在病房中似乎睡着了的秋菊，其实暗中用牙齿把束缚带咬断了，然后跳起来咬伤了护士，就往外逃。

她满脸是血，模样狰狞，在夜晚中如同鬼怪。当她跑出病房走廊的时候，看到进入仁爱堂的行人，忽然追逐他们，而其中一人正是法国的水兵，他臂弯里带着一位女士，皮套里插着一把全新的M1892转轮手枪。

秋菊向他们扑来，这个水兵为了保护身边的女士，狠狠地揍了秋菊。他以为这满脸带血的女疯子很容易制服，但没有想到秋菊的力气很大，并不像普通的中国少女。水兵在和她的搏斗中似乎发现她的目标并不固定，她只是想攻击而已，他已经无法脱身。

为此，这个水兵发了狠劲，竟然扼住秋菊的脖子，一下子就拧断了。

但是诡异的事情接着就发生了，原本身体已经软下去的秋菊竟然又爬起来，用手抓住水兵的裤脚，甩着软塌塌的脑袋，似乎想攀附他。

水兵身边的女士吓得尖叫起来，于是水兵毫不犹豫地就掏出随身的这把枪，抵在秋菊的头上扣下扳机……

"她的颅骨都被打碎了，"当布赫医生将这些事情都完整地说了一遍之后，指了指不远处的台子，"你可以去看看，我检查过，但是想不清楚……这事儿太超出我的认知了。"

任西东站在仁爱堂走廊尽头的这个房间里，阳光从彩色的窗户外面照进来，洒在他面前的台子上。秋菊的尸首平放在上头，从头到脚都覆盖着一张白布。

任西东早上得到了消息，就赶到了这里，布赫医生把事情经过完完整整地告诉了他，包括后来报告给警察的情况。因为目击者很多，所以并没有出现什么意外，负责巡视这一片的警察原本就是这一带的保长。他见死的是个小丫鬟，又是法国水兵自卫时杀的，自然就定性为"疯病发作，伤人被毙"，想快速结案。

不过这是人命官司，还要上报警察总局，通知主人来收尸，所以就将尸首停放在仁爱堂里。现在医院里的病人和护士都知道了昨晚的变故，有些人就在门口探头探脑，还有些人站在更远的地方私下议论。还好卢芳守在门口，隔绝了大部分猎奇的目光。

任西东看到那张盖着尸体的白布上洇出一大摊血迹，他心下有些恻然。昨天还活泼可爱的一个姑娘，一夜之间就成了具尸体，这不能不让人难过。当托马斯·布赫医生差人来将消息送到客栈的时候，任西东简直不敢相信自己的耳朵。他正要和卢芳出门去，继续在储奇门一带转转，跟老药店里的人搭搭话，但这一下又不得不放弃原来的计划，用最快的速度赶到了医院来。

布赫医生当面向他确认死亡消息的时候，他不知谭玥是否得到了消息，如果知道她忠心的贴身丫鬟死得这么惨，一定会非常伤心。

但目前最重要的并不是谭玥的心情，任西东隐隐有种不祥的预感，只觉得秋菊的死透露着极为古怪的信号。

他轻轻地掀开了白布，看到一张血肉模糊的脸，额头上有个大洞，他轻轻地抬起秋菊的头，看到了一个贯穿的伤口。而脖子和头不自然的角度也很明显地让他感觉到脖子是折断的。秋菊的脸上全是血，口腔中也是，不知道是不是那个护士的。此刻尸体僵硬，任西东也没法掰开她的嘴检查牙齿，只能转向体表。

秋菊的手腕和手臂上都有捆绑形成的瘀痕，也跟布赫医生的描述相同。不过当任西东看到她的手指时，发现指甲下面透出血色，就像被重物砸到而形成的瘀血。但是秋菊作为小姐的丫鬟，根本不用干重活儿，原本十个指头都跟水葱儿似的。而到了仁爱堂，就算为了控制她，布赫医生也不至于砸她的手指头啊。

任西东转头说："大夫，你这里有钳子吗？拔牙的那种。"

布赫医生愣了一下："我不是牙医，但医院有牙医，我可以问问。不过你要这个做什么？"

任西东冲他招招手，让他来看秋菊的指甲。

布赫医生睁大了眼睛："我之前没有看到这个，我没有发现她活着的时候有这种痕迹。而且，她死后尸体一直存放在这里，我敢保证没有人来虐尸。"

"那么就是她死后的病理反应吗？"任西东说，"在谭家来收尸之前，我们得仔细检查。"

布赫医生连连点头，转身跑出去，越过卢芳和窥探的几个人，然后又飞速拿回来一个小铝盒，里面装着牙医的工具。

他取出一把小钳子，拔出了秋菊的左手食指指甲，一股死血流下来，滴落在白布上。

"这味道……"任西东吸吸鼻子，"感觉像是开始腐烂的尸体。"

但秋菊才死亡了几个小时，并且现在是初冬，应该不会腐败得有明显的臭味。

"难道她从死亡开始，尸体的腐败过程就加速了吗？可那也太快了。"布赫医生说，"这不符合正常情况。"

任西东又凑近了仔细看，指着指甲盖下的肉说："这里，是不是有个水疱一样的东西？"

布赫医生看了看，又拿出一个牙医用的放大镜。"没错！"他肯定了任西东的发现，"这的确是水疱，而且大小不同，有两三个。有点儿……有点儿像疱疹那种，不过这实在太小了。"

任西东转了转眼珠："那再看看她的口腔，现在撬不开牙关，只能看看牙龈。"

他们掀开秋菊的嘴唇，用棉球擦净她牙齿上的血——只见在她的牙龈上,也生出了一些水疱,而且比指甲上的还要多一些,大一些。

"这是很明显的感染特征,"布赫医生说,"但是,我想不出什么病符合这样的特征,如果说攻击行为,我觉得有点儿像狂犬病,但是给她降体温的时候,她没有表现出恐水的症状。而且,即便是狂犬病,也发作得太快了些。"

"也就是说你现在也拿不准这种到底是什么病?"

布赫医生摇摇头:"我的采样还在实验室里培育,现在我无法判断。而且……我不明白的是,为什么当她的脖子被拧断后,还是活着的。"

"你确定当时那个水兵是扭断了她的脖子?或许只是一个伤害的动作。"

"哦,不,不!"布赫医生剧烈地摇头,"虽然光线很暗,但我是最快追出来的人,我离他们很近,我能看到全部经过,我甚至听到了她颈椎骨断裂的声音,我能肯定绝对不是脱位之类的轻伤,那种损伤程度就算不死也会瘫痪的。"

布赫医生又抹了抹额头,低声说:"她脖子断了之后……那个动作很奇怪,按理说她应该完全不能动弹了,但是她的手和四肢都还在活动……"

他们俩不约而同地看向秋菊的尸体,只觉得眼前都是迷雾。

这个时候,门口的卢芳唤了一声:"少爷,胡五爷来了。"

任西东抬头一见胡振的脸色,就知道事情不对。之前几次接触,这位袍哥虽然是江湖中人,外表粗犷,但总是笑脸迎人,说话做事很有分寸,礼节周全。但今天从门外走来时,面色凝重,嘴角微微下垂,眉眼里透着一股阴郁之气。

他也不看卢芳,擦过她身边径直就往停尸台的方向走来。

任西东把白布重新盖在尸体上,向胡振招呼道:"胡先生怎么来了?"

胡振"哼"了一声，扫了一眼布赫医生，也不招呼他，只对任西东答道："今天一大早就有码头上的兄弟来跟我说，昨晚上巡视西二区①的警察董老六给总局报了个案子，说是仁爱堂有一个疯女人袭击法国水兵给打死了，我都没往坏处想。不一会儿谭家就差人来说，洋大夫通报了秋菊丧命的消息。原来这无辜惨死的姑娘就是她啊！昨天人还好好地送进来，一夜之间就成了具尸首。虽然是个下人，但也是条性命。况且我昨日作保让她听你的话跟着这洋鬼子过来，如今我如何跟谭家交代？"

任西东一听他这么说，也知道这情形是有些尴尬，于是就将之前布赫医生说的昨晚的情况详细地给胡振解释了一遍，但没有将那断了脖子还动弹的细节讲出来。

胡振一边听他说，一边上前来掀开了白布，看到秋菊的面相不由得双眉紧皱。等任西东说完了，他扫了布赫一眼，洋大夫连忙举手发誓："上帝做证，我说的都是实话，这尸体上的痕迹也可以证明……这是病人发作时的意外。"

胡振重新给尸首盖上了白布，冷冷一笑："听起来倒是秋菊自己作死的了？如今人是没了，又是在你们这地盘闹出的事，当然随你们说了。"

任西东叹气："我知道这经过很难理解，但我也不想发生这种事。送秋菊到这里来接受治疗是没错的，而且确实也起到了一定作用，但病情的变化并不是我们事先能预料的。发生这种意外，要追究责任，最多也是医院在监管上有疏漏，这并非造成她死亡的直接原因。胡先生应该相信我和布赫医生，因为我们跟秋菊没有任何私人恩怨，只想治好她，我们是完全没有必要，也没有动机去谋害她的。"

胡振听他说的有道理，略微点头，但依然皱眉道："我相信你

---

① 西二区，即清末重庆警察局划定的从通远门到金紫门一带的巡逻区域，其中就包括了仁爱巷。

们当然没有必要去用这么复杂的方式弄死一个不起眼的小丫鬟，但现在你们究竟有没有害死她，还重要吗？"

任西东愣了一下："这个……我的人身清白当然很重要了，我这辈子没有被警察逮捕过，我还打算维持这个纪录直到入土呢。"

胡振又摇摇头："我既然能得到消息，谭家能得到消息，那这案子早就不是秘密了，很快就会传开。一个中国的小丫头在洋人的医院里被人给打死了，谁能不生气？谁又关心这究竟是不是发疯导致的？更何况那打枪的法国兵，只是被带到局里问了个话就给放了，还放言说什么打死一个疯丫头没有什么要紧。无论他真是自保还是找托词，也不管秋菊是不是真袭击了他，单就他说的这话，就足够让人想揍他了。洋人做的缺德事太多，老百姓都憋着一股气呢。这件事可大可小，就看后头怎么办了。"

任西东倒真没有想到这个关节上来，一时间也有些错愕，不知道说什么。

布赫医生在旁边听着，理解起来有些费力，但他还是尝试着问道："这位先生说的是什么意思？这件事有人不相信？还是那位军士引起了什么误会？"

胡振看了他一眼："洋人引起的'误会'太多了，多到这里的人可都不怎么相信误会了。我来这里，是提醒你一下，好自为之，把事情说清楚，别有隐瞒。等会儿谭家的人就要来了，若谈得不好，只怕过几日你这医院的房顶都要给掀了。"

布赫医生脸上露出惶恐的表情："啊，不，不……这可不行！我是尽职尽责的医生……我是热爱中国的，我昨天还起了个中国名字呢！白汤马，白汤马，你们可以把我当作中国人啊，我没有撒谎。"

任西东安慰了布赫医生几句，告诉他别慌，现在得清楚明白地告诉谭家的人在秋菊身上发生的事情。

"但是……"布赫医生为难地抓抓头，"我们无法说清楚现在她到底得的是什么病，也不清楚为什么她的行为会有那么强的攻击性，这就没法让家属相信昨晚发生的事情。当然了，我采过血样，也在实验室里培育……但是，我可说不准能否有结果。"

"现在知道什么，就说什么。"任西东对胡振说，"胡先生，我也不瞒你，我现在和布赫医生推测，秋菊的病很怪异，而且可能传染给别人。如果要我来解决现在的困境，她的死不是最重要的，更重要的是找到失踪的春华，还要去找到蔺三娃。"

胡振奇怪地问道："你把他们扯进来说是什么意思？"

任西东说："我现在觉得也许有一种病，从蔺三娃那里传给了春华，春华又传给了秋菊，所以秋菊才会在昨晚发作。现在春华逃出了谭家，尽快找到她就能知道我们的判断对不对，如果对，那也要避免她传染给更多的人。而要搞清楚这个病到底是怎么回事，就要找到蔺三娃。"

"你怎么知道这病是从蔺三娃那里传给春华的？"

"伤口，"任西东在手上比画了一下，"布赫医生也观察过，春华手上有个不寻常的伤口，红肿异常，就像是受感染了。后来她又咬伤了秋菊，秋菊的伤口也是肿的，看——"

他微微掀起白布，指着那个部位。

胡振眯着眼睛，现在那伤口还是肿起来的，而且似乎有溃烂的迹象。

"按照谭家人之前的描述，春华也有过高烧和攻击人的表现，这跟秋菊发病时一样。"任西东说，"你想，如果春华在外面还攻击过其他人，说不定也会有人像秋菊一样发病。要搞清楚这病，就要找到当初弄伤了春华的蔺三娃，看他是不是也生病了。"

胡振点头："既然你说得如此紧急，那我催一催兄弟们，春华不一定找得到，蔺三娃倒是好找得很呢。不过眼下，让那洋大夫好好想想，怎么跟来认尸的谭家人说清楚吧。"

任西东没吭声,其实在他心中,更为紧迫的事情还有一件,就是那个据说被秋菊咬伤的护士。他想知道那位护士是不是也被感染了,但是这发生在医院中,她应该当场就进行了消毒处理,所以也有可能安然无恙,可他还是想确认一下。

等胡振走了他就要去看看,而且还要看看布赫医生的实验室,看看他采集和培育的血样究竟能发现什么。

然而胡振却没有打算这么快就走,他对任西东说,为了防止冲突,他就留在这里等谭家的人来。任西东无奈,抓抓头:"那……能请胡先生和卢芳留在这里吗?我还得去看看昨晚被秋菊咬伤的护士。"

胡振抬了抬眉毛:"秋菊还伤了人?伤得如何?"

布赫医生接话道:"是咬伤,她是在逃跑的时候咬伤护士的,那位女士是刚刚学习了护理的中国姐妹,这大概可以证明昨晚她的确是发病了的。"

胡振脸色有些复杂:"是,有更多的人证当然更好。我也去看看吧。"

任西东和布赫相互看看,点点头。

于是三个人将卢芳留在原处继续看守尸体,她倒毫不害怕,就搬了凳子直接坐在门口,一女当关,万夫莫开。

胡振回头看了一眼,对任西东笑道:"任公子,你的丫鬟好大的胆子,果然不同凡响。"

任西东嘀咕道:"我就没见过比她胆子更大的人,我都不知道她究竟怕什么。"

胡振又问道:"这姑娘胆量身手都很了得,不知道任公子从哪里找到这么厉害的人。"

"阿芳啊,到我家时还没有我爹的手杖高呢,她是来南洋的时候,家人乘坐的船被海盗给劫持了,人全扔到了海里。我爹的商船

157

救了她，她一直说要报仇，刚从病床上爬起来就要拜师学咏春拳。学得可拼命了，我看着有趣也要学，一对练的时候就被她揍得流鼻血。"

胡振没有想到看起来聪明伶俐的卢芳竟然有如此悲惨的过往，不由得对任西东说："令尊做了大善事啊。"

他们随口说着话，就来到了仁爱堂的二楼，其中一间正是护士的房间。

布赫医生敲门进去，就看到受伤的护士和另外一个照料她的修女站了起来问好。

被咬伤的是一个姓魏的年轻女教民，在宽仁高级护士学校学习了护理的知识，便献身到教会医院做工。仁爱堂只有门诊，不过两个医师，护士也不多，所以平时都只遇到过寻常的病人，这次被秋菊的狂暴所伤，她给吓得不轻，现在双眼都还红肿着。

布赫医生说："这位是魏姐妹，她是在阻止秋菊挣脱束缚带的时候，被她咬伤了右手。"

那位女护士的右手包着纱布，看起来处理得很好。

布赫医生又说道，他在追着秋菊出房间以前，随口就让姓魏的护士用酒精冲洗伤口。他回来以后又再次检查了她的伤口，发现咬得很深。护士自己也处理过，还在清水里泡了一会儿。于是他给伤口敷上了药，再缝了两针，随后包扎好。

任西东对护士表示了慰问，同时要求她把脸转向亮处。虽然护士对他的要求感到莫名其妙，但还是照做了。任西东仔细看她的瞳孔，没有发现变色的痕迹，稍稍松了口气。

胡振也向这护士问了昨天晚上的情况，护士讲得有些激动，特别是关于秋菊失去理智时的样子，看得出她仍然感到恐惧。但她毕竟受过教育，能清楚地说完自己经历的一切。胡振一面听，一面轻轻点头。

三人走出护士的房间后,托马斯·布赫就对任西东和胡振说:"请放心,我请玛丽嬷嬷陪着魏姐妹,随时注意她的情况,监控着体温,还有看她会不会有异常行为。"

胡振说:"白医生,这个女教民可是个重要的证人,她如果没生病,能好好地说清楚,就证明秋菊昨晚的确发病了,而且伤人了。如果她生病了,至少也证明秋菊的病是很凶险的,可以一个传一个。"

托马斯·布赫有些感动地看着他:"真是让我太高兴了,胡先生,你是第一个注意到我中文名字的人,并且愿意用它来称呼我。"

胡振面带微笑:"不客气,白医生,因为我真的很讨厌洋人。"

布赫眼睛里闪的泪花儿还没有滚出来又都干了。

三个人回到楼下,就看到大门外头走进来几个人,打头的穿一身藏青的长衫和蓝色的马褂,板着脸,正是原本和善的谭家家主谭清泉。他身后有几个劲装的后生,抬着棺材,还拿着包袱。

任西东只觉得脑门鼓鼓地跳着疼。

果不其然,谭清泉开口就是责问一天之内为何交来的病人就成了死人。布赫医生作为主治医生,又将事情讲述了一遍。好在这一次虽然任西东已经不想开口,但胡振在旁边,将护士的证言也复述了,并且说了方才在上面见到的情形。这让谭清泉信了九成,但怒气依然不减,就提出要去认尸。

布赫医生将他们带到停尸房中,谭清泉一掀开白布,脸上怒气更盛了。任西东也知道秋菊的尸体看着实在太惨,然而更危险的是虽然秋菊已经死了,但这尸体说不准还会让更多人染病。

他终于忍不住咳嗽了一声,对谭清泉说:"谭先生,我很理解你的心情,秋菊的死有很多复杂的原因,她没有错,只是生病,所以你会觉得她死得冤枉。虽然这是实情,但这个病远比我们之前预估的要凶险。如果你希望她的悲剧不要再发生,最好是不要直接碰触尸体，赶紧将她火化会比较好。"

谭清泉冷冷地说："任公子，当初是你信誓旦旦地说洋大夫能救秋菊，左说右说将她送到了这里，如今又说她的死乃是病症发作所致，甚至还容不得她留个全尸。你让我怎么再信你的话？"

任西东也不生气，依然耐心地说："谭先生，我的建议是本着防治疾病提出的，没有任何恶意。"

谭清泉说："胡五爷说的我信，我自然也信秋菊是身染重病，但现在你和这洋大夫都说不出是什么病，就不要再出什么主意了。"

任西东无话可说，但却不是十分担心，因为谭清泉虽然生气，但是个明白人，再怎么也会对瘟疫有些戒备。当务之急，是找到失踪的春华，还有那个大烟鬼蔺三娃。

第十五回

横死女仆惹风波，雨夜陋巷遭突袭

秋菊的尸首被谭家领了回去，很快就在城外下葬了，虽然没有如任西东建议的那样火化，但谭清泉还是在棺材里洒了许多酒和醋。谭家没有再找什么麻烦，一来是官家给定了性，二来是胡振亲自调停，谭清泉也是个克制懂理的人，当天倒也没有发生什么冲突，算得上万幸。然而这事，坏就坏在那法国水兵将中国人的性命看得太轻了，在警局里就说是自卫杀了一个疯女人，言谈间似乎就跟踩死只蚂蚁差不多。这一番言论传出去，原本就不喜欢洋人的老百姓听了，自然非常激愤，跟着就有许多谣言出来，最后演变为洋人在医院中逼奸不遂，残杀了中国少女。

这事情传得广了，便有人半夜在仁爱堂医院大门外泼了粪。院长阿特里昂是个法国人，就请法国领事馆派了几名士兵来守卫。这下子便没有了人来捣乱。但这事情引起的火头，就像是在煤矿洞里燃起的地火，说不定啥时候就要烧到地面上来。

不过，托马斯·布赫医生这个时候并没有听到那些危险的谣言，一来是没有机会，二来是他全身心地投入到了实验室中，那些从秋菊身上采集到的血样被他小心地放在几个培养皿中观察。他有一台耶拿光学仪器生产坊①制造的显微镜,那是他来中国前一位慷慨富有的长辈资助购买的,也是布赫医生全部家当中最值钱的。这也让他相信自己应该会弄明白病人和健康人相比,在微观上出现了什么问题。

他甚至从实验室中搬出了一台尚在尝试组装的一人高的大盒子。他称呼它为"魔镜",不过这盒子不是照人的外表,而是扫描整个身体。这是他仔细阅读威廉·康拉德·伦琴教授的相关报道和学术之后自己琢磨着研究改进的东西。在远东的确没有学院派的同人来嘲笑他,但是相应的研究物料也比较缺乏,比如"魔镜"的电力问题就一直没有解决。

托马斯本来想,如果有机会和任西东聊聊,他就可以向对方介绍自己的小发明,这个时候运用到检查上来是非常合适的。

只可惜现在他只能想想,何况所有的科学发现都需要时间,但凡有一个活体研究对象也成啊。

布赫医生觉得自己有许多念头和任西东不谋而合。可惜自从秋菊的尸体被领走以后,布赫医生就再没有见到任西东,也不知道他在忙什么……

山城的冬天虽然很少下雪,但冷起来却更瘆人。大约是因为两江环绕,湿气过重,那些看似无形的水汽将寒意冻在空气中,无孔不入地钻进了城市的每个角落,让人无论在城中的何处,都只觉得寒冷彻骨。如果稍稍下点雨,那更是感觉空气如同淋湿的布,将整个重庆紧紧裹住。

任西东自小在南洋长大,习惯了马六甲的热带雨林气候,虽然在欧洲留学时也在英国经历过长时间的阴雨连绵和大雪纷飞,但重

---

① 著名的蔡司公司的前身。

庆这种稍微下一点儿毛毛雨,就让人感觉倍加寒冷的气候更加磨人,恨不得干脆来一场大雪,还冷得更爽快。

这种天气里他只想缩在房间里烤火,却不得不连着两天出门。

因为之前秋菊的事,谭家已经对任西东和布赫医生都不待见了。对于春华的死活也不大关心,似乎这两个患病的丫鬟一死一失踪,已经不算是谭家的人了,不必再记挂着,因此不再过问寻找春华一事。然而胡振却早将寻人一事在码头上扩散开来,这两天陆续便有袍哥弟兄回话。

谭家的人不露面,认识春华的就只有任西东和卢芳了。一有消息,胡振便叫任西东去认人,任西东纵然怕冷,也只有随叫随到了。

卢芳跟他抱怨说,这两天找到的姑娘,虽然跟春华的相貌有几分相似,但有的是疯傻的乞丐,有的是逃出窑子的妓女,还有的是跟情郎私奔的,再这么找下去,只怕还有更多不相干的人给挖出来。

任西东倒是在吃惊中有些佩服,袍哥的触角果然深入到了重庆城的三教九流,无论是怎样的隐秘行踪,都能被他们找到。但同时又奇怪,他们能够将刻意隐藏的相貌相似之人都找到,为何却没有春华的一点儿消息。要知道,春华不过是一个谭府的丫鬟,谈不上聪明绝顶,又没有什么靠山,怎么会躲得找不到呢?况且她还很可能再度伤人,若犯病,肯定是会有消息传来的。

任西东甚至猜想,春华会不会在发病的时候已经死在了某处,成了无人认领的尸首。如果是这样,要追查她的症状,监控是不是还有更多的人被传染,就更加困难了。

而与此同时,原本以为更容易找到的蔺三娃也成了难题。按照他那德行,一定会在大烟馆里泡着,但袍哥说给各个烟馆都打了招呼,却好几天没有见蔺三娃去过了。除非是他突然有了钱,自己买了烟土在家享用。不过这无赖早就没有了自己的房子,都是在几个暗娼那里借宿,一时间倒没有找到。

胡振对任西东说："还有个原因，前几天他不是挑拨潘老六的大老幺来找你晦气，结果反而被看穿了诡计，现在老六放出话来，见到他要收条腿，所以他一定是想避过风头再出来。"

这么一来，似乎两条线索都断了，关于这一点，胡振却不同意："断倒是没有断的，要我说两个人都是能找到的，只是早与晚的问题。蔺三娃是个大烟鬼，哪怕他囤了烟土缩在老鼠洞里，但终究不是长久之计，抽完了早晚都会出来找的。春华一个丫头片子，什么江湖经验都没有，又病得神志不清，能躲到哪里去。只怕是遭人拐骗了，藏在什么地方吧。这个浑水的兄弟们也是查得出来的。"

任西东听他说得有道理，也只能点头。

彼时正好是天晚了在下雨，那是秋菊死后的第三个晚上，气温又降了一些。胡振请任西东去草药街辨认了一个跟春华相似的逃家奴婢之后，相邀到他的茶馆二楼喝酒。胡振劝任西东不要失望，他发出去的消息几个水码头都传遍了，预估最迟再有三天，必定能有突破。

任西东担忧的却是三天后是否会有新的病人，而这茫茫人海，看到一个，说不定没有看到的就有十个。

他跟胡振商量，如果他出钱，在重庆目前有的各大报纸上刊登消息，就说若被人咬伤后发烧发狂，就去洋大夫的医馆就诊，越快越好，不知道是否可行。

胡振笑道："任公子想得是好，然而秋菊那事现在传遍全城，老百姓都知道了洋医馆去了送命，怎么还会相信洋大夫治病呢？"

任西东说："这件事胡先生你是知道真相的，秋菊虽然是被法国水兵杀的，但她确实也是因为发病而先攻击人的啊。布赫医生那边没有来得及治好她，但前期的治疗手段的确缓解了她的病情。我不知道为什么事情会越传越离谱。上次春华得病的时候也是，谭夫人宁愿相信一个老巫师，要将她置于死地，也不相信洋大夫治病。我发现这里的人对外来者大概充满了敌意。"

胡振却冷笑了一声:"任公子也是外来者,可曾感觉到了敌意?"

任西东说:"敌意倒没有,但因为我的外貌和打扮,是有不少人看到我的时候流露出很明显的疏离和戒备。这并不是一个城市应有的开放态度,恕我直言,这或许会阻碍一些先进的科学进入重庆,这会阻碍这座城市的发展。"

胡振看了看他,把最后一点儿酒倒进自己的杯子里,说:"任公子果然是来自南洋的,虽然祖籍此地,却已经是个外乡人了。这酒不好喝,剩下的我就自己干了。天雨路滑,任公子回望江客栈的时候,一定要多加小心。"

任西东就这么被下了个客客气气的逐客令,在落雨的晚上离开胡记茶楼,出门以后行人稀少,连滑竿都没有了,只能和卢芳撑着伞步行。

卢芳对他说:"少爷,你知道今天又说错了话吗?"

任西东却满不在乎:"我只是说出我的担忧。良药苦口,阿芳,这道理小孩儿都明白,我只是觉得胡先生应该不是那么小气的人。"

"人家帮你忙,你说人家不友好,是我我也赶你走。"

"纠正一下,阿芳,这不是帮我的忙,是我在努力地避免一场流行病发生在这座城市里,"任西东又叹了口气,"我怎么会被这种事情绊住,我回来可不是为了当编外医生的。"

卢芳也叹道:"我知道,少爷,咱们只想弄清楚老爷家当年在重庆遇到了什么,他肯定想知道真相。"

雨夜的重庆小巷之中,几乎没有人了。两旁的户门紧闭,唯独楼上窗户里透出的橘色灯光照出地面台阶和起伏。任西东和卢芳踏着磨得光滑的条石,看着水迹的反光,听着屋檐次第滴落的雨水声。

"少爷,"卢芳轻轻地说,"你听到了吗?"

任西东点点头:"嗯,有个人脚步很轻,跟了好一阵了。"

山城雨夜，行人稀少，任西东和卢芳都是自幼习武的，对于这种细微的特异声响十分敏感。两人从滴落的屋檐水声中辨别着那脚步声，对方的鞋底踏进水洼里的声音让他们大概猜得到远近。

卢芳对任西东说："少爷，那人跟咱们保持着固定的距离呢，要不要放慢速度钓一钓？"

任西东点点头："嗯，行，确认一下。万一人家只是跟咱们刚好走同一个方向呢？"

两人商议好了，刻意放慢速度，身后的脚步声也慢了下来，似乎距离拉开了。过了一会儿，就完全听不到了。

"怎么回事？"卢芳说，"难道刚才听错了？"

任西东摇摇头："没听错，但说不定真不是跟踪咱们的，只是刚好住这附近，到家了，自然就拐弯了。"

于是任西东和卢芳也不再挂心，接着往前走。

这条巷子从马王庙街直插到了半边街，中间有一段全是狭窄的台阶，因为坡度太陡，两边也没有吊脚楼，在黑乎乎的环境里，任西东和卢芳也没法并排撑伞了，只能一个前一个后地摸索着旁边的灌木往下走。

任西东在前面，卢芳用手搭着他的肩膀走在后头，忍不住抱怨道："少爷，上次你闹着要试试山城小道，吴掌柜才带你走这条路的，可那是在亮晃晃的白天，而且又没下雨。"

任西东赔笑道："哎，是啊，是我失算了。不过这条路回客栈不是近点吗？你看，我还走前面呢，就怕你摔着——"

他话音未落，突然听到台阶旁的灌木中响起了一阵窸窸窣窣的声音，接着一个黑影猛地蹿出来，正撞在他身上。任西东叫了一声，被这巨大的力道给撞出了台阶，骨碌碌地就顺着陡坡滚下去了！

阿芳也看不清怎么回事，着急地大叫了声"少爷"就赶上去，然而天雨路滑，又乌漆麻黑的，她脚底不稳，在台阶上失足了好几次。

此刻任西东只能伸手护住头脸,感觉到肋骨和膝盖剧痛,手臂和额头上也被石子儿和树枝一类的东西划伤了。好在这陡坡并不长,很快就滚到了底,背撞在了什么杂物上。

任西东全身都痛,挣扎着就要爬起来,但一股劲风又吹到面前,他应变奇快,忍着疼痛往旁边一侧身,躲过了扑来的东西。

此刻任西东终于来到了一个狭窄的平台,不远处有几栋平房,还透出暗淡的灯光。借着这样的光线,他隐约看到,原来袭击他的是一个浑身湿淋淋的人,披头散发,脸上身上都是泥水,也看不清模样。

任西东叫道:"你是谁?"

那人也不说话,只是喘着粗气,一动不动。任西东感觉出了对方还没有放弃,爬起来摆出防御的姿势,但左胳膊好像受伤了,无法抬到胸前。

不等他再次尝试,那人又恶狠狠地扑过来,这次速度更快,任西东躲闪不及,被一把抓住了上衣。但他毕竟会些防身的功夫,立刻用没受伤的手钳住对方手腕,用力扭转,想使得对方吃痛松手。

没想到这手腕似乎如皮革包着的石头一样坚硬,虽然发出了"咔嚓"的一声轻响,但对方并没有撒手。任西东吃了一惊,立即伸腿踢向对方的下盘。这次对面的人被踹出去两步,发出了一声低吼,就仿佛野兽一般。

他似乎被任西东激怒了,再次上前,双手成爪形,狠狠地挥舞着。任西东抬手一挡,感觉前臂一痛。

就在这个时候,卢芳也赶到了,她叫了声"少爷",一下子从最后几级台阶上飞身跃起,抬腿踢向那人的面门。

只听得"咯"的一声,那人被卢芳踢中右肩,一下子跌出去好几步。

他看了看卢芳和任西东,口中呼哧着喘气。

卢芳来到任西东身边，摆出防御的姿势，等着他再进攻。

然而那人却不动了，慢慢地往后退了几步，忽然转身就跑。最诡异的事情发生了，当他跑出几步后，突然弓下身体，像兽类一样四肢着地，很快攀爬上一栋吊脚楼旁的灌木，蹿进去就不见了。

任西东绷紧了的劲儿一下子散了，呻吟了一声，按住肋骨就蹲了下来。

卢芳连忙扶起他，焦急地问道："少爷，你受伤了？"

任西东甩甩头："都是皮外伤，虽然被撞得痛死了，但我感觉应该没有伤到骨头……啊，大概还有点儿韧带损伤。"

卢芳迅速地检查了一下他的四肢和头，稍稍放下心来："没有骨折，太好了。刚才我没看清，那人到底是谁？"

"黑乎乎的，我也没看清，只能隐约分辨外形。似乎个子不高，但力气大得很，而且好像是针对我来的。"

"你虽然经常得罪人，但那些事儿也不至于让人恨得想杀你吧。"

"听到你这么说我感觉还有点儿开心呢。"任西东想咧咧嘴，但脸上的伤口钻心地疼。

卢芳说："少爷，你觉得奇怪不，我看那人似乎不会武功，只是用蛮力——力气是挺大的，就像牲口一样。对了，最后逃走的那个模样，真的不像人。"

不知道为什么，任西东听到她这么说，忽然觉得背后一阵发凉。不过这感觉转瞬即逝，他甩甩头……现在他全身又是雨水又是泥巴，还挂了彩，真是不舒服到极点，叹了口气，对卢芳说："走，能借点儿亮了，咱们还是先回客栈再说吧。"

卢芳身上也淋湿了，雨伞也早不知道丢哪儿去了，正冷得打战，于是也点点头，把任西东的一只胳膊扛在自己肩上，扶着他一瘸一拐地向前走去。

好在这条路已经到了尽头，从两个吊脚楼中间下去，果然就来到了半边街。灯光更亮了些，路也更熟了，两个人终于看到了望江客栈的油纸灯笼，狼狈地迈进了店门。

现在已经快要打烊了，除了一桌还在喝酒的客人，几乎就没有谁了。吴念娇正在柜台前打着算盘记账，幺师在送客，两个小二收拾打扫。任西东和卢芳狼狈地进来，惊得吴念娇叫了一声，赶紧放下手中的事儿过来照顾，一迭连声地询问。

任西东知道今晚这事情透着诡异，三言两语也说不清楚，只说是回来的路上遇袭，受了点轻伤。

吴念娇连忙将他二人送到楼上房间，又吩咐小二赶紧去端热水，拿金疮药来。

这样一番折腾，好不容易让任西东和卢芳都脱下脏兮兮的衣服，洗干净身上的泥水。任西东坐在房间里，身上青一块紫一块的，特别是额头，肿了个大包，还在渗血，肋下也有一大块瘀青，脸上手上被划出的小口子不计其数。卢芳倒没有受什么伤，她拿着吴念娇给的金疮药，一点点地给任西东敷在伤口上。

当卢芳处理任西东右前臂上的伤口时，顿了一下，低声道："少爷，你说，那袭击咱们的，真是人不是野兽吗？"

在任西东右前臂上有明显的四道爪痕，就好像是被狼或者虎抓过的。

任西东也满心费解，只觉得疑点重重。

卢芳一点点地用干净的布将药粉抹散，忽然凑近些看了看，对任西东说："少爷，这伤口看上去不太对劲啊……"

她将烛台端到近前来，让任西东也仔细地观察了一会儿：

在更明亮一些的光线下，任西东看到伤口边缘不太平整，仿佛是锯齿一样的东西刮过，但那锯齿特别微小，所以伤口处的皮肤只是有点儿皱褶。任西东回想起当时并没有特别的感觉，可能是因为来得太突然,他只感到了疼痛,也没看清那怪人是怎么弄伤自己的。

卢芳说:"少爷,到底是什么东西能够造成这样的伤口?"

任西东摇了摇头,他也无话可说,猜不出原因。仿佛为了安慰卢芳,他开玩笑说:"大概是重庆本地的什么妖精吧。问一问吴掌柜就知道了。"

说曹操,曹操到,这个时候吴念娇又端着热水走进来,问道:"怎么样?好些了吗?伤得严不严重啊?"

说着就把铜盆放下,在任西东面前坐下来。看到伤口,她也皱起了眉头。

任西东故作轻松地说:"嗯,现在看来还没什么事儿。不过嘛,疼得厉害。我这辈子,还没有遭过这样的罪。"

吴念娇问道:"到底怎么了?为什么会变成这样?你们遇到了什么事情?"

任西东叹了口气,将他们从茶馆里出来后,在路上遇到怪人袭击的事儿都告诉了吴念娇。

吴念娇惊讶地瞪大了眼睛:"被人袭击?会来攻击你们?难道说,你们又和谁结下什么仇了?"

任西东满脸的委屈:"我这么和气,处处乐于助人,与人方便,怎么会结仇呢?哎哟……"

他说这话,正在上药的卢芳不由得手上的劲儿就大了点。

吴念娇装作没有看到,让任西东说详细点儿。卢芳却插进话来,抢着回答:"这事情有点儿怪。开始我们走在路上,感觉到有人跟踪,接着又不见了,然后走到暗处,少爷就被撞下台阶。更怪的是那凶徒无声无息的,突然就冒出来了。我们俩身手都还不错,竟一点儿防备都没有。少爷受了伤,我赶到时那人就逃走了。我看不清楚他的脸,黑乎乎的,全身也脏兮兮的。不过他的身法极快,追都追不上。我觉得吧,他力气那么大,速度那么快,压根就不像是个人,倒像是野兽。"

吴念娇听到这些，不由得皱起了眉头："这么说起来，果然有些古怪……"

任西东叹了口气："真要查清楚估计也很难。他跑得飞快，我和阿芳都没有看清楚到底是什么模样，真是不知道从何查起。"

吴念娇安慰道："任公子，你现在先别想那么多，这事我得请胡五哥帮你好好查一查。那一带的兄弟们，总会知道些底细的。那人行为如此特别，码头上肯定是有人知道的，多问问看。最怕就是有人已经暗中盯上你们了。哎，对啦，之前不是说那个蔺三娃就恨上你们了吗？会不会是他捣的乱、使的坏？"

任西东却"哼"了一声："就他？那大烟鬼？就算谦虚一点儿说，他能近我的身都不错。跟我撞上，飞出去的绝对是他！要真打，他得趴下找牙。"

吴念娇沉吟："说的也有道理，那又是谁呢？"

任西东说："我觉得这个事儿呢，多半也有点儿偶然，说不定是拦路打劫的认错了人。反正受的也是小伤，就不要去麻烦胡先生了。"

卢芳上完了药，细心地拿手帕包好了伤口，对任西东说："少爷，你见过打劫的这样？要抢钱，他可以先威胁呀，咱们要是不能打，就把兜里东西给他，他也少冒些风险。为财来的，首先都得估量你到底有多少钱。所以，我觉得那人就是在打咱们的主意，说不定真是奔着你来的。"

任西东只觉得脑仁儿疼："哎呀，现在怎么猜也没用，今天晚上够波折的了，我脑子里什么都想不出来了。阿芳，我没事了，你赶紧回屋休息吧，我跟吴掌柜还要多聊一会儿。"

卢芳本来还要说什么，但看任西东确实不太有精神。于是她点点头起身，又叮嘱道："那少爷你也早点休息，别跟吴掌柜聊太久。

如果晚上发热了,或者哪儿不舒服,一定要大声叫我,我马上就来。"

任西东答应了,于是卢芳出去了,还带上门。

任西东和吴念娇两个人留在房间里,一时间也不开口。任西东先叹了口气:"今天晚上的事儿,是应该查一查,可现在我也不知道从何查起。来得太突然,线索也太少了。"

吴念娇对他说:"莫急,只要他不是鬼怪,总有行迹。我明天就跟五哥说说,看看到底是不是真有人想找你的麻烦。"

任西东脸上却显露出犹豫的表情,他轻轻地摸了摸手臂上包好的伤口,对吴念娇说:"又要麻烦您去找胡先生帮忙,我实在有点儿不好意思。实话说,今天我跟胡先生有点儿小小的不愉快,我晚上走的时候他说那话,透着一点儿生气的意思。不知道是不是我得罪了他。"

吴念娇问:"你们俩说什么了?"

于是任西东便将在茶馆里两人最后的那段对话,说给她听了。

吴念娇听他说完,心里就全明白了。她微微一笑,对任西东说:"任少爷,你确实让五哥心里有点儿不痛快,好在他也不是那么小心眼儿的人,毕竟在码头上主事,肚量不大可不行。不过你要听得进去,我也可以劝劝你。"

"吴掌柜但说无妨啊。"

吴念娇笑了笑:"任公子,你说的那些话啊,都是有道理的,但对着五哥别说出来,别说他不开心,我听了也不大舒坦。你是个好人,是个热心人,又有本事,但毕竟不是这儿的人,你也不知道这儿发生过什么事儿。你也不知道五哥身上发生过什么事儿,有些事儿您觉得是天经地义,但如果站在对方那边想想,那就不一样。"

任西东听得有点儿糊涂:"根据不同的条件和环境是应该改变一些看法,但我还是想知道你这样说的原因。"

吴念娇轻轻地叹了口气:"之前关于五哥的过去您也就听说了

个大概，但其实里面详详细细的恐怕还不晓得。这事儿码头上的人都知道，所以我也不怕跟你说。五哥他原本不是江湖中人，以前跟您一样，是大家公子出身，能文能武，还考过秀才。原籍是在合州，家里是当地的乡绅。然而有一年，他们那里去了一个洋和尚，在当地建了一所教堂，招收了许多的教民，让他们去信了洋教。那些教民中有几个都是些泼皮无赖，他们借着洋鬼子的势力在当地作威作福。当地的官府不敢得罪洋人，就睁一只眼闭一只眼。胡家在当地是大户，良田不少，有一个教民占了胡家的地，胡老太爷去找他说理，被他打伤。胡老太爷咽不下这口气，去告了官。哪知道官府惧怕得罪洋和尚，就稀里糊涂地把那两块好地断给了那个教民。胡老太爷气愤，却也没法。本来这事儿已经告一段落，谁知道那个教民又起了贪念，觉得这事儿还能来几次，又再次侵占胡家的地。胡老太爷知道官府没有办法给他撑腰，只有自己找了些长工和佃户，去找教民理论。那教民心更狠，竟索性邀约了许多拿刀的无赖，将胡老太爷当场砍死。"

任西东听到这里，不由得"啊"的一声惊呼。

吴念娇继续说道："这人命案子，官府却说是胡老太爷聚众闹事，才丢了性命，全然偏袒那教民。当年五哥其实也不过十来岁，心里愤怒，却不动声色，只是领回了老父亲的尸首，照常设灵堂，守灵出殡，披麻戴孝。那教民以为他人小怯弱，很是得意，也没有防备。没想到五哥在断七[①]之后，选了一天夜里，只身一人带了刀，翻进那教民的家中，将他刺死，砍了头带走。又连夜来到洋教堂，泼了火油点火焚烧。然后他隐姓埋名，远走他乡，过了十多年才来到重庆。"

任西东只觉得惊心动魄，完全无法将彬彬有礼的胡振与这种血

---

① 旧时丧礼结束，是七七四十九天，最后那天是断七。

亲复仇的案子联系起来。他好半天才叹道:"我……我现在懂了,大概我说的,的确该让胡先生生气。他痛恨洋人也是有原因的。"

吴念娇又说道:"若五哥真只是满腔仇恨的话,也不过是个莽夫罢了。但自我认识他起,他一方面不喜欢洋人,却也知道洋人中并不是个个都如恶鬼,也知道洋人的玩意儿并非全是奇技淫巧。不知道我说这话你明不明白,他若是真听不得你说洋人的好话,哪里还能让那个白汤马大夫带走谭家的人呢?"

任西东终于明白了:"他是觉得我说得不公允?"

吴念娇点点头:"正是……任公子还是得再在重庆多待一待才明白。"

第十六回

踏月夜逃奴复来，探娼寮三娃吃人

  任西东和吴念娇聊了一会儿，终于因为疲倦而睡意渐浓，两人大致商量了一下第二天的安排，就互道晚安。任西东一夜都睡得不踏实，一来是那些跌伤撞伤的地方隐隐作痛，另一方面是心中疑惑丛生，总觉得有些不安。第二天醒来，他感觉头昏脑涨，一摸额头，似乎有些低烧。

  他让卢芳给自己找了些药片服下，又解开手臂上的包扎来上药。

  他仔细看那伤口，经过一晚上已经结痂了，在血液凝固后，边缘的锯齿显得更加明显。不过倒没有什么红肿和化脓的迹象。卢芳仔细分辨，看到没有血了，跑到房间里，打开行李箱取出盒子里的一个长条封袋，把药粉装进去，就拿着去找任西东。

  任西东一见她手里拿着这个，就躲了一下："干吗，这点伤用不上愈合绷带吧？血都没咋出呢！"

  卢芳嘴巴一翘："你以为我担心你那伤口啊，告诉你，我担心的是你回家以后被老爷发现了，说我保护不力。"

  "阿芳你不要担心我的愈合能力！"

  "少废话。"卢芳也不管他怎么说，上去就将袋子撕开，然后将它贴在手臂的伤口上。任西东只感觉皮肤上一紧,伤口处顿时一阵清凉。

"这东西就是好用,"卢芳满意地说,"下次要请老爷多给点儿。"

"最好没机会用!"任西东包扎好了伤口,感觉精神好了不少,就起身要换衣服。

吴念娇来送早饭,见任西东又跃跃欲试地要出门,就说:"你就安分在房里静卧吧,先养养神。我今天得空,跑个腿,去找五哥说说昨天的事情,看他那头有没有什么知道的。"

任西东咳嗽了两声,谢过吴念娇,又有些犹豫:"不过……昨天跟胡先生的误会……"

吴念娇笑道:"任公子,你都说了是误会,还担心什么呀?我知道怎么跟五哥说,你放心吧。"

卢芳在旁边搅动一碗粥,插嘴道:"就是,吴老板肯定能拿捏轻重,跟胡先生也说得上话。少爷操这份心干什么?"

任西东想想,觉得卢芳也没说错,但她话里似乎又藏着别的东西,说不清是什么。他脑子里在发热,也没法去深究,就向吴念娇道了谢,麻烦她跑这趟腿。

吴念娇出了门,不一会儿有个小二跑来通报,说是有客人来拜访任客官。任西东和卢芳都有些意外,那小二也说不清来人到底是谁,只说是个穿长袍的矮个子先生。

任西东和卢芳相互看了一眼,任西东说:"虽然我现在不能打,但是阿芳你一定没问题。"

卢芳点点头:"没错,少爷。如果那人是杀手,我一定不会让他得手,不过要是他带了火枪,可别怪我啊!"

任西东顿时担心起来,可他还没想出该怎么劝卢芳多想点办法保证他的安全,那丫头就已经把屏风拖过来半挡在床前,大大咧咧地对小二说:"请他上来吧。"

一个穿着肥大棉质长袍的人走上来，头上戴着一顶西式的便帽。他低着头，也不看人，压着声音谢过了小二，就迈进屋来，似乎生怕被人看见自己的脸，行为透着古怪。

卢芳戒备地问道："阁下是谁，找我们少爷何事？"

那人先关上了门，才摘下帽子，喊了一声："是我。"

卢芳吃惊地"啊"了声，却没有说话。任西东心里着急，半个身子探过屏风，顿时也呆住了。

谭玥局促地站在房间中，不安地朝他点点头。

任西东一下子跳下床："谭小姐，你怎么来了？"

谭玥看他穿着睡袍，有些衣冠不整，脸上一红，忙把身子转向一边，结结巴巴地说："任公子，冒昧……冒昧打扰了。"

卢芳连忙把任西东拽回床上，帮他盖好了被子，然后又将外套披在他身上，这才挪开了屏风，端了个板凳放得远远的，说："谭小姐见谅，少爷现在病着，一身药味儿，要请您躲着他点儿。"

谭玥知道卢芳是照顾她，感激地笑了笑，在那凳子上坐下后，问道："任公子怎么了？"

任西东暂时也不想将昨晚的事情说出来吓她，就敷衍道："出去没带伞，又淋雨又摔跤，还让狗给咬了。幸亏我在法兰西时也因为被狗咬而接受过狂犬疫苗治疗，所以倒不担心。"

谭玥迷惑地看着他："任公子受伤了？怎么又说到法兰西和……和什么疫苗？"

任西东咳嗽了两声："伤是受了点，不过疫苗嘛，我现在要说清楚还是比较难的，总之就是我不怕狗咬了。"他怕谭玥又问得更多，连忙问她，"谭小姐来找是有什么事吗？我以为你都出不了家门了呢。"

谭玥叹气："任公子说得没错，我现在的确是出不了门了，娘下了命令不许放我出去，爹也不帮我了，可我无论如何都要来见见

177

你。这短短几天,我就像是做了一场噩梦……两个亲如姐妹的丫鬟,一个失踪一个死了,都透着古怪。"

任西东也有些不忍:"秋菊那事……我也没有想到,很抱歉。我不知道你听见了什么消息,但真没有外界谣传的那么不堪。"

谭玥苦笑道:"既然任公子都知道外面传的那些话,我就不说我听到的了,反正说什么的都有。我娘也一个劲儿地数落我,说秋菊原本不该死的,都是……我爹虽然不责怪我,可他也拉长个脸,非常不高兴。秋菊下葬的时候,我说要去,他也不准。家里的下人们都议论纷纷,说秋菊原本没有得病,都是去洋大夫的医院里才倒了霉。虽然他们不敢当着我的面说,可我看得出他们的眼神……他们觉得是我害了秋菊。"

谭玥说到此处,眼圈有点儿泛红。

任西东见她这样,严肃地说:"谭小姐,你不要在意别人想什么。我可以肯定地告诉你,秋菊的确是生病了,而且生的病很可能跟春华一样。她在仁爱堂医院里发生的一切,虽然的确是意外,但真的寻找原因,跟她染上的病是有直接关系的。如果你见过春华发病的样子,大概就能理解为什么秋菊会去攻击那个法国水兵。"

谭玥点点头:"我就知道任公子能解我心中疑惑。我听到消息的时候,其实也猜测是这个缘故,然而在府里太多说得难听的话,我即便生气,也不知道如何辩解。我娘最近生我的气,一直罚我禁足。然而我憋不住,还是偷着跑出来了。"

任西东有些感叹:"我一直以为这内陆城市中少有明白人,而且被束缚在闺阁中的女子更是难以沟通,没想到谭小姐竟然如此清醒,真是不容易。"

谭玥羞涩地低头说道:"任公子谬赞了,我只是不愿意什么事情都去信鬼神。但没有想到这春华和秋菊接连遭受不幸,还连累到任公子你……"

任西东笑笑:"谭小姐别在意,我生病纯属倒霉,跟你无关。至于这伤口,也不是很深了。"

他挥挥胳膊,谭玥见了他手臂上贴的包扎带,轻微地"咦"了声,不由得站起来:"任公子,你这胳膊包得古怪……我可以看看伤口吗?"

任西东有些诧异:"这倒是可以,但我怕吓着谭小姐。"

谭玥没答话,只是摇摇头,紧接着也忘记了避嫌,几步来到床前。任西东就轻轻揭开收缩伤口的弹力绷带。她越看,脸上的表情就越发古怪。卢芳和任西东都看出不对劲来了。

任西东问道:"谭小姐,我这伤有什么问题吗?"

谭玥却反问道:"任公子,你这伤口,真是狗咬伤的吗?"

任西东一笑:"哎,都被你看出来了,我也不好隐瞒。不错,这伤口的确不是狗弄的,是一个人突然袭击我,然后抓伤了我的胳膊。"

谭玥神情紧张:"那人是谁?"

"黑乎乎的看不清啊,不过可凶了!感觉就像条疯狗……"

谭玥追问道:"个子是高是矮?穿着打扮呢?"

任西东想了想:"不太高,不过下雨淋湿了,全身都是泥水,模样根本看不清。"

这时卢芳在一旁插话问道:"怎么,谭小姐知道那人是谁?"

谭玥点头,很快又摇摇头:"我只是猜的,也不一定认识……不过这伤口我眼熟,我……我也有。"

说罢,她撩起衣袖,露出雪白的半截藕臂,在手腕上赫然有两道伤口。跟任西东的一模一样,也是锯齿形状,但微微有些红肿。

任西东和卢芳咂舌:"这是怎么回事?"

谭玥叹了口气,告诉了他们经过。

原来在前天晚上,谭玥因为心中烦闷,早早地就睡下了。但是她贴身的两个丫鬟都出了事,身边就没有了人伺候。谭夫人临时调拨了一个自己的仆妇过来，谭玥却因她做事粗手笨脚，很不舒服。但毕竟是母亲派来的人，她又不敢抱怨，加上最近她受了不少责备，不能再多事，所以只有勉强忍耐。睡觉前让那仆妇灌好了汤婆子，铺好了床，就打发她去休息了，自己躺在床上翻来覆去地难以入睡。

这样等到蜡烛燃尽前，她隐隐约约听到闺房外间有些响动。

那里原本是贴身丫鬟夜里休息待命的地方，自从春华和秋菊都出事后，就该谭夫人派来的仆妇睡在外间，但谭玥不喜欢她，不要她守着。那仆妇也乐得偷懒，就溜回自己的房间睡了。所以外间本该是没人的，谭玥乍听到响动，就有些害怕。但她胆子也不算小，就悄悄地起身来，披了件外套，光着脚偷偷地凑近了门缝去看。

只见得黑乎乎的外间，唯有月光从窗户透进来的一点点微白，大门敞开了半扇，青砖地上被照出了一块扇形。谭玥努力辨认，发现声响来自丫鬟卧榻旁，有个人正蹲着在那里翻东西。

谭玥担心是进了贼，又害怕，又着急，又不敢声张，就趴在门后不知所措。想偷偷地摸回床上躺下，又担心这贼进了内屋更危险。

就在她认真地考虑要不要翻窗逃走时，那贼忽然直起身体，发出了一声呜咽。

这声音让谭玥悚然一惊，不由得发出了一声压低的叫声。

她的叫声顿时让那贼惊了，那贼转身就来扑她。谭玥再也不管不顾，推门夺路就往外跑。身后那贼紧跟上来，想抓她。两人撕扯了几下，谭玥丢下外套跑出了院子，叫来了巡院的家丁。

三个家丁都是孔武有力的后生，夜里还带着灯笼和短棍，听说小姐闺房里进了贼，立刻冲进去。然而房间里却空无一人，只有那卧榻旁的柜子被翻了个底儿朝天。

事后谭玥吓得不敢回房，谭家上下自然都醒了，又是好一通折腾。可却没有发现那贼人的半点痕迹。谭夫人心疼女儿，就撵了谭清泉去客房，让她在自己的房里睡下了。

任西东听她说完，问道："这两道伤就是那贼留下的？"

谭玥点点头，对任西东说："没错，但我没有让我娘知道，自己就偷偷地上了点药。"

任西东皱着眉头，想了想："谭小姐，难道那贼你认识？"

谭玥点点头，又摇摇头："我也不敢说，只是她发声的那一刹那，特别像……像春华……"

任西东吃了一惊："春华回来过？"

"我真不好说，光线太暗了，我看不清她的脸。但那的确很像是她的声音，而且……"谭玥又顿了一下，"她找的那个地方，就是卧榻旁的柜子，我是知道的。那里面有春华私藏的钱，她是攒着打算将来能赎身的……"

任西东啧啧称奇："如果真是春华，她不会不认识你啊？她攻击你，这没道理！"

谭玥显得有些后悔："我是真慌了神，说不定她当时还真不是为了攻击我，我却只想着她发病时吓人的模样，觉得她会伤我。"

卢芳插嘴说："你想得没错啊，她可不就伤了你吗？"

谭玥看看伤处，摇头道："这是抓扯时留下的，我觉得她也没真想伤我……我……我猜她是想留住我。"

任西东劝道："谭小姐也莫太自责，这只是猜测，当时你的反应是很正常的。再说，你能肯定那贼就是春华吗？"

"我只是觉得很像，但又黑又乱的，实在瞧不清脸。况且……那人也一直没有说话，只是喉咙里发出些声音。"

任西东想了想："这么说来的确是不好判断，但这伤口和我的太像了，而且受伤情况也很像——快速地接触、时间很短、伤口不深，主要是特殊的形状实在很难复制了。"他又想了想昨晚上那恶魔一般的袭击者，很难将其与那个活泼娇俏的小丫鬟联系在一起。

谭玥低头说道："这件事我没有告诉家里的任何人，就只想跟任公子您说说。这前后发生的事情各种古怪,母亲都责怪我,说了许多公子的不是,但我却觉得,这些事情要弄清楚,却只有公子能想出办法来。"

任西东听她这么说,虽然一贯自信,此时也觉得有些汗颜,但面对谭玥,又不能露出退缩的模样。他说道:"多谢谭小姐信任,将这事告诉我。现在既然不能断定那贼是不是春华,也不用再跟谁说了,只是千万要小心点儿,万一再来,你孤身一人还是很危险。"

谭玥脸上微微泛红:"多谢公子提醒,我自然会更加小心的。只是不知道春华有没有真的回来,到底是死是活。"

任西东说:"吴掌柜已经拜托本地袍哥留意了,总能够找到点蛛丝马迹。"

谭玥笑了笑:"我爹也常常说袍哥的厉害,如果真能有他们出力,说不定可以找到的。"

三人又说了一会儿,谭玥担心家中又发现自己偷溜出门,于是重新穿戴好装扮,跟任西东告辞。

卢芳将她送出去,不多时回来,对任西东说:"少爷,我看这位谭小姐也是挺好的,长得好看,心眼儿不错,又能接受新知识,你不考虑考虑?"

任西东却仿佛没有听见她的调侃,反而低头看着受伤的胳膊,若有所思的样子。

卢芳又走近些,轻轻地叫了他一声。

任西东这才抬起头来,眉头微微地皱着。卢芳问道:"少爷,你想什么呢?是不是有些事当着谭小姐不好说?"

任西东回答:"我最想不通的就是这个伤口,我敢肯定昨晚那人没有拿武器,谭小姐也没提到那贼手上有武器,那怎么会造成这样的伤口?莫非那人手上长着倒刺或者锯齿?"

卢芳自然也是没有答案的,她宽慰任西东道:"少爷,你现在就算想破了脑袋也不过是瞎猜,没有实证的。你不是说了吗?科学的结论必然是要经过实验论证的,现在你手头什么材料都缺,肯定是发现不了真相的。要我说,现在最关键的就是要先找到那个丫鬟春华,再不济,也得找到大烟鬼蔺三娃,这两个人都凑齐了,估计就明白了。"

任西东摸摸手臂:"对,那还得看吴掌柜的跟胡先生怎么说了,这一节希望别出什么岔子。"

现在是辰时初刻,吴念娇稍稍犹豫了一下,这才走进了胡记茶楼。

她一大早出门,就往这里赶,天寒地冻的,路上的人不多,她又特地挑了任西东被袭击的那条小路,更看不到什么人。她原本想在这路上找到点什么东西,可以提供给胡振,让他查查到底是谁会搞出昨晚的事儿。可惜一夜的雨把什么痕迹都冲刷得无影无踪了。不过虽然没有找到线索,她也不太担心,胡振自然是有办法的。

吴念娇毕竟认识他十年了,除了死去的丈夫郑吉星,若说还有哪个男人她知根知底,那么一定是胡振无疑了。当年郑吉星作为礼字旗号下的袍哥,在为公口做事的时候死于非命,因此吴念娇受到了许多照顾。外八堂抚恤遗孀,礼字公口的大爷拜托了胡振,胡振便出面盘下了那间望江客栈,交由吴念娇经营。其实胡振原本是义字公口的红旗老五,跟吴念娇丈夫并非一个字号的,但那边大爷拜托过来,他也十分尽力。[1]

---

[1] 一个码头上袍哥是分公口的,分别以仁义礼智信为字号,原本说是五杆旗不分大小,后来慢慢演变出了公口字号的辈分,比如仁字辈最高,以下依次低一辈,到民国后这个辈分区分才逐渐不讲究。仁字辈最高,社会地位也最高,往往是富商地主等,义字公口的袍哥多半是中产之家,最为活跃,礼字辈则多半是手工业者等,讲究动刀子斗狠的。各个公口下还设有八牌兄弟,从龙头大爷到幺满十排,其中老五就是对外接待、调停、承上启下的工作,而其中又分红黑,红旗对外对内执掌各种行政事务,黑旗就是掌管刑罚纪律的。

作为红旗老五，胡振的茶馆自然是公口议事摆谈和对外联系的地方。然而他生性谨慎，想着要备一个暗处，于是就选中了望江客栈。这样一来，吴念娇的生意更是得到了几个公口同时照顾。再加上她长袖善舞，对场面上的事情拿捏得极准，性格又泼辣爽直，渐渐地也在码头上有了些名头。有人送她外号"美人蛟"，意思是在码头上有些翻云覆雨的本事。

吴念娇对此也只是一笑，欣然收下了，她知道都是胡振罩着，不然一个无依无靠的寡妇，在这码头上受的欺负是只多不少。

吴念娇是经历过许多的人，十三岁就被拐去卖到窑子里，十五岁时逃出来遇到了郑吉星。她无须开口问，只须看看男人的眼睛就知道他们望着自己的时候在想什么。胡振的心思她是清楚的，然而礼字堂口比义字堂口矮上一辈，她又是袍哥人家，最讲究伦理规矩，她是聪明人，胡振更是，有些话不该说，有些事不该做，两人都是心照不宣的。

只不过晚上偶尔惊醒，吴念娇也会想，若当年逃到码头上，搭救自己的并非郑吉星而是胡振，事情又会如何？

不过这也是夜深人静时的胡思乱想，吴念娇平日里是根本不会让这些荒唐念头翻出来的。她愿意时不时为一些事情去跟胡振接触，但也十分注意分寸，绝没有丝毫不妥帖的地方。而胡振自然也是同样。

今天一大早的来胡记茶楼找人。茶博士正在老虎灶上烧水，见她来了，擦了把手，熟络地招呼道："吴掌柜的来找五爷吗？不巧得很，五爷今天一大早的就去码头上了，有兄弟要避豪①，五爷必须去扎咐两句。"

吴念娇略有些失望，但还是笑笑："那不巧得很了，我原本是说趁着来找五哥说事情，让你好好给我泡个新来的沱茶呢！"

---

① 意思是到别的码头去避祸。

茶博士哈哈一笑："吴掌柜说笑了，你要喝什么，哪里需要专程跑一趟，只需要吩咐我去客栈那边伺候就行了。"

吴念娇掩口笑道："我可不敢使唤五爷的人呢。得了，那我就先回去，五爷啥时候回来，我再来打扰。"

茶博士却连忙擦擦手，从老虎灶那边快步走过来，从口袋里掏出了一张纸团，递过来。

"吴掌柜留一步，五爷出门前吩咐了，说是今天潘六爷有要紧的消息送来，若是他先回来，就先看，若是您来了，也可以瞧瞧。"

吴念娇愣了一下，接过纸团："这是什么呀？"

那茶博士咧咧嘴："我也不识字，哪能知道呢？"

吴念娇谢了他，借着亮光将那纸团展开来，只见这黄纸上写了几个不太规整的小楷：

"三娃的洞在铜院子。"

吴念娇立刻就明白了，这是袍哥找到了蔺三娃的下落，来给胡振回报。潘老六的眼线最多，自然也是最快找到他的。这铜院子是打铜街下处的一个暗娼馆子，主人是个中年寡妇叫范刘氏，卖身的同时也兼营一些福寿膏，蔺三娃躲在她那里倒也不奇怪。

吴念娇将纸团叠好，还给茶博士，说："有劳转告五哥，说这条子我看过了。他先忙着他的，我去这上头写的地方瞧瞧。"

茶博士答应了，又问道："吴掌柜的不等五爷了？"

吴念娇笑道："我不过些许小事，还用不着专等五哥来决断，先回了。哦，对了，还要麻烦你跟五哥说一声，那位任公子昨夜被狗咬了，正在客栈里躺着呢。"

茶博士都应下了，吴念娇这才起身离开。

她说要去铜院子，倒不是离开的托词，而是想早一步去确认，以防蔺三娃这奸猾的东西又溜走了。那范刘氏她也是知道的，有些心眼儿，然而本性不坏，只是爱钱。多半是因为蔺三娃既是她老主顾，又许诺了些银钱，她便将他藏在家里。

吴念娇心中计较：若是自己找到机会单独见了范刘氏，给她晓以利害，再以袍哥的名义给她几个钱，说不准她反而能帮着看住了蔺三娃。

吴念娇这么打定了主意，便加快脚步赶去了打铜街。在街尾巴下江的方向上找到了范刘氏的屋子。那间两层的木楼外头挂个半截铜壶的幌子，正门紧闭，侧门则虚掩着。平日里范刘氏都是坐在侧门边等客人，一边嗑瓜子儿，今天不知道是太早还是怎的，门虽然还是虚掩着的，却没有看到范刘氏。

吴念娇在门口轻轻叫了声"范大嫂"，也不见人搭腔，便慢慢地走进去。

范刘氏的亡夫原本是铜匠，这屋子里放置了不少铜器，有股子铜锈味道，而范刘氏做了大烟生意后，这屋子里又弥漫着一股甜香味，混合着让人一阵阵恶心。此刻虽然天已经亮了，但范刘氏做的是见不得光的营生，关门关窗的，屋子里依然很是昏暗。吴念娇又往里走了几步，就看到一道稀疏的竹帘格挡出两张卧榻，上面放着烟具。

吴念娇心中有种不祥的预感，转身就想退出去，然而里面那张卧榻上传来了吭哧吭哧的声音。她定睛细看，只见一个身着短袄长裤的女子侧躺在上头，而她身前伏着一个男子，正趴在她身上不住地动。

吴念娇脸上一红，以为二人正在行苟且之事，刚退了一步，那男子仿佛听见响动，猛地抬起头来。这一抬头，饶是吴念娇胆大，也被骇得失声尖叫：

只见那人面目枯瘦，正是蔺三娃，但他此刻双目如狼一般带着黄光，满脸是血，嘴上还兀自叼着一块模糊的东西大嚼。

蔺三娃竟然将范刘氏吃了！

第十七回

受误解有口难辩，被牵连无辜收监

吴念娇在码头上闯荡多年，胆子本就比寻常女子大了许多，但此时此刻还是被吓得遍体生寒，手足僵硬。这场景简直如同地狱里的饿鬼一样，骇得她站在原地，一瞬间只直勾勾地盯着蔺三娃，无法动弹。

而方才她的尖叫已经引起了蔺三娃的注意，那人竟从卧榻上站起来，一步就跨了下来，举着血淋淋的双手，又向她扑来。

吴念娇这才猛地回过神，转身想往外跑，却又知来不及了！震惊过后，她神志已经恢复，脑子转得极快，这电光石火间，侧身一躲，又顺手操起旁边卧榻上的一盘烟具，劈头盖脸地向蔺三娃砸去。

蔺三娃被砸得怒吼起来，那声音竟然如同野兽一般，半点人味儿也没有。

吴念娇趁他慌乱又朝门边跑去，但她毕竟是个女子，刚跑了两步，蔺三娃就已经追上来，一伸手竟抓住了她的胳膊，吴念娇拔下头上发钗狠狠扎在那只手上。蔺三娃又嘶叫了一声，不由得劲道一松。吴念娇瞥眼看到堆放在旁边的铜器，双手抓住一个不大不小的铜香炉，狠狠地砸在蔺三娃头上。

她这一下拼尽全力,蔺三娃即便状似疯狂,也被她砸得踉跄退了两步。

吴念娇见蔺三娃的额角已经凹陷下去一大块,显然颅骨已经被打碎,但依然兀自站立着,一边盯着她,喉头中一边嚯嚯有声,满是血污的口中流下暗红色的涎水,而那双眼睛竟然是黄色的竖瞳,看上去妖异可怖!

吴念娇胆寒:此刻蔺三娃竟然完全像个妖怪!不对,他那吃人的模样就是一个妖怪!

吴念娇心中飞快计较——今天若想活命,只有拼了!不然那范刘氏就是自己的下场!

发了狠念,吴念娇一咬牙,趁着蔺三娃还在发昏,一下子向他撞去。她这一下力道极大,竟将蔺三娃仰面撞倒在地。蔺三娃号叫一声,双手抓住她,但吴念娇反应更快,高举那只铜香炉,正面一下砸在蔺三娃头上。

蔺三娃的头砰地撞在地上,吴念娇一不做二不休,又接连两下砸去。

只听得"咔、咔"的骨头脆断声不绝,蔺三娃的上半张脸都被砸得血肉模糊,污血从头上汩汩地流出来,慢慢地积成一大摊。原本抓着吴念娇的两只手也不断收紧,最后抽搐着松开,落到地上。

吴念娇这才扔下铜香炉,浑身乏力地从蔺三娃身上爬起来,踉踉跄跄地坐到旁边的卧榻上,不住地喘粗气。

房间里原本充斥着鸦片的甜香,此刻又多了许多血腥气,还混杂着隐约的腐臭,吴念娇想低头掩鼻,一抬手却看到自己原本白净的双掌上溅满了血迹,甚至绣花袄和洒脚裤上也全是血污,就不知道哪些是蔺三娃的,哪些是他吃了范刘氏又沾到自己身上的。

吴念娇一思及此处,突然喉头涌上一股酸水,扶着卧榻便吐了。

这一阵翻江倒海,几乎连内脏都要吐出来了,好一会儿才勉强止住。

她又看了一眼地上的尸首，颤巍巍地站起身来，心中思忖着该如何收拾，只怕不请胡振出马是没有办法了。她也知道自己此刻一身狼狈，不能如此走出去，必须先找范刘氏的衣裳换了，洗净头脸，再将门带上关好，做出无事的模样才行。

然而人算不如天算，她这里正在计划，有人便从门口进来，口里高喊道："范大嫂，今天烧不烧烟哦，我腰腿痛得很，正要在你这里舒展一下——"

原来那人外号黄马儿，是范刘氏的嫖客，也常常在此处抽大烟，从来都是熟门熟路，一边说着一边就走了进来。吴念娇躲避不及，竟然跟他打了一个照面。

那人矮胖虚弱，一看见吴念娇满身鲜血地站在屋中，堂中躺着半个脑袋都教砸扁了的死尸，而范刘氏在更远处一动不动，只骇得肝胆俱裂，发出一声惨叫，转身就跑，边跑边大叫：

"杀人了！杀人了！快来人啊，快快报官……"

吴念娇看他几步冲出门去，竟来不及阻止，心中一沉，便知道如今这事情只怕有口难辩了！她别无他法，知道跑出去只能更惹人瞩目，且会背上畏罪潜逃的名头。索性把心一横，就在这里等着官家来抓了。

任西东送走了谭玥，又用手背测了测额头，自觉没有发热，又对着镜子看了看瞳孔和舌头，大致断定自己没有发烧，看来手臂上的伤口没有感染。于是就洗漱了，换上衣服，只等吴念娇回来，问问她与胡振谈得如何。如果谈得好呢，那自己就厚着脸皮再去拜访胡振，也跟他说说谭玥遇到的事情，或许能打听出更多线索。

然而他在望江客栈中枯坐到中午，也没见吴念娇回来。幺师刘叔一边接待客人，一边充当临时掌柜，为客人退房开房，店里顿时就显得人手不足了，小二们都忙得团团转。

任西东看不过去，干脆跟阿芳来到柜台，帮着记账。刘叔一面谢了他们，一边招呼新客，得点儿空才跟任西东叹气道："掌柜今天这是怎么了，往日里去找五爷谈事情，多少也就一个时辰必回。咱这店本小利薄，一直都是掌柜自己收银看店，哪个都不可能甩手半天不管。就算是有要事出门久了，掌柜从来都是要专门安排人来顶幺师位置，我才好空出来收钱的。"

任西东也不好跟他细说，心中却开始担忧会不会是吴念娇跟胡振谈的时候又惹了他生气，两人聊得不愉快。

他偷偷地给身边的卢芳念叨："完了，我就知道这次把胡先生得罪得彻底了，连吴二姐帮忙说情都不行了。她跟胡先生一说，肯定惹他发火，吴掌柜又是个好人，肯定要跟他多说几句来劝他，然后他必定越听越生气，两人说来说去就会吵架，一吵架就没完没了，说不定吴掌柜还会被他留下来！我就不该让她去找胡先生，男人也会小气的，她又不是胡太太，肯定劝不住他的……"

卢芳不耐烦地打断了他："少爷，你还记得英国那位张伯伦先生吗？"

任西东教她这么一问，愕然道："哪个张伯伦？"

"就是戏院经理张伯伦，你在那里看了戏，然后在酒会上跟他聊了很久，他让你试着写一出戏，改编安徒生先生的《夜莺》，可还记得？"

任西东恍然大悟："你说他啊，那个秃头，记得，当然记得。"

卢芳笑道："人家都说了，你能把一个空杯子讲得跟倒了鸡尾酒似的，为什么不干脆去写剧本啊！"

任西东顿时紧紧地闭着嘴，再不说一个字。

卢芳又笑道："你要有这个工夫胡思乱想，我这就去找纸和笔，让你写个正经的剧出来。"

任西东嘴巴张了张,还是忍不住说:"别,纸笔还是不如打字机……我这个人思维还是很快的。"

两人正打着嘴仗,就看见胡振一身玄色长袍,穿着琵琶襟马褂,从正门跨进来。刘叔连忙上前招呼,胡振却只是微微向他一点头,说:"老刘,你家掌柜的出了点事,这几天你好好看店,不要乱走,我会叫人过来帮你。"

刘叔一脸错愕:"五爷,这……掌柜的出了什么事啊?要不要紧?她人呢?"

然而胡振只是拍拍他肩膀:"做你的事,等后面空了我自然会跟你细说。"

说罢,他径直来到任西东面前,压低了声音道:"吴二姐叫官府给拘了,你现在跟我到别处细谈。"

任西东睁大了眼睛,仿佛头顶滚过了一个炸雷。

胡振铁青着脸,和任西东一同来到雅座,关好了门,这才对任西东说了眼下的情况:

原来今天早上在范刘氏的住处,她的常客黄马儿大叫大嚷地冲出来,吓得魂不附体的样子。周围邻居们连忙进屋,发现两具血肉模糊的尸体,其中一个脑袋被砸扁了,另外一个则肠穿肚烂,个个也被吓得魂飞天外。又见吴念娇浑身沾血地站在凶案现场,都骇然认为她就是凶犯。又无人敢上前捉她,只让几个精壮的后生看守着,别人就去找巡警。

自从设立了警察总局,这类伤人的案子都是巡警管辖了,于是当即便由巡逻西三区的巡警将吴念娇捆了,一路抓去了凤凰台北口的分局里扣下,不多时就要提往天符庙。这事情骇异凶残,就如同引燃了一个大鞭炮,很快周围所有人都晓得了,个个都围拢到范刘氏的屋子外面来,只想看看这杀人凶犯。若不是警察赶来封了门,吆喝驱赶,只怕门槛也要被踩断了。

那看热闹围观的人中，自然有认得吴念娇的袍哥，赶紧去给胡振报了信。

胡振听了心中大急，却不显露在脸上，只是命人去警察局内探听情况，须臾间就得到了准信儿。他心中略一计较，来找任西东，具体询问他，为何吴念娇会一早来留下那样的话。

任西东只道吴念娇是好心去为自己跟胡振调停，顺便查查袭击者，万万没有想到她竟然搅进了杀人案。虽然还不知道事情的来龙去脉，但他觉得吴念娇并不是真会提刀杀人的人，见胡振问起，就将昨晚的事情简略地跟他说了，最后说道："吴二姐真是好人，只想着我遇了险，就要帮我，但她只是去找胡先生你，怎么又会去那个地方杀人？而且……我觉得她也不会杀人。"

胡振脸色阴沉地说："吴掌柜自然是不会杀人的，然而若非是被逼到死角，她绝不能动手。况且她去那里也是从我这里得到的消息……"

于是胡振又将潘老六知道蔺三娃的藏身之处后留信给自己的事情说了，原本也不避吴念娇，是想她知道消息可先告诉任西东，她往日都稳重谨慎，不会轻易行动。然而这次或许是晓得范刘氏的底细，就自行去了，其中到底发生了什么事，如今他也不知道。

"虽然现在事情还不清楚，然而那两个死人却已经知道身份了。"胡振告诉任西东，"正是蔺三娃和范刘氏，仵作说二人死得极为惨烈，尸体透着古怪。我倒不是不信他，只是如今牵扯到人命案子，且那蔺三娃本身就是你当初说的要找的人，就不得不来找你。"

任西东连连点头："只要能弄清楚真相，胡先生尽管吩咐就是了。"

胡振点头说好，就讲了自己的打算。

"任公子既然懂得西洋医理，又认识那白汤马医生，可否请你和他同去验尸。我料想吴掌柜再厉害，也绝不能一次杀两人。凡人命案子，那尸首、凶器都要验证对上才可定案，仵作虽然厉害，只怕他验不出这个案子里的古怪——至少蔺三娃跟谭家的怪事是有牵连的，不查清就无法知道真相，也救不了吴掌柜。"

任西东想了想，问道："胡先生是想让我和托马斯·布赫医生去验尸？这倒不能说不行，不过警察局容许我们这样的普通民众参与到人命案子里去吗？"

胡振摆摆手："这个你不用担心，我自然有办法让你们进去。况且你来自南洋，非大清子民，而白汤马医生更是个洋人，官府本身就会放松几分，若你们有论断，他们轻易也不会推翻。"

任西东犹豫了一下，又问道："胡先生，你是想用我和布赫医生的身份来让官府认定吴掌柜没杀人吧？但是……万一，我是说，万一我和布赫医生找到的证据证明吴掌柜的确杀了人呢？"

胡振眉头一皱："你对她有怀疑？"

"我不预设立场，但是我也不会撒谎。"

胡振"哼"了一声："你毕竟是外来客，纵然跟她投缘，也不过相识几天。我认识她十年，知道她的为人，她绝不会做出那种事来。你们查出来什么就说什么，我不会逼着你们撒谎的。"

任西东听他这么说，便点点头，应承了下来。胡振起身："那咱们现在就去仁爱堂医院找白医生，在路上有些时间，你就把昨晚遇到的事情再跟我详细说一说。我也想知道吴掌柜为何一大早地就来跟我说这事，你不是真的被狗咬了吧？"

任西东露出苦笑："自然不是……"

于是他跟着胡振往外走，骑上他带来的川马，一面上路，一面大致讲了讲昨晚遇到的事情，还挽起袖子展示了一下绑起来的伤口和一些小的擦伤。胡振越听脸色越沉，双手握紧了缰绳："这怪事真是一桩接一桩，偏偏还都这么离奇。"

任西东也道："我也不知道这跟吴老板遇到的事儿有没有联系，

只能说现在还没有证据能将它们联系在一起。不过我们需要对两件事都仔细调查才行。"

胡振点头："任公子放心，昨晚那歹徒的事情，我今天就让兄弟们去查一查，若是能查出什么端倪，顺藤摸瓜抓到人，我一定送到你的跟前来。你无须担心，只要跟白医生心无旁骛地验验那两人的死因就好。"

两人一面说着，一面就到了仁爱堂，任西东带了胡振去到里面邀请白汤马医生，把卢芳和另两个胡振的跟班都留在马上。

托马斯·布赫医生对于胡振的邀请显然很吃惊，虽然他不大愿意干这个活儿，但任西东说也许这个案子牵涉到另外一个生病的人，他就有些心动了。

这两天布赫医生都扑在他的实验室里，一心照看培养皿，想从秋菊残留的血样中找出致病原因。他又做了几个对照组，分别从自己身上和那被咬的魏护士身上抽了一些血，放在另外的培养皿中。

布赫医生的实验室中有一套神奇的装备，培养皿在分层的格子里，对面有一架相机拍照，相机又是轮盘控制着，每当弹簧走到一个点，那相机就会自动拍下照片，一长串银版纸正堆叠在相机上，被挨个吞进一个小缝隙中。

任西东对这位看起来傻里傻气的医生顿时有些佩服——真没想到在中国还能遇到一个发明家。

布赫医生见他们一来，就说起了自己目前掌握的研究成果。从大量的银版照片上，他排出了三个人的血样变化。

目前看来，秋菊的明显跟常人不同。照片上能看见它们逐渐腐败、干涸，变成了一种墨绿色的硬结，而滴落在带血生肉上的血液也在慢慢地变绿、发臭，但那些生肉似乎正在慢慢被它侵蚀，颜色和气味也发生了变化。

布赫医生自己和护士的血样在生肉上只是凝结速度快慢不同。

"就好像这些血自己在死亡,然后把尸体留在了物体上。"

布赫医生还捉来了一只半大不小的公鸡,往它的身体里注射了一些稀释过的病血,可惜仅仅观察了一天,还没有看到任何变化。

"我想再观察两天,然后再取一些样本2号——"他指着那块生肉上的"血"说,"稀释后再次注射。不过,如果你们需要我,这事儿也可以延后。"

任西东看着他那一堆的瓶瓶罐罐:"不会需要太久的,再仔细的验尸也不会超过一天吧。"

"我想是的,不过以前的解剖课倒是有很长的课时,"布赫医生对任西东说,"现在就出发吗?我还想快点儿回来。"

要说重庆这警察总局,其实也是新设立的一个衙门口。今年九月朝廷颁布上谕说"巡警关系紧要,迭经谕令京师及各省一体举办,应自筹设衙门,俾资统承,著即设立巡警部,其各省巡警,并著该部督饬办理"[1]。于是便将保甲局改作了警察局,会办王奎元曾经在东洋留学,行事十分新派,也操练了一些巡警。不过毕竟是个新衙门,粮饷不多,凡事有许多毛躁之处,连总局也还不成气候。

这新衙门就设在较场口天符庙,改改修修挂了牌匾,仍然看来寒酸,连官老爷们的大堂都简单得很,更不要说关押人犯和停尸的地方了。不过从仁爱堂下来却很近,走不了多久就到了。

胡振在离警察总局很远的地方就下了马,把缰绳交给跟班,然后让任西东和托马斯·布赫一起走到了总局衙门口。

胡振先让其他人都站住了,自己上前去找了一个守门的警察。那警察开始还昂着下巴,听他说了几句后,神色便严肃起来,拿正眼看他了。再说了两句,那警察神色都恭敬起来了,便要引他进去。

---

[1] 引自《重庆警察史略》。

胡振微微向他拱手，又转头来对任西东和布赫医生使了个眼色，示意两人跟上。

那警察带着他们进了衙门口，口里还说着："既然是义字口的胡五爷来了，兄弟自然是要尽力帮忙的，不巧这两天会办大人都不在府内，只有教习黄大人在，他老人家也负责承审，我这就带着您过去。"

胡振问道："这位黄大人大名怎么称呼？是什么来历？似乎以前没有听过。"

那警察回答："黄大人名叫黄刃。咱们才从绿营转来做警察的，也知道得不多，都是兄弟们私下打听的，据说黄大人从前在京师做通判呢，热心洋务却给捅了娄子，这才发配到这里来的。平素里倒还挺和蔼的，就是做事太过于较真了。五爷带了洋大夫来验尸，他反而好说话。"

胡振意外地问："这是为何？"

"这位黄大人啊，对洋务分外上心，特别相信洋人的玩意儿。有个做生意的洋人，还常来找他喝茶，咱们都见过。所以啊，五爷您这开膛验尸什么的要是找别人，说不定就给拒了，而要是找黄大人，那多半就成了。"

一边说着，一边就拐进了后堂。那警察做了个止步的手势："容我先去禀报。"

他跨进门去，过了一会儿就听见里面有个带北方口音的男声响起来："让他们进来吧。"

那警察钻出来，面带喜色地对胡振说："行了，五爷，黄大人让您和这两位都进去。"

胡振向他再一拱手："有劳足下了。"

那警察低声笑了笑："袍哥人家，官家白身都是兄弟，五爷抬举了。"说罢一拱手，就走了。

胡振看了眼任西东和布赫医生，略一点头，就先走进去。

只见房间里设置简陋，但还是摆放整齐，桌椅板凳一样不缺，还有几个书柜，甚至还有一个博古架，上头放着几块形状奇特的三峡石，背后墙上有一个裱好的斗方，上书一个"胜"字，有细细小小的行书字题在旁边，盖了闲章，也看不清内容。在书桌前坐了一个中年男子，穿着官服，帽子放在博古架一侧的帽托上，正写完了什么将笔搁下。

他抬起头来看到了胡振等三人，微微一笑，说："诸位是为今天上午打铜街命案而来？"

任西东细看这黄教习，只见他大约四十出头的年纪，面目清瘦，留着短须，双眼黑亮有神，然而嘴唇却很薄，上唇被胡须盖住了，似乎说话的时候嘴巴都不怎么动弹，连带着表情也有些模糊不清了。

胡振向他一拱手，说："回黄大人话，草民胡振，正是为吴念娇所涉命案而来。这两位是白汤马医生和任西东先生，一位来自德意志，一位乃是南洋人士，都通医理，且与吴氏相熟。今天自愿前来，愿意以西洋医理勘验尸首，以证吴氏清白。"

黄刃的目光在任西东和托马斯·布赫身上转了两下，起身道："两位果真是医生？"

布赫点点头，用不熟练的汉语回答道："我是医生，在医院，那边……山上的仁爱堂，可以找到。"

任西东却说："我不是，我实际上学的是化学，但是我有基本的生物学常识，也能理解现代医学的研究。"

黄刃多看了他一眼，笑道："任公子还真是诚实。吴念娇杀人这案子，上午报来的时候我就感到震惊，那犯妇看着并非凶恶刁蛮之人，现场也有诸多疑点，正需要再详细调查。既然两位主动来相助，本官倒是欢迎之至，不过这尸首勘验的事，最终还需要仵作的尸单才能成为证供。"

任西东点头:"官方确认,我懂我懂,没有问题,我们也希望仵作能在场,一些事实他也可以确认。"

黄刃道:"甚好,那现在便可跟我去停尸处。"

胡振拱手道:"大人,不知道草民可否去探视一下吴氏?"

黄刃想了想:"索性将那犯妇也带去停尸处,还可以当场讯问些疑点。"

胡振愣了一下,还没说话,那教习已经起身,戴好了帽子,大踏步地出门去了。三人连忙跟上他。黄刃带他们穿过正堂,直接就去了停尸处。他吩咐了看守打开门,提吴念娇来此,又火速叫来了仵作,丝毫不耽误。

任西东见这停尸处似乎是一间马厩改成的,屋顶与门墙之间留有大块缝隙,估计是为了通风,墙角有一桶石灰,不远处点了支香,还有一大碗油的长明灯。两个木架上并排放着两具尸体,都拿白布盖着,上头还压了两张纸钱。

黄刃朝那尸首抬了抬下巴,说道:"这就是死者范刘氏,旁边的男尸暂时未查明身份,两人死状太惨,你们去看的时候莫要吐了。"

任西东咽了口唾沫——虽然他胆大,但验尸的事情还真没有做过,他怕的是这事儿搞砸,倒并不是害怕死人。他这时不由得庆幸卢芳留在衙门外头,不然看出他紧张,事后必然取笑。

布赫看了他一眼,用法语问道:"伊斯特,咱们现在就开始吗?"

任西东也拿不准,他正要开口询问,就见一个穿着衙役衣裳的人匆匆赶来,对着黄刃打了个千儿,说:"黄大人,听说您找我?"

黄刃道:"不错,老杨,今天有洋大夫要用西洋医理验尸,你今日只在现场勘验过,还没有填尸单吧?不如就趁此机会,将细部勘验一同做了。"

那仵作看了看任西东等三人,眨巴着眼睛有些迟疑,但见黄刃吩咐了,也就点头答应了。

他摸出一个口袋，从中拿出一把皂角和苍术放到屋角点燃，顿时一股强烈的药烟味散发出来。他又摸出一些个碎屑，裹在纸团中，双手呈给黄刃，道："大人，这味儿太大，您要不要先用些姜塞住鼻子？"

黄刃却摆摆手："无妨。"

那仵作就将纸团收了回去，来到两具尸首旁，揭开了白布。

只见两具尸体并排躺着，身上满是血污，散发出浓重的血腥味，而任西东吸吸鼻子，觉得其中还夹杂着一丝腐败的气味。

那仵作脱去尸体的衣物，又用皂角水冲洗了一遍，这才开始检验。他先验了女尸，很是老到，按照刑部统一制的验尸图从正面到背面、从左侧到右侧，一面勘验，一面喝报伤情，一个警察在旁边帮他填写尸格。

那女尸就是范刘氏，她头脸和四肢都完好无损，唯独肚腹上有一个巨大的洞，里面的内脏已经被掏空了一半。仵作认定致命伤应该就是在肚腹上，然而此刻却也不能看出是如何开膛破肚的。

然后他又验了男尸，这具男尸全身完好，只有脑袋被砸扁了一半，碎骨混合着血肉脑浆，极为恶心。不过这具尸体上的致命伤就容易看得多了，身体四肢都很完整，就是被钝器砸碎了脑袋。

仵作陆续喝报局部勘验，警察不停地在旁边填写单子，不一会儿仵作勘验完毕，他就将单子递过去。仵作接了，来到黄刃面前呈上，说："大人，小人勘验完毕，二人都是他杀，没有见到什么抵抗的伤痕，想来应该是凶嫌出其不意，攻击二人得手。应当是先砸死了男的，再加害女子。小的觉得，这凶手必然熟悉两人。"

任西东悄悄地对托马斯·布赫说："这人验尸只看体表外伤啊。"

布赫医生也点点头："也许他们没有手术刀？如果用切肉刀，是会被反感的吧？"

胡振在旁边说道："验尸是有排场的，除了官家，还需要被告、

199

尸亲甚至是证人到场，就是为了尸体决不被轻慢。这范刘氏因为是寡妇，上无老人下无幼子，所以今天才能这么快地开始验尸，你们还想动刀子，那是要做什么？"

他这边说着，那边女牢头将吴念娇带了来，站在了门外。

吴念娇此刻已经镇定了下来，除了发丝略有些散乱之外，手上、衣服上的血迹已经擦去了一些，看上去没那么狼狈了。她一眼就看到了胡振和任西东，以难以觉察的动作向他们点了点头。

她向黄刃跪下磕头，黄刃叫她站起来回话。询证了身份后，他问道："这两具尸体你可认得？"

吴念娇点头："认得，民妇见过他们，一个是范刘氏，一个是蔺三娃。"

黄刃说："仵作说那男的脑袋都被敲碎了，你怎么知道死者是蔺三娃？"

吴念娇回答："我亲眼看到过他的脸，他的头……也是我砸坏的。"

此言一出，别说黄刃大吃一惊，连任西东和胡振也愕然了。

黄刃向前一步，不可思议地问道："吴念娇，你可知道你方才认了杀人罪？"

吴念娇却道："大人明鉴，民妇绝对不是故意杀人，而是为了自保。"随即就将自己在铜院子那暗娼馆中遇到的事情说了。听到她说范刘氏是被蔺三娃吃空了肚子，蔺三娃甚至还要吃她的时候，在场的人个个面色古怪，都觉得这事儿太过于匪夷所思，更像是吴念娇为了脱罪而胡诌的。

那仵作对黄刃说："大人，男尸口边和双手的确是有血迹，然而尸体原本就是全身是血，脑袋被砸的时候咬到舌头也会出血，这不能作为吃人的证据。"

黄刃也说道："吴念娇，你要证明是自保伤人，这说辞未免惊世骇俗了，莫非那蔺三娃是个疯子不成？"

这时候任西东站出来，对黄刃说："阁下，要验证吴掌柜说的是真是假，只需要解剖尸体，检查胃部就行了。"

那仵作闻言顿时有些惊怒："虽然没有尸亲，但开腔剖肚的，不是亵渎死者吗？"

任西东却不以为然："弄不清楚死因，没有个交代才叫亵渎死者。打开胃部看看，不但可以验证活人的清白，也可以搞清楚蔺三娃到底是怎么回事。请放心，我觉得布赫医生的缝合技术很好，一定让尸体保持完整——嗯，除了头。"

仵作有些愤怒，似乎对任西东的态度极为不满。

黄刃却摸摸胡须，想了一想，点头道："说得有道理，我也知道西医的外科手术中，打开人的身体并非亵渎，正如华佗刮骨疗毒一般，都是本着救人之心。如今解剖尸体，也是为了求得真相，可以为之。"

他这么一说，仵作也不好多话了，只能脸色阴郁地退到了一边。

任西东连忙来到托马斯·布赫身边，对他说："现在看你的了，医生，咱们去看看男尸的胃部，他吃过的东西此刻在那里面应该是没有消化完的。"

"白汤马"医生当然也是明白的，连忙打开医用手提箱，将围布挂在脖子和腰间，然后取出手术刀，来到蔺三娃的尸体旁。任西东站在旁边，用手捂着鼻子，说："我觉得腐烂的味道非常明显，这不像是今天早上才死去的人啊。"

布赫医生戴上了口罩和手套："说得对，除非是他身体本来就有什么病变，比如陈旧伤口已经腐烂了。愿意做我的助手吗，伊斯特？"

"哦，没问题，"任西东同意，"请将指令说得明晰一些。"

他们开始动手解剖，混杂着腐臭和血腥的气味顿时充满了这间屋子。胡振和仵作倒是面色如常，几个警察却脸色发白，都有点儿反胃，连吴念娇都把脸转了过去，用手掩住了口鼻。而黄刃却毫无表情地盯着任西东和布赫医生的举动，没有流露出丝毫的惧色。

布赫医生慢慢地打开了蔺三娃的胸腔和腹腔，发现他的体内器官颜色竟然并非如常人一样是暗红色的，反而泛出一种隐约的绿色，而且脏器上有许多深红色的点，如同溃烂了一般。

任西东虽然了解医学，但亲眼看尸体解剖还是头一次，他也胆大，完全没有恶心畏惧，只盯住布赫医生的动作，而医生似乎也明白他的好奇，一边用手术刀割开脏器，一边给他讲解：

"看，这是肺部，肋骨包裹着的，下面的心脏我们就看不太清楚了。不过目前看起来除了怀疑有病变外，倒没有开放的伤口……腹腔的脏器看得比较清楚，毕竟不用取下骨头。啊，这里是胃部，这大小真吓人，一般人可没有这么大的胃……这简直像一匹马的胃。"

布赫医生拿手术刀在胃部比画了一下："我觉得最好把它切下来，然后看看里面的溶解物。"

"可这里也没有什么盘子能装吧。"任西东看了看四周，"这里毕竟不像正儿八经的手术室，也许你可以因陋就简，医生。"

布赫医生接受了他的建议。他用止血钳把割开的肌肉和皮肤都固定住，让任西东确保它们都安分地翻开。然后他轻轻地在胃部剖开了一条缝，鲜血立刻流出来——

这血浑浊但鲜艳，跟尸体本身那黑红而腐臭的样子完全不同。

布赫医生小心地把胃里的溶解物挑了一些出来。

"不对啊……"他将那些东西放在手心上仔细看了看，"这些是肉，但好像没有被消化过，就是被粗糙地咀嚼了。哦，不，感觉压根就没有办法咀嚼吧，它们都是生肉。"

任西东头皮第一次发麻了："生肉……这是说，蔺三娃真的吃了那个女人吗?你能搞清楚这到底是不是人肉吗?"

布赫医生的脸色也很难看了,头上还渗出了细微的汗。

"也许……让我再看看。"

他把胃部的口子开大了一些,于是更多的血和肉块都流出来了,他伸出手,从中拿起了一小块东西:

那是一截被咬下来的舌头。

任西东愣了一下,立刻去掰范刘氏的嘴巴,但是尸僵还没完全消失,他用尽力气,指关节都发白了,才勉强让女尸的嘴巴张开一条缝。

他伸进去两根指头摸了摸,舌头果然已经没有了。

第十八回

脱嫌疑吴氏暂安，寻疑点凶光乍现

任西东把手缩回来，脸色发白，布赫医生一看他这表情就知道事情不妙，也立刻检查了一下范刘氏的口腔。这下连他的表情都变得古怪起来。

"断口的痕迹跟这截舌头吻合，的确是被牙齿咬下来的。我的天哪，这件事真是太诡异了，吃人……"布赫医生一阵反胃。

"这不是简单的吃人，"任西东说，"按照吴掌柜的说法，几乎是生吃的，并且蔺三娃还想攻击她。你说，他是不是真的疯了？"

"也许会有狂躁的疯子干这种事，但我们也没法证明这男人是真的疯了。他的头都碎了。"

任西东看了一眼蔺三娃血肉模糊的半个脑袋，无奈地点点头："但现在至少证明吴掌柜没有说谎，范刘氏的确不是她杀的。把那个舌头给我……"

布赫医生把那截舌头放在他的手中，继续检查尸体。

任西东则走到了黄刃跟前，也不像其他人那样躬身行礼，径直将那半截舌头呈到他跟前，说："阁下请看，这是在男尸胃部发现的东西，我们检查过，跟女尸口内的伤口相符。他生前的确咬下了那位夫人的舌头并且吞了下去。现在在男尸的胃部还检查到了许多未消化的肉，如果没有意外，应该就是这具女尸上缺失的部分。当然了，如果还需要更多，布赫医生会再从胃部的东西里找到证据的。不过我相信……"他看了看吴念娇，继续说道，"至少可以证明吴掌柜并没有说谎，这个死者蔺三娃，的确吃人了。"

他的话让周围的人都倒吸了口凉气。

黄刃站起来，脸上挂了一层寒霜，他仔细地看着任西东手中的东西，突然抬起头来吩咐周围的警察说："老杨留下，犯妇也留下，你们几个都退了。"

他的命令来得突然，几个警察都有些愕然，但很快都"诺"了，鱼贯离开。

黄刃掏出汗巾，将那半截舌头拾起，眯着眼睛看了半晌，又递给仵作，道："老杨，你来仔细看看。"

仵作接过来，又走到那范刘氏的尸首旁，在她口里摸索了一阵，再对照那舌头，终于战战兢兢地回道："大人，没、没错……这的确是那女人的。"

黄刃的眉头紧紧地皱起来，仵作畏惧地看着他，手里捏着那舌头也不敢动。黄刃走到两具尸首旁，看着布赫医生解剖，又追问道："有发现更多的人肉吗？"

布赫医生额头上已经冒出了汗珠，他将胃部的切口扩大了一些，更容易取出里面的东西，见黄刃询问，就将一截摸出的东西举出来。"这是一截小肠，"他说，"肠子……应该是女尸缺少的，就在腹部。生吞一截肠子，这是野兽才能做到的。"

黄刃的眉头几乎要打结了，他慢慢地转身，又走到吴念娇身旁，让她再说一遍早上所见。吴念娇细细地说了，他追问道："你能将蔺三娃当时的举动和样貌再多讲一点儿吗？"

吴念娇叹气道："大人，民妇能想起来的就是这些了，那蔺三娃平素吸大烟，本身就是个痨病鬼的模样。但今早极为凶猛，他又满口满脸的血，民妇情急之下只想自保，实在无暇去注意更多。民妇所说的句句属实，大人明鉴。"

黄刃看她神色，也知道她并无作伪和隐瞒，然而黄刃似乎还有所思，双手背着转头踱步。任西东见他这样，忍不住问道："尸检已经证明吴掌柜的确是清白的，阁下还有什么怀疑吗？"

他说话全不懂本地的规矩，黄刃倒不介意，反而似笑非笑地点头，说道："任公子，现在看来吴念娇的确是出于自保而杀人，可以不追究。然而我的确还有疑问，你可知道是什么？"

"哦？"任西东问道，"不如说出来一起分析下，可能会有答案。"

黄刃说："前几天这位白汤马医生所在的教会医院也出了个极相似的案子，任公子可曾听过？"

任西东愣了一下，才明白黄刃说的恐怕是秋菊的事，便点点头。

黄刃接着说道："前几天那个法国水兵打死了个中国小丫鬟，也是说对方突然袭击他，状若疯人，扑上来就要撕咬。最奇怪的是，法国水兵一口咬定那小丫鬟被拧断了脖子还能动，最后才一枪打碎了头。这跟今早的命案何其相似！"

任西东和胡振对视一眼，目光中都有些吃惊——两人都还没有将这件事跟秋菊的死联系在一起，这教习竟然反应如此快。细究起来，这两件事确实非常相似，同样都是攻击无辜，只不过秋菊没有得手就被杀，而蔺三娃则是吃了人以后被杀。两个人死的方式又相同，都是头颅被击碎。

任西东又想起春华的病缘起就是蔺三娃伤了她，而秋菊的病又是因春华而起。这么推断下来，难道蔺三娃才是罪魁？可惜他头颅被砸碎，眼珠子早爆了，除非……

任西东猛一激灵，突然又向吴念娇问道："吴掌柜，你可还记得蔺三娃的眼睛当时是什么模样吗？"

吴念娇打了个寒战，轻声说："可忘不了……就跟个妖怪似的，发黄……"

任西东内心不由得疑窦更多——若是蔺三娃犯了病，为何他隔了这么多天才发疯？要算上染病再发疯，秋菊的时间只有他的三分之一。

头一个染病的春华还不知道下落。会不会也会发疯吃人？

任西东脑子被这一连串的疑问冲击，觉得自己都紧张起来了。但他还是对黄刃说："教习阁下，我也很愿意调查一下其中的关联，不过还需要更充分的证据才能下结论。若是两案有关，阁下有什么计划呢？"

黄刃说："如果这二人都是发疯，又疯得这么相像，还意图伤人，就需要查一查缘故了。我在东瀛留学的时候，也听说过一些怪病，总有各种方法一个接一个地传染下去。人得病或是沾染了唾沫、血液等，也可能只是进了同样的屋子共同生活，有各种不同。若真是这样的瘟疫，那可就得警觉起来了！"

任西东有些高兴，听这人说话，还是很懂得传染病的概念的，这样一来就很好沟通了。他想了想，说道："现在只是两个病例，虽然有关联和相似性，但还不能证明就是恶性传染病，我们需要更多的证据支持。不过，如果能做好预防的准备，也是很好的。"

黄刃道："任公子是还想有第三起伤人案？"

任西东皱眉："当然是不想的，但就目前的情况来说，我可没法保证没有。我是说我想根据现在的线索来排查一下，如果阁下能以官方的名义给我们一点儿方便，或许效率会更高的。"

他说话的方式让黄刃不太适应，好在还可以理解他的意思。黄刃脸色稍稍放松，说："任公子和白医生打算怎么排查呢？"

"如果能查查蔺三娃临死前几天还接触过什么人，有没有人出现特异的症状，就可以预防惨剧的发生了。如果真是有怪病，可以送到仁爱堂医院去，白汤马医生那边有比较成熟的医疗条件，可以提前治疗。"

不知道为什么，任西东将谭玥那里发生的事情和春华的情况都隐瞒不讲，他并不想让黄刃知道谭玥和春华的事情。

黄刃点头："若任公子和白医生愿意出力，这些下来可以商量，不过在此之前，这场勘验所发现的事情，绝不可以外传，希望各位都守口如瓶。人吃人这种事若传到百姓耳朵里，只怕又是许多议论，滋生出更多事端。"他又看了仵作一眼："老杨，你尤其要记牢了！"

仵作连连点头："大人放心，小的一个字儿也不说出去。"

黄刃又看了看吴念娇，说："吴氏虽然冤枉，但现在暂时还要在总局留几天，不然这案子没结，就放疑犯出去，总归是不妥。"

他的话也有道理，虽然胡振等人心中不乐意，可也无法，只能暂时应承下来。

黄刃满意地点点头，又问白汤马医生还有没有新发现。洋大夫的额头上满是汗珠，却没法擦一下。就在任西东和黄刃谈话的时候，他的手术刀已经从胃部挪到了肠道上。听见黄刃问话，他才直起腰来，用手臂在额头上蹭了一下，回答道："胃部很大，不正常，这不知道是天生的还是因为病变……不该这样。但是这里，这里……弯弯的……"

"肠道。"任西东在旁边补充了一句。

"对对，就是肠道，"白汤马医生连忙接着说，"肠道比正常人细小，窄……应该是萎缩了。我相信那些吃下去的东西，都不能被吸收。然后……会臭，烂掉。"

任西东感觉到一阵恶心。

医生又说："还有，体内的脂肪层在化，溶解，不过接近皮肤的地方硬了，仿佛是手指甲那种，嗯，角质化。"

任西东听他这么说，又去看蔺三娃的伤口，还有他的手。任西东仔细观察蔺三娃的手指——虽然被皂角水清洗过,但那上头还是残留着不少血迹,已经变成了黑色的硬壳贴在皮肤上。他弯曲的手指上,指甲很粗长,并且微微地隆起,似乎增厚了。任西东记得当时在客栈中见到他施展骗术的时候,那手指并没有让人一眼看过去就觉得像爪子。这也是病变吗?

任西东伸手轻轻地摸了摸指甲,只感觉到指腹上有点儿刺痛,他凑近了一些看,竟然发现指甲上有些不规则的细小倒刺。这难道是他抓挠什么东西留下的吗?可又不像是毛刺。

任西东隔着衣服按住了手臂,他突然觉得伤口隐隐作痛……

这时候白汤马医生又向黄刃介绍了一些检查的结果,但那些他认为无关紧要,既可能是蔺三娃原本的生理特征,也可能是他病变后产生的,最好是让他能做一些切片带回去分析。

仵作听到他这么说,咂舌道:"怎么?切啥?你还要碎尸万段啊?"

任西东插嘴解释:"是取一点儿组织切片,就是割一点儿下来,当作标本,这样可以拿回医院在显微镜下分析。"

仵作这才缩回了脖子,也不知道什么是"显微镜",嘴里嘀嘀咕咕地说:"那还好,不过这都已经是开膛破肚了,竟然还要带走零碎啊……"

任西东也不理会他抱怨,只是问黄刃是否可行,黄刃点头允了。布赫医生大喜过望,连忙取出容器在尸体上取下各个部位的样品,装进了手提包。

趁着他取样、缝合创口,黄刃又对几人说:"为了不惊扰百姓,今天所见所闻,希望各位守口如瓶,若擅自将案情外泄,本官就要论罪收监了。至于那蔺三娃究竟是染病,还是有别的什么缘故,本官也会继续调查。任公子和白医生自愿相助,如果今后发现其他的隐情,须速速报来。"

他这么说起来，似乎将任西东和白汤马医生都直接纳入了查案子的人手中。任西东正有意去调查下蔺三娃的底细，也没有反对。

他略一沉思，突然想到在那天晚上夜访老君洞的时候，在外面碰见了蔺三娃，那时候有个洋人说他抢了自己的钱包。蔺三娃当时的模样好像被揍过，看起来病恹恹的。那个洋人似乎说过，自己是立德乐洋行的维克多·布鲁。

他将这件事告诉了黄刃，黄刃有些意外，说道："布鲁先生？维克多·布鲁？"

任西东点点头："他告诉我的是这个名字，阁下。"于是又将那晚的事情说了一遍。

"哦，"黄刃摸了摸胡子，"这位布鲁先生我认识，英国人，也是个中国通，不时会来找我品茶。没想到他也遇到过蔺三娃，我倒是可以召他来仔细问问。"

任西东没有想到黄刃竟然和英国商人也有交往，看来之前那警察说的热心洋务是真的。他回想当时的情形，觉得蔺三娃和维克多·布鲁两人当时都没有说实话，但那时他觉得不关自己的事，也没有介意，如今不由得有点儿后悔。现在只能寄希望于黄刃问话，能探听点真实消息出来。

他默不作声地想着，黄刃已经叫外面的警察进来，带吴念娇回监牢去。

吴念娇也没有多话，只是深深地看了胡振一眼，又向任西东点头致意，转身离去。

黄刃又等白汤马医生缝合完了尸体，命令仵作重新收殓好，等待下葬，便将这临时的"大堂"撤了。任西东和胡振虽然没有能将吴念娇带走，但如今发现的事实也至少保得她不会被当作杀人凶手看待了。

三人走出了警察总局，等在外面的卢芳就赶紧牵着马迎上来，问道:"怎样,怎样?有见到吴掌柜吗?为什么她没有跟你们一起出来?"

任西东朝她摆摆手,简略地将方才的事情都说了一遍,卢芳听得瞠目结舌,压低了声音问道:"什么?吃人?这也太匪夷所思了!"

"谁说不是呢,可布赫医生的解剖检验证明了的确如此,"任西东揉着下巴说,"现在我觉得,调查清楚他是不是真的有什么病比较重要。托马斯,还好你采集了切片,也许可以跟秋菊的血样做对比?"

"我有这样的打算,"白汤马医生拍拍自己的包,"我现在一定要飞快地回到医院去,很快很快才可以……这些采样腐败起来也很飞快。"

他应该再学点汉语的词才行,任西东听得耳朵难受。胡振叫随从牵过马来,让他送白汤马医生回仁爱堂,自己则转头邀任西东同回望江客栈。

此刻已近中午,该吃午饭了,但众人都没有什么食欲,特别是任西东和胡振,刚才在警察总局看到那两具惨不忍睹的尸首,饶是他们二人都见过死人,都觉得太过恶心,更吃不下东西了。

索性就牵了马缓步往朝天门的方向走。

胡振对任西东说:"如今吴二姐只能暂留在衙门里了,幸而那边有自己兄弟,倒还可以照应。我今天看任公子在那黄教习面前说的,是要从蔺三娃这里下手,去查他的底细?"

任西东点点头:"确切地说是查他得的病。现在从尸检来看他的确是得了很古怪的病,这病或许就是春华和秋菊出问题的根源。我们得知道这到底是什么病,还有他从哪儿得的这种病。"

胡振说:"蔺三娃染病的时间应当不长,他这段时间的行踪我都有办法查到。任公子之前说到那立德乐洋行的维克多,可是一个切入口?"

"或许是，"任西东摸了摸自己受伤的那只胳膊，"我倒是觉得，我自己就是一个切入口。"

胡振皱了皱眉。

卢芳在旁边伸出手来摸了摸任西东的额头，说："少爷，你说吧，你没烧，所以接下来想的辙肯定都是正儿八经的主意。"

这下连胡振都忍俊不禁。

任西东"哼"了一声，对卢芳说："阿芳，我跟你说过多少次了，体感温度是有许多误差的，这种诊断方法其实并不靠谱。而且就算我发烧了，也要达到一定温度，持续一段时间才会影响大脑思考。"

"少爷你到底说不说？"

任西东"哦"了一声转向胡振："胡先生，我觉得昨晚袭击我的，有可能是蔺三娃。"

胡振听他这么说，不由得一愣："何以见得？"

任西东指着受伤的手臂说道："我昨晚被那怪人袭击，吴二姐就曾经猜想过是不是蔺三娃，因为我到重庆以后唯一结下的仇家就是他，但我觉得蔺三娃是个大烟鬼，体质虚弱，根本不能像昨晚那人一样有野兽般的怪力。但是今天托马斯解剖他的时候，发现他的体质变化很大。除了消化系统的病变外，体表的许多特征也很奇怪，特别是手的骨骼和角质化的皮肤。我摸过他的手指，指甲增厚变硬，并且有细小的毛刺凸起，很符合我伤口的形状。"

胡振有些吃惊："难道还真是他？"

"至少伤口的形状很吻合啊。"

但卢芳在旁边反对道："我觉得不太可能，少爷。虽然昨晚我来得迟了一些，但也算跟那人交过手，打了个照面。当时他满身泥水，根本看不清模样，又弓身拱背的，但是我估量着比蔺三娃要矮一些。而且他当时那个样子，跟野兽一样，完全不像是有理智的人，后面逃走的时候尤其明显。如果他当夜逃回铜院子，杀了人，吃人，难道还要洗澡换衣服吗？光是洗干净辫子里的泥沙就够花时间了。这又不是吃牛排，还得先做做过场，摆个盘。"

任西东瞪着她："阿芳你真是的，我跟你说过了西餐礼仪其实只是在正式晚宴会麻烦一点儿，日常用餐的程序其实还是很简便的。你不用吃过两次朗格教授的晚餐就这么耿耿于怀。"

"少爷，没告诉我勺子不能混用的人可是你。"

胡振连忙打断了他们俩的斗嘴，问道："好了好了，洋人的饭菜怎么吃以后可以慢慢说。卢姑娘，你又没有跟我们旁观验尸，如何知道蔺三娃的尸体是干干净净，没有泥水的？"

卢芳朝任西东抬抬下巴："第一，少爷没说，那就是没有，否则有泥水这么明显的特征他怎么会略过。第二，如果蔺三娃死的时候真的满身泥水，那吴掌柜反倒不那么容易被当成凶手了。再怎么样也不可能在屋子里住着平白搞一身泥，私闯民宅倒有可能……"

胡振笑了笑："卢姑娘不愧是跟着任公子的，聪明得很。"

卢芳摆摆手："哎，少爷天天教导说凡事要讲逻辑，我也是没法子。不过我仔细想想，虽然当时跟那袭击者面对面的时间不长，光线也很昏暗，但大体外貌是能看清楚的，那袭击者披头散发，看不出模样，不过似乎并不像个秃瓢啊。"

三人又商量了几句，一时半会儿也没有想到更有用的信息。胡振说："为今之计，只有先广撒网，让弟兄们去将蔺三娃的老底都刨出来。只要知道他身患何病，怎么染上的，这几天有无跟其他人接触，多半会找到线索。弄清了他身上的来龙去脉，才能将吴掌柜救出来。"

任西东也点头："不错，证明他发疯伤人，吴掌柜动手杀他就是自保。但不知道胡先生这边安排下去以后，多久能有回复呢？"

"快则一日，慢则三日。"

任西东惊讶地说："效率很高嘛，看来袍哥的确是本地消息最灵通的组织了。"

胡振笑道："水码头上讨生活的，有点儿风吹草动都关系到身家性命，马虎不得。"

他们回到了望江客栈，时间已经是半下午了，三人这才感觉到腹中饥饿。匆匆叫厨房煮了点素面，囫囵填了肚子。胡振吩咐老刘把一间空着的上房留给他用，又对任西东说：为方便互通消息，他这两天就留在客栈内，会有袍哥弟兄将消息送来，那时候便可碰头商量。

任西东在房间内让卢芳帮他换药，仔细看伤口，那些血痕已变成黑红色，这时候伤口边缘的形状看得更清楚。任西东瞪着眼睛瞧了半天，才对卢芳说："阿芳，你说得虽然有道理，但这伤口却没法解释啊。"

卢芳一边收拾着药品，一边回应道："少爷，又钻牛角尖了。难道就不可能——"

她突然手一抖，用过的棉布就掉在了地上，猛地转向任西东。任西东从她的眼中看到了恐惧，他是多么聪明的人物，又跟卢芳如此默契，只在一瞬间，就立刻想到了她心里所猜测的事情。

任西东缓缓地点点头："是啊，完全有可能是第二个跟他一样发病的'人'。"

第十九回

潘袍哥手段了得，烟土馆隐秘繁多

卢芳动作缓慢地从地上捡起那卷棉布，心神不定地拍拍并不存在的灰。现在她也没心情跟任西东斗嘴了，心中仿佛陡然压上了一块沉甸甸的石头。

"这么说来，得这怪病的不单单是蔺三娃一个人，"她双手攥着那卷棉布，无意识地绞着，"只有不同的人才能解释得通，但这也意味着这病或许传染的人比我们知道的多。"

任西东耸耸肩："我们的确不能确认蔺三娃到底传染了多少人，但可以考虑下为什么那个人会攻击我。"

"少爷，你有眉目了。"卢芳用的不是问句。

但任西东却没有告诉她，只是长长地叹了口气："我们回来是要找到祖宅的，你还记得吗？"

"这不是一时半会儿的事，少爷，况且又不是找到祖宅的地址就算完的。"

任西东又叹了口气："我想在春节前回去的，这边冬天可真冷。"

"你来的时候我叫你多做一件呢大衣的，你说重庆纬度比柏林低，你在柏林都不怕冷，在这里更不怕。还说我跟着你学了地理，但就是喜欢按想象推测温感……"

"好了，好了！我错了。"任西东举起双手，又笑着放下来，"行了，阿芳，你说得都对，都对。"

卢芳也扑哧一笑，顿了一会儿，对任西东说："少爷，你真好。"

任西东惊恐地看着他，卢芳却放轻了声音："我跟你一斗嘴，倒没有那么担心了。"

她突然温和起来，任西东倒有些不自在地摸了摸头："原本就不必那么担心，我们毕竟不是此处的人，尽力找出了问题，要解决自然是要此处的人自己来。"

卢芳觉得他说的是实话，然而终不免有些冷漠了，可也找不到更好的出路。两人又闲说了几句，便各自回房间休息。

这大半天的忙碌，好容易吃饱了，卢芳小睡了一会儿。任西东却毫无睡意，反而推开窗户，望着外头。外面依着斜坡而建的吊脚楼层层叠叠，在灰色的房顶房檐间能看到一点点长江的碎影。

任西东想起前几日吴念娇带他去南岸老君洞观赏过的字水宵灯，想起这座山城入夜后层层叠叠的人间烟火，心中涌起一种奇怪的感觉。他自小在南洋长大，家中长辈胸襟开阔，推崇西学，所以又送他到欧洲念书，他原本对于"故土"的概念并没有那么明确。即便是父亲总流露出思乡之情，他也不太懂——毕竟离开重庆几十年了，连祖宅的位置都记不清楚了，为何还要执着于找回呢？然而真到了此地，他又似乎有些明白了。

诚然这里是陌生的，但走在这爬坡上坎的老街上，看那江水奔流，与吴二姐、胡振、谭玥，以及幺师老刘，甚至是袍哥潘老六等人接触，重庆这个父亲常挂在嘴边的地名就从虚无的雾气中显出了越发清晰的轮廓来。

虽然任西东对卢芳暗示了二人的"无能为力"，然而他自己心底却也不能肯定，这事情若真是越来越麻烦，他是否真能转身离去。

想到这些，任西东也不由得叹了一口气，关上窗户，躺在床上闭眼小憩。

休息了大约有一个多时辰，卢芳来敲了任西东的门，神色严肃地说："胡五爷那边说是有弟兄来报，探得了一些消息。"

任西东一个鲤鱼打挺从床上蹦起来，稍微整理了一下衣服，就跟着卢芳去了楼下。

还是在那间雅座里，任西东看到胡振正在跟一个年轻后生说话，见他进来了，连忙招手道："任公子，这是潘老六派来的兄弟，说是有关于蔺三娃的一些底细，正好还没有开始说，一起来听听吧。"

任西东赶紧坐到旁边，聚精会神地听那后生讲起来：

潘老六在码头上的生意是茶叶，自然也跟马帮关系紧密。有些马帮运的不光是茶叶，也运送一些烟土，因此又多少跟烟馆有联系。他听了胡振放出的话，要查蔺三娃，正好也因为大老幺被诓的事儿要找那烟鬼的麻烦，便更是加紧派人去各个烟馆里问了，最后在一家开在澡堂子里的烟馆中问出了些有意思的事情。

蔺三娃本来就是地痞流氓，染上了烟瘾以后，更是将家中那点薄产败了个精光。他媳妇没有生养，偷偷跑了，他干脆"打烂仗"，连家都不回了。不过他年轻时倒是在当铺里当过学徒，学了点手艺，看过不少好东西，嘴巴又会说，颇能哄人。不知道怎么的，就跟一些洋人认识了，专帮他们搜罗些古物，卖到外国去。

任西东在心中暗忖：这样一来，倒是理解了为何蔺三娃竟然和立德乐洋行的维克多·布鲁认识。

那后生继续说道：蔺三娃平时手头有点儿闲钱就会泡在大烟馆里，若是钱少，就回范刘氏的铜院子龟缩着。最近他似乎手头很紧，几乎没怎么在大烟馆里露面，不过十天前倒是在那叫作"清水池"的澡堂烟馆里出现了。当时他还跟熟客和老板吹牛，说是洋人看上了他，要他做大买卖，他是时来运转了。当时老板和熟客都笑话他，还开玩笑说"苟富贵，勿相忘"，蔺三娃喜滋滋地完全没当作是嘲弄。当时老板私下问他到底是什么好差事，蔺三娃得意忘形，但也不敢多说，只说是洋人弄来了新烟土，他在中间帮忙而已，要事成之后才给钱。老板就说如果是好烟土，记得也给清水池供点货。蔺三娃自然是满口答应，然而那天之后他就没有再出现过了。

那后生说完这些，胡振摸出一个银圆赏了他，就请他回去谢过潘老六，有新消息再送来。

等那后生出了门，任西东掰着指头算："十天前还在烟馆出现，那就是说他后面即便是真跟洋人做了新烟土的生意，也没有拿到钱。因为我们八天前第一次见他的时候就是在这里，他那时候还在做戏法想诈骗谭小姐和春华呢。"

胡振说："也有可能是他跟洋人的生意黄了。"

任西东皱了皱眉："如果是黄了，他为何那天晚上又在老君洞跟维克多·布鲁碰头呢？要知道如果不是有什么洋人感兴趣的，那他还真没法让洋人同意一见吧。"

胡振冷冷地一笑："莫非他握着那个洋鬼子的什么把柄？但是在大清国，洋人就算是杀人也不怕的，说什么治外法权，有什么把柄能挟持得了他们？"

"那就要看洋人怕什么了。"

"洋行的人，自然是怕赚不到钱了。"

任西东眼睛一转，突然双手一拍："那出问题的难道是新烟土？"

胡振和卢芳还没有说话，任西东就不歇气地分析起来："你们想啊，蔺三娃是个大烟鬼，又抱着洋人的大腿，如果洋人真有新烟土的生意要做，他肯定最积极。但凡有点儿眉目，他的力气就会用在找烟馆推销上，怎么还会花心思冒险地来到望江客栈里蒙骗谭小姐主仆，这不合逻辑嘛。所以肯定就是这烟土生意没做成……这没做成有两个因素：一、蔺三娃不乐意，这基本不可能；二、洋人不乐意，这倒是有可能的，但他们完全可以不理会蔺三娃，然而维克多·布鲁还是在深夜跟蔺三娃见面，所以证明他们并不是主观上放弃了他，很可能是客观条件上出了问题。而我能想到的最可能的解释就是：那烟土出了问题。"

他这么连珠炮地一顿说，胡振和卢芳都没插得上嘴，等他说完了，胡振才笑了笑："任公子的脑子真是灵光，竟然一下子能想到这么多。"

任西东也没有什么得意的神色，反而叹气："可惜都是推测，还需要证据来论证。"

胡振说："这也不难。现在兄弟们还在帮忙打探消息，再去问问各个买卖烟土的口子，有没有什么新货不对劲的。"

任西东点点头："这倒是个办法，所以情报还是最重要的。"他又想起了另外一件事，"对了，胡先生，上次说到寻找春华，袍哥这边有没有新的消息？"

胡振摇头："目前是没有，不过今晚有跑生意的兄弟们说好了来茶馆里摆谈，那时候一般都会有些新消息回报。"

任西东又摸了摸手上的伤口："我倒有个想法，胡先生能不能派人去谭家，在那里留守一阵子，看看有没有什么异常。"

"哦？任公子是有线索？"

任西东看了卢芳一眼，说："之前跟阿芳闲扯了几句，最初怀疑昨晚袭击我的是蔺三娃，但又觉得可能性很小，阿芳和我都猜测有人跟蔺三娃一样都染病了。跟我这伤口……"

任西东还没有说完，卢芳突然小小地惊叫了一声。任西东一看到她的眼神就知道她已经明白自己在想什么。他瞬间感觉到心中微微地刺痛，但还是硬着心肠说了出来："跟我这伤口很相似的，我今天早上还见过……就在谭小姐的手臂上。她说这可能是春华留下的……"

他又将早上谭玥来访的事告诉了胡振,包括那神秘人翻找春华藏赎身钱的柜子,所以很可能是春华。

胡振的眉头紧紧地皱起来,稍微想了想,他才说道:"这推测有两点难以解释:第一,你说昨晚袭击你的人状似野兽,力道极大,春华一个小丫鬟怎么可能?第二,蔺三娃吃人杀人,已经完全丧失了神志,而春华若还能潜入谭府去取自己的赎身钱,应当还是有些理智的。"

任西东回答道:"人在发狂状态下力气的确会变大,而且按照谭小姐的说法,那个疑似春华的人伤她是在大前天晚上,我被袭击是昨天晚上,如果说病情加重,神志消失,倒也可以解释。更难解释的其实是,如果真的已经控制不住杀人吃人了,为何现在还没有被发现?"

卢芳插嘴道:"如果发病是间歇性的呢?"

任西东拍了一下手:"这个假设倒是很合理,不过还是需要证据。"

卢芳有些泄气:"总之,还是得找人。"

胡振安慰道:"这倒不必担心,我派人去谭家附近盯好,若春华再回去,一定可以发现,就怕上次真是她,又被谭家的人发现了,她就不再重蹈覆辙了。"

可如今也没有更好的途径能迅速找到她,只能如此了。胡振写了个条子,封好,叫客栈里的一个伙计迅速送到胡记茶楼,交给里面的茶博士。当晚便会有兄弟去谭家周围蹲守。

三人又在房间里商议了一阵,不觉天已经黑了。老刘十分周到,早已经吩咐厨房做好了丰盛的晚饭送到雅间里来。任西东从昨天到今日,都是一个意外接一个意外,惊心动魄又忙忙碌碌,吃什么都味同嚼蜡,只能做哄饱肚子之用,如今稍稍安定。看到桌上油亮的回锅肉,又闻到麻婆豆腐的香味,终于感觉自己饿得要命,也不客气,添了碗饭就要开动。然而正要下箸之时,雅间的门却被推开了,一个五大三粗的大胖子推门进来,大嗓门用川话吼道:"哦哟,我来得硬是巧哦,赶上这顿好吃的!"

任西东一愣,见这胖子穿着讲究,十个指头上有七个都戴满了戒指和扳指儿,不是上回见过的潘老六又是哪个?

他的筷子悬在回锅肉上夹也不是不夹也不是,一时间就呆在了位子上。

倒是胡振反应快,立刻站起来笑道:"老六啊,快来坐快来坐,我喊人再添副碗筷!"

潘老六也不客气,一屁股在八仙桌旁坐下来,挽起袖子:"只有碗筷哪里够,五哥,你晓得我老潘,吃饭不能没有酒,先来半斤老白干开开胃。"

胡振笑了笑:"酒肯定不会少你的。"

潘老六嘿嘿一笑,这才转向任西东,说道:"任公子也在哈,你莫见怪,我这个人就是恁个爱吃福息。"①

任西东虽然听不懂他在说什么,但是"吃"字还是听清楚了的。他也点头笑道:"随意,随意。"

不多时伙计们就将碗筷和酒送了进来,还多切了一盘卤猪耳朵,潘老六连连叫好。

四人这才正式开始吃饭,任西东和卢芳都表示不喝酒,潘老六也不硬劝,先倒了杯敬给胡振,说:"五哥,咱们兄弟要先喝再摆龙门阵哈,小弟我先干,五哥你随意。"

说罢就一杯倒进肚子里,胡振陪他喝了一杯,没说两句,潘老六自己又喝了两杯,一张胖脸上浮现出丝丝红色。

---

① 方言,恁个,即这么;吃福息,即占便宜。

221

等他酒瘾过足了,胡振才不慌不忙地问道:"老六,你不去守你的场子,今天晚上咋个来这里陪我吃饭呢?"

潘老六又灌了杯酒,夹块猪耳朵缓了一缓,对胡振说:"五哥,今天听说吴二姐坐了书房①,就是仁字辈的一个大老幺说的,他是威武窑子②头的人。又听说五哥你正在打听蔺三娃的事情。我正好也在找那龟儿子,没想到他居然犯了这么大的事。我白天有点儿事情绊脚,就让一个弟娃儿先来给五哥你报个信,今天晚上想当面问问五哥蔺三娃那事情的真假。"

任西东虽然还是听不懂方言跟黑话,但是连蒙带猜也懂了潘老六的意思,他和胡振对望一眼,心里都是相同的计较:既然蔺三娃吃人的事情已经传到了潘老六这里,即便是再严防死守,过不了多久只怕还是会流传开来。

胡振见潘老六问得这么直接,也不再隐瞒,就将白天在警察总局里的所见所闻一一跟他说了,听得潘老六连连咂舌。

"我的个娘哟,那龟儿子真的吃人啊!好骇人,看不出他龟儿子恁个干筋筋的,居然这么狠!"

胡振说:"老六,蔺三娃吃人不是他狠,是他已经得病,成了个疯子。我和任公子都觉得,这病来得古怪,只怕得了的不止他一个。"

潘老六眨巴着眼睛:"啥?五哥,你是说还有人吃人?没听说啊。"

任西东接着说道:"现在没听到很有可能只是没发现,我们观察到的相似病例有三例。现在托马斯……白汤马医生,正在想办法确认这个事实。"

潘老六又眨巴着眼睛看他,抠了抠光秃秃的脑门,笑嘻嘻地

---

① 黑话,即坐牢房。
② 黑话,即衙门。

说:"任公子,我们两个没得啥缘分啊,你说的话我都要抠脑壳,你说点我听得懂的嘛。"

这还真把任西东难住了,他望向胡振,后者忍不住笑起来,对潘老六说:"你大字不识几个,当然跟任公子这样的读书人说不上话了,后面我给你细讲。今天你既然来了,我就多给你布置点事情做。"

潘老六点头:"五哥尽管吩咐。"

胡振说:"蔺三娃在烟馆中的消息是你的人打探到的,你再让兄弟们多问一问,最近有没有什么新的烟土上市,特别是有点儿古怪的。另外在谭家外面多找几个兄弟盯着,帮我照应一下,尤其是晚上。"

"晓得了,五哥,你放心。"潘老六咂了咂舌,"龟儿恁个邪哦……"

胡振见说得也差不多了,就招呼几个人吃菜,四人终于安安稳稳地吃完了晚饭。席间潘老六健谈,讲了许多码头上的故事。他的地盘在东水门一带,正是商贾云集的地方,故事多得很。虽然之前和任西东有些误会,但现在胡振两边调和了,他立刻将任西东二人当作自己家小弟小妹,显得热络了许多。任西东以往接触的人中虽然有些来自底层,然而如潘老六这样满身市井气息却又豪爽大方的,确实还没有,只觉得十分有趣,于是也聊开了。这样吃完了晚饭,知道潘老六要跟胡振说公口的事情,任西东才和卢芳离开,回到了房间里休息。

任西东在睡觉前灵光一闪,忽然想到,其实也可以将盛隆药行的往事讲给潘老六听听,他的眼线多,说不定有人还知道更多的传说,帮忙找到更多的真相。不过这念头也是一闪而过,这一天的劳累使困意来得又凶又急,他一闭上眼就沉沉睡去。

在梦中,他只感觉自己行走在重庆上坡下坎的街道中,两边是层层叠叠的吊脚楼,门窗都开着,但是却没有一个人。浓重的雾气弥漫在周围,白茫茫的,让他看不清远处的路。虽然没有风,雾气却好像有意识一般在缓慢地流动。每当任西东踏出一步,那些雾气就突然散开,像躲着他。

他不清楚自己要去哪儿,但他觉得前方肯定有一个非常重要的目的地。他必须尽快赶到那里去,不然会有特别可怕的后果。就在这种信念下,他加快了步子。

而就在前方的雾气里,也有一个声音从远处传来,啪嗒啪嗒的,像是人的脚步声,并且在急促地奔跑。

"是谁呢……"任西东想。

接着就看到一个人冲出了浓雾,披头散发,浑身都是鲜血。

任西东只觉得心头一紧,却见那人发出了野兽般的号叫,径直向他扑来。

他要吃掉我!

任西东转身就跑,却踢到了一块石头上,顿时重重地跌倒在地,脸被撞得很痛。

完蛋了!他满心的绝望,这个时候隐约听到了卢芳的叫声:"少爷……"

"……少爷,少爷,醒醒。"

任西东揉揉眼睛,从噩梦中醒过来,看见卢芳披着外套,手里举着一只烛台,正拍打自己的脸。

任西东从枕头下摸出怀表看了一眼,气哼哼地说:"我就说做梦的时候都摔得那么疼呢,原来是你在打我。这才凌晨三点,阿芳你不用叫我起来方便啊!"

"方便个鬼啊,少爷!"卢芳的表情很焦急,干脆一把拽住任西东拖着他坐了起来,"你赶紧给我清醒清醒,有不好的消息,人家布赫医生连夜来找你了!"

任西东这下子也不开玩笑了，连忙起来披上了外套，跟着卢芳来到房间外面。只见托马斯·布赫正坐在椅子上，盯着桌上的油灯发呆，同时神经质地用手指敲着自己的下巴。

他的衣服还是白天那一身，看样子就没换过，而且神情有些憔悴，似乎劳累过度了。

"我该说晚上好，还是早上好。"任西东招呼他说，"医生，你的样子让我有点儿担心。"

布赫医生转头看见他，一下子站起来，连结结巴巴的中文也不说，直接就用法语对任西东说："糟糕透了，任先生，太糟糕了！我觉得这件事完全超出了我的预料，我们现在面临着非常紧急的情况。"

任西东按着他重新坐下来，问道："你这么晚来找我肯定是有很重要的发现，但你如果不组织好语言我很可能听不懂你在说什么。"

布赫医生做了个深呼吸，让自己冷静下来。他的眼眶发黑，嘴唇干裂，似乎忙得没有时间睡觉喝水。他的眉头紧紧地皱着，揉搓着双手，慢慢地对任西东说："今天回到医院以后，我开始对那些采样进行试验。我设置了对照组，你知道的，任先生，跟所有的试验一样。我在自己的办公室里做这些，我相信结果没有那么快会出来，但我还是得尽快。所以我今天一直在忙，甚至都没有接待门诊。但是晚上的时候，护士来找我，说是魏姐妹有点儿不舒服，需要我立刻去看看。我当下就去了她的房间，那位年轻的女士在发烧，温度是 39.8 摄氏度。我检查了她的身体，发现她的伤口在发炎，而且她的瞳孔颜色变了……我觉得，颜色在变浅，就是边缘那里……"

他用手指在面前画了一下："这里最明显，似乎有些黄色。"

任西东的心略噔一下提到了嗓子眼儿，他握紧了拳头，问道："你说的魏姐妹，难道就是之前看护秋菊时被她所伤的那个护士？"

布赫医生点点头。

任西东吃惊地问道:"当时她不是立刻消毒了吗？后面也没有发生感染的症状啊！"

布赫医生叹了口气:"是的,清洗和消毒的流程都有,但这中间有时间间隔,而且到底要做到哪种程度才有效,我们当时并不清楚。只是现在从她的情况来说,那些步骤都没有起到作用。魏护士被传染了,而且发病的时间又跟前两个病例完全不同。"

任西东只觉得身上发冷:布赫医生说得对,现在真是面临着非常糟糕的情况。

第二十回

难免灾护士染病，探底细公子设局

任西东想起春华和秋菊当时的症状，她们的眼睛里也带着那种明显能被观察到的黄色。现在托马斯·布赫所描述的症状明显跟之前一样，几乎没有什么值得怀疑的：那位姓魏的护士一定是感染了。

但是比之前春华和秋菊的发病时间其实晚得多，春华被蔺三娃伤了以后就一天时间，秋菊似乎晚一点儿，但也没有超过两天，而魏护士间隔了三四天才开始出现症状，有点儿奇怪。

他问托马斯·布赫："你检查过伤口吗？有什么异常？"

布赫医生很沮丧地说："之前伤口没有什么异状，因为魏护士的清洗和上药都做得非常好，甚至看起来已经在愈合了。但是当我发现她的眼睛出现黄色的时候，再去看那伤口，就发现伤口里面已经溃烂，很奇怪。我推测，之前病毒可能只是暂时潜伏，或者是发作较慢，现在才暴发出来。"

任西东想了想后说道："那么就是说，从春华、秋菊到这位护士，三个人的发病时间越来越晚，是不是因为从一个人到另外一个人，再到第三个人，病毒的效果正在减弱呢？"

布赫医生摇摇头："我不好推测，每个人的体质不一样，你也知道同一种病，在不同的人身上，轻重程度也会有很大的差别，你无法确认这到底是传染的关系还是他们自己的体质有影响。"

任西东觉得他说得很有道理。

现在他的睡意全消，干脆拿着衣服对托马斯说："走吧，到仁爱堂去，我想亲眼看一看魏护士的情况再做判断。"

布赫医生点点头，任西东转头告诉卢芳，让她留在客栈里，等到天亮的时候，如果胡振来了，就把现在这个情况跟他说一下。卢芳点点头，对任西东说："少爷，既然秋菊那病能够传染到护士身上，你们去看那护士的时候最好小心点，万一她也发疯，你们躲远一点儿。要不，带上'刺猬'！"

任西东摇摇头："哪里用得上！你别操心了。"

两个人出了门去叫滑竿。可这个时候趴活儿的滑竿都没有出来，他们两个人只能步行。

此时到处都静悄悄的，江上的大雾正顺着倾斜的地形慢慢爬升，一步一步地爬上了山城。它们没有形状，弥漫在临江的吊脚楼下，遮蔽了水码头，然后越来越浓，又渐渐填充了大街小巷。已经慢慢泛白的东方天际露出一点点微光，让人能够看到大雾白色的轮廓，但却又看不真切，就仿佛幽灵一般。每个人能够感觉到它们，却无法描述它们真正的模样。

眼前的这一切让任西东想到了自己的梦境。那梦里的雾跟这凌晨的雾重合了起来。两人走得很快，偶尔有一些人经过他们身边，任西东就感觉紧张，他脑子里总有那个迎面跑来的、满脸鲜血却看不清楚模样的人。

不知道这是不是一种预兆，尽管他并不相信梦境和现实会有什么重叠，但那梦的恐怖感觉，此刻却突然变得非常的真切。

在这大冬天的寒冷早上，任西东和托马斯·布赫紧赶慢赶，走得浑身是汗，终于在天亮前来到了仁爱堂。他们没空休息，径直上了二楼,一个面带愁容的白人护士正坐在门口等着。托马斯·布赫用法语对那个护士说:"我回来了,嬷嬷,魏姐妹怎么样了?"

那个护士赶紧在胸前画了个十字,皱着眉头说:"她刚才体温又升高了,现在人有些烧糊涂了。"

托马斯点点头,对她说:"麻烦你再找一个口罩来,任先生要跟我一起来看看。"

于是那位护士赶紧去找来了一个口罩,任西东戴好,跟布赫医生一起进入了魏护士的房间。房间里还有一个中国护士守在她的床边,用浸透了冷水的布巾给她敷在额头上降低体温。

任西东走进去就闻到一股混合着药品味道的安神香气。

他看着躺在床上的护士,她的脸通红,眼睛半闭着,呼吸急促。任西东摸了一下她的脉搏,就发现皮肤上的温度确实很高,脉搏也很快。任西东轻轻用手拨开她的眼皮,即使在昏暗的灯光中,也能看到瞳孔那里呈现出淡淡的黄色,如同晕染的颜料一样,向着中央扩散,而瞳仁也有点儿变形,正在拉长一样。任西东已经再无怀疑,因为这个症状跟之前春华和秋菊的几乎完全一样。魏护士确实是生了同一种病。

他转过头,对布赫医生说:"你来找我是正确的,我也认为这是同一种病。"

托马斯·布赫深深地叹了口气,脸上显露出疲惫。

任西东问道:"现在你采取了什么治疗措施呢?"

"只服了退烧药,好像并没有起到太大的作用,"布赫医生说,"我也处理了一下伤口,看这里……"

那个护士的右手被放在床边的纱布上,伤口重新涂了药,没有包起来,上面很明显有一道口子,肿得很高,甚至能看到里面糜烂的黑红色。

"常规的治疗应该没有太大的作用,"任西东说,"春华和秋菊的病例已经证明了，如果病毒侵害了大脑，那么就会发疯，我现在怀疑，最终的状况就会是蔺三娃那个样子。我们得找到有效的治疗药品。托马斯，你的实验怎么样了，有没有进展？哪怕是实验性质的药，现在也可以使用看看。"

布赫医生摸了摸头，说："来吧，去看看。"

他们来到一楼，再次走进布赫医生的诊室。这个房间此刻已经完全变成了实验室，原本只占据一个角落的实验台现在扩大了三倍都不止，连办公桌都移到了门边来，实验台上面摆放着两层木架子，上头放满了被遮盖着的样本。

"现在我几乎不准别人进来，我担心他们不小心沾染上了这些病毒。"布赫医生一面解释，一面揭开盖着的白布。

他拿开自动拍照的相机，把培养皿架子转到任西东眼前：它们每个都贴好了拉丁文的标签，还有两个玻璃罐子，里面浸泡着标本。

任西东看到前面四个都写着拉丁文音标的秋菊的名字，还有四个则标记了蔺三娃的名字。另外有三个则是空白。

"从魏护士身上抽取的血样我还没有来得及标示，"布赫医生指着那两个玻璃罐子说，"这是试验过的鸡肉样本，被血液侵蚀后的肌肉组织跟健康肌肉组织的对比还是很明显的。"

他取出其中三个培养皿，把手中的提灯调亮，一边照着，一边对任西东说："看，这是秋菊、蔺三娃和魏护士的采样，没有加入任何干扰成分。"

任西东一起看了看，发现秋菊的血液样本在培养皿中正在变成黑色。而蔺三娃的血液样本还是黑红色的，但是从边缘往中心正在慢慢地过渡成很深的黄褐色。魏护士的血液样本还是黑红色的。

他问道："医生，这个反应的过程跟秋菊的样本一样吗？"

"秋菊的血最开始是黑红色，逐渐泛黄，成为红褐色，这应该就是细菌和病毒大量繁殖的后果，然后又会变成黄褐色，最后变成黑色，并且有水样的物质。我不能说他们三个的反应过程完全一样，但是目前看来蔺三娃的样本变化反应跟秋菊的开始是一样的，如果后面的变化完全一样，就能证明他们俩身上带的病毒是同一种东西。而魏护士的血液样本变化至少要到明天才能具体看出。但目前来看，这血的性状跟之前两个样本几乎也是一样的。"

任西东盯着这三个玻璃容器，喃喃地说："要是能再有春华的样本就好了。"

布赫医生也有些遗憾地说："是的，越是前期感染的样本，能看出的东西就越多。现在只有立足于已有的样本来分析。我要开始药物测试，但现在只能用魏护士的血样进行，蔺三娃的也勉强可以，但秋菊的基本上已经不新鲜了。"

"你会怎么做，医生？"

"只能用现有的药品做成滴剂来试验，然后有效的可以让魏护士试试，"布赫医生耸耸肩，"目前我手上的药品也不多。我有个想法，任先生，我觉得这些病人的某些症状可以和其他一些病的症状结合起来考虑。"

任西东说："比如说呢？"

"病人目前表现出高烧、瞳孔变色的情况，再有就是强烈的攻击行为，倒有点儿像狗患上狂犬病一样。不过现在并没有发现恐水的症状，大概并不是我们所知道的狂犬病。"

"那么身体异化呢？"任西东问道，"你看到了蔺三娃的尸体，牙齿和手指甲都变形了，难道跟麻风病相似？还有就是蔺三娃吃人这一点，有没有可能是缺乏什么身体养分？"

布赫医生点点头："无法简单地归类到某种病上去，但是我觉得吃人这一点，倒真可能不是单纯地丧失理智，也有点儿像那种身体内缺什么东西才要去补足的感觉。"

任西东说："所有的猜测都需要实验研究来测定，可是我现在担心你的样本不足,医生,而且给你的时间也不多。你现在只有隔离魏护士,从她身上入手,希望她撑得住。"

托马斯·布赫叹了口气:"我明天就开始药物试验,我最担心的就是没有办法阻断感染的变化。但我相信任何一种病都会有医治的方法,只是这探究的过程有太多无法预料。"

"尽量努力吧,只有这样了,"任西东想了想,对他说,"我很愿意帮帮你,医生,也许你可以把我当作一个对照组。"

布赫医生摇摇头:"健康的血液我一直在抽自己的,完全没有必要……"

"不,听我说,医生,说不定我也被感染了。"任西东打断了他的话,"我需要你看看这个……"

他将手臂上的袖子挽起来,轻轻地解开了收缩绷带,把伤口亮给了托马斯·布赫看。医生大吃了一惊:"这是什么伤口?你什么时候弄出来的?"

任西东将那天晚上的经历给他讲了一遍,最后说道:"之前我没有想过自己被感染的可能,但现在看到魏护士的情况我就有点儿不敢肯定了。如果她是在及时消毒处理的情况下还是被感染了,那这种被抓伤的伤口也很危险,并且我怀疑除我之外,还有另一个人也处在这样的危险中。"

他把谭玥经历的事情也告诉了托马斯·布赫,说:"我怀疑我们两个都是被春华所伤,当然这只是猜测,不过从蔺三娃的变异情况来看,春华变得超乎常人也不是不可能的。"

布赫医生焦虑地搓着手心:"我的天哪,我的天哪,事情比我想的更加不妙了,如果你和谭小姐都被感染了,就必须立刻来医院,跟其他人都保持距离。"

"这得是我们真的被感染了,医生,在此之前你要有一个准确的判断,其实到现在为止我除了伤口的疼痛以外没有感受到任何异样。"

布赫医生先是举起灯来，仔细地看了看任西东的瞳孔，又测量了他的体温，稍稍镇定下来。他找出注射器来，从任西东的静脉中抽取了三管血液，小心地封存好，对他说："我会尽快想办法验证你是否被感染，但我还是想建议你留在医院观察。"

"没有那个时间，医生，"任西东按着针孔摇摇头，"现在有许多事情需要我去做。请不要担心，也许那些病毒在我身体里有一个很长的潜伏期，我会随时监控自己的体温、心跳，观察我的眼睛——当然它们本来就很怪了。如果有任何症状，我会立刻中断正在做的事，来到你这里。谭玥小姐那边我也会尽快联系她，让她到你这里来一趟。不过我可能被感染这件事，我希望就你和我知道，连卢芳都不要说。"

"这是你的隐私，任先生，我明白，"托马斯·布赫点点头，"我相信你能够意识到这个问题的严重性。我会在这里继续研究样本。魏护士那边……我只能尽力而为，如果她的情况继续恶化，这个事情可能就不是我们能解决的了，我知道重庆的医院不止仁爱堂，所以我们有必要提醒其他的医院做好准备。还有……如果清政府官方的力量能帮上忙更好，比如把有感染症状的人尽快隔离，这事情就会控制得好一些。不过，就我观察清政府的办事效率来说，我很怀疑那些事情能否落实到位。他们似乎没有应对危机的能力。"

任西东点点头："这个我表示同意，所以现在我们只能先自己做好安排。就这样吧，医生。托马斯，你是医生，做你该做的事。"

"那么你呢？"托马斯·布赫对任西东说，"任先生，你和我都是莫名其妙地被卷进这件事里的，你想过自己会成为一个什么样的角色吗？"

"可能是见证者，可能是遇难者，不过现在，算是一个尽力阻止事态恶化的人吧。"任西东笑了笑。

布赫医生点点头，忽然又看看他的胳膊，迟疑地说："那个，我看你包扎伤口的绷带很有趣，如果不需要了，可以给我一个吗？或者告诉我是在哪儿买的。"

任西东哈哈一笑："哎，这个啊，我家是做橡胶的，这是我父亲研制的产品，不过没有正式销售过，你需要下次我给你寄一箱过来。"

布赫医生开心地点点头，沉重的表情才稍微缓解了点，然后转身在柜子里翻找了一会儿，拿出一个圆球形的玩意儿，中间仿佛断掉了一样，露出了里面的一个机芯，还有一个支出来的手柄。

"如果你们在弹性橡胶材料上有研发，能帮我找到弹性超强的橡胶带吗？我在做一个可以分离液体成分的离心机，我想如果后期对病人的血液进一步分析，应该用得上。"

任西东惊奇地看着布赫医生的又一发明，点了点头——这个人真是需要什么就会立刻动手摆弄出来，说不定真的是个天才。如果真的有可能尽早扼杀这种病毒，他或许是最关键的帮手。

现在是早上六点，大雾已经弥漫了重庆的大街小巷，不过人倒多了起来，也有一些滑竿出来做生意了，任西东终于叫到了一个送自己回望江客栈。

虽然大雾弥漫，但因为人多了，反而没有之前他来时感觉到的阴冷和恐怖。那些挑着担担面大声吆喝的小贩，背着大包货物喊着号子提醒行人的脚夫，还有紧紧牵着孩子赶路的夫妇，抱怨着大雾又耽搁了航船出发的时间。还有抬着滑竿的两个汉子也唱着任西东听不太懂的号子，提醒前面的人避让。这些充满活力的声音在大雾中时不时响起，显得生机勃勃。

其实任西东已经做好了最坏的打算。也许他会在一两天内就失去理智，因为高烧而病倒，但在那之前，他还是想试一试，想让重庆城里这些寻常不变的声音继续下去，而不要最后变成一片死寂。

已经习惯了冬季大雾天的滑竿师傅很快就把任西东带回了望江客栈。店门早开了，卢芳就站在门口，鼻尖红红地等着任西东，一见他到了，连忙欣喜地上前接了他进去，说："少爷，你可算回来了，自从你走了以后我就没睡着。你还没吃饭吧，我让厨房做了汤圆，你先垫垫底。"

"好，"任西东笑眯眯地看着她，"但是阿芳，你知道我不爱吃甜食的，对吧？"

"肉馅的！"卢芳得意地说，"我给刘叔说了他们现做的，还说南洋人吃得就是怪。"

不告诉她自己可能被感染是正确的，任西东想，否则这丫头可怎么活啊。

卢芳问他白汤马医生那边有什么事，任西东暂时不知道如何作答，只能说现在饿了，等会儿再讲，于是埋头吃完了汤圆，连汤水都喝了。刚抹净了嘴，就看到胡振从门外走进来，有些匆匆忙忙的样子。他径直走到任西东面前坐下，对幺师刘叔说："老刘，给我端一碗担担面进来，不要放葱。"

刘叔远远地答应了，赶紧去厨房吩咐。

任西东向他问好，说他这么早就来望江客栈，是不是又有什么要紧的事？

胡振对任西东笑了笑："什么都瞒不过任公子，不错，正是有个要紧的事情要告诉公子。"

原来昨天晚上潘老六的四个大老幺按照安排，去了谭家外头蹲守。这些兄弟很不错，整晚没合眼，虽然没有见到什么惊心动魄的异样，却也见到一个有意思的人。

胡振顿了一下，似笑非笑地说："有个想不到的人去了谭家，你们猜是谁？"

任西东愣了一下:"我怎能猜到?除非我也守在那里。"

胡振笑了笑:"我若不说,只怕没人猜得到。大老幺说,昨天晚上深夜,有个高鼻子洋人从后门进了谭家。那是个英国人,叫维克多·布鲁。"

任西东大吃一惊:"维克多·布鲁?是那个立德乐洋行的维克多·布鲁吗?"

胡振点点头。

任西东紧接着追问道:"怎么是他?确定是他吗?胡先生,这几个兄弟怎么会认识他?有没有看错?"

胡振说:"任公子有所不知,潘老六眼线最多,况且他又在码头上有生意,凡是跟码头水路有关系的洋行,他都很熟悉。兄弟们长期看着洋行的人做事外出,所以谁是谁,做什么事,再清楚不过了。那个维克多的确是立德乐洋行的人,经常在码头上出现。不过去年,立德乐洋行已经转给了隆茂洋行和白理洋行经营,所以现在那个维克多若说公司是在龙门浩附近,应该算是隆茂洋行或者白理洋行的人了。"

胡振又将昨晚的事情细细地说了:原来潘老六的大老幺们接到吩咐,各自分了地段,前后侧门都站了人,仔细观察谭府的动静。还有兄弟专装成个乞丐在外面缩着。入夜了倒还平静,亥时过了不久,有一顶滑竿就来到了谭家的后门。那滑竿竖起了凉棚,看不清乘客。不过谭家的人刚好是提着灯笼开门来接,那兄弟就趁机瞧见了乘客下地的一瞬间,原来是一个白皮肤、黄头发的洋人,身形矮胖,拿着一根文明杖。

原本那兄弟只能看见背影,不过那洋人大概是生性多疑,下了滑竿以后还专门回头来看了看周围,这一下才让那兄弟认了出来。

维克多·布鲁进了谭家后,那兄弟就一直等着看他啥时候出来。一直等了半个多时辰,后门才重新开了。这次洋人出来的时候还是谭老爷亲自送的,然后就坐上外头等的滑竿走了。

任西东皱紧了眉头,对胡振说:"这么前后联系起来,维克多·布鲁就很有问题了。因为第一次他跟我们偶尔碰到他就自我介绍说是立德乐洋行的人,如果去年洋行就已经转手,他也应该说自己是隆茂洋行或者白理洋行的人才对——除非他还是留恋着老东家。还有,这么晚了他从后门进入谭家,究竟是要做什么,也很奇怪。"

胡振也觉得有些蹊跷,而且这事情还不好直接去问谭清泉——总不能说是因为监视了他们家才看到的吧。

卢芳在旁边插话道:"少爷,要不咱们联系下谭玥小姐,看看她能不能透露点口风?"

任西东顿时有些为难——他本就想减少跟谭玥的联系,但如果要从谭家下手查查维克多·布鲁,的确只有谭玥能帮上忙。

左思右想,他叹了口气:"阿芳,你看能不能找个机会跟谭小姐再联系上。"

卢芳点头应下了。

胡振又说:"那个维克多还跟警察局的教头黄刃也认识,就不知道他从黄大人那里又知道了多少。"

任西东心中也没底,他对胡振说:"如今感觉这事情越来越复杂了,但没有明线的时候,只能一步步查。谭家那边,可能还要麻烦袍哥弟兄们继续盯着,春华的下落也要继续查着。托马斯……白汤马医生那一头,也在检验样本。需要尽快验证下那个维克多·布鲁究竟跟这些事有没有关系。"

胡振也同意:"不错,毕竟依照目前的线索,蔺三娃的这条线直接有干系的就是他,他那鸦片到底是怎么回事也要搞清楚。任公子,我倒有个大胆的点子。"

任西东说:"可以说说,我们也能评估一下可行性。"

"那维克多既然说自己是洋行的人,不管是立德乐洋行还是现在的隆茂洋行，都是做买卖的，任公子是南洋来的橡胶园少爷，完全可以借谈生意来跟他联系一下，见面谈一谈，正好探知底细。"

任西东连忙摆摆手："不成不成，我家里虽然是做橡胶生意的，但我从来不懂这些，都是我兄长在管理，我只是个花钱的。我要去找个名头跟人谈生意，说不了三句话就得露怯。如果说是探讨一下化学合成试剂之类的我大概还能说上几句。"

胡振笑道："原来任公子不是长子，不用担家里的重任，也是好福气。不过即便是不管生意，毕竟是有橡胶这个由头，说是要通过洋行卖到中国来，也是说得通的。我们这边有个兄弟，家里就是收购了猪鬃来卖给洋人的，正好跟各大洋行都有些关系，不如让他去想办法联系下维克多·布鲁，约他出来见上一见。"

任西东想了想，也觉得有道理，终于点头同意了。

这时一个伙计端着一碗面过来，放在了胡振面前。胡振笑道："好香好香，既然说定了，那我这边定了时间地方再跟任公子说。"

他埋头吃面，跟任西东大致说了如今重庆的洋行分布。其实自从开埠之后，不少洋人喜欢在长江南岸修房子停船，那一片的码头很多都是他们的势力范围。原来的立德乐洋行就在龙门浩码头上面租用了周成基周家的那片土地，修了许多房子，常常有火轮船来此停靠，还专门有到江边运货的轨道。

他边吃边说，任西东听得认真，胡振吃完了，见光是自己不住地讲，有些好笑，便又问任西东："我原本不爱说这么多，任公子可别嫌弃。任公子若多开尊口，我也就专心吃面了。"

任西东笑了笑："我也没什么好说的，胡先生正好让我了解一下现在的情况。"

胡振却问道："白汤马医生那边，可有什么消息吗？"

任西东心中咯噔一下，不知道怎么回答，而这个时候卢芳也追问道："是啊，少爷，还忘记问你了，今天早上那个医生这么匆忙来找你，到底是为什么啊？"

任西东不想如实告知，就隐瞒了那护士的情况，只是说托马斯·布赫已经确认了这种古怪的病症是可以传染的，而发病的征兆也可以辨别一些了。他细说了眼眸的变色和高烧，又说了布赫医生现在的研究。

胡振和卢芳都没有发现他话中异样，也不再多问。

第二十一回

做客洋行演双簧，笑谈买卖藏心机

现在任西东和胡振已经商量好了打听谭家的事情和找机会约谈维克多·布鲁，这两条路并行不悖，剩下的就是细细安排了。

任西东让卢芳去想办法接触谭玥，自己则跟胡振安排下步骤。

托马斯·布赫上次跟他说的情况他没有给第三个人透露：一来是没有明显症状表明自己确实感染；二来怕给卢芳和胡振都增添担忧，反而阻碍了要执行的计划。

任西东虽然是有些一板一眼的人，但对于自己面临着罹患绝症的风险这件事还是无法做到坦然应对。光是要瞒着亲如妹妹的卢芳就让他感觉很不舒服了，而一想到自己也有可能会变成眼睛泛黄的怪物，内心就感到一阵恐慌。

但他将这些情绪都整理收纳，埋在心里，至少让自己在表面上看来是若无其事的。

卢芳为了接近谭玥，这段时间倒是换了本地年轻姑娘的装扮，把头发编成辫子，插了一朵小珠花。她到底是个年轻女孩儿，对自己的新打扮虽然不太习惯，但是从心底也是乐意看的。然后就在胡振的安排下跟一家叫作银线坊的绣坊联系，因为这家善做蜀绣，谭府是大主顾。

而任西东则跟胡振相约,几次坐了渡船,过了长江来到南岸的龙门浩一带,打探立德乐洋行的情况。

重庆在开埠以后,不少洋人来到这里开办洋行,做进出口贸易。他们的船只能停靠南岸,所以大多在那里租借土地,然后修建起了西式的楼房,还建起了仓库和货运码头。在弹子石一带就有许多洋行,不管是法国人、英国人还是日本人,都可以在这里见到。附近还有奥当兵营[①],连带着也有许多做洋人生意的聚集起来。

立德乐洋行算是最早在这一带立足的洋行了,原本的主人是阿奇博尔德·约翰·立德乐,算得上是第一个把火轮船开到了重庆的人。在1890年开办了立德乐洋行,1895年搬到南岸,租了龙门浩的大片土地来修房子,有办公的,有住人的,也有仓库,甚至还有码头——虽然说是通过中国人来"租借"的,但号称是永久,换句话说就是占为己有了,这在此时的中国,也不算什么稀奇的事情。

任西东和胡振坐渡船过去时,胡振还招呼任西东看那江中绵延的礁石,说是在枯水期能看见身形巨大的石梁,就像两扇巨门,石梁上刻着龙门两个字,也就有了对岸龙门浩这个地名,"浩"在本地话里就是小港口的意思。

胡振又让任西东回头看他们的来处,两人是从东水门上船,但胡振说,其实正对这龙门礁石的,是太安门,不过太安门是个闭门,不能真的进出。如今重庆本地人就将附近一片地方叫作望龙门。

任西东笑道:"所以名为'望龙门',实际上没有门,重点是放在这'望'字上吗?"

胡振抚掌笑道:"不错不错,任公子说得对。"

任西东叹道:"所以由此可见,这些名字都不能望文生义,实

[①] 即现在的法国水师兵营。

际上的意思也许天差地别呢。"

胡振点头："世事多是如此，我们所看到的说不准另有玄机，然而不知道底细是万万想不到的。任公子，这'龙门浩月'就是巴渝十二景之一，若不是因为这些事情，我倒是可以请你在合适的晚上好好来看看。"

任西东说："之前去老君洞，吴二姐就说重庆还有不少好景得一一看来。"

他一提起吴念娇，就看到胡振脸色有些暗淡，在心中吐一吐舌头，有些懊恼。于是也不敢多言，好在渡船很快抵达了岸边，两人就赶紧下了船。

任西东和胡振从渡口上了岸，便向立德乐洋行的地址走去。

其实龙门浩很早就已经形成了上浩下浩两条老街，只不过洋人到来以后，多了许多洋房，又是开洋行又是开工厂，他们聚集起来就带旺了这一带的人气。

任西东虽然是中国人面孔，然而双瞳异色，又身着洋服，时不时就被人侧目。好在此地来往的有许多是洋人，所以他倒不怎么显眼了。

沿着江岸走了不远，遥遥看到一个水码头，停了许多木船，也有火轮船，一道台阶上去直通向几幢西式小楼，其中一幢三层小楼最是醒目，前面还有中式的牌楼。小楼的样式也算是中西结合，条石筑起了堡坎，屋顶看上去有些像是中国的宝顶，但门窗又是西式木制，还有拱形券门。

任西东和胡振走进去，便有洋人在大门处拦住了询问，任西东英文流利，说是来找人谈生意，报了维克多·布鲁的名字。那洋人有些意外，方才倨傲的神色已经退了许多，就说布鲁先生跟洋行现在属于零散雇佣的关系，不一定天天来，他得去问问。然后就请任西东他们进去，在一楼廊上的藤椅坐下了。

任西东四处张望，见这小楼里面也是中西合璧的样式，栏杆都是雕花石料，搭配木网格，从栏杆望出去就能清楚地看见滚滚长江。

他们坐了不一会儿，果然就见一个身形矮胖的洋人走了过来，穿着条纹毛呢西服，口袋上垂着一根怀表链子，手里夹了支雪茄。任西东看他模样，正是前些天在老君洞碰到的人。

他一见到任西东，眨巴了两下眼睛，立刻也想起来，露出夸张的高兴姿态，张开双臂，笑道："哦，先生，欢迎！您应该早一点儿告诉我，我会亲自到大门外去迎接您。我告诉过您，我这里有上好的咖啡豆，您在整个重庆都喝不到更好的了。"

任西东跟他寒暄了几句，介绍胡振，说是在重庆认识的朋友，因为跟做猪鬃生意的人熟识，所以才推荐了这边。

"胡先生，我知道，久仰久仰，"维克多·布鲁用怪腔怪调的中文跟胡振说，"您的朋友跟我们合作很多，重庆的猪鬃，很好很好，我们的货物受欢迎。"

三人坐下来以后，维克多·布鲁果然叫人去冲了三杯咖啡过来，任西东留洋的时候倒是喜欢喝这个，闻味道果然是很香的好咖啡豆，但胡振就不行了。端上来的时候他喝了一口就皱起了眉头，虽然没有说出来，但维克多·布鲁还是笑了："中国人习惯喝茶，我明白，不过，胡先生，咖啡也算一种茶，我们的茶。这个味道里，也有很不错的香味。"

"也许你可以多加一点儿糖。"任西东把糖罐朝胡振那边推了推。但胡振却把小罐子朝他推了回去，说："没关系的，任公子，我吃的苦味其实已经够多了，这一点点毫无关系。请不用管我，你今天是来谈正事儿的。"

他这样说，也算是给了任西东一个机会，于是他正好回头来，把早就预演过许多遍的真话和假话讲给了维克多·布鲁。

按照他的说法，是移居了南洋的父亲想将橡胶卖回国内，因此需要找个代理商，他来到重庆，目的之一就是这个。而且相比较于中国商人，他更愿意选择物流运力更强大的洋行。

维克多·布鲁果然是非常聪明的一个人，他听完任西东的叙述，并没有急着答应，反而从他的话里找了一些细节，仿佛聊天一样地问了起来，比如橡胶园的位置啊，气候啊，还有工人啊等等，又问任西东家里橡胶的树种、割胶的方式，似乎在从侧面试探任西东的身份有没有掺假。

任西东一面跟他聊着，一面暗自庆幸：好在他用了自己真正的身份，不然这些细节问题，还真会被难住。同时也佩服胡振提前想到，果然心思缜密。

维克多·布鲁最后终于有些满意了，才将话题重新引回到了橡胶销售上。

他不再顾及胡振，直接用英文对任西东说："任先生，您如果事先已经知道了立德乐洋行，应该知道现在洋行实际上已经转手，生意是两家新洋行分解消化了，我如今是挂靠在这里的独立经销商。当然，我的商业信誉良好，在中国也有很好的资源，您找我是绝对正确的选择，我想提醒您的是，我们如果能够合作，需要考虑更多的细节。"

"您指的是什么？"

"主要还是利润，亲爱的伊斯特，这是每个商人追求的东西。我将为您把利润最大化，但我想知道您会怎么给我回报？"

啊，对于商业谈判自己真是毫无经验，任西东在心底暗暗叫苦，虽然手心出汗但还得硬着头皮上。

"我在听，布鲁先生，"他维持着淡定的表情，"告诉我您的想法。"

"我代理您的橡胶制品，我们可以在交易所里发行股票，也可以把货运到中国。我可以找到实力超群的货运公司，您看到了——并非中国人那简陋的木船，而是真正的蒸汽船；我可以找到可靠的分销商，他们中间有聪明的中国人，也有体面的欧洲商人。但所有的这一切，都会有成本的，所以我需要您在利润的让渡上更加慷慨一些。"

"当然，我会考虑的。"任西东说，"我的父亲和兄长都是慷慨的人，更重要的是，我们正在打开中国的市场，前期的成本和利润我们当然有一个取舍。哦，实话说，我觉得如果您真的干得很棒的话，50%、60%甚至以上都是一个合理的数字。"

反正这生意也只是个幌子，任西东觉得哥哥如果真的知道了这场谈判，大概会庆幸他对橡胶买卖毫无兴趣。

维克多·布鲁的脸上露出了笑容。

机会终于来了，任西东觉得自己的"大方"终于有了回报。他故意压低了声音："实际上，我的兄长对于家族生意有更多想法，橡胶是其中之一，他甚至希望在中国进行多种多样的贸易。您知道现在中国什么最赚钱吗？"

维克多·布鲁没有立即回答，他灰蓝色的眼睛闪烁着诡谲的光："我对中国的事情都很清楚，伊斯特，不过你先得告诉我，你想知道合法的生意，还是非法的？"

任西东心中"咯噔"一下，飞快地看了胡振一眼。

胡振虽然听不懂他们两个在说什么，像在远眺长江，但实际上却时不时地往这边瞥一眼。任西东和维克多·布鲁说话的声调变化让他感知到两个人的情绪。维克多突然压低的声音和任西东这眨眼间的动作让他很快就意识到似乎谈到了很敏感的内容。于是他干脆插嘴说道："任公子，您这边的事情啥时候能谈完，要不我先在这附近溜达溜达？"

任西东见他接了话，立刻逮住机会换回了中文，说："啊，请不要着急，胡先生，正好需要您的帮助。"

他转头用英文对维克多说："布鲁先生，您看我既然和胡先生一起来，就明白我的意思。您了解胡先生的生意，对吗？"

维克多·布鲁意味深长地笑了笑，吸了一口雪茄，在烟雾中发出暧昧的笑声："哦，当然，胡先生在本地是有点儿名声的人。这里的人总是隐晦地将一些特殊的生意归结到'码头'上，我们有码头，当然也就知道一些关于胡先生的事情。所有的地方都会有自己的规矩，作为我个人来讲，是很尊重这些规矩的。如果胡先生和他的朋友们有自己的规则来谋生，是否符合大清国的法律，对我来说并不太重要，毕竟在这里，社会自有其运行的规律。"

任西东点点头："很好，我非常同意您的说法，布鲁先生，那么我也必须告诉您，清朝的法律对我来说并没有什么约束力。因为我和您一样，都不是皇帝的子民。严格地说，马六甲是英王的领地，我跟您一样是爱德华陛下的臣民。"

维克多笑起来："说得很对，伊斯特。"

任西东知道现在差不多是时候了，重新用中文对胡振说："胡先生，我和布鲁先生聊得很好，我们都觉得现在谈的生意您或许可以给我们一些好的建议。毕竟您是最熟悉这个市场的。"

胡振交叉着手指，报以微笑："任公子客气了，要用得上胡某的，请尽管吩咐。"

任西东觉得自己开始渐入佳境了，似乎真的成了一个唯利是图的南洋商人，说话也顺溜了许多："我和布鲁先生正在谈论清国内地的市场，我们的橡胶生意显然是可以委托给布鲁先生代理的，不过还有一些别的生意可以试试，我正在咨询布鲁先生什么是现在中国最赚钱的，他似乎不愿意告诉我。"

胡振大笑起来，说："布鲁先生真是的，这有什么好卖关子的，不就是福寿膏嘛！"

英国人只是不置可否地笑笑，没有说话。

胡振对任西东说："那福寿膏，现在咱们都叫作药，以前朝廷不是跟洋人们签了合约吗?①把它叫作'洋药',以往都是洋人运来,后来咱们自己也种,也炼,就叫作'土药'。就在这重庆南山边上,也能看到大片的阿芙蓉②田嘛。现在大清国多少人抽啊,那朝廷的税收可都指望这土药呢!"

维克多·布鲁点头:"嗯,胡先生说得对,的确,鸦片是现在中国最能赚钱的商品,但是伊斯特,我会建议你暂时不要涉足。"

"哦?"任西东有些意外,"您一定得给我说说理由。"

"在几十年前,这生意是由大英帝国带来的,清朝对此并不欢迎,他们试着禁止,但是我们保证了这贸易的公平发展。中国人太聪明了,他们很快就发现这钱与其让我们赚,不如自己赚。所以现在大清国的各个地区都在种植罂粟,自己制作土药,这对地方财政是一大笔收入。如此一来,对我们的商品形成了很大的冲击,虽然我们的质量更好,可是这种价格战没有办法跟本地的商品抗衡。而且要知道,很多人其实并没有那么多钱来享受上好的货。而这商品太赚钱,以至于官府并不想完全交给民间来做。我在北京有些朋友,跟皇帝身边的人关系很好的朋友,他们之前就跟我说过一些消息,有些大臣在建议皇帝把烟土的生意变成官方专卖。"

任西东挑高了眉毛:"哦?可是,这样一来民间的烟土生意会怎么样呢?"

"非法,亲爱的伊斯特,如果收归官府,那么私自销售必然是非法的。"

任西东恍然大悟:"这就是您问我是否在意生意合法性的原因?"

"是的。"

---

① 即《天津条约》之后的《中英通商章程善后条约:海关税则》中规定鸦片为合法进口商品,被称为"洋药"。
② 阿芙蓉就是罂粟的中国叫法。

"您的远见真是让我意外，布鲁先生。"任西东恭维他。

但维克多·布鲁脸上没有丝毫的骄傲，他耸耸肩："这里是冒险家的乐园，伊斯特，如果要玩得好，必须熟悉这个帝国的本质。"

任西东又问道："那么您觉得大清帝国的本质是什么呢？"

"哦，一条龙，年老、衰弱，但依然还有点儿尖锐的爪子，你可以去拔它的鳞片，只是得小心别让它的爪子划破你的皮肤。"他向胡振微微一笑，"我无意贬损您的祖国，胡先生，我只是不太看好它的现状。"

胡振摇头："我是个江湖闲人，又不是官府的，再说了现在大清国这德行，您说的倒也不完全是贬损。"

"请把这当作赞扬，胡先生，我所说的龙的爪子，正是因为清帝国还有您这样的人。"

胡振暧昧地笑了笑，没有说话。

任西东说："那么，您的意见是将来洋药也不会好做了？"

"我认为商品的竞争力，虽然很重要的因素之一是价格，但更重要的是独特性。现在我经手过的最好的货被中国人称为白皮土，那是产自印度的鸦片膏，从广州运到上海，然后分销到通商口岸，包括重庆，但在重庆的销量并不如别的地方。因为虽然品质好，但洋药中还有来自苏门答腊、爪哇岛和波斯那边的低廉商品可以代替。中国产的土药则可以说完全是洋药的替代品了，虽然他们都说四川土和云南土的质量很好，但再好也比不过我们的货，依然只是替代品。所以现在无论洋药土药，都是高端商品有低端的替代品，价格只是将这替代的趋势表现出来而已……"维克多·布鲁意味深长地笑了笑，"伊斯特，聪明的生意人会让自己的商品无可替代。"

任西东和胡振心中同时一紧，感觉到他话里有话。

任西东努力让自己面带微笑，做出一副驽钝的样子："你有独一无二的商品吗，布鲁先生？"

维克多吸了一口雪茄，然后轻轻地笑着，烟雾从鼻腔里喷出来，把他的脸笼罩起来。

"只是个做生意的道理，伊斯特，也许我们可以朝这个方向来考虑。"

这个滑头，任西东在心底默默地啐了一口，他有猫腻，并且藏得很深。

冬天的江风吹来，如同剃刀一般尖锐，刮到脸上的时候就感觉到刺痛。任西东和胡振走在江边，看着巨大的石梁在远处的黄色江水中凸出来。此刻正是枯水期，江水流速不急，只在石梁脚下冲出一点点小浪花。一些黑色的木船从这两扇石梁中驶出，衬着灰蓝色的天空，仿佛是投入了一片茫然不可知的世界。

任西东不由得停下脚步，看着面前的景象，深深地叹了口气。

胡振对他说道："任公子，方才跟那洋人讲了许多，你出来就没有说话，可是心中有计较？"

任西东看了看他："胡先生，对维克多·布鲁，你怎么看？"

"那人狡猾得很，"胡振"哼"了一声，"一次两次是不足以让他说出实话的。不过他信了你的身份和说辞。"

"严格地说，我的身份并没有造假，只是我利用它吹了牛皮。"

胡振笑起来："不错，任公子演戏的本事也是让我刮目相看。那洋鬼子虽然多疑，但信了你的身份，后面才说得多一些。"

任西东点头："其实他说的那些显然也是在引我上钩。他或许手上真的有鸦片，而且应该是并非通过海关进口的鸦片。他那个暧昧不明的样子，就是在暗示他那边的是走私货。说什么非法不非法的，不过就是试探我敢不敢做而已。"

"那么有一种可能，就是立德乐洋行在转手以后他依然留在新的洋行里，是想借助洋行进出口的便利做自己的买卖，这买卖说不定就是跟洋药有关系。结合蔺三娃在澡堂里吹嘘的事情,可能就是这洋鬼子给了他一些货。"

任西东紧皱着眉头:"胡先生的猜测我也赞同,现在就是不知道蔺三娃的病是不是因为这些鸦片引起的,因为他自己就是个烟鬼,有了新药,绝不可能忍住不尝尝的。"

"要判断这一点,就得确定蔺三娃说的新烟土是不是这洋鬼子暗示的'独一无二'的商品。"

"还有这东西是不是真的能让人染病。"

两人停顿了片刻,对视一眼,不约而同地笑了笑。胡振说:"任公子心中必定跟我想的一样。"

任西东说:"我们必须拿到维克多·布鲁手里的洋药样品,拿给布赫医生做做试验,才能知道真相。"

"不错,我们势必还要跟他虚与委蛇,只是可以先从别处下手,"胡振略略一顿,"我可以让这边码头附近的兄弟先盯着他,他如果真有新烟土,必然要找地方存。另外,我们可以直接去找谭清泉,我怀疑这洋鬼子跟他联系上,是要借用谭家的货运路子。"

任西东问道:"那么怎么能找谭先生确认呢?他不会也参与到这个洋药的生意中去了?"

胡振搓了搓下巴:"谭清泉家中三代都做木材生意,按理说是不会沾烟土的,只是如今这世道不太好讲,不如我再去试探他一下。"

任西东点头:"阿芳正在想办法跟谭小姐接触,也许谭小姐那边也可以侧面打听打听。"

两人商量了一会儿,也没有更多的办法,重新坐船回了城。任西东走回望江客栈,而胡振则叫了滑竿,去了警察总局,任西东猜他多半还是放心不下吴二姐,又去探望了。

任西东回到望江客栈,推门进房间就看到一个穿着青色小袄和绣花洒脚裤，梳着大辫子，还扎着红头绳的姑娘坐在床前。他还以为自己走错了房间，刚说了声"抱歉"，就看到那姑娘抬起头来，笑嘻嘻地叫道："少爷你回来了。"

原来是卢芳，她换了本地少女的打扮，让任西东有点儿不习惯。

任西东笑起来："阿芳，还真别说，这打扮挺适合你的。"

卢芳摸了摸自己的发辫，脸上却有点儿惆怅的样子："如果我爹娘没有带我去南洋，我还是在中国长大，可能就会一直是这个打扮吧。"

任西东一愣，没有想到她会突然这么说，不过还没有等任西东说什么，卢芳就立刻换上了寻常的笑脸："不过嘛，要是没有去南洋，也就遇不到老爷和少爷你了，人这一辈子总是得有许多的机缘巧合嘛。我其实也算是很走运了。"

任西东摸了摸鼻子："阿芳，你这么想也是挺好的。"

卢芳站起来，给他倒了一杯热茶，然后两个人在桌旁坐下。卢芳说："少爷，胡先生帮忙联系的那个银线坊果然跟谭府的关系很好。他们手里有几套衣裳正要交给谭夫人，明天就要到府里去，我可以装成一个绣娘进去。"

任西东大喜："这么快，那可真是太好了。嗯，你这模样估计一时间也没人能认出来，你看我都有好一会儿不敢认呢。"

"我会找机会跟谭小姐接触的，少爷你要问什么可以嘱咐我。"

任西东想了想："首先是那个维克多·布鲁的事情，她知道多少都可以告诉咱们。另外，她如果了解父亲的生意，也要多问问，特别是最近有没有什么跟往日不同的地方。"

卢芳皱起眉头："少爷，你这是什么意思？"

任西东说："我很怀疑维克多·布鲁在找谭清泉合作，就像他找过蔺三娃一样。"

卢芳脸色凝重地点点头。

"最后一件事,就是关于那晚袭击过她的那个人,还能想起什么,她……"任西东突然吞下了后面的那句话,他本来想让阿芳再问一下,谭玥现在有没有感觉身体哪里不舒服,但是他想到自己身上也有同样的伤口。卢芳如此聪明,听到他这么问就立刻能猜到他也有被感染的风险。

任西东转念又一想,干脆说:"你最好能问问谭小姐,她有没有机会能再去仁爱堂医院一次,可能还需要跟白汤马医生聊些事情。"

卢芳答应了,又追问道:"少爷,白汤马医生那边还需要找谭小姐问什么呢?他到底有没有找到治疗方法啊?"

任西东含糊地说:"他还需要点时间,只能希望他的实验顺利。我和胡先生现在打算想办法核实下维克多·布鲁是否真的有一些走私的新型鸦片,如果可能,一定得找到样品给托马斯送去,说不定能对他的研究有帮助。"

"这……真的能行吗,少爷?"

"等胡先生的消息吧,他派人盯着维克多·布鲁呢。"任西东想了想,"我也得等你这边传回谭小姐的消息,阿芳。"

卢芳郑重地点点头:"我懂了,少爷。"

两人又聊了一会儿,任西东说自己累了,打发卢芳去休息。他自己关上门,翻出笔记本,然后用法语给托马斯·布赫写了一封信。他详细地描述了自己的身体状况,脉搏、心跳和体温,还包括他的主观感知,确认目前还没有任何异常出现。也许是在病毒的潜伏期,但已经超过了春华和秋菊当时的时间。

"或许我很幸运,并没有染上那种病,"任西东在信中跟托马斯·布赫说,"但这无法百分之百地保证。我希望尽快给你送来一份新的样品,那将帮助你尽早找到答案。"

第二十二回

雨天吃茶问内情，暗中估量图破局

这天夜里下了雨。

重庆的冬季是枯水季节，其实很少下雨。然而一旦下了，就会蒙蒙地起一层雨雾，把大街小巷都笼罩其中。而原本阴冷的天气则更是湿漉漉地烦人。

自小在南洋长大的任西东是受不了这种天气的，一开窗就觉得夹着雨滴的风吹进来，几乎要渗入骨头缝了。他连忙就关了窗户，要小二给他端个火炉上来。

那小二的表情显然是觉得他小题大做，觉得这天气不至于就冷得要烤火了，但客人吩咐，他也就照做了。任西东坐在火炉子前，感到一股暖意爬上了双腿，渐渐地身上也热了起来。

他正享受着，卢芳端着早饭进来，笑道："少爷，我将你那靴子找出来了，今天出去就可以穿那个。"

任西东叹了口气，这样的天气，他是万万不愿意出门的，然而一个时辰前，胡振就派人递来条子，说是有新动向，邀他去茶馆一叙。任西东打开怀表算好了时间，不拖到点儿是绝不出去淋雨的。

任西东接过卢芳递过来的那一碗抄手，问："阿芳，你今天什么时候去谭府啊？"

卢芳还是昨天那身打扮，倚在椅子上玩自己的辫子："没有说定，只说大约在中午过后，我只能在这里等着。少爷，你说我进去会不会被他们认出来？"

"你别说话就行了。"任西东又想了想，"还有别抬头，我觉得这里的很多女人都不会看着别人的眼睛说话，她们可没有你这种眼神。"

"你觉得谭小姐也是吗？"

任西东笑了笑："她不一样，她倒有点儿像你，如果你们俩多聚聚，说不定能成好朋友。"

卢芳却叹了口气："少爷，即便是我们能不用伪装地见面，然后成为朋友，她跟我也不会一样的。你在南洋长大，又在法兰西见了一些欧罗巴的女人，并不太知道这里的女人。像谭小姐这个年纪还没有许人的，已经算少的了。她这身份，一旦嫁了人，可能就跟她娘一样在家相夫教子，要再想走出来看什么火轮船，或者坐上火轮船去远方，更是难上加难。这时间一长，我们终究还是不能当朋友的。"

任西东愣住，他没有想到卢芳会这样回答，自己似乎从来没有想过谭玥所面临的人生未来，这时候他忽然意识到——几天前他在客栈中第一次见到谭玥和春华的时候，春华说她们想去看看宜昌的火轮船。难道当时谭玥和春华，其实并不只是去"看看"而已？

但这件事他无从求证，只能暗中决定：如果谭玥真的想逃离自己的生活和命运，他会考虑怎么帮助她。

两人又聊了一会儿，任西东看看表，已经到了不得不出门的时间。卢芳连忙给他拿来了厚外套换上，穿上靴子，又找幺师借来了客栈里的油纸伞，将任西东送出门。

这雨天滑竿都叫不到一个，任西东慢慢地步行过去。虽然打着伞，但被风吹乱的雨滴还是沾湿了他的脸跟露在帽子外的发尾，他几乎将半个脸都缩进了羊毛围巾里，就算是戴着皮手套也感觉握着伞柄的手快冻僵了。这一路如同受刑一样地走到了胡记茶馆，任西东掏出怀表看了看时间，倒是没迟到，可他觉得自己快成冰块了。

那茶博士看是他进来，连忙请上了二楼雅座。

刚上了楼梯，就看到胡振送潘老六从雅间里出来，还在他肩膀上拍了拍："就靠你了，老六。"

潘老六一拍胸膛："五哥放心，我老潘做事情你晓得的，绝不拉稀摆带①。"

他扭头往下走，看到任西东，呵呵一笑："任公子来了哈，可以可以，你能打，胆子也大，可以可以。"

说完也不等任西东回话，就出门去了。

任西东给他说得一头雾水，只能望向胡振。

胡振却一笑，做了个"请"的手势："这么糟糕的天气还要劳动任公子大驾来此，我也没有什么东西赔不是，只能奉上好茶一壶了。"

任西东咧咧嘴："哎，现在有热茶比什么都强，赶紧来一壶吧。"

两人来到雅间里坐下，任西东取下了手套和围巾，边哈气边搓手。茶博士端了一壶红茶上来，任西东立刻倒了一杯捧在手心里。胡振见他这狼狈样子，便吩咐茶博士再弄一个小火盆上来，笑道："任公子原来如此怕冷，大概南洋少有这样的天气。"

任西东叹气："其实在法兰西念书的时候也是过了冬的，然而却不似重庆这样的湿冷，这儿虽然不下雪，却比下雪还冷三分。"

胡振点头："不错，湿气郁积，寒意更胜。然而咱们只怕就要在这天气中行事，不知道任公子可还撑得住。"

---

① 方言，即拖泥带水，不耿直。

任西东喝了一口热茶,觉得整个人都活络了,问道:"有什么新进展?可是跟潘老六有关?"

胡振略一点头:"有一些关系,却不是全部。"

原来他昨天叮嘱潘老六遣人去盯维克多·布鲁,果然有所回报。有兄弟返回了消息,说是维克多·布鲁在洋行一直待到夜里,然后出来骑了自己的马就往南山那边去了。

那兄弟一路跟踪,到了一处宅子,看起来像是一处别墅。维克多·布鲁下马进去了,开门的是一个黑衣汉子。原本以为是洋鬼子养女人的地方,但不多时那洋人又出来了,骑着马原路返回了码头,坐船回城里,这次去的地方更怪了,竟然是警察总局对面的一家馆子。

不多时那警察总局就有人出来进去,那兄弟偷偷去揪住小二问了,说是那人去了洋人在的包间里。

这一顿饭就吃了一个时辰,那兄弟在外面暗处候着,看他们一前一后地出来。那人回了警察总局,洋人则骑马走了。

那兄弟一路跟踪到深夜,最后看那洋人居然走进了一家娼馆,就再没有出来了。

任西东仔细听了维克多·布鲁这一系列的行程,皱着眉头问:"这么说来,他在跟咱们聊过之后去过三个地方,一个是私宅,两个是公共场合,见过三拨人,其中还有官府的人。"

胡振点头:"不错,特别是在官府那边见的人,我仔细问那兄弟长相如何,他给我描述了一下,说是四十来岁的年纪,精瘦矍铄,留着短须,你可想起来谁?"

任西东略一沉吟,惊讶地说:"难道是黄刃,那个黄教习?"

胡振说:"不错,黄教习本来热心洋务,他又说过认识布鲁,那么他们见面倒不奇怪。我只是想知道布鲁在见过你我之后找黄教习谈了什么,尤其是在他暗示自己有意做些违法生意之后。"

任西东为难地皱皱眉："这倒是真不好直接去询问了。不过上次听黄教习的口气，两人倒并非熟识。"

胡振说："我们是没有别的旁证，只能姑且信之，还需要再打听仔细些。另外那两处地方，也十分可疑。南山私宅应当不是他住的地方，若是在那里养了女人，又怎么反而去娼馆夜宿？那私宅一定要探一探，而他去娼馆到底是玩玩，还是有别的勾当，也需要知道。"

任西东同意，但又有些犹豫："胡先生，实话说，现在的证据并不多，所以我也不敢肯定咱们现在花力气在这人身上是不是走对了路。"

胡振点头："任公子说得是有道理，不过同样地，要证实他果然与这事情没有关系，也需要证据。为此不论倾向哪一头，我们都得查下去。我们找到那洋药看看会不会让人发疯，若能，就可以证实吴二姐乃是自卫，可以无罪开释。"

任西东知道他的想法，有点儿想跟他说，若这次吴二姐真的平安无事，不如早点娶了她。但想起卢芳嘲笑自己都是单身，也就把这些话都烂在了舌根底下。

他对胡振说："我觉得谭清泉那边的线索也可以一并合进来，若找得齐全，倒真可以拼出这维克多·布鲁行事的完整脉络。"

胡振十分赞同他的说法，笑道："任公子和我想到一起去了。我已经约了谭清泉来喝茶，稍后他就到，那时候任公子在隔壁可以听一听。然后我们两个便去南山下的私宅，一探究竟。"

私闯民宅？做个业余的侦探竟然还要犯法，任西东也是万万没有想到。

胡记茶馆楼上的雅间隔出来大概是四五间，有大有小，就是为了袍哥人家吃讲茶用的。如今胡振约谭清泉来的是一个四人小间，隔壁是一个摆着圆桌子的大房间，正是上次任西东跟潘老六见面的地方。胡振嘱咐他在这个房间里靠着墙坐下,还让茶博士把热茶和火盆都端来,告诉他只需要听,别的半点动静都最好不要有。任西东点头答应了,胡振才回到了小间。

谭清泉赴约很准时,不一会儿任西东就听得木楼梯上传来脚步声,接着又是旁边开门的声音。胡振步出雅间迎接胡清泉,两人用方言寒暄了几句,进了房间,茶博士添了茶水,就退出了。

任西东在重庆待了这许多日,原本听得有些磕磕绊绊的方言已经熟悉了许多。因此虽然胡振和谭清泉没有说官话,语速又比较快,他还是勉强能听懂的。

谭清泉家底虽然殷实,但在袍哥的十排兄弟里面排位不高,所以对胡振十分恭敬。坐下来就客气地说,胡五哥有什么事情都可以吩咐他,必定全力去做的。

胡振也十分和气,却也不跟他拐弯抹角,就说现在码头上有桩大事,跟洋人关系十分紧密,问谭清泉最近有没有跟洋人来往。

胡振问得这么直,必然就是有了可靠的消息,谭清泉这么聪明怎么会听不出来。于是也就回答说:"原来五哥问这个事情。兄弟我最近是跟一个洋人在做买卖,不过我不是卖洋货。那个洋人就是原来立德乐洋行的,说是想找一条来往于川黔之间的运货道路,五哥知道兄弟我的木材生意虽然还可供糊口,然而也需要与各方周旋,多些财路总是好的,况且也不是没跟洋人做过买卖。那洋人只是想搭我的线路运运自己的货,都是一些洋火洋皂之类的小东西,想卖去更偏的那些小地方。我想这也没有什么不可的,就答应跟他试试了。"

随后就是胡振的声音:"老谭,你跟他牵扯不多那是最好的,洋人善于装桶子①,下绊子,明着如何暗着如何说不好。兄弟都是

---

① 方言,即使人上当,受蒙蔽。

找伙食,不是说洋人的生意就做不得,但多防着点总是好的。"

"五哥说得是。"

"老谭,他跟你已经谈定了吗?"

"也差不多了,过两天他想先派人带一批货跟我的一批货走一趟。东西也不多,就先探探路。若是货散得好,那就去云贵那边也卖一些。五哥是不是得到什么消息,他有点儿不稳妥?"

胡振沉默了一会儿,似乎在思考,又说道:"倒不好说,乱猜的话耽误老谭你发财,总是不好的。而且洋人若确实有什么诡计,真去戳破了,倒结了梁子。"

谭清泉问道:"五哥有什么好主意?"

胡振说:"说不上,说不上。老谭,实不相瞒,你跟兄弟们都知道我跟洋人是有私仇的,虽然洋人有坏人也有好人,我却不愿区分,只敬而远之,若不是躲不开,绝不想有什么来往的。如今跟你有买卖要做的这个,牵涉到吴二姐的案子,若查得清楚,就能还吴二姐的清白。你与他做成做不成这笔买卖,总归要摆谈才行的。我今天跟你讲了,并不想你把他回绝了,只想你多个心眼子,莫要对他掉以轻心。"

"五哥是想让我套套他的话?"

"也不必,他性情狡黠,你套他,说不定他也想套你呢。老谭你做生意这么久,我跟你说怎么做倒是班门弄斧了。"

谭清泉笑起来,又好一阵自谦。后来他忽然想起来什么一般,轻轻地叫了一声:"啊呀,今天要不是五哥提起,倒真有件事被我轻轻放过了。"

胡振连忙问是何事,谭清泉说:"前段时间那位布鲁先生来与我商谈,曾问我家中丫鬟病故的事情。我随口回答了,并未多讲。只是与生意无关,他问问也就过去了。"

"他怎么会知道你家丫鬟的事?"

"我倒也这么问过他,他说是法国医院里有人跟商行里的人聊过,他顺道就听到了,跟我认识后随口关心一下。"

"他问的什么?"

"就是关于秋菊的病,说是不是来得凶猛之类的,我本不了解,也就敷衍了一下,他也没有多问。五哥,这可是有什么不妥?"

胡振沉默了一会儿,又问道:"还记得他原话怎么说的吗?"

"哎,对不住,五哥,当时这只是题外话我也没记清楚,大约就是问我,那丫鬟的病来得急不急,有没有伤到家里人,家里还有没有人病了。又问了她后来埋在哪里。我大略说了说,也提了春华的情况,他表示了一下同情,就没再说了。"

"这样啊……嗯,我晓得了,"胡振点头,问道,"那么他近几日还要跟你见面吗?"

隔壁静了一会儿,谭清泉的声音才又响起来,原来刚才算日子去了。只听他说道:"不瞒五哥说,其实谈得都差不多了,只要大后天再见面就引他的人跟我这边的人见见,定下出发时间。"

胡振又想了一会儿,才说道:"也没有什么关系,老谭,具体他什么时候去你那里,早一点儿遣人来跟我讲一声。"

"我记下啦,五哥。"

两人又说了一会儿,谭清泉终于告辞离开。他"噔噔噔"下了楼,胡振就推开这间屋子的门,走进来对任西东说:"任公子可听真切了?"

任西东点点头:"连猜带蒙的还算听得懂。不过我有个疑问。"

"但说无妨。"

任西东说:"既然这些单间如此不隔音,平常怎么有客人敢来谈事情啊?"

胡振没料到他这么说,大笑道:"任公子真是与众不同。不过你可知道,这几间屋子平时都不会邻着安排不同的人进来。有兄弟进了这一间大的，两边小的就不会有外人了，或是我的伙计守着，或是各个码头的兄弟自己带人守着。同样，若人少一些，两个小间之中这个大间就不允许人进去了。"

任西东恍然大悟："原来是用这个小法来隔音啊。"

胡振笑着点头："细节规矩都多，行走江湖难免。咱们闲话就不说，既然任公子听到了老谭说的那些，可有什么见地？"

任西东点头道："不敢说见地，但谭老板说的应当没有隐瞒了吧？"

"老谭我是知道的，不会对我说谎。"

"那就好，"任西东说，"若真是这样，我猜维克多·布鲁的确是想借用他的货运渠道，毕竟谭老板那边其实跟他的洋货买卖搭不上什么线，这是最好的解释。唯一的问题就在于，他要向四川和云南贵州运送的是否真的是洋行里的进口商品。万一他假托这个借口继续为他的'新生意'寻找机会呢？我最为担心的就是他运的东西和实际要销售的货不对板。"

"任公子跟我想到一处去了，"胡振也说，"还有一点，他向谭清泉打听秋菊的事情，就露了马脚。"

"不错，"任西东说，"虽然不少人都知道秋菊被法国水兵打死的事情，但都说她发疯的比较多，关注她得病的要少得多，更不会想到疯病会传染。他知道这个病，至少知道这个病是会感染别人的。他还问秋菊的埋葬之地，就更显得刻意了。"

胡振用手指关节一敲桌子："如今破局就在那洋人身上，任公子，天大的好机会就在此时了。"

"胡先生是什么意思啊？"

胡振低声道："如果老谭能看住他，咱们正好去别处一探他的老底。"

任西东虽然之前听胡振说过有这样的打算，但现在听他口气，

261

显然已经有了更进一步的打算:"胡先生的意思是若维克多·布鲁去跟谭清泉商谈,咱们就去那幢房子?是打算破门而入吗?"

胡振笑了笑:"任公子可是担心被当作贼?"

"不告而入那不就是贼吗?"

"那我带人去,任公子不必同往。这样可否?"

任西东叹了口气:"虽然理论上这确实是盗贼的行为,但是为了一个高尚的目的,暂时抛弃一些世俗的规则,我也是可以接受的。"

胡振笑着一拍大腿:"那任公子是答应了,好得很,好得很。我去做一做准备,等时机一到,就来邀请任公子。"

任西东苦笑:"也行。那么我这边需要做什么呢?"

胡振脸上的笑容收敛起来:"任公子,虽然你我相识才数日,交情也不能说深厚,然而我看得出你是好人家出身,作奸犯科的事情一定没有做过。所以这次我也是强人所难了,若你确实不愿意,我也绝不勉强。你原本就是局外人,如今牵涉到如此地步,已经是仗义了。说句不恭敬的话,你回来是老人所托,虽然祖籍在此,但毕竟已经不在本地生活,早晚也要回南洋的,这些难事,还是要重庆人自己来解决。"

任西东低头,知道他说的都是实情,然而听着又涌出些歉疚来。他想了想,才对胡振说:"胡先生替我想的,的确是很实际的,但这件事我仔细地考虑过,并不单单是跟吴掌柜相关的。我们现在面临的很可能是一个凶猛的传染病,这病我从来没有听说过,布赫医生也没有遇到过。如果不弄清楚它的起源和传播途径,那么将来很可能会有更多的人患病。一旦形成了瘟疫,那就不是我们几个熟人的灾难了,将是一场浩劫。"

胡振面色凝重:"瘟疫?任公子觉得会变得那么严重?"

任西东点点头:"依照现在已经知道的事实推测,第一,这确实可能是一种病,因为发作的过程很相似,并且至少有四个人已经患病；第二，这病来势很猛，时间很短，变异性很强；第三，也是最重要的，我们现在还没有什么治疗的手段。因此，尽快找到致病原因很重要。我愿意打破自己的原则，愿意冒险，是因为我认为就目前的信息来看，维克多·布鲁那里很可能有我们最需要的线索。"

胡振虽然一直觉得任西东说话的方式很别扭，但是也合情合理，条理清楚。这一番话，彻底打消了他心中的顾虑。胡振拍手道："好，任公子果然有侠气。"

两人又商量了一些细节，胡振说他会先看看维克多·布鲁在城里头停留过的两个地点有没有什么古怪，然后会给任西东传递消息。

任西东出了茶楼，慢慢地走回了望江客栈。

此时未到中午，客人并不多，可平时都在门口笑脸迎客的幺师刘叔却不在，堂座里也是一个伙计没有。

这倒是奇了。

任西东有些诧异，仔细打量了下，发现在厨房的门帘后头，有几个人正站在那里。他好奇地走过去，猛地撩开帘子，把里面的人吓了一跳。其中站得最近的，正是幺师刘叔，不光是他，那几个伙计和厨子都在，甚至连打下手的小娃娃都怯生生地躲在后头。

众人见任西东突然进来，原本正说着什么，一下子都哑了，只是鼓着眼睛盯着他。

任西东尴尬地笑了笑，开玩笑说："我一回来没见你们，以为老板娘不在你们都偷偷跑去玩儿了，哈哈。"

众人听他戏谑，这才放松下来。刘叔咧咧嘴，用官话说："客官真是冤枉小的们了，咱几个也是趁着没啥客才能聚在一起商量商量。"

任西东问："哎，其实你们说重庆话那么快，我啥也听不懂的。你们这是商量什么？是店里有什么为难事吗？"

刘叔摇头："哎呀，对不住，让您跟着操心了。其实店里倒没啥，咱们几个都是做惯了的，活儿上手各司其职，我大不了就多记一笔账，一时半会儿咱这客栈也不会有什么变动的。我们只是担心东家在牢里待着，受了苦。古话说，衙门口朝南开，有理无钱莫进来。东家这突然进去了，没有来得及嘱咐，也没有拿钱打点，怕是不太好过，于是我们几个就商量着凑一点儿，劳烦胡五爷想办法给递进去。"

任西东的心中颤动了一下，环视了一下这几个人——

他平时并没注意过他们，除了打场面的刘叔，跑堂的伙计他都没记住脸，只知道是瘦瘦小小的年轻人，穿着土布衣服，肩膀上永远搭着布巾子。至于厨子，他更是完全没见过了，虽然他对客栈里提供的饮食很满意，可还没有像在欧洲的饭店里吃到好菜会专程请出大厨来表示感谢的地步。

但现在，这些被他忽略的人却让他有点儿感动。他从他们的衣服就看得出他们所谓的"凑一点儿"会有多么拮据，但他们却尽力在用自己的方式来帮助他们重视的人。

任西东严肃地看着刘叔，说："吴掌柜真的是一个好人，对吗？"

刘叔愣了一下，随即使劲点点头："没谁比咱东家更好了，从来没克扣过咱们的工钱，遇到灾荒年，知道我们乡下还有人，反而给我们提了工钱。我老刘这条命都可以给东家。"

旁边的几个人也鸡啄米似的点头。

任西东对刘叔说："你们的钱就自己收好。关于吴老板的事情，我和胡先生正在想办法，很快就会有眉目了。"

刘叔眼睛里放光，连声问道："胡先生已经在帮忙了？那东家啥时候能出来啊？咱们这里能帮上什么忙，您吩咐就是了！"

任西东笑了笑："你们好好地守着客栈等吴掌柜回来就是了！"

他现在不敢多说，只是宽慰众人，但他开了口，还是让刘叔他们几个脸上露出浅浅的笑容。几个伙计和厨子都用重庆话给任西东道谢,反而弄得他有些不好意思了。

这个时候,就听见门口有人在叫:"哎,咋没有人呢?"

那声音亮得很,任西东听得耳熟,把头探出布帘一看,不是卢芳又是谁?更让任西东意外的是,穿着本地少女衣服的卢芳蹦蹦跳跳地进来时,身后还跟着一个人,长袍马褂,戴着瓜皮帽,胡子眼镜,身量却不高。

这样子……有些熟悉啊……

第二十三回

丽人登门欲同行，公子婉拒晓利害

任西东不由得就想起几天前同样在这个客栈中，他跟这样打扮的谭玥认识，帮她们避开了蔺三娃的算计，彼时春华还很伶俐地在旁边帮腔、照顾。然而几天之后，当事的五人中竟然有一个已经惨死，并且死状极为可怕，还有一个则生死未卜，并且极有可能重蹈覆辙。

这个念头闪过，任西东再看向谭玥的时候，竟有恍若隔世之感。

卢芳看他一见身边的人，脸上露出恍惚的神情，就猜到他心中所想。连忙咳嗽了两声，说："少爷，这位先生有要紧的事儿商量，不如咱们去房间里细说？"

任西东这才回过神，忙道："好的，好的，走吧。"

三人匆匆去了客房，任西东待她俩进去以后，赶紧关上门，责备道："阿芳你在搞什么啊，不是说你去谭府吗？怎么把谭小姐带出来了？我们说好了只搜集情报，不包括偷运人员的，你这作战指令执行得可真不合格。"

卢芳扁嘴："少爷你醒一醒好吗？我只是跟着去打探消息，不过——"

她话还没说完，谭玥就接口说道："任公子，你莫怪阿芳姑娘，是我硬要她带我过来的。自从春华和秋菊的事情之后,我娘看管我极严格,我实在没有办法才穿成这个模样的。"

原来今天任西东在胡记茶馆中商议的时候,卢芳就打扮妥当去了绣坊。当家的绣娘带着她提了绣品去谭家。大概是因为穿着打扮确实变化太大,又低眉顺眼的,她竟然没有被人认出来,顺利地就进了后院。那时候谭夫人带着谭玥检视绣品,跟绣娘说得热乎,谭玥在旁边显得很是无聊的样子,懒懒地跟母亲对答几句。

卢芳瞅准机会来到她身边,说是有几个西洋景儿的图样,小姐说不定喜欢。谭玥一见她,大吃一惊,但毕竟也是心窍玲珑的人,脸上一点儿也不露声色。装模作样地翻了翻卢芳给的图样,就借口说要仔细选,带着卢芳远远地来到窗边,低声交谈了起来。

那个时候卢芳才知道,原来谭夫人经过上次的事情,就觉得女儿大了终归是不能留在家里的,又担心谭玥不安分,再闹出事来,便加紧给她找婆家。这订制绣品,其实就有预备嫁妆的意思了。谭家虽然不算大富大贵,但也是殷实的人家,因为做生意又有许多场面上的交往。从前便有一些人透露过结亲家的念头,如今谭夫人有意,便陆陆续续地就有人来正式提亲了,谭夫人心中高兴,忙那一头去了,对谭玥的管束松懈了一些。因此谭玥和卢芳在旁边低声聊天,谭夫人也没有在意,哪里想得到她们在说什么,更想不到谭玥这次主动要求卢芳帮忙带她出去。

谭夫人收走了绣品,谭玥就说要卢芳跟着她去自己闺房,拿几个自己亲手绘制的花鸟图案去,要绣在一件缎子小袄上,做明年的新衣来迎客。谭夫人见平素里对女红丝毫没有兴趣的女儿竟然主动要订衣裳,一高兴就同意了。

于是谭玥把卢芳带到自己的房间里,一进去眼泪就掉了下来。她与普通女子不同,原本就向往去远处看一看,自从认识了任西东和卢芳,更是羡慕。特别是听卢芳说自己跟着任西东从南洋到欧罗巴，见识了许多新奇的事物，真觉得自己做这个大小姐不过是笼中鸟，反而不如卢芳这样的丫鬟来得自由。她知道自己一旦嫁人，要想再走出深宅大院更是难上加难。索性心一横，要卢芳带她来见任西东，想要他帮助自己离家出走。

卢芳没有想到这位大小姐居然如此大胆，她虽知道这事几无可能，但对谭玥的情况是非常同情的，她胆子也不小，又有侠气，竟然就答应带她出来。于是谭玥化装完毕，卢芳装作迷路，沿途引开一些仆人，最后两人一起偷偷摸摸地溜出了谭府。

谭玥简略地将这前后一说，任西东非但没有原谅卢芳，心中还冒出点火来——这丫头竟然还敢接下蛇头的买卖来！

然而看向谭玥，见她虽然穿得滑稽，但取下眼镜和胡须，双目发红，显然能坦然说出这些话来，对她是很不容易的。任西东心肠再硬，对这样一个女孩也无法立刻拒绝。

卢芳打量两人，在旁边插嘴问道："谭小姐，那现在谭夫人打算什么时候为你定亲？还是她已经有了人选？"

谭玥脸上微微一红："娘倒是没透露过，但是她的贴身丫鬟偷偷告诉我，我娘跟父亲说过，留春堂的二少爷为人不错，是愿意入赘的。可、可那个人，我从来没见过啊……"

卢芳咂舌道："这货都没见过也没试试，咋能买呢？"

谭玥听到这话，又好笑又害羞，捂着嘴把头转向一边。任西东训斥卢芳："你上次在巴黎买香水不也是的吗？结果那百合香的你又过敏，喷嚏打了三天。"

"少爷，这能一样吗？我又不是一瓶香水用一辈子。"

"说得也是，而且不合适的香水还可以扔掉。英格兰的妻子们都得举证说丈夫通奸才能离婚，而在大清国连这条似乎也没有法律支持。"

两个人讨论的结果就是，目前的婚姻制度使得谭玥能获得幸福的概率非常小,而更糟糕的是,她一旦结婚,要摆脱的话就只有再进行一次风险更高的出逃。

谭玥满面通红地听着任西东和卢芳的话,脸渐渐地就变白了,在羞怯褪去后,她很明白他们说的才是现实。

她等两人半开玩笑半认真地说完,才向任西东问道:"任公子,你别怪我不知羞耻,我也知道私下里抛头露面极为不妥,违背父母之命更是不孝,然而人生一世,却只能在四面高墙之中度过,实在跟死了没有什么两样。我不如阿芳姑娘能干,也别无所长,虽然自小娇生惯养,但也不是吃不得苦的,若是任公子愿意带我离开,我愿意跟阿芳姑娘一样尽心尽力服侍任公子。若公子能答应,那就是救了我的命了。"

任西东听她敞开了说,心中为难,叹气道:"谭小姐,我对于你现在所处的状况非常同情,关于清国女性的生活,我也听说过。但你想要依靠我摆脱现在的困境,就很不现实了。首先,我可能还会在重庆逗留很长一段时间,这段时间你是无法跟我们待在一起的;第二,如果我真的带您走,那就意味着我将来再也不能回重庆来,因为我会成为你家族的敌人,可我很难保证不会回来;第三,你跟我一起离开,那只能跟着我走,自己是不能想去哪儿就去哪儿,想做什么就做什么的,至少在目前看来,这个模式没有办法改变,那么其实还是把自己的人生捆绑在了我的身上,这对你而言依然是一种不自由。"

任西东这一番话对于谭玥来说虽然腔调古里古怪的,但是她冰雪聪明,完全听得懂这番话的意思。原本充满期待的眼神暗淡下来,整个人仿佛身上结了一层霜,脸色都灰败了。

卢芳在一旁有些不忍心,挽住谭玥的手,对任西东说:"少爷,咱们可以想想别的办法,谭小姐既然来请咱们帮忙,咱们不能袖手旁观吧。"

任西东摸摸鼻子："我不是说不帮忙啊，只是咱们还没想到该怎么帮忙。谭小姐，你也别冲动，离家出走太激进了，你是个聪明人，又是家里唯一的孩子，为什么不能向您的父亲学习做生意呢？"

谭玥看了看他，有些愕然："我？做生意？可我是个女子……"

卢芳说："女子怎么了？你看吴二姐不也是女子，一样可以经营这么大一家客栈。"

谭玥似乎还真的从来没有想过这种可能，一方面还没有从失望和沮丧中缓过劲儿来，一方面又被任西东的建议吸引了，坐在那里心中盘算，半天没有说话。

卢芳又打圆场："谭小姐，我觉得少爷说的这个方法真的可以啊，你不是说你爹以前喜欢让你看些新书，跟你讲生意吗？那就是说他愿意你多学点东西的，说不定他也愿意让你学着做生意啊，只是以前都没有想到过。不如你试着问问？"

谭玥的双手抓紧了衣服，咬咬下唇，半晌才说："我……我要想想。"

任西东说："嗯，别着急，可以先试试。你留意过你父亲的生意吗？"

"我爹以前偶尔会和我说，但我娘说男人主外，女人主内，女人不能插手男人的事情，所以我爹不和她讲生意上的事情。不过我觉得有趣，若是问他，他必定细细地给我讲来，从来都很耐心。"

任西东又问道："那最近他跟你说过跟洋人做生意的事情吗？"

谭玥回答道："倒是有个洋人来过，我却不认识，以前我爹做的都是中国人的买卖。我爹倒是吃饭的时候提过，这洋人想用咱们的商路卖他们的洋货。"

任西东说："那人是英国洋行的，做的是进出口的贸易，这么说是讲得通的。他来府上就是谈这个的吗？"

"如果不是极其相熟的亲友，我爹一般都不让我和娘出来见，所以这洋人的事情我都只是听爹提了提。不过……那洋人倒是送了我们几个小玩意儿。"

"哦,是什么?"

谭玥伸手在荷包里掏了掏,摸出一个精致的香囊,那是一个鸡心形状的绸缎包,但上面绣着西洋宫装的贵族女子,打着小巧的阳伞走在花丛中。

"那洋人说是按照中国人习惯做的东西,但调配的香味是西洋仕女常用的。他还做了不少类似的东西,都是送给生意伙伴的家眷当见面礼的。第一次来我家的时候就给了我爹,我娘嫌这味道不好,就给我了,我倒是有些喜欢。"

任西东接过那东西,放在鼻端闻了闻,香囊中传来了很浓的香味。任西东在留洋的时候知道洋人是比较在意香水的,也知道香水的提炼很讲究,有什么前调中调的,不过他不算精通,只能分辨出最常见的几种味道,再细的就没辙了。现在闻着香囊里的味道,觉得有些像柑橘,但在清香之中又有一丝丝的甜味,就是闻不出到底是什么东西。他想了想,问道:"谭小姐说是布鲁先生第一次来拜访时送的?大约是什么时候呢?"

谭玥想了想:"好像是四天还是五天前的样子。"

任西东点点头,在心底算了算,对谭玥说:"不知道谭小姐可否割爱,将这东西暂时放在我这里,让我仔细看看,稍后再还给你。"

谭玥笑道:"任公子真是客气了,这小东西有什么关系,你要喜欢就送给你了。"

任西东谢了她,卢芳对谭玥说:"谭小姐,你出来有一阵子了,万一家中发现了,只怕又有麻烦。"

谭玥看了任西东一眼,也知道今天想逃走的念头实在不切实际,纵然明白任西东说的都是实情,却也难免有些怨他,浅浅地道了别,就跟卢芳一起下楼离开了。

其实任西东注意到了她的细微表情,也猜到她对自己肯定有些责怪,但是也不可能真如她所愿,况且如今他还有更要紧的事情得准备。

他又将那个香囊拿在手里看了看,决定有机会就送到布赫医生那里,让他好好地看看,瞧瞧有没有什么不对劲的地方。

不一会儿,卢芳回到房间里,任西东吃惊地问道:"怎么,你没有陪谭小姐一起回去?"

卢芳撇嘴:"她不让,非说我跟着反而会让家里人怀疑,自己叫了个滑竿就走了。"

任西东皱起眉头:"那也不好啊,毕竟她孤身一人——"

"哎呀,少爷,我做事让你这么不放心吗?"卢芳"哼"了一声,"反正现在也没什么客人,我就叫了一个伙计悄悄跟上去了,等她进了家门再来回报。"

任西东这才舒展了眉头。

卢芳又"哼"了一声,小声嘀嘀咕咕:"又要拒绝,又要操心,傻不傻呀……"

任西东现在没心情斗嘴,也不去管她,径直走进房间里,翻出了行李箱,把里面的衣服细软一样一样地搬出来放在床上。

卢芳跟着进来,见他翻找行李箱,有些疑惑:"少爷,你这是做什么?又是啥东西找不到了?"

任西东朝她身后看了看,提醒道:"哦,我都忘记了,你先把门关上。"

卢芳纳闷地照做了,再回来的时候,正看到任西东把行李箱里的东西都搬空了,正在慢慢地拆开一层棉布内衬。卢芳的脸色一下子就变了:"少爷,你打开它做什么?"

只见任西东将行李箱底的内衬布拆掉,露出下面一个硬木隔断,上面还有一个铜锁,那锁是半圆形的,凸了出来,上头刻着许多阿拉伯数字，分为里外三层。任西东慢慢地将数字转动，每一层都有一个数字在缺口处排列成行，最后形成了一组3的倍数，3、6、9，接着他把锁轻轻一按，半圆形直接升起来变成了一个球，那夹层也打开了。

任西东从里面取出了一把火枪。

这火枪乍一看有点儿像英国的"大威力"转轮枪，但细看又很不同。这枪整体上并不太大，拿在手上比寻常的火枪还短了一寸多，枪管却粗了两倍，弹匣也更厚重，如同松鼠的尾巴一样挺在枪柄后面，整个造型看起来就如同一个怪模怪样的喷壶。

卢芳见任西东将这火枪拿在手上看，几步走上来，将那枪夺过来，厉声道："少爷，你无缘无故地将'刺猬'拿出来做什么？走火了可怎么跟吴老板交代？"

任西东叹口气："我拿出来是因为到了不得不用的地步。"

卢芳咂舌："少爷，劳波特少爷给你这个的时候可是叮嘱过的：若不是老虎向你扑过来，你可不能拿'刺猬'开枪的。"

任西东看着那把叫"刺猬"的古怪火枪："那要是扑过来的是前几天晚上碰到的东西呢？"

卢芳沉下脸："少爷，你要去哪里？要干什么？"

任西东将之前跟胡振商量好的计划大致跟卢芳说了，卢芳认认真真地听完，然后盯着任西东的眼睛，一字一顿地说："少爷，我要跟你们一起去。"

任西东笑了笑："我不想瞒着你，当然就知道你一定会去的。"

卢芳的脸色这才恢复了正常："就是嘛，除了我还有谁能保护少爷你呢？"

"喂，我也是很能打的好吗？"

"你既然把'刺猬'拿出来了，说明你担心很可能有打不过的情况。这个情况你没有跟胡先生说吧？"

任西东摇摇头："我不是很肯定，只是想多做防备。因为从那天晚上被袭击的情况和蔺三娃的尸体来看，也许会碰到一些无法预料的危险，我有些不好的预感，所以未雨绸缪吧。"

卢芳摸摸这把火枪，就像摸着一只小狗，语气中反而带着一点儿期待："啊，少爷，要不……'刺猬'就给我拿着用吧？劳波特少爷之前不是也说它不重，很适合女孩儿拿吗？"

任西东却不为所动，反而坚决地将火枪夺了过来："这个跟重量无关。"

卢芳的嘴立即噘起来了。

任西东又蹲下，从行李箱夹层里取出一个小木盒子，里面塞满了绒布，包裹着拇指大小的铜管，他仔细地数了数，对卢芳说："给你留两发子弹，行了吧？"

卢芳又立刻笑了。

"不过，"任西东看着手中的弹药，低声说，"我真希望一发都用不上。"

第二十四回

莺花忽来生变故，少爷施压判虚实

等待胡振消息的日子实在有些煎熬，任西东又不敢乱跑，生怕错过。但终日在客栈里还是憋得难受，于是就想着干脆去朝天门码头上转转。

任西东刚来的时候曾踏足过朝天门码头，后来就在城里东跑西跑，忙这忙那，要不就是去对岸的时候远眺过，要说好好地走走看看，倒是真没有过。任西东给幺师刘叔留了话，要是有人来找他就立马去码头上唤他回来，刘叔满口答应了，他这才出门透口气。

任西东带了卢芳，从半边街往码头走。

朝天门作为重庆接官迎圣的正门，历来是最兴旺的要道。离码头不远，就看到了高耸的城门和城楼。这就是正儿八经的朝天门了。城门分为内外两进，任西东和卢芳穿过内城门，回头就能看到上面写着"古渝雄关"的字样，接着穿过瓮城来到正门外，就看到上面刻着的"朝天门"三个大字。从正门下去，一大坡梯坎，呈现着扇形一直铺展下去，延伸到江边的沙地上。无数的吊脚楼聚集在梯坎的两边，挤挤挨挨，很杂乱的样子，却不敢侵占这一大片台阶，好像只是敬畏地簇拥着它。

许多人背着包袱，或者拎着皮箱在这一坡长长的台阶上来来往往。还有一些人挑着大包大包的货物，或者抬着载客的滑竿往上走。即便是冬天，他们大多数人也只穿了件褂子，有些甚至还打着赤膊，一边唱着号子，一边呼哧呼哧地爬着台阶。

卢芳吐了吐舌头："哎，讨生活真不容易，这么冷的天，穿得这么少，还在冒汗呢。"

任西东有些敬佩地看着那些脚夫，说："看他们的手臂和小腿，跟最厉害的运动员相比也不逊色啊。"

"他们不拼尽全力，大概就挣不到明天的饭钱了。"

"扛得起重量其实是扛得住生存的压力，这就很了不起了。"

任西东又跟卢芳慢慢地走向沙嘴，那边停放着许多小渡船，水更深处就停泊着货船了，大部分是木船，许多脚夫走过跳板将货卸下来，又背进了沙滩上建造的棚屋里。

现在是枯水季，重庆人在临河的沙地上建起了棚屋用来堆货，或者是作为廉价的临时客栈。这些棚屋都是用竹子和篾席建造的，等到涨水的时候就要拆掉，所以并不算特别牢固，江风一吹，竹篾做的门就啪啦啪啦地响。棚屋外架起炉火煮着一大锅杂碎汤，小贩揣着双手大声叫卖。

任西东和卢芳在码头上缓缓地走着，跟周围忙忙碌碌的人比起来似乎是站在一个画框之外。但这一幅巨大的码头画卷却让任西东的表情从饶有兴趣地观察，渐渐地变为了沉默。

卢芳问道："少爷，您在想啥呢？是不是觉得这里的江风太大，穿得太少了？要不咱们就回去吧。"

"回去？回哪儿去？望江客栈可不是我们本来该回去的地方，"任西东低头用脚拨弄一块河滩上的卵石，低声说，"阿芳，找到了老宅，却没有好好地走过这座城市。连朝天门也是下船的时候路过，在望江客栈住了那么久，都没有真正地看几次。"

卢芳不明白他的意思，撩过被风吹到眼前的几缕发丝，说："少爷，咱们这不是遇到一连串的事儿了吗……"

"阿芳，你不明白，我只是来到了这座城市，但我其实不仅仅只是来到这里。我们跟这里是有联系的，我原本应该想得更多。"

卢芳放软了语气："少爷，你原本能做的也不多……"

任西东想了想："我大概还没有真的懂这个城市。但我想，我还是得再努力一些。你看这些挑着扁担爬坡的人，我认为他们值得我再努力一些。"

卢芳有些迷惑地看着任西东，似乎不太明白他的话。不过她没有能继续问下去，因为远远地有两个人正从那长长的台阶上跑下来，一边跑还一边向任西东这边招手。

卢芳眯起眼睛仔细看了看："好像是刘叔啊，后面跟着的那个……哎，是个洋人。"

任西东和卢芳迎着那两个人走去，不一会儿四个人就在台阶下面碰头了。原来幺师领着来见他们的竟然是托马斯·布赫，那位中文名儿叫作"白汤马"的德国医生。

他里面穿着白色的衬衫，外面套了件短外套，连围巾和帽子也没有戴，头发被风吹得很乱，鼻尖冻得通红，看上去有些匆匆忙忙。

刘叔对任西东说："任公子，这位客官刚才来找您，说是有急事，我记得您的吩咐，就带过来了，没打搅您和卢姑娘吧？"

任西东忙道："没有没有，刘叔，请你送点热茶去我的房间，我和白汤马医生稍后就回来。"

幺师连声答应，又转身迅速地走上了台阶，消失在城门洞里。

任西东用法语向布赫医生问道："托马斯，你怎么突然来了？发生了什么事吗？"

布赫医生把手揣到口袋里，眼睛下有浓重的黑眼圈，看上去很憔悴。他深深地叹了口气，对任西东说："伊斯特，糟透了，你知道

277

吗，整件事糟透了。"

"到我的房间去，我们可以边走边聊。"

布赫医生跟着他一起往回走，急促地说："魏护士的病情恶化了，她高烧不退，眼部的病变更加明显，我觉得她间歇性地失去了理智。更糟糕的是，我尝试着给她用几种混合药，但似乎起了反作用。"

"什么意思？"

"我从她身上抽取的血样，跟我的健康血液接触后，有非常明显的变化。我很想给你看看，但我没法把培养皿带出实验室。"

"你是说，她的病情发展更迅猛了。"

"还伴有一些增生，比如指甲、牙齿，并且有些皮肤角质化，"布赫医生长长地叹了口气，"这跟我们去检验的尸体很像、很像……我觉得我无法阻止她变成那个模样。"

任西东的心沉了下去，他低声说："如果你的判断是这样，那么现在你应该还有更重要的事情。"

"观察……"布赫医生摇摇头，"是的，伊斯特，我知道，她将是一个非常重要的活体样本。可我今天并不是来谈这个的，还有更糟的事情发生了，我告诉你，真的糟透了！"

任西东皱起眉头看着他。

布赫医生吸了口气，说："我已经没有精力去接待医院门诊的病人了，我都交给了赫伯特医生，但两小时前，他接待了一位女士，他说她有不明原因的低烧和头痛，这很寻常。不寻常的是，他观察她的瞳孔时发现，她的瞳孔颜色在泛黄。"

任西东倒抽了一口凉气，紧盯着布赫医生："你是说，又出现了病人？"

"至少所有的症状看起来跟春华小姐的很像，"瘦高个子的德国人烦躁地耙了下头发，"伊斯特，这很不妙，这是我最担心的情况：新患者接连出现。"

"你认识吗？"任西东紧张地问道，"我是说，那位女士是谁？"

他心中突然有些焦虑，生怕布赫医生的嘴里说出谭玥的名字。

但布赫医生摇摇头："不，在这之前我没见过她，她显然从事特殊职业，我从她的衣服和装束上能看出来。她说她叫翠柳。"

任西东蹦到嗓子眼儿的心稍微放下了一些："这名字听起来像是个化名。"

卢芳在旁边撇撇嘴："是花名，少爷，这女子一定是个窑姐儿。"

"哦，你是说妓女，"任西东皱起了眉头，"她……"

后面半截话他没说出来，他想起了之前胡振所透露的消息，那位布鲁先生在重庆城里的路径中，似乎是有一家娼馆。难道这位叫翠柳的女子，是来自那里？

"她现在还在你那边吗？"

布赫医生点头："发现她可能被感染之后我就把她留在诊室里了。"

任西东转头对卢芳说："阿芳，你去望江客栈等着胡先生的消息。我得跟托马斯去一趟医院……"

卢芳点头，三人进了朝天门，各自分开，卢芳又回头叫了任西东一声，叮嘱道："少爷，你可千万小心些。"

任西东冲她笑笑，挥了挥手。

两人叫了滑竿，叮嘱轿夫快些走，会多给几个铜板。四个精壮汉子喊着号子，城里的坡坡坎坎上下奔跑，不多时就来到了仁爱堂医院，任西东夸赞他们，多给了好几个铜圆。

轿夫连声道谢，任西东和布赫医生也不多回话，急匆匆地进了大门。

白天里还是有一些病人来医院，其中大多数是洋人，有寥寥几个中国教民。穿着修女服饰的护士们在庭院中走来走去，显得很忙碌。托马斯·布赫叫住其中一个中年白人修女："艾莉娜嬷嬷，翠柳小姐还在吗？"

那位护士停下了脚步:"当然,医生,按照您的嘱咐,让她单独在你的办公室里休息,林姐妹在外面照看着。那姑娘有些不安。"

"当然,她应该不安,"布赫医生喃喃地低语,然后又对护士露出勉强的笑容,"谢谢,嬷嬷,她是一位特殊的病人。"

布赫医生带着任西东来到一楼尽头的那个房间,一个戴着十字架的中国女子正坐在一张小凳子上,低头读着《圣经》。看到他们俩,连忙站起来。布赫医生询问了一些情况,向她道了谢。这个护士在胸口画着十字,说:"那病人口渴,刚才喝了许多水,瞧着似乎烧得厉害呢。"

"我们会照顾她的。"布赫医生说。

那护士又迟疑了一下:"医生,我觉得她那样儿,跟魏姐妹有点儿像啊……"

托马斯·布赫脸上一僵,好不容易才挤出一点儿难看的笑容:"我等会儿给她送药去。"

护士点头离开,布赫医生回头对任西东苦笑:"她们是专业的护士,什么都能看出来。"

门打开了,里面的陈设跟任西东上一次来的时候并没有什么变化。不过在医师的办公桌前坐着一名穿着桃红大袄和靛青色绣花裙的年轻女子,她头发盘着髻,画着细细的柳眉,脸上搽着脂粉,嘴上涂着丹红,妆容精致。房间里并不热,她却脸色通红,甚至将领口的盘扣解开,用手巾轻轻地扇风。

见布赫医生和任西东进来,她立刻起身,对着两人做了个万福,柔声道:"大夫您可回来了,我这儿正难过呢,您能不能先拿点药给我吃吃?"

她的表情和动作自然而然地带着一种训练过的娇媚感,但是脸色的确已经像个高烧病人了。

布赫医生点点头,向她说:"我请了一位朋友,他可以诊断,跟我一起，不要介意。"

翠柳也连忙向任西东行礼："那也谢谢这位公子了，可麻烦您了。"

任西东走上前，让她重新坐下，然后仔细看她的眼睛——果然在瞳孔处已经可以清楚地看到泛黄的痕迹。任西东的心中一沉，只觉得一股无形的力量压在了肩膀上。

那叫翠柳的女子很是聪明，看任西东脸色不对，就急忙问道："公子是看出我的毛病了吗？该怎么治，公子尽管说，我还是攒了一些钱的。"

任西东让她少安毋躁，招呼托马斯·布赫一起在她面前坐下来，问道："翠柳姑娘是吧？你家住在哪儿啊，怎么会到教会医院来看病？"

那女子浅浅地笑了，说："哎，您二位都是聪明人，我也瞒不过，我就是马三姨家的，靠大爷们赏饭吃。"

任西东一头雾水："马三姨是谁？"

翠柳用手巾捂着嘴笑了笑："哎哟，是我的错，是我的错。两位都是正人君子，必然不去马三姨家的。那里是温柔乡、销金窟，去不得的。"

任西东还好不傻，顿时就明白了，他接着问道："那么你为何会来这里就医？"

翠柳说："马三姨是上海来的，洋派得很，跟重庆城里的好多洋行都做过生意，所以也有些洋大爷来我们这里坐坐。我们原本见识浅，不过伺候得多了，也知道了些好歹。有时候一些姐妹病了，会有洋大爷从医院中拿些药来，比自己找江湖郎中买的草药管用，而且又不用熬得满身药气。我听一位客人说过这医院，说是很多古里古怪的病都能治。唉，我也是没得办法了，原本以为只是风寒，可老不见好，眼睛也不大舒服，脑子也不好使了，只能央求了妈妈送过来,求大夫救命了。"

她现在似乎神志清醒,还没有出现意识混乱的情况。

布赫医生问道:"你说这个病有许多天了,具体是几天?"

翠柳按着额角点头:"呀,怕是有五六天了!我琢磨着是那天陪客人少加了件衣裳,可往常喝完姜汤就好了,这一次愣是越来越不舒服了。今天早上,有个姐妹说我眼珠子不对头,我想坏了,别不是真的染了脏病吧?赶紧就来了。"

"你之前接触过什么得病的人吗?"任西东问道,"你怀疑是传染病,那么总有个传染源吧?"

"什么叫传染……源?"

"就是这病打哪儿来。"

翠柳露出恍然大悟的表情,她皱起眉头想了想,忽然抬起脸张开嘴似乎要说什么,但立刻又闭上了,缓缓摇头:"想不起来了,说不上,大概就是哪个客人给传的吧。"

托马斯·布赫和任西东对望了一眼:她有所保留,肯定知道点什么。

任西东咳嗽了一声,劝说道:"翠柳小姐,我希望你能更详细地将你得病前后几天遇到的事情说清楚,这对准确诊断是很重要的。"

翠柳老练地摆摆手:"哎呀,我说不清的。一来是事情过去好几天,我们迎来送往的客人多,也不知道出问题的究竟是哪个;二来呢,就算是知道了是哪个客人病了,也没法去找啊,顶多给三姨说一声,下回不伺候就是了。"

任西东见她这么应对,就知道从她嘴里是听不到什么老老实实的话了。他想了想,对托马斯·布赫耳语了两句,然后起身去他的药柜子里翻找。找了半天,才转头过来对布赫耸耸肩,用法语说了几句。

翠柳自然是听不懂的,有些莫名其妙地看着他们。

托马斯·布赫温和地对她说:"不要生气,千万地,小姐……

我的朋友是告诉我,现在给您用的药找不到合适的,我们可能得去药房里拿药。"

翠柳信了他的话,跟他起身出门,还笑嘻嘻地说:"大夫,我跟你们洋大爷来往可多了,你们的本事我是信得过的。不过,我孤苦伶仃的,又没攒多少私房钱,您这诊金和药钱可得替我多想着点儿啊。以后有空了,就到三姨家里坐坐,我和姐妹们好好伺候您。"

她这一大段话布赫医生并没有完全听懂,但也明白她的意思,一边含混地点头,一边领着她往前走。偶尔回头,看任西东跟在后面,布赫医生心中的紧张程度就又增加了几分。等他们一起走上二楼的时候,他几乎已经没有办法分神跟翠柳聊天了。

三人来到楼上魏护士的房间外,一个高大的中年白人护士正站在外面。布赫医生用法语请她开门,那位嬷嬷掏出钥匙将门锁打开,让开了路。

翠柳笑吟吟地说:"大夫呀,你们的药房还看得挺严实。大概是洋药都比较值钱吗?"

托马斯·布赫难看地咧咧嘴,他的表情让翠柳觉察到了一丝不妙,她戒备地问:"您这是怎么了?这里面不是药房吧?"

听到她这么问,身后的任西东不再犹豫,用力推了她一把,将她推进房间里,接着和布赫医生一起"砰"地关上了门。

翠柳被吓了一跳,只当是两人有歹心,一面摆手一面叫道:"这是如何搞的?两位大爷要寻开心也不是在这里啊,等我好了,怎么都成啊!"

托马斯·布赫连忙说:"不,不是的,我们不是要害你,你看……"

翠柳见他指着身后,就缓缓地转过头去——

这房间里虽然拉着窗帘,显得有些昏暗,但此刻毕竟是白天,日光从窗缝中透进来,再加上几支燃烧的蜡烛,还是能看得清里面的情形。只见在一侧的墙边,有张木床,上面躺着一个女人,不时地发出呻吟，似乎十分痛苦的样子。

翠柳顿时迷惑了："这……这是……"

任西东对她说："你仔细看看她。"

翠柳用手巾捂着口鼻，慢慢地靠过去，只见那女人似乎发着高烧，头发浸满汗水，皮肤通红，眼角和下巴好像还长着红肿的包，渗出血丝来。更可怕的是，她露在被子外的手指关节变形，指尖看起来如野兽爪一样坚硬。

翠柳恐惧地说："这妹子……是得的杨梅大疮吗？"

她的声音惊醒了沉睡中的病人，魏护士一下子睁开眼睛，看着她凶狠地吼了一声，伸手想抓住她。翠柳陡然看见恶鬼一样的黄色眼瞳，吓得尖叫起来，转身就逃，一下子撞进了任西东怀里。

任西东紧紧地抓住她，给托马斯·布赫递了个眼色。医生上前去将魏护士按住，给她喝了一些安眠药水。

翠柳在任西东怀里瑟瑟发抖，想逃走又没办法，眼泪都快急出来了。

任西东对她说："这位女士是医院的护士，很不幸，她得了跟你一样的病。过不了几天，你就会跟她一样，高烧不退，身体上出现疱疹，瞳孔泛黄，然后神志不清，甚至还会长出奇怪的角质层。"

他说的医学名词其实翠柳能听懂的不到一半，但她很聪明，她猜得到任西东说的是什么。一想到自己会变成那个样子，她的脸色唰的一下就白了。

任西东见她这副模样，松开她，开了门领着她出去。翠柳还没有从接二连三的惊吓中恢复平静，微微颤抖着，紧紧攥着手巾。不一会儿，托马斯·布赫也从房间里出来，并重新锁上了门。

翠柳的眼圈红了，抓住布赫医生哭诉道："大夫，您行行好，给我个实话，难道我真得了那种……那种病？"

托马斯点点头："我很遗憾，而且难过，女士……但从你的症状来说，确实如此。"

"那您吓唬我干什么呀，您倒是给我开药啊。多少钱我都不在乎，啊……"她撸起袖子，亮出一只金镯子，"你看，这个够吗？"

任西东开口道："翠柳姑娘，现在不是我们不给你药的问题，而是我们没法给你治疗。这种病是传染的，也就是有人将这个病传给了你。要想治好你的病，我们先得知道你是怎么染上的。这才是治疗的根本，你不跟我们说，我们就是神仙下凡也没有办法。"

翠柳双眉紧紧地皱着，看看任西东，又看看布赫医生，她瞧得出那洋人医生心肠更软些，就又一阵哀求。但托马斯·布赫只能揉搓着双手，露出饱含歉意的表情。她最终也只能长长地叹口气："两位大爷真是好硬的心啊，忍心这样逼我。我也是胆小，姐妹里得了脏病死的见得多了，可不想成那种人不人鬼不鬼的样子。若不是为了保命，我可是绝对不会说的。而且，即便我说了，也未必能让两位大爷找到上一个传了病给我的人啊。"

任西东鼓励她："你就说你知道的，或多或少都会有帮助的，我们能判断是怎么回事。"

翠柳又深深地叹了口气："这事吧，还得从五六天前说起，那天妈妈收了一个新姑娘。原说收姑娘吧，我们也见得多了。有拐子卖来的，有家里人送来的，也有自卖自身的，妈妈对付的手段也多。但这个姑娘，真的有点儿不寻常。一送来，妈妈就不让我们多瞧两眼，跟着就关到后面房间去了。她关进去不久就伤了一个看院子的，还逃了出去。她跑出去不久又给捉回来了，后来又跑过一次，回来更是狼狈，脏兮兮的仿佛在泥地里滚过，跟个疯子差不多。妈妈叫了好几人才制住她。"

"这么厉害？"任西东说，"她也伤了你吗？"

翠柳摇摇头："倒也不是，只是她伤的那个人，其实是我的相好。"

这让任西东和托马斯·布赫都非常意外。

第二十五回

追线索暗访娼门，陷囹圄疯病难挡

原来翠柳暗中和窑子里的一个伙计勾搭上了，那伙计比她小着几岁，刚来不久，还算老实。翠柳早就想摆脱窑姐儿的身份，暗中攒了赎身钱，跟那伙计秘密地商量好，过了春节就向马三姨提上岸的事儿。

大概五六天前，有人晚上送来了一个姑娘，教马三姨收到了后堂中去。原本以为又是人牙子卖来的好人家闺女，但一连几天都没见人出来，马三姨似乎也不着急调教，只是轮流派人去守住关人的黑屋子。其中有一个就是翠柳的相好，叫作邓老大。

说是这个名字，实际上不过是个二十出头的小伙子，长得黝黑壮实，说是家里的薄田教人给占了，所以才出来找事做。平时也不多话，就在院子里打杂，做些值夜的差事。翠柳瞧了他很长时间，瞅准了他跟那些油滑的龟公不同，是个过日子的，这才用了点手腕将邓老大拉拢了。两人背着马三姨私会了许多次，渐渐地如胶似漆。

那次翠柳跟邓老大又私下见面，就问他那姑娘的事情。邓老大说，瞧着就不像是买来做生意的，蓬头垢面，浑身脏污，也不教洗个澡换身衣裳。每日都只送饭送水，似乎关着就行了。翠柳问邓老大看没看到当天是谁送来的,邓老大只是说送来的时候是一个下雨的晚上,他没凑过去,只是远远看着像是几个穿黑衣服的人。

邓老大说:"说不准是哪家的疯丫头,不想要了,送来让三姨处置的。"

翠柳问他:"你咋知道是个疯丫头?"

那邓老大就把手腕凑到她跟前,说自己头一回送饭进去就让那丫头给咬破了皮,"狠得像是要撕下我一块肉呢!"

翠柳见他那伤口还隐隐地渗着血,颇为心疼,就亲一亲,舔一舔。两人腻歪了一会儿,匆匆散了。后来过不多久,翠柳就感觉身体不适,过了好些天不见好,于是就来到仁爱堂医院看看。

她将这来龙去脉都说完了,又悲悲戚戚地央求道:"要说我得病前后的事情里,大约就这事儿有些不寻常。因为算上得病那两天,我刚好没什么客人过夜,都是陪几桌酒,唱唱曲儿。就跟我那相好的有这么几段,可他又没得病。两位听了也知道,我不是有意瞒着,毕竟说了也没什么用,而且马三姨最不喜欢我们把她的事情往外说,我也得顾忌她啊。只求两位大爷行行好,赶紧给我治一治,千万别让我变成那模样。"

托马斯·布赫听得费力,就向任西东询问,任西东将翠柳说的简单归纳了一下,直接用法语跟他说了。托马斯·布赫听完了,满眼同情地看了一眼翠柳,也用法语对任西东说:"她说的其实能构成一个传染链,那个被囚禁的女孩儿症状和魏护士一样,然后她咬伤了这位小姐的情人,这位小姐又接触过情人的开放性伤口。虽然不幸,但她真的很有可能就是被她的情人感染的。"

任西东点头:"如果她说的是实话,那的确是有可能的。"

他又转头问翠柳:"你的相好,最近有没有跟你一样得病?"

翠柳却摇摇头:"没有,他身体好着呢!大夫,我就说,我这病不该是从他那里传染过来的,因为他没事儿啊。"

任西东却说:"传染病发病有先有后,有些人会感染,有些人却不会,这都说不准的。"

翠柳眼睛都急红了:"那道理全在您那儿了,我还能说什么啊?"

任西东说:"别着急,你其实已经说了很有用的信息。如果想治疗,最好带我们去看看你说的那个疯丫头。我们要观察她的症状。"

翠柳连忙摆手:"不得行不得行,我带你们去了,那不就等于跟妈妈明说我给人泄了她的密吗?不成的,她发起火来可不管是谁都不给面子的。"

任西东耸耸肩:"这么说起来,比起丢了性命,你更怕她发火。"

翠柳绞着手帕,力气大得几乎快要把那可怜的布条给扯断了。最后她恨恨地一跺脚,说:"好了好了,我带你们去。但你们必须花钱,装作是客人,不然我也没法子保证你们能在那里坐得稳。"

任西东连连点头,表示自己这一点儿钱还是花得起的。

于是翠柳万般不情愿,也只能带着他们去了。托马斯·布赫在自己的办公室里捣鼓了半天,最后将药箱塞得满满的,才出了门。翠柳在前方领路,任西东和布赫跟在后头。

托马斯看着前面的那个女人,用法语对任西东说:"伊斯特,实话说我觉得我们现在的做法有点儿卑鄙。我们刚刚威胁了一个女人,一个病人。"

"如果别的方法更有效率,我很愿意试一试,"任西东沉着脸说,"你还没意识到吗,托马斯?这个女人完全是在我们所知的生活领域之外的人,她如果被感染了这个病,就意味着还有别的跟我们无关的人也可能被感染了。如果不弄清楚她得病的原因,这个疾病的发展就将脱离我们的控制。"

布赫医生悲观地摇摇头:"伊斯特,对我来说,明明诊断出了疾病却治不好,已经是脱离我的控制了。"

任西东没有回应，事实上他虽然明白布赫医生的感受，但并不喜欢这种情绪。越是焦虑和担忧的时候，任西东反而越投入，就像是拼着一股劲儿要把问题解决掉。

他们跟着翠柳，从仁爱堂出来以后一路下坡，走了不多久忽然又迈上了几步台阶，斜插进小巷子里。重庆的这些弯弯曲曲、上上下下的小巷子特别多，猛一看个个儿相似，但任西东走得多了，也开始学会区分不同的特征。翠柳带的路他能肯定自己是没有来过的，不过时不时地又有一种似曾相识的感觉。

他努力地回想着，但没有什么收获。

过了不久，翠柳扭着腰肢来到了一栋房子的门前。这房子虽然修建在地势倾斜的坡道上，但看上去特别稳固，大门刷着黑漆，半新不旧的样子，两张有点儿褪色的门神图还残留了一些痕迹在上头。虽然看着雄伟，但因为在支路上，并不太打眼，也没像真正的妓院一样敞开门招揽生意，就是一副普通民居的样子。

翠柳停下来，回头说："到了，两位怕是要装装样子，别让我瞒不下去。"

布赫医生有些紧张地握紧了药箱的提手，问道："怎样配合呢？我要怎么样呢？需要给很多赏钱吗？"

他那老实巴交的模样让翠柳也扑哧一声笑了，旋即又收起了笑容："哎，说您了解中国，可又像是完全不懂事的样子。咱家这里不完全是给了赏钱就能青眼相看的。您也别费心了，反正就装装样子，我会提醒您的。不过丑话说在前面，你们要看那疯丫头，我只能帮忙带路了，看得着看不着，都别怨我。"

托马斯·布赫点头："当然，我们完全同意。是吧，任先生……"

不过此刻任西东的表情却有些古怪，他不停地打量周围，似乎并没有在意他们马上要到达的目的地。

布赫医生忍不住问道："嗨，伊斯特，你准备好了吗？我们要进去咯。"

任西东这才回头:"好。"

布赫医生又用法语问道:"你看上去有点儿紧张,快告诉我你是不是跟我一样觉得接下来的事情可能会非常尴尬。"

"也许,托马斯。但我现在有种奇怪的感觉:我似乎来过这里?"

布赫医生用一种难以置信的眼神看着他:"上帝啊,伊斯特,你居然是这种人。"

任西东没好气地说:"托马斯,你在瞎猜什么。我是说,这条路和这个屋子都让我觉得熟悉,但我一时间想不起是什么时候过来的。"

"哦,"布赫医生尴尬地摸摸后脑勺,"抱歉,不过我觉得重庆这座城市很多道路都难以辨认,说不定你只是记错了。"

这可说不好,任西东暗自嘀咕,但他此刻并不想在这种事情上浪费时间。

"算了,走吧,"他换回了中文,对翠柳说,"咱们进去吧。"

翠柳不愧是在风月场上混久了的人,看任西东和托马斯·布赫两人用洋文嘀嘀咕咕,她只是安静地等在一旁,也不插嘴。等两人把注意力重新放到她身上,她才温顺地听从了吩咐。

她敲开门,一个瘦高个子的龟公见是她,就笑着问:"姑娘回来了,身子不要紧吧?"

翠柳一面跟他客套,一面介绍了任西东和布赫医生,只说是去洋人医院的时候碰到熟客,就介绍了两个新客来玩一玩。虽然家里晚上热闹,不过这两位新客还是想中午就过来吃个茶,喝杯酒。

那龟公见是嫖客到了,又将门打开些,殷勤地问安。看得出这里确实接待过洋客,那龟公看见布赫医生,还拽出几句"古德莫宁"这样的重口音英文。

任西东和布赫医生都觉得好笑,但还是礼貌地问候了他。那龟公少见客人这样抬举，满脸堆着笑，就将他们引入了房子。

任西东二人跟着翠柳和龟公绕过了照壁，来到一个四方的小院落里，这院子的天井特别窄小，似乎因为地势倾斜的缘故，有些回廊到院落还修了几步台阶，从院子里上楼的楼梯也长短不一。

有许多小丫鬟和身着彩衣的女子打量他们，有些活泼的还要调笑两句，跟翠柳开玩笑。托马斯·布赫听不太懂那些带着口音和双关语义的话，只能对那些女子报以微笑，任西东则绷着脸，好像光着身子走过荆棘丛林。

龟公将他们带到了二楼的一个房间，安坐下来以后，小丫鬟就送来了茶。翠柳熟练地点了些菜，龟公随口记了，又问："我们翠柳姑娘就是体贴人，不过就她一个人在这里，两位客官坐着未免孤单，小的再去叫一个姑娘来作陪，可好？"

翠柳眼睛一转，连忙笑道："哎呀，你急什么，我先陪两位大爷说说话，等饭菜好了，再多叫几个姐妹来就行了。"

龟公只道她"护食"，也就不多话，笑了笑，说是去厨房催菜，暂时出去了。

任西东见他一走，立刻起身四处看看，最后来到窗户边上，推开了半扇窗户朝外面张望。

翠柳来到他身边，指着窗外楼下的一间小平房："据说那疯丫头就关在那里面，从这里看不太清，你们要进去得下楼，再绕到后面去。"

任西东盯着那屋子看了半天，又打量周围：这屋子后院不大，看上去有些局促，大概是受限于地形，也辟出了几个高低错落的台阶，还圈了几处种花，不过有两三个台阶的花坛十分凌乱，泥土和枯萎的枝叶堆在一起，似乎翻过土还没有打理的样子。

任西东盯着那个花坛好半天，又瞅着花坛旁边的矮墙，那里有一个缺口是新补上的，用了许多石砖，还有新敷的灰泥，似乎没有完工的样子。任西东伸长脖子向矮墙外望去,心中奇怪的感觉更加强烈了——虽然被一些树木和房子的屋角给挡住了,可他还是觉得矮墙后面的那条路很眼熟。

任西东回头问翠柳,这房子后面的路是通向哪里。

翠柳也搞不懂他为何突然问起这么不相干的事情,但她从来乖巧伶俐,不该打听的绝不多嘴,老老实实地回答:"那后头啊,就是条小路,全是梯坎儿,上头接到兴隆街,下头走到半边街和朝天门。不过我也没走过,咱们平时出门的机会都少,那地方也没有什么客人要去拜访,所以都不知道两头到底走到哪里去了。"

听她这么一说,任西东顿时恍然大悟——怪不得他觉得眼熟!他曾经走过这条路,但那是在晚上,还下着雨,所以他看不清,而且他走到一半的时候,还被袭击了。这凌乱的花坛和倒塌的矮墙可以解释当时袭击者为什么会满身的泥泞。

那个人就是从这里逃出来,然后在那条小路上袭击了自己。

任西东又是震惊又是诧异。他暂时解开了之前困扰着自己的一个谜题,但紧接着,又有更多的谜题从心里冒出来。

那个袭击者到底是谁?是这个娼寮里的人?是那个被关押起来的女人?

他或者她,为什么要袭击自己?

那个人的状态,明显是很疯狂的,难道真的是感染了怪病的人?

如果感染了这个病,又是从哪里染上的呢?

任西东越想,心中疑问就越多,而最有可能解决这些疑问的答案,就藏在这窗户下面的那间屋子里。他心里顿时就像猫抓一样火烧火燎的。

他回头对翠柳说:"我想现在就下去看看,行不行?"

翠柳连忙摆手:"哎,我的大爷,你刚进来这么一会儿,凳子都没坐热,周围的人都还看着呢,就这么大模大样地走出去,那不让人觉得奇怪吗?"

托马斯·布赫也连连点头:"有道理,这位女士说得有道理。不躁……嗯,少安,好吗,伊斯特?"

"少安毋躁,"任西东纠正他,"你的汉语还得好好练练。"

布赫医生窘迫地挠挠头。

但任西东被他说服了,重新坐下来,等着龟公把酒水饭菜端上来一些,假模假样地吃了两口。这一顿磨蹭,时间又过了些,听外面女子的笑闹声音响起,似乎又来了客人。翠柳就催促在门口伺候的龟公:"哎哟,是留香姐的客人,你去招呼一下吧,我这边客官暂时不用上菜了,你在这里杵着,新客也放不开。"

那龟公听她这么说,又扫了任西东和布赫医生两眼,果然客套了两句就走了。翠柳盯着他进了楼下的另外一个厢房,这才回头对任西东说:"得了,咱家这小本生意,能做下来的伙计本来就少,他忙那头去了,不得再来管我们,抽着空就可以下去看看。大爷,我算是求您开恩,你要看看就看看,莫多惹事,不然害我被三姨惩罚事小,你两位给得罪了才事大呢。"

她说得可怜兮兮的,布赫医生首先就不忍心了,但他又不好满口答应下来,只能为难地看着任西东。

任西东来到门边,看了看下头,那边果然有两个伙计进进出出,还不时有几个穿着粉色衣衫的女子在门口张罗。一时半会儿的,倒真是没有人注意这边。只不过毕竟是一个院子里的,动静大点儿难免不会被看见,更何况绕到楼下小屋还要走一段儿呢。

任西东对翠柳说:"我会悄悄地去,要是真被人看见了,就说我不会喝酒,头晕出来走走。"

布赫医生点头说:"借口是好的,我也可以这么说。就说,我不习惯中国的白酒……我也头晕。然后……翠柳女士是担心我们乱走,所以陪着我们。"

293

他后面越说越清楚,似乎对自己的主意很骄傲,觉得很完美。

任西东和翠柳忍不住都笑起来,任西东又问道:"那么,现在那个地方有人看守吗?"

翠柳脸上有些得色:"有是有的,不过倒不怕,看守的是邓老大。"

原来是这女子的相好,那更不用担心了。

三人又商议了几句,任西东已经十分迫切,他想立刻印证被囚禁在下面小屋的到底是不是那天晚上袭击自己的人。他压制着急躁的心情,等翠柳先出去望了望风,这才跟着她慢慢下楼,托马斯·布赫走在后面,带着掩饰不住的紧张。

他们一路上确实没有撞见来阻止的人,但楼下那房间里的欢声笑语也听得很清楚。翠柳镇定自若地领着他们穿过了一道很短的走廊,很快就拐到了一间低矮的屋子门前。

这屋子跟前院的光鲜完全不同,看上去逼仄又灰扑扑的,紧挨着狭窄的花坛,似乎是一个存放杂物的柴房。这房子的门窗都用木条打成的格子钉住了,里面黑洞洞的什么也看不见。在门边摆着一把椅子,有个身材粗壮的男人坐在那里,手中拿着一个烟杆子,正在往里塞烟丝。

翠柳低低地唤了他一声"阿大",那人抬起头来,露出一张黝黑憨厚的脸。一见是翠柳,立刻浮现出笑容,问:"你咋个来了?不是说今天去看病吗?要不要紧啊?"

翠柳的神色一滞,又很快笑道:"是去了,这不带医生回来了吗?"

那男人迷惑地看着后头两个人,翠柳不等他开口,就快速地将任西东和布赫医生介绍了一下,但她也没说自己的病到底严不严重,就只说医生拿不准是啥弄的,想来看看环境,找找病根儿。

那邓老大有些怀疑地打量了下她身后的人:"看病还要看到家里来啊?"

任西东上前一步对他说:"邓先生,西洋医生看诊的方法和中医是有些不同的,不过中医讲的望闻问切,西洋医生也是有些用得上的,比如咱们来这里不也就是专门来望一望,问一问的吗?都是为了翠柳小姐好,你说是不是?"

邓老大一看就是老实人,乍一听竟然有这样体面的人叫自己为"先生",还有些脸红,他又看了翠柳一眼,翠柳立即上前来拉住他胳膊,低声说:"阿大,他们都问过查过了,现在就一桩事还没定,就是你后面这个……"

翠柳凑到邓老大的耳朵边嘀嘀咕咕说了几句,那个青年就睁大了眼睛,连连摇头:"三姨吩咐过,不可以教外人看到的,你咋胆子这么大,还把他们带来了?"

翠柳皱着眉头捶了他一下:"人家来看也是想瞧瞧那丫头身上的病是不是要沾惹人的,看一眼有什么要紧,你胆子跟耗子一样啊?"

邓老大显然是对她服服帖帖的,见她不悦,就软下了声调:"你也知道我不是怕三姨怪罪,是担心这两位大爷进去瞧了被那丫头伤着,她凶得很咧,你看我这伤口现在还没好。"

他抬了抬手腕,露出一块暗红色的伤口。

布赫医生走上前,抓住他手腕看了看——那伤口很明显是人类牙齿的咬痕,愈合得并不是很好,还没完全凝结,当初咬得应该比较深,伤口边缘还有些红肿。

他问邓老大:"这伤口你没有处理吗?"

邓老大也是见惯了洋人的,倒对布赫的口音没有特别稀奇,只是对他这举动有点儿别扭。他缩回手,赔笑道:"大爷,看您说的,又不是啥要紧的大伤,就是止了血敷点金疮药嘛,慢慢地就好了。"

布赫又问道:"你被咬了,是几天?"

"哦,大概……有个五六天了。"

布赫医生伸手摸了摸他的额头,又去翻他眼皮,邓老大骇得跳起来,说:"大爷,大爷,这是做啥呢?"

翠柳扑哧一声笑了,拉着他说:"哎,你这没见识的,洋大夫是给你看病呢。"

邓老大这才松了口气,嘟嘟囔囔地说:"我又没病,是姑娘不舒服,跟我这里看啥呢。"

翠柳在旁边还笑吟吟地听,突然想到什么,脸色一变,立刻转向布赫医生,战战兢兢地问道:"大夫,你看阿大,难道……是……他将那病过给我的?"

布赫医生没有说话,反而有些迷惑地回头用法语对任西东说:"这个男人的体温正常,瞳孔也没有异色,看上去没有染病。"

"也可能是他的身体强壮,扛住的时间更长,"任西东也走上来,"无论如何,我们需要看看这屋子里的人。"

翠柳在旁边着急地叫道:"哎呀,祖宗,你们到底在说什么啊?阿大到底有没有事?"

任西东没有直接回答她,只是说:"先开门让我们看看吧?"

翠柳也知道急不来,只能推推邓老大,让他照做。邓老大虽然不情愿,可见翠柳如此吩咐,也勉强同意了。他一面让翠柳望风,一面掏出把铜钥匙去开门,口中叮嘱:"这女子逃过一次,力气大得很,但还是给捉回来了。现在三姨吩咐说把她捆在梁柱上,要再跑了,就把我们绑死在这屋子里。你们看看可以,不要走近,我总觉得……总觉得这女子怪得很。"

木门终于打开了,任西东踏进去,立刻闻到一股恶臭。这臭味很奇怪,混合着土腥味,还有新鲜血液夹杂着皮肉腐烂的气味,又像是什么垃圾。他借着窗格子和门口微弱的光线望去,看到一个四肢都被捆起来的人靠在一根梁柱上,只能从身形依稀看出好像是个女人,但她的头发披散着,衣服上全是干了的泥,光着脚,不断地从喉咙里发出模糊的声音。她的手在柱子上抓挠着,那手指虽然也满是黑泥,但看得出关节粗大,指头很长,尖利得如同恶鬼的爪子。

任西东的汗毛都要竖起来了,他的脑子里瞬间想到几天前的那个深夜,那个鬼怪一般的袭击者。

应该就是那个人,没有错了。

他又朝前走了几步,轻轻地叫了一声"喂"。

那个被捆绑着的女人抬起头来,露出了脏兮兮的半张脸。

任西东全身一下子如坠冰窟——

这个人的眼睛是浑浊的黄色,中间似乎有条红色的缝隙,皮肤下鼓起了一些脓包,渗着鲜血。就算再难以辨认,他也能看得出,这人他认识。

"……春华。"他颤抖着叫出了这个名字。

第二十六回

少女成鬼肝胆寒，救人遭擒五内焚

　　任西东还记得第一次见春华的样子，就在望江客栈里，就在谭玥的身旁。那是一个多么讨喜的小姑娘，十五六岁年纪，长得娇俏可爱，仿佛嫩绿的柳枝，又好像是田野间的花朵，看着就令人心情舒畅。但现在，这枝柳条已经干枯、朽烂，这朵野花已经霉变，变成了令人厌恶的东西。

　　毫无疑问，春华病入膏肓，任西东觉得她的脸上弥漫着一股死气，但是看到自己的时候，那变异的眼睛里似乎又有点儿理性的光彩，身体就跟着扭动起来，嘴里也发出了模糊的声音。

　　任西东看到她周围的地上有些碎掉的碗，还有泼洒的汤汤水水，似乎是送进来的食物。

　　这时候邓老大到他身边轻声说："这姑娘现在啥都吃不进，就好咬人，您可别走太近。马三姨说她是中邪了，还给泼了黑狗血，倒是越发吓人了。"

　　任西东仔细看了看，发现春华的手臂上有些凝固的血迹，衣服上也不少，她时不时地舔舐着，很饥渴的样子。

　　托马斯·布赫跟随在任西东身后，也小心翼翼地探出头来，一看到眼前的景象，不由得发出恶心的声音。但职业素养让他压下了反胃的感觉，仔细地看了看春华，"天哪，"他用法语对任西东说，"这人的感染程度很深，几乎接近我们解剖的那具尸体了！她……"

布赫医生忽然顿了一下，接着就意识到自己看见的病人是谁。

"哦！上帝！上帝！"他惊呼起来，"这是最早的那个病人，那位可怜的姑娘！"

布赫医生震惊的口气完全符合任西东心中的感受，他的喉头发紧，但依然还克制着自己，向邓老大问道："她到底是怎么回事？谁送她来的，你知道吗？"

邓老大为难地搔搔脑门，叹了口气："大爷，我不是故意瞒着你，然而这事情是透着点古怪……这个小姑娘最早是教一个洋人送来的，并且是大晚上，还蒙了头。"

"洋人？"

"是咧，是个洋人。我们以为是卖来做窑姐儿的，不过马三姨倒只吩咐了看管起来，并没有调教。不过啊，这女子不是听话的，开始安安静静，结果我一送饭进去就咬了我，还连夜逃出去。马三姨气得很，吩咐我们好些人去找，才将她带回来。谁知只隔了一个晚上，又跑了一次。从此就像拴牛一样地拴在了这里，这两天眼睛坏了，脸也烂了。大爷，她……该不会真是鬼上身了吧？"

任西东内心蹿起一簇小小的火苗，他沉下声音："不，没有什么鬼，她只是生病了！你们……不能这么对待她，她还是个人啊。"

邓老大面色一红，尴尬地低头说："马三姨说，这就是受那位洋大爷所托，暂时拘在这里，只要不死不跑就行了。"

布赫医生愤怒地挥了挥拳头："毫无人性！毫无人性！所有的病人，都应该接受治疗。"

邓老大见他发火，只能苦笑："大爷，咱们这里好人还当病人呢，真有病的就更不算是个人了。要是我能做主，我至少也会找个端公来试试驱鬼，若是知道是病，不也早早就去请你们了吗？"

任西东想起了当时谭夫人的态度，她也是找了巫师来对付生病的春华，这么看起来她的出发点还真的是好意，无论是要救春华，还是保护家里人，那是在她看来最有效的手段。

这让任西东的心情更加复杂。

布赫医生对任西东说："伊斯特，现在必须转移春华女士，我会在医院建立一个隔离病房，不让任何人接触。如果她继续留在这里的话，可能会造成更多感染。"

任西东点点头："你说得对，托马斯，她不能留在这里。"

话音刚落，在旁边的邓老大就慌张地叫起来："哎呀，两位大爷，你们要带走她？不行不行，让你们来看一眼都已经是很大胆的了，连人都带走，那我可要被三姨打死了！"

任西东看着他，用法语对布赫医生说："奇怪，按理说这位先生应该也被传染了，为什么他看上去还没有出现症状呢？"

托马斯·布赫也把注意力集中到邓老大身上，他直接伸手抓住了他的手腕，然后凑近去看他的瞳孔。

"真奇怪啊，"布赫医生眯起眼睛，"不过感觉体温还是有点儿高。"

邓老大不安地抽回手："大爷，您这是做啥呢？"

任西东问他："邓先生，你这几天有没有感觉不舒服，就是你被春华……被这姑娘咬伤以后？"

邓老大脸上浮现出迷惘的神色："不舒服……倒没有怎么不舒服啊，就是有点儿发热，胃口不太好。不过我是粗人，以前在乡下种田，身体结实，一般也不咋生病的。"

任西东狐疑地皱着眉头，看了布赫一眼，医生则板着脸，开始劝说邓老大跟着他去仁爱堂接受检查，邓老大一脸的不情愿。

两人正说着话，留在外面的翠柳突然高声叫起来："啊，三姨您来了……"

邓老大的脸登时变得刷白，叫了一声"糟糕"，转头就往外跑去，但他刚跨到门口，两个大汉就将他一把抓住，拽了出去。任西东和托马斯·布赫吓了一跳，接着就看见一个身量不高的中年女子出现在门边，身后还跟着三个青年男子。她穿着一身漂亮的缎子衣裳，上头绣了不少祥云牡丹的图样，头发搽满了香油，梳得一丝不苟，脸上搽着胭脂，炭笔画了柳眉，只可惜模样长得干瘦刻薄，怎么打扮也看着不太舒服。

她冷冷地看着任西东和布赫，手里还抓着翠柳的头发，翠柳不得不弯下腰，满脸痛苦，但是一声也不敢吭。

这女子一定就是马三姨了，任西东看着她，说："很抱歉让您生气了，夫人，但您也没有必要这样对待翠柳小姐吧，请放开她。"

那女人冷笑了两声，用略带着上海口音的官话说道："你这假洋鬼子倒是真敢做，居然在我的地盘里捣乱，要在我这里吃花酒玩姑娘，我是客客气气的，但如果是要弄什么小动作，知道不该知道的事情，那就莫要怪我失礼。"

托马斯·布赫一着急，中文就说得不利索了，但他还是尽量用最严厉的语气说道："女士，犯法的，拘禁你这是……还有病人，特别严重，应该要治疗。你已经有很多病人了！而且，我……我是德意志人，你不能对我做什么？"

不料那女子再次开口竟然是流利的英文："德国人又怎样？你以为我见过的洋人少吗？从上海到重庆，我和洋人打的交道比你吃的饭还多，你们有多少伎俩我都知道。说是厉害得很，不也就是仗着朝廷软弱吗？单个儿在这里站着又能怎么样，我就是弄死你，拿席子一裹，找个没有人的地方埋了，你的领事馆莫非还查得到？或者说你是德国人，在地下烂得就比中国人慢吗？"

托马斯·布赫和任西东都吃了一惊，没有想到这貌不惊人的妓院老鸨竟然还有这能耐，而且说话比衙门里的人都硬气。

托马斯·布赫回过神来就有点儿发窘，他连忙用英文解释道："我没有想用身份要特权，我只是……"

"只是身为洋人，在大清国的地面上就想着优待。"马三姨"哼"了一声，"今天在我这里可就不行了。"

任西东用中文对她说："虽然如此，你还是靠着洋人赚钱，甚至帮着囚禁一个得病的少女。现在你如果不让我们带走她，那她就会很危险，而且连你们的人也会有危险。"

马三姨不为所动："这不都是生意吗？我可不管洋人还是中国人，只要付钱就行了。白花花的银子才靠得住。"

"那你需要多少钱才让我们带这姑娘走？"

老鸨哈哈地笑起来："这位爷，还有件事你大概不明白，做生意得讲个信用的。除了给钱多，还有个先来后到呢。"

说着她笑容一收，沉下脸吩咐："把这两个人捆了，送到那边去。至于邓老大和翠柳这两个烂货，先给我关起来。"

她吩咐完毕，就将翠柳扔给身后的打手，抓着邓老大的也拿绳子将他反剪双臂捆起来。

剩下的人就向任西东和托马斯·布赫靠过来。

托马斯摆出拳击的姿势，但一看下盘就很不稳当，任西东让他站到自己身后，但托马斯担忧地往后看了一眼，被绑着的春华就发出低吼，他立刻僵住不敢再退了。

任西东把他推到一边，脱下了外套："我来就行了。"

几个打手看这斯斯文文的公子哥儿要打架的模样，都轻蔑地笑起来，露出讥讽的眼神。一个高个子向任西东伸出手，作势要抓他，然而任西东动作更快，双手握着他的手腕，向下一折，就听见"咔"的一声轻响，那人发出惨叫。

其余的人都吃了一惊，再不敢掉以轻心，两个打手同时从左右两侧扑了过来。

任西东双目如电,抓住其中一人的手臂,用力一拖,借势将这人向对面推去,正撞在他的同伙身上。两个人差点摔倒,一下子怒火中烧,更加凶狠地朝任西东袭来。然而这寻常的妓院打手怎么能跟常年练习格斗的任西东相比,这两个男人都不是他的对手,后来连站在马三姨旁边的那个被折了手腕的也加入了战斗。任西东在狭窄的小屋内闪转腾挪,借力打力,竟然没有让这三个打手占到什么便宜。这不光让马三姨一伙大大地吃惊,连托马斯·布赫也瞠目结舌。

眼看着负伤的打手被任西东放倒,另外两个也气喘吁吁,马三姨终于大喊了一声:"够了,给我站住!"

任西东回过头,就看见她从衣服里摸出了一把小巧的火枪来。

"好了,"马三姨冷笑着对任西东说,"这位爷身手了得,不过也不要过分了,弄得大家都不好收场。"

任西东不得不停下手来,他的额头上渗出了汗珠,呼吸急促:"你不会真的开枪的,夫人,你有客人。"

"这个就不劳烦你操心,我敢开枪自然也有办法处理你们,你要不要试一试?或者……"她突然又把枪口对准了布赫医生,"我用你的朋友试一试。"

胜负已经有分晓了,任西东想,他的确不能去冒这个险。

鼻青脸肿的喽啰们立刻爬起来,迅速地捆住任西东和布赫医生。任西东能感觉到他们把自己捆得尤其紧,绳子死死地勒着他的胳膊,疼得他龇牙咧嘴。

"你打算怎么处置我们?"任西东向马三姨问道,"或者说你想把我们埋在哪里?"

"你害怕了?"马三姨得意地笑起来,"不,我可犯不着杀人。"

她转头对一个打手说:"去把马车准备好,把这两人和那疯丫头都送去南山。"

那人有些意外地说:"三姨,可……可布鲁先生不是说这丫头得一直放在咱们这里吗?况且这两人为啥也要送过去啊?"

马三姨双眼一瞪:"我帮他收垃圾也收得够多了,如今这丫头跟疯狗一样乱咬人,还惹了些不相干的人过来给我添乱,我可伺候不起了。送给他自己处置吧,要杀要砍血也不会溅到我身上来。"

那打手连连点头,又问翠柳和邓老大怎么办。马三姨不耐烦地摆摆手:"先堵着嘴丢在这里,等我空了再来收拾他们。"说罢,她又看了看任西东和布赫医生,转头带着折了手的喽啰离开了。任西东能看出她眼中的幸灾乐祸,那种恶意毫无掩饰。

她应该是非常痛恨洋人和自己这样的人,可又和洋人有紧密的联系,这实在很矛盾。任西东看着她离开的方向,思忖道:刚才她说了"南山",她的手下说了"布鲁"……难道他们要把自己送到维克多·布鲁的宅子去吗?

这事情透着诡异,难道当时送春华到这里来的洋人,竟然是维克多·布鲁?

任西东脑子里一片混乱,却没有时间来仔细整理。

翠柳还没哭出声,就被打手用破布塞进嘴里,跟邓老大一样被扔进了黑屋子。任西东趁着打手们对付邓老大和布赫医生的时候,飞快地对翠柳说:"兴隆街胡记茶馆,找五爷救命。"

翠柳用红肿的眼睛看着他,似乎对他说的话有些无法理解。

旁边的布赫医生在竭力挣扎,但还是被布条捆住了嘴,然后又被蒙住头。这让任西东又多了几十秒。

"记得去找他,"任西东急迫地对翠柳说,"南山,布鲁的房子,记得告诉他!"

他刚说完,一块黑布就蒙着了他的头,接着有人把一块布塞进他的嘴巴里,他什么也说不出来了。

但愿翠柳能找到机会逃出去,任西东想,这也是自己唯一的机会了。

黑暗，潮湿，是任西东感觉最难以忍受的。他从来没有想过自己如果看不见，会有多不舒服，现在他体会到了——

绳子紧紧地捆着他的手和脚，他们还蒙着他的眼睛，堵着他的嘴，任西东只能调动起剩下的感官，辨析自己所经历的一切。

他听见他们去对付春华，她发出野兽一样威胁的吼叫，但是都被闷在喉咙里。然后他被人拖着出去，下了台阶，重重地推倒在地上。然后被扔在他身边的是托马斯·布赫。任西东很想辨别出春华在不在，但在那些人的脚步声消失以后，他只听到一个粗重的呼吸声，很明显那是托马斯·布赫。那些人似乎没有把他们和春华关在一起，任西东不明白这是为什么，他们三个不都是要送往同一个地方吗？

在黑暗中时间过得特别漫长，也许没有多久，但对于任西东来说，就感觉已经过了一个昼夜。因为紧张和疲惫，他感觉到饥饿和干渴。

后来又有人来抓起他们俩，将他们塞进了一个狭窄的空间，两人几乎都要像纸一样被折叠起来了，难受得想吐。然后他们被抬起来，颠簸摇晃着，近乎要窒息了。也不知道过了多久，才被放出来。但他们没有时间伸展一下，跟着就又被塞进了另外一个地方。任西东闻到了一股骚臭，身下有湿漉漉的感觉，似乎有草席一类的东西铺着。接着他们就感觉到了震动，还有车轴摩擦的声音。

他们渡过了长江，正在被带去目的地。

任西东觉得这车每每在路上颠簸一下，自己就有种想呕吐的感觉，被捆住的肢体更像被无数根针刺一样，疼得厉害，但他没法动，也没法叫出声来，除了默默忍受，毫无办法。他从来娇生惯养，在南洋家中一直过得很舒适，在欧洲留学的时候有卢芳帮忙照顾，也没有遭什么罪。虽然父母家教很严，但毕竟没有刻意让他受苦，所以今天这几个时辰,可算得上任西东这辈子最难熬的时光了。

正在他几乎难受得要把嘴唇都咬破的时候,车停了下来。

接着就有人七手八脚地将他们抬了下来,推搡着往前走。

任西东只觉得落地的时候双脚刺痛,膝盖也没有什么力气,被人在背后重重地推一掌,立刻就跪了下来。

身边响起一阵口音浓郁的讥笑和咒骂,然后他又被大力拽起来,拖着往前走。

任西东听到了托马斯·布赫从喉咙里发出的呻吟和闷叫,显然他也不怎么好受。

他们两个跌跌撞撞地走下了一段台阶,最后终于被放开了,然后有人过来解开了他们眼睛上的布条,也松开了捆着的嘴。

太久没见光,任西东没敢一下子睁开眼,只是试着慢慢地张开条缝隙,感受着周围的环境。光线并不太强,这让他适应起来还算快,他眼前的世界很快从模糊变得清晰。

他发现自己身处一间地下室里,周围是干净而冷酷的青黑色石板,整个房间透出潮湿阴冷的气息。有一张桌子放在墙角,上面点着两支蜡烛,算得上唯一的光源,此外就什么也没有了。他坐在地上,托马斯·布赫在他旁边,艰难地眨着眼睛。在他们周围,站着四五个高大健壮的男人,都是陌生面孔,穿着黑色的短衣,辫子缠在脖子上,脸上带着一种麻木——对于任西东和布赫医生的境遇司空见惯的麻木。

任西东咳嗽了两声,迅速地打量他们,然后对站得离自己稍微远一些的那个人说:"我想喝点水。"

那个人四十多岁的样子,留着短须,在这些人中,只有他的站姿最为轻松,还用手一下下地抚弄着胡须。

听到任西东对自己说话,那人愣了一下,随即走近来,笑道:"你这个假洋鬼子眼睛生得尖哦,一下子就能看准人。放心,水是会给你们喝的，吃的也会给你们的，但是要等我们东家回来点头了，才得行哦。"

托马斯·布赫声音沙哑，已经被这一趟劫难给折腾得有气无力了，但听到那人说话，还是哼哼道："你们犯罪……这是不对的……你们想做什么？"

任西东用法语阻止了他："节省点力气，托马斯，我们还不知道他们的企图，得寻找机会——"

他的话音未落，突然听到一阵哀号，那声音很清楚，一阵接一阵的，听着有些凄惨，但又有一些疯狂，不太像正常人发出的。任西东循声望去，在墙上看到一个极小的窗口——显然，声音就是从隔壁传来的。

那短胡子笑了笑："小子，吓到了吧？跟你说，不要乱跑，把你们放在这里等我东家，是为你们好，莫要想精想怪的，真的遇到啥子，我们也救不了你哦。"

任西东心中一动，突然想起他并没有见到春华，难道他们是将她关在了隔壁？这声音就是她发出的吗？他们到底想做什么呢？

他看着那短胡子，问道："你的东家，难道就是维克多·布鲁吗？那个妓院的主人说送我们来他的房子。"

短胡子脸色一变，接着又嘿嘿地笑起来："那个婆娘嘴巴真是闭不上，这都要漏出点消息来。不过好在你们也不一定能从这里走出去，知道了也就知道了吧。"

任西东心中一沉："难道说，你们打算杀了我们吗？"

这短胡子还没有开口，就听到房间的入口处传来了嗒嗒嗒的脚步声，那是皮靴走在石板上的声音，每一步还配合着手杖拄在地上的响声。

接着维克多·布鲁走了进来，穿着合身的洋服，戴着便帽，捏着橡木手杖。他光鲜的模样跟任西东和托马斯形成了鲜明的对比，但他仿佛很享受这样的情形，面带微笑地说："不，不，任先生，你在说什么呀？我可从来没有想过要你的命。"

他的汉语一改之前蹩脚的口音，竟然是十分标准的官话。

任西东的心中顿时压上了一块沉重的石头——这才是真正的维克多·布鲁，上次试探他的时候，反而是他用一张假面具骗了他们。任西东知道，现在他不打算再演下去了。

第二十七回

恶鬼显形述缘由，囚徒交心寻生机

维克多·布鲁穿着体面，外套做工精致，靴子擦得一尘不染，连手杖上的银质狮子头都亮锃锃的，他的身材矮胖，头发稀少，脸部的皮肤上有白人常见的那种红斑。这一切都让他看上去是一个标准的到中国发了财的商人。

但是当他用这口标准流利的中文说话的时候，他的眼神就变了，虽然之前也很狡黠，但那是属于一个商人的，而现在虽然依旧带着笑，却透着冰冷，还有毫不遮掩的恶意。

任西东不得不承认自己的失败，他必须检讨因为自负而轻视了对手，他让自己和托马斯·布赫陷入了极其危险的境地。虽然维克多·布鲁说了不会害他们的性命，可这究竟是谎言还是更加糟糕的承诺，任西东没法判断，主动权现在属于维克多。

一个男人从外面搬来了一把竹椅，于是维克多·布鲁成了房间里唯一坐着的人。他从口袋里拿出雪茄，点燃之后吸了两口，烟雾腾起来，一种特殊的香味顿时弥漫开。

"任先生，"他不紧不慢地问，"你知道了什么？"

几乎没有遮掩的必要了，只剩下交锋的技巧。

任西东想了想:"你的确是有新品种的鸦片,你也的确是想找人销售。"

"嗯,不错。"

"蔺三娃是认识你的,他跟这种鸦片有关系。"

"哦,你竟然能知道这个,不错嘛。"

"但他并没有把你的新型鸦片推销出去,或许是你不满意他,因为他本身就是个瘾君子。你其实想找一个更可靠的经销商,而非一个地痞无赖。所以你留意到了谭清泉,他有很好的销售渠道,有自己的货运路线,而且不仅限于重庆,还辐射到四川和云南,你想让他给你贩运鸦片,可你并不确定他会乐意。因为他是清水袍哥,鸦片一般是不沾的。我也想过你为什么不干脆找个原本就做鸦片生意的人来帮你代理,后来我觉得,也许一个本身不沾鸦片生意的人才更安全。你的新型鸦片,相对于传统鸦片来说,可能具有一些不太稳定的地方,或者你担心这种鸦片会被老手复制。"

维克多笑吟吟地看着他,赞许地点头。

"聪明!"他冲任西东竖起大拇指,"你猜对了不少,至少对于谭清泉这部分来说,估计得很准确。可是我要修正一个错误的猜测。我并不担心我的新产品被复制,它们是独一无二的,我只是担心它会冲击现有的市场。当然,这市场迟早都会是我的,但是我并不打算一开始就让同行们憎恨我,所以我倾向于小规模的销售。"

"你卖出去了多少?"

"哦,没有,没有,还没有开始呢,"维克多遗憾地叹了口气,"我是个谨慎的商人,我得确保渠道安全才能放心做生意。"

任西东心中突然一动,身子像过了电一样:"难道蔺三娃在望江客栈里搭讪谭小姐,并不是偶然,而是你设计好的?"

维克多有些意外地看着任西东,露出吃惊的模样:"哎呀,任先生,真了不起,你竟然连这个都猜出来了!不错,是我跟蔺三娃商量过的，他留意了谭家好几天，才最终钓上了谭小姐。蔺三娃是想诓骗她们，熟悉以后将她们带走，然而我会找到她们，将她们平安地送回去。"

"接着谭先生就会非常感激你。"

"是的，他会愿意帮我一点儿小忙，然后我们就会成为非常好的朋友。说不定他还会介绍我跟本地的袍哥们认识，跟他们做朋友总是有益处的。"维克多喷出一口烟雾，"可惜啊，任先生，你让这一切都没有顺利实现。不过这不完全是你的错，蔺三娃也很鲁莽，他其实没有必要再次尝试，也没有必要去报复你。所以我得承认我的确不太喜欢他，就算是在中国人中，他也算得上是一个特别无能的了。"

"你知道这种说法其实带着对一个民族的冒犯吗？"

"哦，天哪，"维克多耸耸肩，"我可真找不到更好的形容词了！"

他的傲慢不加掩饰，任西东对此有些厌恶："是你发现的春华？"

"你说那个丫鬟？"

"嗯。"

"挺漂亮的小姑娘，我喜欢她以前的模样，"维克多遗憾地叹了口气，"如果你指的是我收留她，那倒是没错的。"

"她从谭家逃走就再也找不到了，你应该是那段时间就在谭府外守着。"

"中国人怎么说来着？皇天不负有心人。"

"你难道没有发现蔺三娃得病？而且春华也得了同样的病？现在已经死了两个患者了，起码还有三例感染，你知道这有多可怕吗？"

维克多吸着雪茄，摇头道："我应该知道，不能信任一个瘾君子。让一个抽鸦片的人来销售，就好像让一个强盗看守财宝。他偷偷地抽了第一块产品，那个原本只是试验品，并没有准备上市。当我抓到他的时候，他说这东西很好，他非常喜欢。还好我并没有按他说的立刻写信去让我的工厂生产，他当然自愿又尝试了几次，给了我更多的反馈。但是我并不能说他得的病跟我的新产品有关系。我这样的说法还是比较严谨的吧，医生？"

维克多向托马斯·布赫微笑。

德国医生的中文水平虽然不太好，但是一直在旁边努力地聆听他们的对话。看到维克多转向自己，他忍不住大声地问道："那新的鸦片里，你加了什么东西？"

维克多却没有回答他，继续对任西东说："蔺三娃生病以后，出于人道考虑，我曾经说过要带他治疗，但是他拒绝了，而且躲到我找不到的地方。后来他的病情恶化跟我没有关系，他对自己的健康从来都不负责，跟很多中国人一样。"

"他的尸体解剖过后的情况你知道吗？"

维克多苦恼地揉了揉眉心："我倒是找黄教习问过，我觉得那尸体火化会比较好。"

任西东"哼"了一声："你是想毁灭证据。"

维克多哈哈大笑起来："定罪才需要证据的，任先生，我丝毫不需要那种东西！这都是生意。"

"那你把我们劫持到这里来做什么，还有春华呢？她在哪儿？"

维克多笑眯眯地看着他："我知道你们很担忧，关于那些得病的人，还有这座城市里的人，所以我会给你们点机会来帮助他们，但这得秘密地进行。要知道，这些对疾病毫无认识的中国人，是最容易恐慌的，你们也不想这个事情变成一次社会灾难吧？"

任西东觉得这个人真是超乎他想象地邪恶。

"你想怎么样？"

维克多摊开手："这里是很好的实验场所，比任何开放的医院都更安全。我仔细观察过你们，任先生和布赫医生，你们是最有热情来救死扶伤的。为什么不在这里好好地研究一下，蔺三娃身上的病究竟是怎么来的？实话说，我对此也非常好奇呢！"

托马斯·布赫叫起来："不行！我们缺乏器材和药品，还有研究的病例。"

任西东则问道："你是想让我们在这里研究春华？"

"不止她，我这里还有更多的实验对象。"维克多露出牙齿笑了起来。

任西东感觉到一阵寒意，他第一次有这种糟糕的念头：维克多·布鲁或许已经捅了天大的娄子，他现在竭力弥补，自己和托马斯的力量可能只是杯水车薪。

但这些是他心中最坏的打算，他没有办法去核实这些猜想，只能不断地思考，如果真到了那个地步，该怎么样脱困。

他的沉默让托马斯感觉更加焦躁，他叫着任西东的名字，又大声抗议着维克多。

狡猾的英国商人也渐渐不耐烦了，他抽完了最后一口雪茄，站起来说："你们将会在这里待一段时间了，先生们，不过别担心，我会尽力让你们生活得舒服一点儿。布赫医生，你需要的药品和器材我会给你搞来的，希望你少安毋躁。"

然后他叫来一个手下，在他耳边嘀嘀咕咕地说了几句，就向任西东和托马斯告辞。

在他离开以后，那个短胡子的中国人走上来，对他们笑了笑："这位任先生，还有你的洋朋友，从现在开始就是我们东家的客人了。我们再捆着你们就是失礼了，不过还是希望两位也照顾照顾我们，不要乱跑乱动。这样我们就给你们松绑，怎么样？"

任西东觉得自己的四肢都快僵死了，只能点点头。他给托马斯递了个眼色，那男人也只能憋着气点头。

于是两个人上来，把他们身上的绳索都解开。

任西东终于觉得稍微好些了，但四肢几乎都是麻木的，他试着揉了揉，慢慢地针扎一样的痛越来越剧烈，他忍不住呻吟了一声。

那短胡子又笑了笑："没事，就这一下子难受，慢慢就好了。等下给您两位搬桌子板凳进来，还要送水送饭。就是睡觉辛苦点，没得床，只有打地铺。不过我们这边有最好的篾席，再给你多垫几床棉絮，睡起来没得问题的。"

任西东懒得理他，只是按摩着双腿，不说话。这人只是个喽啰，他也不想花力气来吵架，反正如今只能走一步看一步了。

短胡子见他有些怏怏的模样，只当他是经历了捆绑和颠簸后非常疲倦，也就不再多说，向身后的人略微一抬下巴，几个人就退出房间，关上了门。

任西东能清楚地听到一阵咔嗒声和金属撞击的声音，显然他们是把门给锁上了。

任西东颤颤巍巍地站起来，轻轻走到门边，试着从缝隙里往外看，勉强能看到那几个人走上楼梯的背影。他们似乎没有安排人守在门口，看来很清楚现在的任西东和布赫医生完全没有能力逃跑。

任西东走回来的时候，托马斯·布赫正痛苦地揉着自己的手臂，还站不起来。

"伊斯特，天哪……咱们可陷入了大麻烦！"

"没错，但暂时还活着。"任西东扶着倒霉的医生站起来，在椅子上坐下。

"我们得想办法出去，"布赫医生说，"那家伙不是好东西，伊斯特，他很邪恶。我们最好快点儿离开这儿。"

"他的确是个丧心病狂的坏蛋，但我们现在不能离开。"任西东说，"他不光把我们带到了这里，听他的说法，春华应该也来了，我们得知道维克多到底要干什么。"

托马斯·布赫低下头："我很抱歉，伊斯特，你说的是对的，但是我很害怕，现在这些事情的发展，已经超出了我的控制。我只是个医生，我来到中国并不是为了传教，只是想看看这个传说中的东方大国是怎么样的，而我所学到的技艺也可以在这里发挥作用。然而那个病，我没有找到有效的治疗方法，现在看起来，甚至很可能是一个人为制造的疾病，这情况就更难掌握了。"

任西东耐心地听布赫医生倾吐自己的恐惧，然后干脆在他身边的地上坐下来，伸直自己的腿。任西东呻吟了两声，才对托马斯说："害怕是一件好事，托马斯，要知道有所敬畏才能对现在的情况感到忧虑。你看维克多·布鲁，他就毫无畏惧，他不怕自己的鸦片害死人，他也不怕这诡异的病会引起大规模的传染，然后有可能再害死无数人。他把我们和春华带到这里来，仅仅是担心这件事会被曝光，然后阻碍他赚钱。他不害怕，这本身就是件很可怕的事情。"

托马斯·布赫点点头："你说得对，伊斯特，我从来没有遇到过他那种人。"

任西东耸耸肩："我遇到过，在各种小说和戏剧里，倒真有这样坏得让人后颈发凉的，有时候是恶魔本人。我跟你一样，托马斯，我并没有预料到自己在重庆会遇到这些事，我也没有预料到自己会逗留这么久，会关注这么多。"

布赫医生看着他，有些同情地问道："你为什么来这里，伊斯特，你好像从来没有和我谈过。"

任西东的表情有些恍惚："哦，好像是的……连我自己都快要忘记是为什么回来了。"

"回来？"

"我的家族祖上就在重庆居住，听说还有很大一处宅子。我的父亲年纪大了身体不太好，思乡之情也越来越浓，他让我回到重庆是想寻一寻根，同时也想找到祖宅。"

"哦，听起来是个有些惆怅的故事。"

"父亲说祖宅中有他遗失的玩具葫芦，但他早就不记得具体的地址，也不记得那东西为何让自己念念不忘……"任西东又笑了笑，"我现在觉得，可能他只是朦胧地把自己童年里最美好的记忆遗落在了那里而已。我和卢芳去找了，很幸运，我们找到了遗迹，但老宅早就没有了，那里只有碎片和泥土，那些秘密我们可能永远都不会知道。"

"我很遗憾，伊斯特。"

"谢谢，托马斯，可是我并不后悔来重庆，就算是咱俩现在被关在这里，面临着被那浑蛋长期拘禁的风险，我还是觉得我应该回来的。我爷爷曾经写过一幅古诗挂在房间里，'人言落日是天涯，望极天涯不见家'。他从来不说，我觉得他是被迫离开这里的，有什么不得已的苦衷，但是他依旧怀念这个地方。我想知道原因，其实我大概也有些体会——这是个独一无二的城市，对吗？"

托马斯·布赫想了想："是的，这点我承认，我从未在别的地方见到过这种地形的城市面貌，我得说现在的中国跟我以前听说过的完全不一样。他们没有那么富有，但也没有我想的那么贫穷。有时候我觉得有些人愚昧不堪，但同时也有很多人乐意来向我学习些知识，这是一个充满了矛盾和变化的地方，我认为这里酝酿着变革。"

"也许很多东西会改变，从他们开始观察外部世界之后，但我们身在这里，就不能置身事外。不管是从人道角度来看，还是我对于这里的人和事的感受，我都不愿意看到瘟疫大爆发，"他认真地看着布赫医生，"托马斯，我们得尽力试试，但绝不是照着维克多希望的那样来。"

"你……有主意吗？"

任西东竖起食指放在嘴上："刚才你听到那声音了？像是有人在叫！我没法分辨是不是春华。维克多说他还有'实验对象'是什么意思，难道这里还有感染者？"

"也许他指的是翠柳和她的情人。"

"那个老鸨没有说要送他们来这里。而且……"任西东停顿了一下,"而且他们最好别来,如果我们想获救,他们必须从那老鸨的手下逃走。"

托马斯·布赫显然不明白他的意思,这个时候任西东也不想再多解释,他重新站起来,开始仔细地查探起这个房间。

被带到这里来的时候,任西东记得他被拖下了一段台阶,而且时间不算短,很明显这个房间就是个地下室。除了大门外别无出口,他刚才只在墙上看见一个小小的窗口通向隔壁,如今再仔细看了一遍,也真的就只有那个口子了,而且它如此之小,称为"气孔"更加合适。之前他听到的可怕声音就来自那里。那声音并没有持续太久,现在已经完全听不到了。

任西东询问托马斯是否也有听到,托马斯点点头,表示那声音的确明显而且让人印象深刻。

"让我来看看隔壁的房间里到底是怎么回事,春华是不是真的被关在那里。来帮把手,托马斯。"

任西东和布赫医生两个人把屋角的桌子挪到了小窗下,然后他爬上去,端起一支蜡烛朝那一头望去。

隔壁房间里是黑漆漆的一团,什么光线也没有,而任西东手上的蜡烛只能照亮一小片地方。但就在这一小片的光亮中,他仿佛看见了地狱的景象——

在这间屋子的地上,横七竖八地躺着许多人,他们都被捆住了手脚,嘴被绑着,如同要被宰杀的猪一样。有些好像失去了意识,有些则是清醒的,看到小窗上的灯光,醒着的人昂起头,从喉咙里发出野兽一样的声音,他们脸部的皮肤都发红,或者溃烂,眼睛里是可怖的黄色,有些人的嘴里甚至流出了血,是暗淡的黑红色。

他们都是感染者,任西东头皮发麻,竟然有这么多的感染者!

更加骇人的是，就在这些感染者的上方，从屋子顶上垂下来一只笼子，用铁条密密麻麻地钉着横竖条，就是只老鼠也钻不进去。他看不清笼子里具体的情形，但依稀能辨认出里面有个人，模样和衣着全是模糊的，一动不动，看不清是死是活。下面的有些感染者正奋力探出身子，想够着那个笼子。

那是谁呢？这些感染者是怎么被发现的？他们又怎么会出现在这里？难道维克多早就知道这个病，然后秘密地将相关的感染者都集中到他的地盘？

这也说得通，如果最早的病人是蔺三娃，维克多只需要追踪他的生活轨迹就能找到感染者。

一想到维克多竟然早就知道这病的可怕，还如此冷血地掩盖着，任西东内心的怒火就燃烧了起来。

他艰难地借助着昏暗的光线在这些感染者中寻找春华的身影，他不敢出声，怕惊动了失去理智的感染者，如果他们一起发出号叫，那些保镖很快就会回来。但直到他看得眼睛发酸，端着蜡烛的手都有些不稳，蜡烛油滴落到皮肤上，他才不得不放弃，暂时蹲下来。

托马斯着急地问："看到了什么，伊斯特，那边有人吗？"

任西东点点头："很多人，都是得病的人。我看不完全，但估算一下，起码有十个以上吧？"

托马斯咂舌道："这么多！整件事正在失控，伊斯特，如果不能准确地查找出感染路径，说不定真的会变成流行病，就像黑死病。"

"我觉得比那还糟糕，"任西东咬着牙，"你忘记解剖尸体的时候看到的情况了吗？还有秋菊临死前的举动……这些病人到最后失去了意识就会主动攻击人，他们会吃人的。"

布赫点头："是的，我觉得他们的大脑肯定受到了影响，身体的需求会压过一切，有点儿像……卟啉症。"

"哦？"任西东有些疑惑。

"前几年才被确认的一种疾病，跟体内血红素合成的障碍有关系。我没有亲眼见过病例，但是我在德国的时候听过这种病的介绍。有些病人就是身体皮肤溃烂、变化，然后喝血和吃内脏这种行为会让他们好受点，就是怕光。"

"现在这些人得的是这种病或者类似的病吗？"

"很难说，"布赫医生摇头，"那是一种先天疾病，应该不会传染，而且即便是畏光，也没有听过有双瞳变色的情况。"

就在他们交谈的时候，小窗那头传来了一阵铁链碰撞的声音，还有极其轻微的叫声。

任西东又站起来，循声望去——

只见那个垂吊的铁笼子轻轻地晃动着，里面的人似乎在挪动身体，接着有一个女声很小心地叫道："有人吗？有人吗？"

任西东觉得这声音有点儿耳熟，但又听不真切，并且在呼唤的时候，还有一些感染者发出可怕的咆哮。

任西东举着蜡烛把脸更凑近那个小窗一点儿，低声叫道："你是谁？怎么会在这里面？"

那女声顿了一下，忽然问道："是你！是任公子？"

任西东愣住了，没有答话，那女人更着急了："是任西东任公子吗？住在望江客栈的任公子？"

任西东大吃一惊："你是谁？怎么会认识我？"

那女声更加激动了，带着一些哽咽说道："是我啊，任公子，我是吴二姐！"

任西东万万没想到竟然在这里见到吴念娇，自从蔺三娃的杀人事件发生后，吴念娇就一直被囚禁在警察总局内，而且胡振全力追查此事，也有很大的原因是为了救她。

任西东仔细辨认，果然是吴念娇的声音，他不由得诧异地问道："吴二姐，你怎么会在这里？"

吴念娇虽然是个意志坚强的女人，此刻也忍不住有些哽咽了，她强行吞下了哭声，沙哑地说："我也不知道，只在警察总局的牢里就着咸菜吃了沥米饭，感觉困倦就睡下了，一觉醒来就在这鬼地方，被这些疯子围着，也不明白是为什么。"

任西东心中忽然想起之前胡振跟他说过的事情：袍哥兄弟跟着维克多·布鲁，看到了他去的地方见的人，其中有一个正是黄刃的模样。难道是维克多向黄刃提出要求，将吴念娇转移到他这里来？

说起来倒也可以理解，因为吴念娇是目击蔺三娃杀人的人证，万万不能轻易放过的。但是他能将吴念娇攥到自己手里，又是如何通过黄刃那一关的呢？

甚至说，他已经和黄刃达成了什么协议？

如果真的是这样，那事情就变得更加棘手了。

任西东心中打定主意：虽然困难重重，但他们的逃跑计划，不能不将吴念娇放进去。

第二十八回

巧言语伺机脱困，窥天光暗藏生门

　　任西东向吴念娇询问，是否还记得来这里前后的事情，拜托她仔细地讲一讲。于是吴念娇定了定神，把自己的经历告诉了任西东。

　　自从那一次在警察总局过了堂，见了解剖蔺三娃的尸体，吴念娇就心头骇然，又不免有些庆幸——亏得她并没有被蔺三娃抓到咬到，不然只怕跟春华秋菊一样的下场，不死也要变作可怕的模样。虽然她之后又被重新羁押，却得到胡振传递进来的消息，说是正在与任西东一起想法子营救。所以她安心了一些，在牢中小心度日。

　　就这样过了两日，一天傍晚，那个叫作黄刃的教习忽然来到牢里，屏退了看牢的女差人，又问她一些蔺三娃的事。吴念娇心头诧异，但还是如实说了。

　　"他问了什么？"任西东说，"是之前没有讲清楚的事吗？"

　　吴念娇摇头："有些就是我已经说过的事情，他着重追问了蔺三娃当时的体态和动作，还有与我搏斗的力道。"

　　任西东皱眉："他问这些是做什么？"

　　"我也不知道，我只能尽量详细地说说，他听了就走了，也不说是要放我还是怎么样。隔天我就被丢在了这里。我醒来就发现这屋子里好多病人,有些都是疯子了。他们只想咬我,互相却仿佛看不见一样。我别无他法,也不能逃走,直到看见任公子你……"

任西东心中纳闷,又问吴念娇可知道这地方的构造。吴念娇摇头:"我从醒来就被关在这里,也没有出去过。只是吃饭的时候,头上会有人掀开盖板,把饭垂下来,朝我喊话,这笼子的盖子就会被提起来,我能勉强够着几个饭团。我想咱们这两间屋子,应当是在一个大院子或者大房子的底下。"

任西东听了,举起蜡烛向自己这间屋子的顶上看去。其实这屋子的顶并不太高,但他站在桌子上也勉强才能摸到,在烛光下看来并没有什么特殊的地方,都是木梁上铺着石板。

"这边顶上没有盖板,"任西东对吴念娇说,"只怕吴掌柜你待的那间屋子比较特殊。"

吴念娇叹了口气:"我并不知道是谁把我弄到这里的,也不知道他们把我关着是要做什么,我只想快点出去,任公子有什么办法吗?"

任西东安慰她:"会有办法的。你现在不要想太多,养精蓄锐吧。等我找到了机会,再跟你说。"

他爬下桌子,和托马斯·布赫一起把它抬回原位。

布赫医生听任西东竟然跟隔壁房间的人说了半天,正在焦急地等他说明情况,一见他站定了,就赶紧询问。任西东只能拣着要紧的说了,然后跟他商量:"现在我们得逃出去,而且不能丢下吴掌柜。我们现在只有这一扇门通向外面,而吴掌柜那边除了大门还有天花板上的盖子。我们得想办法把她带过来,或者我们进入隔壁房间,才有办法一起突围。"

"可是……"布赫医生迟疑道,"你说隔壁房间里不是有很多的感染者吗?"

"是的,而且很可能他们就是维克多所说的提供给我们的实验对象，不过都被捆绑着，如果真的进去倒不会有很大的风险。我觉得吴掌柜被放在那里，更像是一种道具。一群饥饿的狗总是在觊觎肉骨头，反而容易操纵。"

"你知道你说的有多可怕吗？"

"我也不希望看到这种情况，"任西东摇摇头，"但是我们的对手真的能做出这种事情的。托马斯，你别有侥幸心理。等下我觉得可以用一个办法走出这间屋子。"

"什么办法？"

"他们会来给我们送水送饭，而且维克多还希望我们能够帮他控制这个传染病。我要你提出要求，比如你这里需要的实验器材，还有你自己设计的那个离心机什么的，他们会相信，然后你再说需要亲自去挑选一个感染者。"

"你要我进入隔壁房间？"

"不只是你，还有我，"任西东说，"我必须看看吴掌柜那边到底是什么情况，我得尽可能知道咱们怎么出去。"

托马斯毫不犹豫地点点头："行！那就这么办，伊斯特，我觉得咱们没法拖太久。因为在我们所了解的情况里，外面至少还有两个已经出现症状的感染者和一个可能在潜伏期内的感染者，他们都是在维克多掌握之外的人。如果没有掌握他们的动向，那么这病真的就无法控制了。"

任西东点头，又皱着眉头说道："但我还有一个没有解开的疑问：为什么维克多要把春华放在那个妓院里？如果他当时将春华带回这里，也不会发生袭击我的事情，最终也不会暴露他。"

"这件事可以先放到后面去解决，"托马斯有些紧张地问道，"你觉得他们什么时候会回来找我们？"

任西东忽然想起什么，伸手在口袋里掏了掏，摸出了怀表看——现在是接近十二点的时候，但不知道是中午还是晚上的十二点。"他们马上就会来了，"任西东肯定地说，"这个时间我们要么该吃饭，要么该睡觉了。"

仿佛是为了印证他的话一般，他们两个人刚多说了几句，门口就有了动静。之前的那个短胡子打开门，手里提着一盏防风油灯，身后还跟着两个大汉，抱着被褥，提着食盒。

他们走进来就把门关上，那短胡子把油灯放下，靠着门站好，笑眯眯地解释说，是他的东家考虑到任西东和这位洋大夫受了点委屈，又累又饿，赶紧吩咐厨子弄了饭菜送来，还特地挑了软和的被子，怕在房间里凉了。

不过他话说得软，人一直靠门上就没有动过，显然是防着任西东和托马斯突然发难，夺门出去。

那两个喽啰就在短胡子的命令下，笨拙地将被褥放在地上铺好，又从食盒里端出热乎乎的饭菜。

竟然还是小炒肉和红烧的萝卜，闻着很香。

任西东也不客气，招呼托马斯坐下就开始吃——吃饱了才有力气跑。

那短胡子见他们没有反抗的样子，稍微放松了一些。任西东扫了他一眼，就向托马斯递了个眼色。

托马斯立刻明白了他的意思，开始询问那个短胡子打算让他们住多久。

短胡子笑道："哎哟，这位洋大夫说得客气，我们和东家都没说您得住多少日子，只要东家请你办的事情办好了，自然要送两位回家的。"

托马斯早知道他会推诿，于是就一本正经地说："很好，我们的目的是一致的，但是，只给吃的睡的，不行。我需要实验设备，比如我的培养皿自动记录仪，还有我的离心机，哦对了，还需要病例研究。"

那短胡子还是赔着笑:"东家说了,你需要啥东西我们都给你送来,也省得你跑腿嘛。如果你能写个条子,我们连夜就去给你取了来。"

托马斯双手一摊:"那你们也得给我找来纸和笔嘛。"

短胡子在荷包里摸了两下,竟然真的掏出一只自来水笔和叠起来的白纸。他将这两样东西放在托马斯面前,又笑了笑:"我东家早就吩咐我带来了,他说若洋大夫和任先生讨要这两件东西,说不定就是想通了呢!"

维克多·布鲁确实是一个心思缜密的人,并且他也用这种细节来提醒任西东他们:一切都在他的掌握中。

但这时的角力是很微妙的。

托马斯埋头吭哧吭哧地写了一大篇,英文中夹杂着法文和德文,他不光要求拿到自己留在医院中的仪器,还要求购买一些试剂和药品,看起来简直是要在这房子里搞出一个实验室来。

那短胡子瞪着眼睛也看不懂他写的啥,任西东告诉他直接拿给维克多就行了,都是医生用的东西,而且他也需要提炼药品的实验器材。短胡子也很干脆,小心地把纸叠好收了起来,就要招呼两个手下离开。

任西东问道:"我们需要看看病人,布鲁先生说这里的病人很多,到底有多少个?"

短胡子瞥了他一眼,似乎在衡量他询问的真诚程度,接着笑了笑:"您要多少?"

任西东故意向布赫医生问道:"托马斯,你觉得呢?"

医生非常配合地做出一副皱眉思考的样子,然后才说:"我接触过的病例有四个,阶段也不同。如果从人道角度来考虑,当然没有是最好的,但是要做研究就越多越好。"

任西东点头,对短胡子说:"托马斯说得对,如果真的想尽快找到治疗方法，必须在病人身上实验。"

短胡子听他这么说了，也不再多问："只要说的做的都跟咱们东家要求的一样，我们一定给你们二位安排好。就请您稍等了。"

任西东又追问道："我之前听到有人吼叫，似乎就在这附近，那是病人吗？"

短胡子又暧昧地笑了笑："等我问过东家，你就知道了。"

任西东掏出怀表看了一眼，问道："现在布鲁先生已经睡了吧，是不是要等到明天早上才能给我们回音？"

那短胡子哈哈大笑起来："我就说洋人记时辰的玩意儿也有不好使的时候吧。咱们十二个时辰记完，你那东西得跑两圈，这不见天色就不晓得跑到哪里了！实话给你说吧，现在不是晚上，是正中午，东家还在这里。我转头回禀，有了示下就来安排。"

说罢，就得意地领着两个手下出去了。

托马斯吁了口气："但愿咱们的计划能够成功。"

"而且必须尽快成功。听那人的话，恐怕我们对时间的预估是完全错误的，我们不知道到底被抓来了多久，"任西东皱着眉头，"疾病的发作和传播都不会因此而减缓。"

两人吃饱了以后，抓紧时间睡了一会儿。虽然那被褥铺在地上，睡着硬邦邦的，但两人都疲惫不堪，必须恢复体力，也不再挑剔，倒下就睡着了。

任西东睡得迷迷糊糊，在梦中浮浮沉沉，仿佛置身于一条燃烧的小路上，脚下的地面被烤得通红，他走上去的时候感觉到一阵疼痛。火焰在他身后更加猛烈地腾空而起，小路正在变得通红，然后化为齑粉。任西东拼命地向前跑去，然后就看到在道路的两边，也有无数的人正在逃跑，躲避着逐渐蔓延开来的烈焰。但是他们无法进入这条小路，那些火焰永远比他们跑得快，火舌舔上了他们的衣服，将他们包裹起来，他们发出惨叫，变成了焦黑的炭。

任西东想救他们，但是火墙将他隔绝在小路中间，他一边跑一边看着周围的人一个个被火焰吞噬。就在这些跟他一起奔跑的人中间，他看到了胡振，看到了谭玥，还有吴念娇，他们的脸上都满是惊恐，几乎不是他认识的模样了。任西东转过头，甚至在那些人中看见了卢芳，他向她伸出手去，却看到她变成了一个火人……

任西东满头大汗地醒过来，身上仿佛还残留着梦里的高温。他捂着额头，有一种不祥的感觉，但理智又让他唾弃自己——他是个科学信徒，坚定的唯物主义者，无论怎样也不能用迷信来缓解恐慌。

正当他调整着自己的呼吸，门又开了，短胡子还是带着他的两个手下走进来。这次他们手里提着的东西更多了，还背着两个背篓，腰上还插着刀。

任西东连忙将托马斯叫醒，警觉地看着他们。

那短胡子看出了他们的紧张，解释道：“哎哟，两位，莫怕莫怕，我是按照东家的吩咐，来给两位送东西的。之前这位洋大爷写的条子，我们对照着找了些，东家这里有现成的，又到洋行里头去取了些，凑拢了不少。另外还有一些要去洋大爷的医院拿，白天不太方便，今天晚上再派兄弟去取。本来说请洋大爷写个字条给医院的人瞧，要方便些，不过难免不被追着问洋大爷的下落，所以就只有悄悄地搬过来了。要麻烦两位多等半天。”

他说罢，那两个手下就将背篓和手头的布袋都放在地上，然后抽出刀站在一旁。

短胡子笑道：“现在洋大爷要找病人，我们去提过来。”

任西东忙道：“请稍等，我觉得挑选合适的病人，最好我们两个都去。”

短胡子的眉头挑了一下。

任西东走近他：“现在我们已经知道发病后期的样子，实验过一些方法，发现不管用。所以我们会着重看看早期和中期有没有办

327

法治疗,这样的病人才有用。只有我们才能准确辨别出什么样的病例是我们需要的。"

短胡子的眼珠在任西东和托马斯·布赫身上看了看。布赫医生摊开手:"你要是怕我们逃走,就捆住好了。"

短胡子不怀好意地笑起来:"洋大爷是要给我用激将法呀,不必如此嘛。带你们去我都不用请示东家就可做主了。来,请——"

他闪身,把门口亮了出来。

任西东知道,这是因为不过是走到隔壁,所以短胡子敢托大,但脸上还是装出谨慎和迟疑的模样。他故意放慢步子,带着戒备的表情,跟着短胡子走出了门,两个带刀的大汉紧跟在他们身边。

这是任西东第一次走出那间地下室,一出门他就仔细打量周围——原来这地下室外头只有一条通往上方的路,想来也没有拐弯,因为楼梯虽然看不到尽头,但走过时能看见最靠上头的那几级台阶反射着日光。关押任西东和布赫医生的房间在靠着楼梯的这头,顺着走廊往里面走,十步之外就是隔壁的门口。大门外面的墙上挂着几盏油灯,勉强照亮,两扇木门上镶着铁皮加固,还加上了一把厚重的铜锁。

短胡子让任西东他们站得远远的,和那两个手下掏出一块布遮住口鼻,然后才从裤带上解下一把钥匙,打开了铜锁。

一个人取下了墙上的油灯,高高举起,同时把刀架在胸前,当先走进了房间。

短胡子对任西东笑了笑:"公子,你进去以后莫慌,我们护着你们,莫吓得大喊大叫的惹麻烦。"

任西东看出他是巴不得自己吓得尿裤子,于是也不示弱:"放心,病人最后死的模样我都见过,肚子剖开的样子都不怕,何况是活着的时候?而且,我也会功夫,真有什么你们打不过的东西,我也可以帮把手。"

短胡子讨了个没趣,便用力在任西东背后一推:"那就多谢你了,赶紧去瞧个仔细吧!"

任西东跟跄两步,终于走进了这个屋子。托马斯·布赫随即也跟了进来。

虽然心里早有准备,但真的近距离看到眼前的景象,任西东还是有点儿想吐——

病人都像尸体一样被捆得结结实实的,横七竖八躺在地上,其中有些人已经神志不清,一些人则还有意识,看到灯光的刺激就拼命扭动身体,好像复活的僵尸。这些"僵尸"都从喉咙里发出可怕的吼声,有些发红和溃烂的脸上还残留着绝望的表情。这个房间中充斥着浓重的腥臭和腐败气息,完全就是一股死亡的味道。

托马斯·布赫已经忍不住呕了一声,但立刻捂住了嘴。

任西东压下心中的惊骇,当即抬头去看中间的铁笼。

吴念娇也发现了任西东,她扑到铁笼边上,大声叫道:"放我出去,你们到底是谁,快放了我!"

任西东装作不认识的样子,问短胡子:"笼子里的人是谁?为什么把她关在里面?"

短胡子"哼"了一声:"不是你该操心的事情就不要多管,赶紧看看这堆人里哪个用得上,自己动手拖走。"

任西东和托马斯见他避而不谈,也只好装作不想再管,只接过一盏灯,低头去看那些感染者。

任西东一边小心地避开想扑过来的病人,一边朝吴念娇的方向望去:

只见那吊着铁笼的几条锁链,其中一条直通向屋顶天花板,而另外两条较细的镶嵌在这屋子的墙壁上,作为辅助绳。他抬头去看,就发现垂直的锁链上方,其实有一个很小的孔,那孔洞里透着白光,应该是盖板上的一个观察孔,也是给这房间透气用的。

那么这房间的确是直接通向外部的？

任西东心中突然一动：如果他把计划提前呢？现在是最好的机会！

第二十九回

拼全力恶斗凶徒，险中胜逃离黑牢

现在这间屋子的门敞开着，连短胡子和他的手下算起来，一共只有三个人，比之前要好对付得多。而且听短胡子说，他就没向其他人讲过要带任西东和托马斯来这边的事。这就意味着，如果任西东能制服他们，就可以不惊动其他人，找到出去的机会。

一想到这点，任西东的呼吸就加重了。

现在短胡子站在门口，而他的两个手下一个在门里面，一个走进来了一些便不肯再往里走了，把油灯递给了任西东，示意其继续寻找。

任西东接过灯，又跨过了两个病人，他心中思潮翻涌，却不知该怎么跟托马斯说，只能装作依然在寻找病人的样子，在感染者中穿行，寻找着机会。

现在他统计了一下，在他走过的范围里，感染者至少有十名，其中有两个已经濒临死亡，那模样跟蔺三娃的尸体极为相像。还有三个则刚刚进入感染期，只是眼睛发黄，脸上有些发红的疹子，他们尚存理智，对自己的处境充满了恐惧，看到任西东之后拼命从喉咙里发出呜呜的求救声。任西东只能痛苦地别过脸去，不去看他们渴求的眼神。

当他和布赫医生都走到离门口的看守更远些的地方,他朝医生身边靠近了一些,指着地上的一个失去意识的病人说:"看看这个,托马斯,也许他合适。"

布赫医生赶紧靠过来,也蹲了下去,仔细看那个紧闭着双眼的中年人。灯光挪到他的脸侧,一些发红的皮肤都有了疱疹的痕迹。

"看起来还是初期,但因为高烧而昏迷了,"布赫医生说,"倒的确适合用一些药物试着退烧,降温是一种缓解的方法,不过不能阻止病情发展。"

任西东侧了下身,彻底背对着后面的三个看守,压低了声音对他说:"等会儿就说咱们选定了这个人,要求一个人来帮忙抬,等他们过来一个的时候,我会把油灯扔到他身上,然后抢他的刀。"

布赫医生吃惊地猛抬起头,任西东赶紧在他膝盖上一压,嘱咐道:"别乱动!安静地听我说,现在是最好的机会,如果不趁着这时候一搏,被关回去就很难出来了。"

"可是他们有三个人!"

"所以我会先解决一个。剩下的两个肯定会进来攻击我,你赶紧爬上笼子,去把吴掌柜救出来。"

"你没办法同时对付两个人。"

"占了先机就可以!别担心这个,托马斯,如果你来得及,到铁笼子上去看看天花板上的出口,如果实在没办法突破门口,我们就得从那里出去。"

"可是,伊斯特……"

"赌一次,托马斯!而且就算是失败了,最多也就挨顿揍,他们现在不会杀我们的。"

布赫医生的脸在火光下有些泛红,甚至连眼睛似乎都红起来了,他终于咬了咬牙,低声说:"好吧!就一次,反正现在也不能更糟了!"

　　他们两个嘀咕的声音让后面的看守有些不耐烦,其中一个叫了一声:"喂,选好了没有,赶紧走吧,也不嫌臭啊!"

　　托马斯·布赫随口答应了一声,任西东站起来,对那个看守说:"选好了,就是这个!"

　　"那就赶紧带走。"

　　"可是他昏迷了,我们两个人拖不动。"

　　看守嚷嚷道:"别他妈的磨蹭,赶紧带走,要不然就把你们两个都关在里面,跟上头那个婆娘一起!"

　　任西东装模作样地叹了口气,作势和布赫医生一起试着将那个失去意识的病人扶起来,但他们两个笨拙而无力,怎么弄都没成功。任西东无奈地对那个看守说:"好歹来搭把手啊,至少帮忙拿一下这盏灯。"

　　那个提着刀的看守迟疑了一下,又回头望了一眼短胡子。他的上司向他微微点头,于是看守慢慢地走上来,伸手去接任西东递过来的油灯。

　　任西东紧盯着他的动作,就在他的手要接触到油灯的那一瞬间,忽然将油灯扔到了他身上,接着双手电光石火般抓住他握刀的手,在腕骨处一捏一扭,只听得那看守发出一声惨叫,刀应声而落。

　　任西东单手接住那把刀,跟着一脚踢在看守的小腹,将他踹倒在地。

　　油灯破裂后,燃油洒在那看守的胸腹间,火苗引燃后顿时烧了起来。那看守也顾不得任西东了,忍着手上和小腹的剧痛,一边惨叫,一边在地上滚动,想压灭火苗。

　　这一变故来得突然,短胡子和另外一个喽啰猝不及防,万万没想到任西东一个公子哥儿模样的假洋鬼子,竟然突然使出这么厉害的功夫。

但他们也算应变极快，站在门里面的那个看守立刻跳过几个病人，抽刀向任西东砍来。

这房间地上都是被捆住的人，行走跳跃都很困难，因此那看守速度并不算快，任西东早有准备，举刀格挡。那人力气很大，动作又凶猛，任西东虽然擅长搏击，但动兵器却并不在行。他挡了几刀后就感觉虎口生疼，心中一动，留心对手的动作，一边闪避，一边转换步伐，来到那人背后。就在那看守回身再砍的一刻，任西东突然身子一矮，迅速出拳，打在那人的膝盖弯里。

看守痛呼一声，单腿发软，立刻就跪下了。但他也不示弱，反手又劈砍了一刀，任西东身子一侧，险险躲过了，但感觉到手臂上一痛：显然是被刀锋划伤了。

此刻任西东也顾不上别的，又掉转刀柄，用力打在这看守的太阳穴上。

这一下来得重，那看守显然被砸昏了头，单手支着地，哇的一声吐出几口水。

这时候，短胡子已经进来，他帮着那身上着火的手下将外套脱了，但那看守已经被烧得惨叫，只能在地上躺着呼痛。短胡子将燃火的衣服一丢，向着任西东走过来。

他的脸色非常难看，表情狂怒，任西东的突然发难显然冒犯到了他的权威，他提着自己的那把刀，看上去远不是将任西东揍一顿这么简单。

任西东知道棘手的人来了，心中一狠，毫不犹豫地对着脑袋发晕的看守又一记手刀——这次直接打在他的后脖子上，那看守往前一扑，倒在地上就昏了过去。

任西东抽空转头看了一眼托马斯·布赫，医生这次非常听话，从任西东开始对付第一个看守的时候，他就转身去爬关着吴念娇的笼子。虽然他的身手笨拙，但好歹有点儿力气，已经扒住了笼子的外壳，正在努力地向上面攀登。

任西东心中略微欣喜，就听到笼子里的吴念娇叫了一声："任公子小心！"

原来吴念娇自从他们进入房间，就一直注意着任西东的安全，见他力克两个劲敌，心里高兴又担忧。现在见他略一分神，那短胡子就要出手，忍不住出声警示。

任西东回过头，就感觉到一阵劲风直扑面门。

他虽然反应很快，一侧身就躲过了迎面砍来的一刀，但是刀锋还是擦着皮肉把左肩上的一块布料削了下来。

任西东出了一身的冷汗，闪到旁边，全神贯注地看着那个短胡子：这人虽然相貌猥琐，但功夫还真是不错，那一刀的架势远胜过之前的两个喽啰。

短胡子朝任西东冷冷地一笑，说："任公子，你看着聪明，为什么要做傻事？这地方你以为跑得出去吗？"

任西东答道："不试试怎么知道？你要有本事，就把我们重新捉住。"

短胡子脸色一沉，再次举刀袭来。任西东发现此人的刀法杂糅，更像是野路子，是经过许多实战练就的。而且他心狠，竟然完全不顾及任西东的性命，刀刀都向着要害来。任西东有种感觉，这短胡子为了捉住他们，哪怕是卸掉他的一只手一只脚都不在乎的，甚至他可能觉得砍死自己也没关系，至少还有个活的洋大夫呢。

想到这一点，任西东就知道跟短胡子过招真是性命攸关的事情，他打起全副精神，再也不管托马斯·布赫的动作，只把注意力放在了面前的敌人身上。

此刻布赫医生同样也没有精力来关心任西东的境遇，他使出吃奶的劲儿往上爬，锁链和笼子摆动着，发出"哐啷哐啷"的声音。这笼子打造得很结实，锁链嵌在墙里也很牢固，两个人的重量也没有让它下坠。这倒是有利于布赫医生向顶上爬,他很快就来到了铁笼的上方,中间几条锁链都扣在一个圆环上,而圆环上的锁链通向天花板。到了铁笼上,其实离天花板就只有大半个人的距离了,托马斯·布赫本来就是个高个子,如今连腰都没法伸直,只能蜷缩在上头,在昏暗的光线中摸索什么地方能打开这个笼子。

他听到了吴念娇出声提醒任西东,心中焦急,却也帮不上忙。他低头看到吴念娇正紧张地盯着跟短胡子交手的任西东,忍不住叫道:"这位……这位女士,能先告诉我这个东西关着你的……怎么打开呢?"

吴念娇听到他生硬的中文,这才抬起头来,忙指着笼子四角中的一个,说:"这里,每次他们给我送食物,都会拉起这个盖子,盖子旁边还有两个插销,只要拔出来,就有一面可以打开。"

布赫医生连忙按照她的指示去摸索,果然发现了一个小小的可以活动的盖子,上头还拴着一根细细的麻绳,直通向天花板,只提一下,盖子就被拉开了。但这盖子很小,就像一只开水壶底那么宽,人压根就爬不出来。他又顺着盖子往两旁摸,果然摸到了两根拇指粗细的铁条,想来就是可以开门的插销了。

"这要怎么开啊?"布赫医生嘀咕道,他在这环境中看不清铁笼的构造,可情况也不允许他再多想,他还是用力将插销拉开。只听得哐的一声响,这四方形的铁笼有一面整个就翻倒了下去,落在青石地上发出了巨大的声音。这立刻变成了一道斜坡,刚好可以供人上下。

任西东和短胡子激战正酣,猛地听到这声音,不约而同地看向那边。任西东看见吴念娇从笼子里跑了出来,心中一喜。就在他走神的片刻间,短胡子看得分明,一刀就砍向他腰间。任西东来不及用自己的刀格挡,只能往后急退,不料脚下被一个病人绊了一下,仰面摔倒,倒在另外一个人身上。

那两人一个昏迷不醒，另外一个则已经是脸上溃烂，双目发黄，见任西东倒来，喉咙里发出咆哮，就要去咬他，如果不是嘴巴被捆得死死的，只怕已经将任西东咬了个结实。

任西东见短胡子又扑来，顺势抬腿，一脚踢在他小腹上。

短胡子没有料到任西东反应奇快，势头没守住，那一脚正中，疼得当即弯腰。任西东赶紧翻身起来，向吴念娇跑过去。

"快，跟托马斯离开这里。"

任西东只来得及说这一句，就听见身后传来一阵难听的骂声。

他回过头，看见短胡子脸色铁青，捂着肚子直起腰来。但他这次却没有立刻进攻，而是在原地环视了一圈，最后将注意力放在了附近的两个病人身上。

任西东不明白他在想什么，只见这短胡子走上去，忽然割断了病人身上的绳索，接着又是一下，挑开了他们嘴上的布条。

那是两个身强力壮的年轻男人，穿着短打布衣，看上去像是两个脚夫。他们摇摇晃晃地站起来，甩了甩头。虽然两人眼睛泛黄，脸色通红，但看神情还没有失去理智，反而有些畏惧的样子。

短胡子用刀指着任西东，对他们说道："你两个娃儿听好了，今天帮我抓到这个人，我就带你们出去，给你们药吃，如果抓不住，就要在这里烂死！"

他居然这么卑鄙！

任西东胸口简直被怒气胀满了！他虽然不是医生，可跟托马斯·布赫合作，也相当于是他的助手，有着救人治病的目标，现在那短胡子居然利用病人来攻击他，就是因为他肯定投鼠忌器，不愿意伤害无辜。

任西东心中不由得对这个人产生了一种深深的厌恶，他轻轻地推了一下吴念娇，说："吴二姐，你赶紧跟托马斯离开这里！你们两个先想办法出去！"

吴念娇紧张地抓住他的袖子:"任公子,我们留下来帮你。"

"你们两个都不会搏击,也没有武器,没办法帮忙的,赶紧离开这个房间,我才可以放开手脚。"

就在他说话的时候,却看见那短胡子退到了门边,取下了唯一一盏灯,然后将门关上,横着刀站在那里。

门口已经出不去了!

任西东咬咬牙,对吴念娇低声说:"吴老板,你和托马斯,试试看能否掀开头上的天花板吧!"

吴念娇在江湖闯荡,遇事善于拿捏分寸。她一直关注任西东和那短胡子的交手,如今情势发生了变化,她知道自己和那洋大夫都不会功夫,留在下面就真的让任西东有所顾忌。于是她按了按任西东的手臂,说了声"小心",就转头重新去爬那铁笼。

任西东见托马斯·布赫伸手下来拉她,心中稍安,便将注意力放到了对面的两个病人身上。

这两人的病情发展应该正在中期,虽然有表征,但是还没丧失心智,因此对自己所处的境地更加恐惧,一听短胡子承诺了他们能够离开,已经横下心放手一搏,即便还有些善念,此刻也抛到了脑后。

任西东见那二人的表情就知道他们是打算拼命的,但他却不能真的下狠手要他们的命,这一来就已经处于劣势了。

那两人也不多犹豫,看准了任西东就冲过来。任西东恨恨地一咬牙,将手里的刀扔到墙角,双手摆出防御的姿势,扎稳了下盘,看准了当先撞过来的一个人,闪电般出掌,右手四指并拢,准确地戳在那人的肩窝处。那人惨叫一声,稍稍退了一步。紧接着第二个人又到了跟前,任西东立刻顺势一掌,狠狠地拍在他的耳朵上。

他的动作又快又准,两个毫无功夫底子,只是干力气活儿的人给打得有点儿蒙。但是那短胡子的承诺诱惑巨大,两人忍着痛,只稍微调整了一下,又扑上来。

任西东知道这是一场苦战，虽然他有把握能制服他们，但一不能伤他们，二还要提防他们咬伤或者抓伤自己，这就让他的每一招都要特别小心，竟然比单独跟那短胡子交手还要难上三分。

此刻周围的病人还有些理智的，都发出了喝喝呼呼的声音，似乎都想加入战局，而那些已经病入膏肓的，则被附近的动静刺激得兴奋起来，睁着狼一般的眼睛，要不是被捆得结实，早已经扑上来一阵乱咬乱抓了。

在这些可怖的声音中，还夹杂着铁链刺耳的撞击声——此刻半跪的布赫医生，已经帮助吴念娇爬上了铁笼顶端，然后他又挺起身子去摸索天花板上透光的小孔，寻找着附近的开关。

原本站在门口的短胡子注意到了铁笼上方的情况，他发出冷冷的一笑，将那盏油灯挂在门上，提起刀就向铁笼这边走来。

此刻两个病人正不断地想扑倒任西东，他们身高体壮，力气极大，然而没有技巧，只能用蛮力和配合试图拗住任西东的四肢来按住他。若不是任西东不愿意下狠手又顾虑着不见血，这两人早就被折断手脚了。现在任西东只能在两人中间苦苦寻找破绽，攻击两人的关节要害，让他们吃痛乏力，削弱袭击的力道，然后再找机会打晕他们。

但就在这空隙中，任西东看到短胡子竟然提着刀向吴念娇和托马斯·布赫那边去了，他心中大急，却被这两个病人缠得分不出身去救援。

此刻托马斯·布赫正半弯着身子，抠那个气孔旁边的什么东西，吴念娇在旁边提醒他盖板是往外开的，外头应该是有个插销还关着。布赫医生在口袋里摸索了一会儿，找出一把随身携带的压舌片，插进那盖子的缝隙里，一点一点地拨弄插销。

就在这个时候，短胡子已经提着刀走近铁笼，他跃上铁笼倒在地上的那一段，紧接着就向顶上攀去。吴念娇见他逼近，就想用脚去踢他面门,那短胡子躲过她一脚,心中发狠,立刻就是一刀砍去。吴念娇抽回脚,那一刀正砍在铁笼边上,爆出几颗火星。

任西东看在眼里,心中焦急无比,眼看着那两个病人还纠缠不休,索性心一横,低声说了句"抱歉了",就下了狠手。他看准其中一个向他扑来的空当,双手抓住病人右手,迅速转换步子,来到其身后,伸出左腿缠住那人右腿,使出摔跤的技巧,将那人摔倒在地,接着双手一拧,就听见咔的一声轻响,对方惨叫起来。

任西东将他的肩关节给卸了。

但任西东还没有起身,另外一个人就从后面扑上来,一下子用双臂扼住了任西东的脖子。

任西东情急之下,把头往后一挺,正撞在那人的脸上,但那人并没有放手,吃痛之下反而勒得更紧了。任西东只觉得胸口发闷,头部发涨。他没有犹豫,立刻运起手肘,狠狠向身后一撞。这一下正撞在那人肋下,对方终于受不住,手臂上的力道就松了。

任西东瞅准机会脱身,接着转过头就向那人腹部重重地一击,打得他吐出一口酸水,捂着肚子就退了两步。任西东接着上前,一拳打在他的太阳穴上。这一拳任西东用了大力,一下子将那人砸昏了过去。

然而就在此刻,任西东感觉到右小腿一痛,转过头来,看到之前被他卸了膀子的那个病人,正一口咬在他腿上。

任西东心中一着急,也顾不得其他,用力将右腿抽回来,然后按住那人的头用力往地上一撞,将他也撞昏了。

他来不及看自己的伤势,得空就立刻喊了一声"吴掌柜",向短胡子跑去。

那短胡子听到他声音,转头来看,发现他已经暂时解决了两个缠斗的对手,于是冷笑一声,放过了吴念娇,跳下来向他抡起砍刀。

吴念娇松了口气,紧接着又着急地催促托马斯:"先生,怎么样了？能找到出口吗？"

托马斯·布赫也是内心焦急，但他知道自己得专注，虽然听到任西东在下头打得辛苦，呼喊声不断，也不敢多回头看两眼。甚至连短胡子砍到了脚下，德国人都全神贯注地用压舌片拨动着上方的插销。

现在听到吴念娇的催促，他心底的火苗都要从鼻子里蹿出来了。

"快了，快了！"他只能这么说，捏着压舌片的手指都有些发白了。

现在任西东手上已经没有了武器，面对短胡子砍过来的大刀，他只能不停地闪躲，同时还要小心，不被一些躺在地上的感染者绊倒。原本那短胡子就是个劲敌，现在更让他处于劣势。

但任西东觉得这样还好，至少他把这棘手的敌人吸引到自己这边来了，给布赫医生和吴念娇腾出了时间。短胡子狞笑着对他说："这位少爷，你不是很能打吗？不要像个龟儿子只晓得躲嘛！"

短胡子的刀劈下来的时候又狠又刁钻，任西东几次差点被开膛破肚，他意识到对方已经不怎么顾及自己的老板了，只想弄死他——或许短胡子真觉得留下一个洋大夫已经够了。

任西东已经被逼到了门边，在油灯的照射下，那短胡子脸上的肌肉都因为他狰狞的表情而抽动着，看上去跟那些病入膏肓而导致面孔变异的病人几乎没有什么区别，甚至说不清到底哪个更可怕。

任西东现在已经退无可退了，再向后一步就到了门边，而短胡子露出胜券在握的样子——

就在这时候，铁笼顶上的托马斯·布赫发出一声惊喜的叫喊，接着一道光洒进来，将房间中心照亮。他已经拨开了插销，将天花板上的顶盖翻了起来。

第三十回

烈焰焦土难逃命，临危一线见援兵

这个昏暗的、弥漫着血腥和腐臭气息的房间里，突然一束光线照进来，即便是已经丧失了理智的晚期感染者，也在这一道光中突然呆滞了，接着就捂住眼睛发出了哀号。同样被影响的还有那短胡子，但他并不是被那道光刺激的，而是被托马斯·布赫的那一声惊呼吸引了。

当他转头的时候，发出了怒吼，立刻丢下了任西东，重新向托马斯和吴念娇跑去。

那个被打开的盖子并不大，只有一尺半见方，托马斯看了短胡子一眼，见他过来了，立刻就拉着吴念娇，想用力将她托起来，从顶开的盖子那儿出去。

吴念娇却挂念着任西东，她着急地拍打着托马斯的手臂，指着任西东的方向："不行，我们得帮帮任公子，要走一起走。"

托马斯却固执地拉着她："可是，女士，你先离开，让我来帮忙！"

他们都看到了掉头过来的短胡子，但都没有先走的念头。

任西东在后面看得分明，他来不及细想，伸手抓起挂在门上的油灯，朝着短胡子的后脑就砸过去。

油灯并没有砸中那短胡子的脑袋,却打在了他的背部,灯油洒在他的辫子和衣服上,顿时燃起了火苗。

短胡子发出惨叫,丢下刀仰面倒下,想压灭火苗,但火势顺着灯油燃起来,哪有那么容易熄灭。

任西东呆了一下,没有料到这个情形,但并不打算帮这短胡子——他利用病人的事情,任西东只觉得恶毒,正好让他受点罪。

任西东向铁笼跑去,边跑边叫道:"快出去,快!"

他一脱身,托马斯和吴念娇都大喜过望。两人合力将他拉上了铁笼顶端,然后他和托马斯托着吴念娇先从洞口钻了出去。接着就是托马斯,他身形高大,不得不脱了外套,奋力挤出去,吴念娇又是拖又是拽,任西东在下面使劲地推,终于将这个大个儿洋人送了上去。

任西东在离开这个牢房的时候,回头看了一下,短胡子身上的火还在燃烧着,并且顺着辫子燃到了他的后脑和脖子上,他使劲儿地蹭着,并且发出了野兽一样的叫声。

即便是任西东痛恨他的卑劣,也看不下去了,一手攀住出口,一手抓住托马斯,然后借力一跃,终于出去了。

任西东的眼睛对外面的明亮光线还有些不适应,但他努力地眨巴着眼睛,强迫自己尽快适应,很快看清了自己所处的环境——

这里是一幢房子的后院,铺着崭新的青砖,他们出来的地方正是一小块没有青砖覆盖的地方,旁边的盖子是很厚的木板,上头镶嵌着铜钉和插销。从他们站着的地方能看到一幢小楼和旁边的两栋厢房,然后一圈高高的围墙将这个地方跟后面的那些生长着茂密植物的山坡隔绝开来。围墙上没有门和窗户,只有一条路从这个地方通向小楼,穿过门洞似乎前面还有一个庭院,但小楼将这两个院子分割开来,他们只能从门洞里隐约张望一下。

托马斯朝四周巡视了一下:"天哪,咱们该从哪里出去?"

任西东看了看那围墙，足有近三米高，要翻越出去是有可能的，但并不太容易。

"我们不能这么大摇大摆地从前门走，"任西东说，"肯定会有看守的，趁着还没人发现我们，得试试搭人梯了。"

托马斯捏紧了拳头，使劲甩甩手臂："来吧，咱们也没有更好的选择了！我个子高，你们踩我的肩膀试试。"

他当先跑到墙根处，选择了一个平坦的地方把手撑上去。

任西东对吴念娇说："吴掌柜，这次我先来，我骑上墙头后再来帮你。"

但他们的计划还没有来得及实施，忽然听到一阵尖锐的哨声。他们吃惊地转过头，就看见一个穿黑衣服的男人正经过门廊，向着他们吹哨。紧接着更多的黑衣打手迅速地从厢房里涌出来，有六七个人。

其中有两个很快来到了被打开的盖子旁边，朝里面看了一眼，大叫道："老段在里头，好像遭点了天灯！"

"狗日的！"

"剁了他们！"

"等等！"有一个黑衣打手高声说，"东家说了，这洋鬼子和他那同伙要留下来的。"

这么一说，几个打手就站住了，他们没有人想过要下到地牢里去帮助"老段"，却缓缓地将任西东他们三个人围在中间。

"完了，我们这次可真的没有办法了……"托马斯哭丧着脸，用法语对任西东说，"伊斯特，你说他们会揍咱们吗？"

可能比那糟糕得多。

任西东这个时候并不打算加深托马斯的恐惧了。他没有回应，只转头看着吴念娇，露出担忧的表情。

然而女掌柜却显得比他预料的更加镇定，甚至还露出了一点点笑容。

"他们不会伤你的,任公子,你大可放手一搏,"她轻声说,"别顾着我,如今这局势,大不了又被关回到那地牢里去。"

"吴二姐,我……"

"任公子,得多谢你带我出来见着光了!"

任西东知道此刻这么多人,自己这回是绝无胜算了,他却不甘心,强打起精神,向前踏出一步,挡在托马斯和吴念娇身前,摆出了防御的姿势。

他面前的一个黑衣人从腰上抽出一把匕首,就要上前,刚迈出两步来,突然又站住了,接着他身边的两个人表情也变得紧张起来,他们都不约而同地抬头向围墙顶上望去,其中一个还大叫道:"小心!"

其他的打手纷纷望向那边,其中有两个还拿出飞刀扔了过去。任西东回头一看,只见有两个人从围墙外翻进来,他们躲过了飞刀,一下子跳到地上。

"少爷!"其中一个惊喜地大叫。

竟然是卢芳和胡振。

任西东当时就呆在了原地,就连吴念娇也愣住了。她看着胡振的背影,当那个男人回头来看着她,冲她略一点头的时候,她双目一红,竟然流下泪来。

这一阵子的惊愕过后,周围的人迅速回过神来。那几个打手见来了援军,立刻就挥舞着家伙抢上前。

卢芳的身手任西东自然是了解的,她今天穿了一身男装,背上还背着个包袱,动作轻盈灵巧,很快就踢中一个打手的下盘,然后猛击他的鼻梁,将他打倒在地。接着卢芳几步就跳到任西东身边,挡在他面前。

任西东问道:"你们怎么找到这里的?"

卢芳笑了笑:"这可得讲一阵了,等离开以后再告诉你吧,少爷。"

他们俩交谈时,胡振也谨慎地抵挡着那些打手,挪到了吴念娇身边。任西东对胡振叫道:"胡先生,这么多人,咱们不好对付啊!"

胡振却对他一笑:"看着吧,任公子。"

仿佛为了印证他的话,旁边的围墙上又攀上来三个年轻汉子,拿着兵刃就跳下墙头。

任西东这才大喜:原来胡振还带了袍哥弟兄前来,那事情就好办多了。

这一下子可谓势均力敌,任西东、卢芳和胡振都是会些功夫的人,那三个年轻汉子也是在码头上操练过的,一时间竟将那些护院打手逼退了,有两个被打中了关节,抱着膝盖在地上滚动哀号。

任西东向胡振问道:"你们进来的时候,可看到过别的入口?"

胡振摇头:"若是有,也不至于翻墙进来!这院子古怪得很,只有前门一个出入口,我们无论如何也要到那边去。"

他笔直地指向前院那头。

这时任西东几个人已经占据了上风,便护着不能打的吴念娇和托马斯·布赫向前门处移动。

然而刚刚走到小楼下,就听见楼上传来一声英文的咒骂,任西东抬起头,看到维克多·布鲁从第二层的窗户里探出头来,旁边还有两个洋人。其中一个拔出火枪,向着下头就"砰"地开火了。

所有人都大叫着散开,但还是有一个袍哥弟兄被击中了胸口,立刻痛呼一声倒在地上。任西东拽着卢芳向前一扑,扑到小楼下方的门廊之中。

后面又是一声火枪响,任西东跳起来,就看到胡振正拉着吴念娇躲在背向窗口的墙根处。托马斯·布赫和那几个袍哥也找到了一个角落把身子挤进去,甚至连没有被放倒的几个黑衣打手也纷纷找躲避的地方。

维克多·布鲁显然没有料到任西东他们的出逃，更没有料到胡振竟然会带人来营救。他在窗户上又发出一阵咒骂，然后就招呼那两个洋人下楼。

任西东只能断断续续地分辨出，他叫着这两个同伙的名字，一个是亨利，一个是乔纳森。维克多叫他们下楼，带着"那个贱人"，然后任西东还听见了他说"放出来"。

胡振从墙根处试着探出头来窥视那扇窗户，当他发现维克多和那两个洋人已经离开以后，赶紧拉着吴念娇跑到任西东身边。

"他们下来了！"任西东说，"他们有枪，最好躲着点儿。"

卢芳"哼"了一声，麻利地解下背上的包裹，一下子掏出了那把喷壶一样粗大的火枪！

任西东眼珠子都快瞪出来了："阿芳，你……你带'刺猬'出来干什么！不行！不能用这个开枪！"

卢芳恨恨地说："这混蛋绑架你们，还想杀了你们，我不用'刺猬'教训他，难道反而要给他当靶子吗？"

任西东伸手按住那把枪，说："别犟了，现在先离开这里！走，去大门——"

他话音未落，楼梯上就传来了急促的脚步声。但那脚步声非常奇怪，中间夹着咚咚的声音，就像什么东西被拖下了楼梯。很快，一个留着小胡子的秃顶洋人就跳了下来，举着火枪朝任西东这边就扣动了扳机。

大概是仗着自己身怀热兵器，他连遮都不遮挡一下，高声咒骂着就向这边走过来。

任西东和胡振他们立刻趴在地上，借着家具和门柱之类的东西避开火枪的瞄准线。

"滚出来，你们这些废物。你们就是蝗虫，拖着辫子的猪猡！"那个洋鬼子嚣张地叫骂着，"你们刚才不是很能打吗？快出来，让我再看看你们的本事！"

任西东庆幸他说的是英文，否则被胡振和那几个袍哥听见，只怕真要气得跳出去。

从缝隙中望去，能看到维克多正和另外一个洋人也下了楼，那是一个浅黄色头发的年轻人，但奇怪的是，他似乎无心来对付任西东他们，小跑着从门廊就出去了，然后转向了左边的厢房。而维克多则缓慢地下了楼梯，双手竟然拖着一个人。

那人被捆得结结实实，头上罩着一个麻布袋子，就好像已经死了一样，从那一身满是污泥的衣服任西东猜出，很可能就是春华。

维克多为什么要将春华带在身边？他明明有间地牢专门来囚禁感染者，为什么不把春华也关进去？

但现在并没有机会给任西东来找到答案，先摆脱眼前的危机才是最重要的。

任西东朝胡振使了个眼色，表示必须先搞掉那洋人手里的枪，不然就没法子制服他。

胡振明白任西东的意思，此刻他正趴在一扇屏风后面，前面又有一根立柱，比任西东他们几个的位置都要安全，也更不容易被那洋人发现。他左右环视了一圈，立刻看见一个掉在地上的托盘，上面的茶杯和茶壶在旁边摔得粉碎——一定是刚才混乱中给碰掉的。

他仔细看了看那洋鬼子站的地方，心里有了主意。

胡振回头看了看任西东，示意他不要轻举妄动，然后摸到了一块茶杯的碎片，把那个托盘慢慢地拖过来，抓在另外一只手里。

那个洋人继续一边骂着一边往前走，刚好走到立柱旁边的时候，胡振一下子把瓷片扔向一边。清脆的碎裂声吸引了那人的注意力，他立刻掉转枪头向那边扣动了扳机。胡振就等着这一下，像老虎一样跳起来，从立柱后一步跨出，用托盘狠狠地打在了那洋人的手腕上。

火枪掉在地上，刚才还狂妄无比的洋人抱着手腕痛呼起来。

任西东也立刻起身，跟胡振合力将他按倒在地。任西东痛恨他的狠毒和歧视，忍不住向他脸上招呼了一拳。那洋人又惨叫一声，眼看着腮帮子就红肿了起来。

　　卢芳也从地上爬起来，指着楼梯上叫道："看，他要跑了！"

　　原来眼看着任西东他们打倒了同伴，维克多·布鲁索性将春华扛上了肩膀，就要向大门的方向逃去。

　　此刻，原本躲避着火枪的几个打手又重新跳了出来，跟两个袍哥打起来，任西东和胡振又压着这个秃顶的洋人抽不出身，卢芳端起"刺猬"就往前冲。任西东生怕她有闪失，急得大叫。

　　这个时候吴念娇和另一处的托马斯·布赫都冲出来，一左一右地拉住了卢芳。

　　吴念娇着急地对卢芳说："阿芳，你不要冒失，怕有埋伏哩。"

　　"不怕！"卢芳把手上的火枪一抬，"有了它，再来十个我都不怕！"

　　"让我去！"托马斯·布赫说，"给我枪，我在德国学过射击。"

　　维克多·布鲁虽然身材矮胖，又扛着一个人，但此时此刻爆发力惊人，一下子就蹿出去了好几步，卢芳眼看着维克多跑远了，心中着急，甩开了两人就追过去。

　　正当她踏进了前院，忽然听到左边的厢房中传来了奇怪的声音，接着就看到那间厢房的门突然被推开，刚才那个逃走的浅黄色头发的年轻洋人冲出来，同时用英文朝维克多·布鲁大叫道："好了，走！"

　　卢芳正在猜测他是什么意思，就听到他身后响起了一阵可怕的咆哮，紧跟着一群面目狰狞的人就从厢房中跑了出来——他们几乎都蓬头垢面，眼睛是如野兽一样的黄色，有些人脸上已经溃烂，狂乱地张着嘴，还有一些似乎没有丧失理智，脸上也挂着惊恐的表情。

　　他们跑出来，没有犹豫地向着任西东和卢芳就冲了过来，那样子就像饿极了的群狼看见了羊。

卢芳这次是真的被吓了一跳,她抬起"刺猬"对着那些人,声嘶力竭地大叫:"别过来,我会开枪的,停下!"

但冲在最前面的那两个人并未停止,他们的脸已经狰狞得如同妖怪,除了浑黄的眼睛和那些溃烂的部分,还张大了嘴巴,拉起嘴唇,露出白森森的牙齿。

任西东远远地看到这个情形,他还和胡振一起压制着那个洋人,此刻已经来不及阻止这一切了,他眼睁睁地看到卢芳不断后退,但那些人还是冲到了她面前。她退无可退,终于扣动了扳机。

"刺猬"像其他的火枪那样发出了巨响,但随着卢芳每次射击,会连续击发三次。它射出的子弹密集得就像刺猬的刺,瞬间将冲在最前面的那两个人击中,他们仰面倒下。后头的人接着冲上来,而另外一些则冲向了任西东!

"我的天哪!"托马斯·布赫畏惧地喊道,他见到过秋菊最后的疯狂,几乎就想转身逃走。吴念娇却一个箭步上前拾起被打落的那把火枪,冲着奔来的一个人就是一枪。

她没有练过射击,只是看过别人用,后坐力一起,准头就是一歪。只听得"砰"的一声,当先那人的胸口一下子给打烂了一大块。她站立不稳,退了两步,火枪也掉在了地上。

此刻任西东腾出手,赶紧把枪捡起来。

那些被释放出来的感染者显然就是在地下牢房中的囚徒,任西东明白了,那个洋人就是去打开地牢的门,然后放出感染者来阻挡他们。他割断绳子,释放了那些丧失理智的,又刺激了那些还在妄想重获自由的。之前在地牢中任西东预估的感染者数量至少有十个,而现在看起来少说也有十五个。

任西东并不愿意伤害他们,之前在地牢中让两个病人断手断脚,已经是他做出的艰难选择,而现在数量众多的感染者向他们扑来,任西东几乎有些绝望地想:他今天注定要做一个刽子手了!

万幸的是，那些病入膏肓的已经完全没有畏惧，他们看着健康的人就像看到食物，他们没有了恐惧，没有任何顾虑，因此冲在最前面。任西东咬着牙，抬手就打死了一个。但后面一个张嘴露齿的女人又赶上来，任西东已经往后退了三步，胡振和那洋人正好在最前面。

胡振远比任西东来得心狠，眼见着那女人扑上来，他丝毫没有犹豫，拽起那洋人就挡在身前。

那女人早已疯魔了，张嘴就要咬，然而来到那洋人跟前的时候，却突然停住了，像狗一样皱起鼻子嗅了嗅，浑黄的眼睛很快就聚焦在胡振身上。

胡振心知要糟，立刻将那洋人一推，把那女人撞倒在地。接着又从身上拔出一把短刀，一下子割断她的喉咙，在那个洋人的大喊大叫中抽身回来，接着横刀格挡在胸前。

任西东抬手又开了一枪，打中另外一人。后面那些感染者虽然也有心上前，可顾及着任西东和卢芳手上的火枪，一时间也只能停在原地。然而他们发黄的双眼中已经充满了焦躁和恐惧，他们理智的防线在病毒和紧张的双重压迫下逐渐崩溃。

"这里留不得了！"胡振对任西东说，"咱们也要出去！"

任西东朝着大门望了一眼，就在他们被缠住的这一分多钟，维克多·布鲁和他的同伙已经来到了大门边，维克多扛着春华气喘吁吁，他的同伴正要去帮把手。

任西东朝卢芳大喊道："阿芳，阻止他们！"

卢芳拿着"刺猬"，早已经把最具有威胁性的那几个感染者都解决了，听到任西东的吩咐，她掉转枪口就向着大门的方向开枪了。

子弹呼啸着打在厚实的木门上，顿时木屑飞绽，出现了无数小洞。维克多发出一声痛呼，伸手捂住了左眼，原本扛着的春华也咚的一声掉在了地上。

他身后的同伴一把扶住他，捞起春华，接着推开门，两个人迅速地跨了出去。

卢芳又开了一枪,这次还是全打在木门上,落了空。

她端着枪追过去,却为时已晚,那两人已经把门关上,并且听到了外面大门落锁的声音。

好吧,任西东咬咬牙,现在只能全力对付眼前的状况了。

如今最危险的感染者都已经被杀死了,剩下的还有八九个,感染程度有深有浅,但是基本上还残存着一些判断力。他们站在原地,似乎还在等待机会。

卢芳转头向他这边跑回来,任西东却做了个"暂停"的手势,示意她不要轻举妄动。因为她拿着"刺猬",看着就让人惧怕。

卢芳虽然一脸焦急,但还是停下来,紧张地看着这边。

胡振靠近任西东,向他问道:"他们能被说服吗?他们好像还能听懂话!"

"我可以试试。"

任西东放下枪,朝那些人喊道:"诸位,这房子的主人已经跑了!就是刚才那两个洋人!不管他们命令你们做什么,还是给你们承诺了什么,他们都做不到了。你们没有必要再听他们的。你们生病了,只有医生才能帮助你们。"

那些感染者中渐渐地出现了一丝骚动,有些感染症状轻微的,开始张望,似乎在盼望着有人能跟自己一样产生点动摇。

任西东高举起双手:"我们不是想杀你们,我们只想离开这里。"

那些感染者里终于有一个中年女子用颤抖的声音问道:"那洋鬼子说,只要杀了你们,就给我们治病!"

胡振骂道:"听他扯谎,他狗日的都跑了,怎么给你们治?"又指着任西东和托马斯·布赫说道:"这两位才是真正的大夫,都是城里那个西洋医院里的,是真能给你们治病的人。你们要是好赖不分,害死了他们,那才是真的给自己挖了坟!"

他是用方言说的，那些感染者个个能听懂，一时间都有些动容，好几个龇牙咧嘴的，都喘着粗气镇定下来，半信半疑地互相看着。

任西东往身后看了看，此刻吴念娇和托马斯·布赫都紧张地站在几步远的地方，更远处是剩余的几个打手和胡振带来的袍哥——经过之前的一阵混乱，也都没有了争斗的心思，全提防那些感染者突然冲过来。

任西东又对他们喊道："维克多·布鲁，就是把你们关在这里的人，他可曾给你们任何治疗？跟我们离开这里吧，我们带你们去医院！"

那个中年女人看了看她旁边的人，似乎横下心，往前走了两步："算了算了！我烂命一条，都这步田地了，死马当成活马医！这位公子，我跟你们走，求你们救命啊！"

她越说越激动，一边流着眼泪，一边就向任西东走来。这举动让其他的感染者更加动摇了，当即又有人挪动着步子朝这边走来了。

任西东朝胡振递了个眼色，两人都感觉略微松了口气。

然而就在那中年女子走过前院的时候，忽然从外墙投来一个明晃晃的东西，正好砸在她脚边，接着一簇火光腾起，那女人发出惨叫，瞬间变成了个火人。

任西东还没回过神，更多同样的东西就从墙外丢进来，或远或近，密密麻麻地落在前院中，还有的落在了房顶上、窗户里，只用了片刻，这院子立刻就陷入了火海。许多感染者因为就在院子里，刚巧被砸中，顿时被烧得鬼哭狼嚎，四处奔逃。

任西东大叫道："是油！是装在瓶子里的火油！阿芳，快过来！"

在前院的卢芳完全暴露在那一片被投掷进来的火油之下，她虽然反应奇快，向着屋子里冲，但衣角还是被溅起的火油给引燃了，她没去扑打，反而奋力冲向屋子。

任西东一把拉住她，迅速将她拽到靠里面的角落里，脱下衣服

353

使劲拍打她燃烧的衣角,好不容易才把火扑灭,但阿芳左腰上的衣服已经烧煳了,可以想见身上也必然有一大块烧伤。

卢芳满头大汗,虚弱地冲任西东咧咧嘴:"少爷,真是好险啊……"

任西东知道她肯定痛得很,不由得一阵心疼,但此时此刻也无法安慰她。任西东抬起头看看四周——

这院子因为无数个装火油的燃烧瓶投掷了进来,已经难有安全的地方。那些原本在院子里的感染者因为被火油瓶砸中而被烧得四散奔逃,他们不是很快被烧死,就是躲进厢房中,反将房间里面也引燃了,再加上落在房子上和窗户里的火油瓶,不多时就看见浓烟飘起来,木材被烧得噼啪作响,中间还夹杂着人类的惨叫和皮肉焦臭的味道。

胡振他们几个因为都站在走廊附近,倒没有被火油瓶打中,但火势蔓延,也将他们堵在了里边。原本那洋人被胡振制住,此刻瞅准机会就逃出去了,然而昏头昏脑地竟然朝前院冲,刚跨出屋子就被烧断的木梁给砸中,压在火堆里,惨叫了一声就没了气。

胡振见到他的惨状,忙将吴念娇护在身旁,对任西东说:"前门去不得了,现在后院火势小些,我们可以想办法从那边走!"

托马斯·布赫坐在一堵墙边,拼命点头:"伊斯特,走吧!我可不想死在这里!"

任西东挥手扇开越来越浓的烟雾,能看见后院燃烧的花木,但是小楼和厢房阻挡了大部分的火油瓶,所以中间的空地上倒没有火焰。

"走吧!"他拉着卢芳,对胡振叫道,"我们得翻过那面墙。"

胡振朝他点点头,然后清点自己这边的人——他们都还好,除了一个袍哥弟兄被烧伤了背。黑衣打手被火点着的不少,但还有两个活着,他们早已经没了斗志,反而用祈求的表情看着胡振他们,胡振挥了挥手算是收下了他们。

于是一行人穿过后院，来到了围墙边。

这时候火势已经席卷了整个院子，原本还在惨叫的感染者们已经没有了动静，厢房发出了火焰呼啦啦的声音，接着轰然倒塌。黑色的浓烟腾起，到处都是呛人的烟味儿，高温追着他们步步紧逼，热浪几乎把每个人的发尾和眉毛都烤得卷翘起来了！

"这里太高了，"任西东说，"我们得搭人梯上去。"

事情好像又回到了原点——不，甚至比之前更加糟糕，大火很快就会蔓延到这里，比之前更加不留情面。

两个年轻的袍哥首先撑住了墙，转头对胡振说："五哥，你先走！"

胡振却推着吴念娇，对她说："吴二姐，你拼一拼，我在下面会托你一把！"

吴念娇拼命摇头："我不走，除非你先走！"

胡振怒道："听话！这个时候必须听我的！"

他说完拽着吴念娇，推她去踩一个袍哥的肩背，吴念娇满心不愿，转头流泪，低声道："就算死也死一处，何苦这时候也要推开我？"

胡振一愣，手上竟然松了。

他们两个这一番推却，那两个黑衣打手倒是急切地去爬墙，只不过刚冲上去，一个就被袍哥掀翻在地，而另一个却被什么东西打中了头，一下子仰面倒下了。

"哦，我的天哪！"托马斯·布赫在后面大叫。

任西东抬头一看，只见一条绳梯忽然从墙头垂下，他正在惊诧，就看见潘老六的一张胖脸从墙头冒出来。

"五哥！快来快来！格老子的，这个洋鬼子的窝硬是不好找！"潘老六骂骂咧咧地说，"对不住五哥你，我们来得慢了点，刚才碰上硬点子,还有两个带了喷筒[1],所以干了仗!"

任西东从来没有觉得潘老六的那张脸也能这么好看,他浓重的口音也能这么好听。

他们让吴念娇和卢芳首先爬上了梯子,然后是托马斯。洋大夫满脸都是黑色的灰尘,又是汗水又是擦伤,但脸上已经没有了惊恐,甚至有些欣喜。

"我活下来了!"他飞快地拥抱了一下任西东,嘴巴里英语、法语和德语都冒了出来,"万岁!感谢上帝!谢谢你,我的朋友!我真像是在做梦!"

"这梦可一点儿也不美妙,"任西东拍拍他的肩膀,"回去吧,我相信这不是结束,我们还有活儿要干。"

托马斯·布赫点点头,竖起拇指朝墙外指了指:"我在外面等你!"

布赫医生爬出去之后,胡振又强令那两个袍哥先撤了,催促任西东上去。

任西东抓住绳梯时已经能感觉到后背的热量,但他还是回头去看:一片红色的烈焰正在熊熊燃烧,黑色的浓烟飘浮在火苗上,它们疯狂地席卷了一切,把所有的东西都吞噬殆尽。

胡振轻轻地推了他一把:"快走吧,你无法拯救他们……"

任西东没有说话,转头爬上了绳梯,但是他心底却不停地回旋着一个念头:

不,他可以拯救他们的,他原本可以。

他必须找到第二次机会!

---

[1] 即火枪。

第三十一回

红色江花伴归途，黑色夜幕罩天涯

待得胡振最后翻出围墙，一行人这才顺着小路一直往下。任西东回头看了一眼，见身后那别墅已经完全被火吞没了，滚滚黑烟直冲半空中，火光映照得这一小片地方的树木和山坡都像涂了层亮红色。

几人不敢停留，潘老六领着他们避开大道，免得跟来救火的人撞见，只拣偏僻小道走，一行人又穿过一丛茂林，最后来到一条行人稀少的步道。几个年轻人正坐在大石头上，旁边拴了几匹川马，一见潘老六，立刻跳起来叫道："六爷，都备好了！"

潘老六夸了他们几句，招呼胡振等上马，一边走一边说："五哥，对不住，我来得迟了点，还好你们都平安哦，不然老潘就真的只有到堂口去自己领个三刀六洞了！"

胡振笑道："我晓得你肯定能来，你说的，袍哥人家绝不拉稀摆带！"

潘老六大笑起来。

他们二人这才向任西东说明了来去缘由：

原来那叫作邓老大的男子和翠柳被关了半天，耽搁了时日，等他们被套在麻袋里要被拖出去沉江的时候,终于找到机会奋力逃了出来。在码头上呼救刚好撞见了潘老六的人,翠柳报出"兴隆街胡记茶馆的五爷",就被带了去。她一说任西东和要转述的话,胡振就明白了,再将前因后果一说,胡振便猜得八九不离十。他判断任西东和布赫医生肯定是被劫持到了布鲁的私宅中。原本他就打算去查探一番,如今事出紧急,已经来不及慢慢布置了,随即就召集了自己手下几个机灵的人,去找到卢芳,一同向南山的别墅赶去。

但胡振毕竟心思细密,为防意外,又叫人去通知潘老六,让他带人随后赶来作为接应。

等胡振他们到的时候,任西东三个已经逃出了地牢,正好来到围墙边。

之后的那一番惊心动魄自然不必说,潘老六却说了另外一番情形:他带着弟兄们赶来的时候,就看见火光冲天,正要闯进去,发现大门已经从外面被一根领带死死缠住了——当然潘老六并不知道那是领带,只说是一根红颜色的布条。而就在围墙外,潘老六看到四五个黑衣人正点燃手里的瓶子往里面扔。看到潘老六带着人来了,他们便停下手,转而对付他们,其中有人还揣着两把火枪。

幸而潘老六是个胆大包天的角色,也不怕那火枪,掏出一柄匕首就飞过去,正插进最前方那人的眼窝。

那些黑衣人中有人叫了一声,再无人恋战,架起那个受伤的同伙,竟然一枪也没发就纷纷转身逃走。

潘老六也没空去追他们,只想着先救出胡振等人。然而打开了大门,发现前院已经无法进入,所以绕到后方。因为胡振早说了是要进一个私宅,潘老六备齐了家伙,正好派上了用场。

任西东听完了,皱眉道:"奇怪,这些黑衣人是哪里来的,为何要烧这宅子?"

潘老六说:"我也觉得奇怪,龟儿子跑得硬是快!老子想抓个活口问话都不得行!"

任西东心中更是一沉,只觉得一个谜团解开了,却又有更多的谜团浮出水面。他对胡振大致讲了自己被关在地牢中与维克多·布鲁的对话,最后说:"毫无疑问,这英国人是早就在打谭清泉那边的主意了,蔺三娃的举动和他大有关系,甚至蔺三娃得的怪病也跟他的新鸦片脱不了干系。在我们知道之前,蔺三娃身上的病就已经传染开了,或者说是本身就有人跟蔺三娃一样同时感染,但现在这些人都死了,我们没办法去证实。他将这些人统统关在地牢,想必是知道这病的厉害。但为何又将春华单独关在那妓院里?而且今天他逃走,竟然非要带着春华?这是有什么缘故吗?"

胡振说:"莫非他还想借着春华再跟谭府搭上?可是现在已经没必要了,过了这么久,春华怕是已经病入膏肓了。"

任西东说:"的确如此,我先前见到她时,她就已经失去了神志。"

胡振又道:"春华身上有他丢不下的东西,但这究竟是什么,又必须抓到他才能问出来。"

任西东摇头:"他已经跑了,要再找到恐怕不容易。我们还是想得简单了,维克多·布鲁肯定有帮手,你看他逃走之后不久就有人从外面扔瓶子进来放火,而且他扛着一个人,这么快就跑得没影儿了,肯定有人协助。"

"你是说,那些放火的人就是协助他的人?"

"很有可能,而且我们得知道那究竟是什么来头。"任西东低头思忖了片刻,"还有一件事,不知道有没有联系。"

"是什么事?"

任西东朝身后看了看——吴念娇和卢芳正骑马跟在后面,吴念娇小心翼翼地看着卢芳腰上的伤口。

任西东压低了声音对胡振说了在地牢中遇到吴念娇的经过,又道:"按照吴掌柜说的,她就是从警察总局被转到这里来的。在来之前,那个黄教习问了她许多关于蔺三娃的事情。这件事很蹊跷。究竟是什么人把她从官家的大牢里弄出来,送到这里的,又为何将她送来呢?吴老板被关在感染者中间,倒像是有意在刺激他们,就像……就像在做实验。"

胡振的脸色有些阴沉,却没有说话。任西东知道他心中已经有了怒气,但如今只能压着。

一行人沿着步道向前,不多时就来到了江边的一处野码头,一艘木帆船正停泊在那里。潘老六打了个呼哨,船老大便从船舱里钻了出来,朝他们挥动帽子。

原来这是潘老六安排在此处的接应,一行人上了船,留下三个袍哥回头走,去看那燃烧的宅子后续会如何。

任西东等人在船舱中打水洗了头脸,然后船老大拿出干净衣服来分给每个人,就招呼水手起帆往江北而去。

任西东洗去脸上的飞灰和汗水,又脱下满是烟臭味道的衣服,穿上了一件船老大给的短袄子和棉布裤子,虽然不伦不类,但此刻真的比穿龙袍还舒服。等到吴念娇和卢芳换衣服的时候,几个男人就都出去了,背对着站在船头处远眺江面。

现在已是傍晚,太阳正在西沉。江面上映照着晚霞,天空和水面呈现出血块一样略微黯淡的红色,粼粼的波光反射出一丝丝的金色。在这绚烂的江景一侧,是重庆城那庞大的身躯,迎着夕阳的那一面被阳光涂上了漂亮的颜色,就好像被金漆粉刷过。而背光的那部分正进入黑暗,起伏的身躯上亮起了星星点点的灯光。整个重庆城就好像一艘正努力向着那残存灯光前进的大船,但尾部却被黑暗缠住,它的航速不得不缓了下来。

这一瞬间的联想让任西东抖了一下。

一只柔软的手伸过来轻轻拍了拍他的肩膀,任西东回过头,看到吴念娇憔悴的面孔,不过她脱离险境之后带着一种安心的笑容。

"任公子，我这次可真要好好地谢谢你，"她轻声对任西东说，"若不是你救我，只怕我已经在那黑屋子里无声无息地死了。我都以为自己再没有机会走出来，甚至再也见不到他……和你们。"

她说到这里，眼眶一红，忍不住抬住了嘴，好不容易才将泪水忍回去，又露出笑容："任公子，你这番恩德，我都不知该怎么回报。"

任西东笑道："吴老板太客气了，我和托马斯也要逃的，没道理丢下你啊。真觉得要报恩，不如给我少算点房钱吧。如果能修个茅厕给我专用就更好了！"

吴念娇大笑道："茅厕一时半会儿修不起来，不过从今天开始，你在我这望江客栈里要住多久都成！"

任西东倒不好意思起来了，但他和吴念娇对望一眼，两人心照不宣，都知道如今这事真怕不是一时半会儿能够解决的，只怕任西东真要在客栈里住上挺长一段时间了。

任西东咳嗽一声，也不再多说，扶住吴念娇的手臂轻轻地将她往前推了一下："胡先生一直很担心你，不如你跟他好好说说，让他也安心点。"

经历过这一番生死，吴念娇也看开了许多，她冲任西东一笑，便转身走向船头，叫了胡振一声。任西东看他俩相视而笑，又并肩转身去看夕阳，疲惫的身体忽然感到一阵轻松，脸上忍不住挂上了微笑。

卢芳换好了衣服，走出船舱的时候正好看到任西东在笑，她立刻走上来："少爷，你怎么了？"

"哦，"任西东转头朝她做了个鬼脸，"大概江风有些冷，我脸快僵硬了。阿芳，你腰上的伤怎么样？"

卢芳皱起鼻子："唉，还好了，但是掉了巴掌大块皮，肯定要留疤，哎哟……少爷，好痛啊！"

她一贯好强，此刻露出小女儿那种撒娇的样子，倒真的让任西东担心起来。他来到卢芳身边,从后面撩起她的衣服看了看后腰——

只见这姑娘白嫩的皮肤上,果真有好大一片烧烫伤,有些皮肤已经掉了,露出红红的肉,还有些带着焦黑的边缘。任西东从来没见卢芳受过这么重的伤,心中顿时像被无数针扎了一样。但他知道卢芳现在看不到自己的伤口,也就不打算让她更焦虑。

"去仁爱堂医院,先清洁伤口并且消毒,"任西东说,"好在咱们自己也带了药,小心点处理,可能疤痕会小一些,就是你好长一段时间得趴着睡了。阿芳,这样可能睡得不是太舒服,但也没办法……"

他说了一阵,却没有听到熟悉的抬杠,任西东朝卢芳看了一眼,发现她正低头盯着自己的脚。

任西东的衣服全换成了船老大准备好的那种码头工人的穿着,裤腿短得只到小腿肚子,脚踝全暴露在外。

"怎么了?"任西东问道。

卢芳惊惶地抬起头看他,声音发颤地问道:"少爷,你……也被咬了吗?"

任西东连忙低头看去,果然在自己的右小腿侧面看到一个带血的牙印。

他顿时想到,这是在地牢中跟那两个病人搏斗时被咬伤的地方。任西东心头咯噔一下,只感觉江风从单薄的衣服里灌进去,霎时间将他的全身冻成了冰。

之前那一番生死经历让他几乎没有时间来检查伤口,甚至忘记了,但卢芳的表情让他瞬间意识到自己遭遇了什么。

任西东蹲下去看那个伤口,只见血迹已经凝固了,但显然那一口咬得很深。

不,现在绝不能慌!任西东拼命地压下自己的恐惧——他原本就有雨夜时春华留下的伤口,但没有感染的迹象,说不定这种怪病在传染性上并没有像他以为的那么可怕。

当然，理智上任西东知道这是一种可悲的侥幸心理，但他又得让自己稍微勇敢一些。

"阿芳，听我说，"他抓住卢芳的手，阻止她显露出更多的惊恐，"这不是那些感染者咬的，是维克多的打手咬的，在地牢中，我放倒了一个，他就咬了我。"

卢芳这才慢慢地镇定下来，如释重负地吁了口气："哎，吓死我了……少爷，你要真得了那种病，我……"

"你要一枪打死我。"

卢芳瞪着他。

"我可不想最后变成蔺三娃那个样子，"任西东笑了笑，"你看，我必须保持着现在这英俊的模样去死啊。"

卢芳气极反笑："嗯，说得也是，少爷你虽然浑身是毛病，好歹脸没毛病，我倒是愿意帮你护着的。可老爷肯定不会饶了我，所以少爷你还是活着比较好。"

任西东见她又回到了平常的模样，心中稍安。

这一阵过后，船也渐渐地靠向了朝天门岸边。此刻夕阳完全隐没，只留下一点儿黑红色的残迹挂在天边。任西东等人下了船，就看见好几个人站在码头上等着。打头的是一个精壮汉子，看潘老六和胡振下了船，赶紧上前来抱拳问好，叫了声"五哥、六哥"。

这人自然就是码头上管事的袍哥之一，辈分略低，潘老六吩咐他安排好挂彩的袍哥，说是还有兄弟没回得来，要去上报给大哥。

任西东他们走下来的时候，则看到幺师刘叔和另外一个包着缠头的瘦小伙计正满脸焦急地等着，一看到任西东，赶紧上前："任公子，你回来了啊。潘六爷派人来让我们准备着等你们，我在这里等了快两个时辰了。"

任西东奇道："等我们做什么？"

幺师刘叔尴尬地摸摸头:"哎呀,六爷传的话也吓死人,说是怕你们躺着回来,就要立刻抬到客栈里去。"

任西东真是哭笑不得。

他看了一眼正跟胡振一起与袍哥说话的潘老六,也无意去责怪他,指了指身后:"你家掌柜的也回来了,赶紧去看看吧。"

刘叔脸上顿时露出吃惊的神色,赶紧向船边跑去。任西东正扭头看他,那伙计走上来拉了拉他的衣袖。

任西东回头一看,有些吃惊地叫道:"怎么是你?"

原来这伙计脸上擦了些灰,故意把缠头包得低,任西东一时间竟然没有认出来,居然是谭玥。

谭玥一见任西东,就低声啜泣道:"任公子,你可回来了……"

任西东连忙扶住她:"谭小姐,你这是做什么,为何会在这里?"

谭玥没回答,抓住他的手,任西东立刻感觉到一阵滚烫,心中一惊:"谭小姐,你——"

谭玥望着他,双目中带着一层颜色不明的混浊:"任公子,我……我身上在发热了……"

此刻的天空中,已经见不到半点光了,彻底地黑了。

(第一部完,待续)

后 记

年轻的时候,梦在远方;
年纪大了,发现梦就在身边

E伯爵

很多时候,介绍E伯爵这个作者,都会说是"欧风文"作者——尽管我写的题材有很多并非"欧风"。这个也不怪别人,我最开始写的文的确大都把背景和人物放在遥远的时间和地点里。我跟人说过,我可以详细地描述想象里的故事,但是对描绘自己身边的人和事,却有一种隔离感,觉得很困难。写文对我来说就像是造梦,只是我总把梦放在别处。

大概从两三年前开始,这种情况就有了一点改变。

我有一种感觉,就是那些放置得太遥远的梦不再吸引我,我转而关注自己熟悉的环境,然后把那些梦嵌入其中。最明显的征兆就是我对重庆开始特别有兴趣。

如果以为生活了三十几年的地方轻易就可以了如指掌,那显然是错的。当我真正地去看重庆时才发现,这座城市远远比我所知道的更加有魅力——它的历史、它的故事,简直让人着迷。这两年它作为网红旅游地,吸引了很多的外地游客,但独特的地形只是它迷人的一张脸,它全身都是故事,每处都有传说。这不正是一个绝好的造梦舞台吗？

而且，如果以它为舞台，这个故事也应该更加夸张和离奇，才符合它与众不同的气质。

"我想写一个关于重庆的特别的故事。"

这个念头成了《重庆迷城》诞生的初衷。

至于清末和丧尸这两个风马牛不相及的元素，我也不知为何会冒出来，不过关于"清末"倒是受到了朋友梁清散的很多指导，结果就从可能的选择变成必需的组成部分。

落脚到重庆之后，又加入了"雾都""梦魇""江水""袍哥""码头""茶馆"等元素。

于是我把它们统统地加入到故事中间一锅炖了，最终有了《重庆迷城》。

我在写重庆，但又不是真实的重庆，而是这个城市披上戏装表演的一场传奇。虽然是舞台上的梦，但它还是重庆的故事。因为同样的故事在其他的城市发生的话，经过和结局不一定如此了。

在叙述的时候，选择了一个外来的还乡者的角色。从写短篇推理《黑灯》开始，这似乎就是我写重庆故事时喜欢用的一个角度，算是我作为作者的一个小小任性吧。

虽然在写的时候，我会不断地觉得，我还应该让故事更贴合重庆，但每次这么想，就会意识到自己对这座城市了解得还太少太少。如果这个故事能让我更深入地认识它，说不定也就能让更多的读者喜欢它。

我就是有这样小小的奢望。